鴉片戰爭（上）新時代的來臨

陳舜臣　著
卞立強　譯

中文版自序

亞洲近代史的開端——中文版自序《鴉片戰爭》對我來說，是青春時代的書。那是三十年前的作品，不是那個時候的我是絕對寫不出來的。隔了三十年再回頭重讀這部書，想重寫的地方實在非常的多，可是如果一改，那麼當時亮眼的部分，必定同時也會消失。再三考慮的結果，決定還是保留原貌。

十九世紀下半葉，是中國知識分子懷著危機意識的時代。他們集合組織了「宣南詩社」，其中除了林則徐，還有龔自珍、魏源等成員。這些人所散發出來的熱情，對我而言十分具有魅力。

魏源所著的《海國圖志》，給予日本幕府時代末期有識之士深切的影響力，其資料便是由被貶謫新疆途中的林則徐手中親自取得的。由此可見，「鴉片戰爭」不只對中國影響甚鉅，對日本也是一樣。

亞洲的近代是由「鴉片戰爭」開始的。今天，針對這場戰爭，我們實在需要由各種角度來重新檢討。而這部書雖然是小說體裁，可是骨架卻是十足的歷史。

從開始撰寫以來，就懷著讓更多人來讀這部書的期望，迄三十年之後的今天仍然沒變。此時，只要一想到故鄉的人們也會讀它，忍不住就會興奮起來，這感覺就像給了年輕時代的我極大的鼓舞。

主要登場人物一覽

連維材：白手起家創建了廈門大商號金順記。不但是充滿活力的商人，同時也是對世界動向敏銳的知識分子。

溫　翰：傑出人物，金順記的大掌櫃。在連維材十七歲、被名門連家所經營的金豐茂驅逐時，跟著一起離開。在林則徐會試中進士後，一直扮演著幕後支持者的角色。

連同松：廈門名門連家嫡子，和連維材是同父異母兄弟，爲金豐茂主人。

陳化成：號蓮峰，稚氣洋溢的猛將。鴉片戰爭時任江南提督，在吳淞戰死。

關天培：不善於表達喜怒哀樂的猛將，蓄著美髯，身材高大。與林則徐有著男子漢間的友情。鴉片戰爭時任廣東水師提督，不幸殉職。

龔自珍：號定庵，公羊學者，同時也是大詩人。生性多情，與軍機大臣穆彰阿的愛妾關係親密。

休・漢彌爾頓・琳賽：東印度公司幹部，中文名字爲胡夏米。

查理斯・歐茲拉夫：澳門新教教會傳教士，精通漢籍，舊譯郭士立。

溫　章：金順記大掌櫃溫翰的獨子。

溫彩蘭：溫章的女兒。被寄養在主人家，與連維材的四個兒子一起長大。

哈利・維多：原爲東印度公司職員，後被廣州夷館墨慈商社挖角。

石田時之助：日本商船警衛，漂流被救而與溫章認識，住進金順記，後成爲林則徐之幕僚。中文名字爲石時助。

余太玄：金順記食客、拳法家。

林則徐：字少穆。在鴉片弛禁論和嚴禁論的爭辯中，其所持的嚴禁論深獲道光帝之心，特命其爲欽差大臣，授與全權，實施鴉片嚴禁。

連統文：連維材之長子，生性豪放。

連承文：連維材之次子，生性浪蕩，嗜吸鴉片，被其父囚禁而戒掉毒癮。

連哲文：連維材之三子，立志成爲畫家。

連理文：連維材之末子，最像父親，進龔定庵之門學習。

招綱忠：林則徐之幕僚，雖無行政能力，處理人際關係卻十分拿手。

王舉志：遊俠之大首領。頗有光風霽月之胸懷，被稱爲王老師，年紀卻很輕。受林則徐委託，集結「山中之民」的力量。

吳鐘世：龔定庵等公羊學派人士聚會地點——不定庵之主人，乃林則徐之幕僚，常於北京擔任情報蒐集工作。

穆彰阿：最有力的軍機大臣，持鴉片弛禁論而與林則徐對立。

李默琴：穆彰阿之妾，因接受龔定庵詩文之刪修，而與其有親密關係。

李清琴：默琴之妹，爲了刺探林則徐、連維材之動向，而親近石田時之助和連哲文等人。
辰　吉：與石田一起漂流之少年，被溫章視同家人般看待，長住中國，改姓王。
久四郎：曾是京都和服店的代銷業務員，中文名字爲林九思。
伍紹榮：廣州十三行總商（理事長）怡和行主人伍元華之弟。頗有骨氣，繼承兄長之職，成爲對外貿易商之最高領袖，被稱爲浩官。
西　玲：印度帕斯族錢莊商人的女兒，雖爲連維材的情婦，但個性自由奔放，大膽地與有名仲介商彭祐祥、伍紹榮等人交往。
簡誼譚：西玲之弟，在金順記工作，因口角而離開，到處惹事。後在廣州做買辦，與連承文聯手做變造鴉片的生意。
威廉·墨慈：接替英國東印度公司，大力招徠新興資本家投資遠東的商人。
道光帝：清朝第八代皇帝，廟號宣宗。
奕　詝：道光帝之四男，日後成爲咸豐帝。
王　鼎：漢族軍機大臣，可謂正義派熱血漢子，以氣節而獲得地位。乃林則徐之擁護者。
曹振鏞：奉愼重、仔細爲政治要諦，爲最年長的軍機大臣。極端的文字至上主義者。
藩耕時：昌安藥鋪主人、穆彰阿心腹。穆彰阿便由藥鋪後門與愛妾默琴相通。
魏　源：與龔定庵並列爲公羊學派巨擘。對海防、鹽政、河運等都有深入了解之經世濟民學者。

鮑　鵬：英商顛地商社之買辦，替廣州高官們增殖財產，深獲信任。在琦善對英交涉中，亦得到信用。

律勞卑：極具功名心之軍人外交官，成爲新成立的駐清商務監督之首席，作風強硬。

梁章鉅：林則徐支持者之一，鴉片戰爭時爲廣西巡撫。以金石學著名於世。

予厚庵：徵稅高手，具有超群才能的經濟官員，林則徐幕僚之一。鴉片戰爭時任廣東海關監督。

王　玥：湖廣道監察御史，向道光帝上奏鴉片弛禁論。

許乃濟：太常寺少卿，上奏弛禁論。

黃爵滋：鴻臚寺卿，與林則徐、龔定庵、魏源等有深交的少數論客、直諫之士。以《黃鴻臚奏議》勸導道光帝採鴉片嚴禁論而出名。

鄧廷楨：在廣州首倡弛禁論，後來悔悟而終生不再支持此論。鴉片戰爭時，與林則徐合力共度難關。

查理斯．義律：勇敢的英國商務總監督。繼堂兄喬治．義律之後，受命爲總司令官兼特命全權大使，使清朝屈服。

喬治．義律：查理斯．義律之堂兄，英國艦隊總司令官兼特命全權大使，因與堂弟意見不和而回國。

韓肇慶：被稱爲「取締鴉片的名人」，走私者如賄賂於他則不會被抓。自己也以走私鴉片獲利。是體態肥滿、不像軍人的副將。

錢　江：慷慨任俠之士。鴉片戰爭時，自願成爲眾矢之的而被流放新疆。

何大庚：林則徐幕客，主要擔任文書工作。

怡　良：江蘇按察使、布政使，曾幫助任江蘇巡撫的林則徐，是林則徐的老朋友，後成爲廣東巡撫。

琦　善：直隸總督，屬穆彰阿一派。在欽差大臣任內以割讓香港來處理鴉片戰爭。

查　頓：原爲東洋航路之船醫。與馬地臣合組查頓馬地臣商社，活躍於對清貿易，被稱爲「鴉片王」。

馬地臣：是廣州外國人之智囊。

伊裡布：鴉片戰爭時，任兩江總督兼欽差大臣。因與英國談和而被撤職。

耆　英：由熱河都統做到盛京（奉天）將軍，率領滿洲八旗軍。之後以欽差大臣身分參與鴉片戰爭。

陳連陞：曾是琦善部下，景仰連維材的先見之明而成知己。抱著「爲林（則徐）尚書而死」的壯志，以司令官之位在沙角要塞奮戰。

丁守存：軍機章京。天文曆算之泰斗，也會製造地雷，但對俗事漠不關心，記憶力特強。

奕　山：皇帝之甥。取代琦善以靖逆大臣成爲廣東首腦，最後仍舉白旗投降。

裕　謙：蒙古鑲黃旗人，由江蘇巡撫繼伊裡布之後成爲欽差大臣。屬勇敢、單純的主戰論者，英國人稱之爲「十九世紀之成吉思汗」。

余步雲：由一名義勇兵卒成爲浙江提督。相信自己是幸運兒，對英軍卻連戰連敗，是鴉片戰爭中唯一被判死刑者。

目錄

1

望潮山房主人

那艘船來了。

維材走到窗前。

風平浪靜的金門灣海面上，陽光燦爛，閃閃發亮。水天相接處已經出現了船影。用望遠鏡一看，立即明白就是「那艘船」。

有三根桅杆，可能是二千噸，是道地英國造的東印度型洋帆船。

維材凝視著它，也極力地抑制著興奮。

「新的時代就要到來了！」他自言自語地說。

1

清道光十二年三月二日，西元一八三二年四月二日。

地處亞熱帶的福建省廈門城，從早晨起就被酷熱的陽光所籠罩。

廈門是由岩石構成的島嶼。島上的名勝——無論南宋大儒朱熹所創的白鹿洞書院，還是大虛法師開基的南普陀寺——無不以奇岩怪石而著稱。

城區的東郊有一座豪宅，庭院裡也羅列著各種奇石。住宅的正門上並排掛著兩塊匾額：「鴻園」、「飛鯨書院」。字寫得很潦草，很難說寫得好，甚至應當說是敗筆。邊角上署名是「定庵書」。

路過的讀書人，都會抬頭看看這兩塊匾額，往往搖頭說：「這麼豪華的宅子，門匾寫得如此拙劣！」

這天早晨，一頂轎子從門前經過時，揭開半邊轎簾，露出一張眼角下垂的半老男子的臉。「暴發戶！」此人抬頭望了望宅子說，接著吐了一口唾沫，猛地放下轎簾。

這宅子是廈門的富商——金順記老闆連維材的別墅兼家塾。宅子建造在山崗的斜坡上，園內的建築物看起來就好像堆疊在一起似的。

《飛鯨書院志》上記載說：「依山而建，其形如筆架。」

也就是說，這宅子呈階梯狀，好像擱筆的筆架，那樣子好似在賣弄、炫耀它的奢華。

大門的左邊一帶，就是名為「飛鯨書院」的家塾，其餘部分都是連家的別墅。

家塾是四進式的書院，前座為門樓，二座叫文昌堂，三座是講堂，後座為經明閣，兩側的廂房作為寢室和書庫。書院的名字取自白鹿洞東邊的名勝玉屏山上的名岩「飛鯨石」。

書院隱掩在杉樹林中，經明閣的上面還有一座建築物，門上的木匾上寫著「望潮山房」四個字，筆跡和大門上匾額一樣。

蝴蝶瓦的屋脊向上翹起，這是一座中國傳統式的建築物，但內部卻完全採用了西方樣式。

金順記的老闆連維材和帳房先生溫翰正在這座山房的一間屋子裡。

連維材打開四面帶蓮花花紋的玻璃窗，舉著望遠鏡，正瞅著外面。鏡頭落到了大門前掀開轎簾、仰望宅子的那個男子充滿憎惡神情的臉上。

「金豐茂的老闆在大門外吐口水哩！」連維材回頭朝著溫翰說道。

「把望遠鏡給我看看。」溫翰伸過手來。

「他已經放下簾子了。」

「不，我要看海。」溫翰接過望遠鏡，對著大海。

從這座山房可以清楚地看到大海，它起名爲望潮山房就是這個緣故。

縱目望去，東面是金門，西面是鼓浪嶼，南面有大膽、青嶼、梧嶼各島，一片和平景象。連維材把手放在額上打起涼棚。

連維材，四十三歲。濃密的粗眉毛嵌在他那緊綳著的微黑的臉上，薄薄的嘴唇，尖尖的鼻子，使他的身邊飄溢著一股嚴峻的氣氛；不過他的眼睛裡卻流露出一種沖淡這種氣氛的溫和眼神，這可能是他做作出來的。

溫翰剛過六十，辮子已經雪白，厚嘴唇，瞇縫眼，一副平凡的面孔，令人感到不像老闆連維材那樣嚴肅。他倆的相貌完全不同，但兩人確有相似之處——那就是他們所造成的那種嚴峻的氣氛。

看來溫翰本人也很了解這一點，就好像連維材極力想在自己的眼睛裡流露出柔和的眼神一樣，他也在自己的唇邊經常掛著微笑。

「還沒來嗎？」連維材問道。

「還沒有。」溫翰把望遠鏡轉向下面，「呵！金豐茂……坐著闊氣的轎子哩！」

「管他呢！他愛坐什麼就坐什麼吧！」連維材輕蔑地說。

接著兩人回到屋子的中央。

室內的家具幾乎都是西洋式的，邊上刻有蔓草花紋的乳黃色穿衣鏡是法國貨，椅子之類是英國製的，桌子是荷蘭商人送的。

東面的牆壁上掛著一幅小型的波斯畫。連維材瞅著這幅畫，畫中一個戴帽、王子模樣的男子，緊挨著一位躬身的貴婦人，旁邊有三頭鹿在嬉戲。

他轉過身去，看著西牆。那裡掛著從英國人那兒得來的大幅世界地圖。

「我一進這間屋子，就有無限的活力，就像在火上澆了油一樣，熊熊地燃燒起來。」連維材自言自語地說。

「您說得對！」溫翰把憐愛的眼光投向連維材說：「在您的前面有一個世界。跟金豐茂的較量早就成定局啦！」

連維材走到世界地圖的前面。地圖上大清國的疆域塗成黃色。印度、美國、歐洲大陸、英國是淡紅色。塗成草綠色、鄰近清國的狹長島嶼是日本。

他長時間凝視著地圖。

2

溫翰不知何時又回到窗前，舉起望遠鏡。他突然大聲說道：「是桂華，她剛進了大門。」溫翰看厭了大海，偶然把望遠鏡轉向下面時，一個正要邁步跨進大門的女子的形象進入鏡頭。

「什麼！是姐姐？」維材的目光離開了地圖。

他走到山房的後面，從竹籠中抱出一隻信鴿。這座山房是不准閒人進來的，有什麼緊急事需要跟宅子裡的人聯繫，一向都利用鴿子。

他把一張匆忙寫成的字條塞進信筒。紙上寫著：最多可借給姐姐八千兩。

放開的鴿子迅猛地飛起來，振搏著的翅膀受到朝陽的照射，發出微微的光芒。

他從面對世界地圖而漲大起來的夢想的世界，一下子被拖進了世俗的事務。

快近中午時溫翰才離開窗邊，慢慢地向維材的身邊走過來。老人壓抑著內心的興奮，盡量裝出平靜的樣子。但是維材一看他的臉，就已經了解了他的心。

「出現了嗎？」維材問道。

「終於來了。」溫翰用沙啞的嗓子回答說。

——那艘船來了。

維材走到窗前。

風平浪靜的金門灣海面上，陽光燦爛，閃閃發亮。水天相接處已經出現了船影。用望遠鏡一看，立即明白就是「那艘船」。

有三根桅杆，可能是二千噸，是道地英國造的東印度型的洋帆船。

維材凝視著它，也極力地抑制著興奮。

「新的時代就要到來了！」他自言自語地說。

船看起來好似靜止在那兒，其實是在慢慢地移動。從船頭伸出來的斜檣，緩緩地劈碎海面上的陽光，直朝著廈門港開來。

溫翰輕輕地走到老闆的身邊。兩個人輪流地拿起望遠鏡望著。

「能夠登岸嗎？」維材瞇著眼睛說。

這時房後發出翅膀撲打的聲音。「大概是鴿子回來了。」維材走到房後，查看了一下飛回來的鴿子身上的信筒，一張折疊著的紙片上，妻子的筆跡寫道：姐姐說因家事需要五千兩，已答應借給她這筆款子。

當維材回到窗前時，溫翰問他情況如何。

「五千兩。」維材回答說。

「給金豐茂擦屁股，眞麻煩。可那傢伙並不認爲得到了您的幫忙。簡直是……」

「姐姐沒有跟他說吧！」

「眞可氣！」

兩人又望著海港那邊。

「不知為什麼，總覺得怪寂寞的。」維材突然說。

「沒辦法呀。」溫翰安慰他說：「咱們生逢這樣的時代嘛！」

「反正時代的浪潮會推著我們往前走……，聽之任之就是了。」

「不過，這一點您可辦不到。您的性格是要乘風破浪前進。您可以說是一艘船的船頭。」

「船頭？」維材閉上了眼睛。

在遼闊無邊的大海上，獨自破浪前進的船頭確實是很寂寞的。

3

「甲板船來啦！三根桅杆的！還有外國旗子哩！」

成群的孩子，在廈門的街上到處嚷嚷著。他們的辮子沾滿了灰塵，變成了灰色，在背後跳動著，臉因汗垢和塵土而顯得黝黑。

廈門過去曾是開放港口，在對外貿易上有過繁榮的時代。但從乾隆二十四年（一七五九）清政府限定廣州一個港口對外貿易以來，廈門的繁榮就消失了。現在它仍然是個港口城市，商船對它來講並不稀罕，三四百噸的近海航船經常有幾艘麕集在港內，只是難得看到有千噸以上的洋帆船入港。

「甲板船！甲板船！甲板船！」從胡同小巷中傳來的尖叫聲，不知什麼時候已帶上了節奏，變成合唱了。

所謂甲板船或夾板船，本來是一種在船艙之上鋪船板的船，而現在是作爲「洋船」的同義語來使用了。

在孩子們的嚷嚷聲中，市民們也開始嘰嘰喳喳地議論起來了。在那個很少有娛樂、刺激的時代，群眾總是希望發生些什麼聳人聽聞的事件。

甲板船大搖大擺地入港來了！這對廈門市民來說是一個特大的新聞。

自從被廣州奪去對外貿易以來，已經七十多年了。儘管經常有一些洋船躲在島嶼的後面，偷偷地進行鴉片走私買賣，但像這樣大搖大擺地闖入港內，還是前所未有的事，這種行爲顯然是違反了天朝的禁令。

「是不是呂宋船呀？」有人這麼說。對呂宋的貿易，在廈門是准許的，所以來航的很有可能是西班牙的大甲板船。不過廈門作爲一個商港，其規模已經日益縮小，這種呂宋船是不太願意來的。據記載，呂宋船自道光三年（一八二三）入港以來，已經九年未露面了。去年從越南來了一艘甲板船，簡直轟動了整個城市。

人們聚集在海岸上議論紛紛。

「聽說不是呂宋船。」「那旗子是哪個國家的呀？」「是不是荷蘭呀？」「聽水兵說，叫什麼英吉利。」

在這個廈門城，多少有點外國知識的，恐怕只有與水師有關的人了。

這裡在明代就設置了中左所（海軍基地司令部），與海軍的關係很深。清朝也在廈門駐有水師提督。當時的水師提督是猛將陳化成，他指揮福建海域各營兵船約三百艘，兵力二萬餘人。

現在陳化成登上瞭望樓，正盯著那艘違犯禁令、非法闖進的洋船。「哼，他媽的！」他的言談不像一個高級軍官。他放下望遠鏡，說：「眞他媽的要進港了！」

接著他探出身子，吐了一口唾沫。風很大，唾沫被刮飛了。「狗的英國佬！」提督狠聲狠氣地罵了一句。你以爲他在發脾氣？其實他的面頰上還掛著微笑。

陳化成，號蓮峰。據《清史稿．陳化成傳》所寫，他投身行伍時是一個普通的水兵，二十三歲時提拔爲相當於下士官的「額外外委」，二十八歲才當上相當於尉官的「把總」，可以說是大器晚成。

他現年五十八歲，由於終年剿伐海盜和在海上巡邏，面孔晒得黝黑，好似熟牛皮，皺紋又多又深。他又瘦又矮，確實沒有什麼風采，加上出生於孤門微賤，言談舉止當然缺乏長袍大袖者的風雅。他被任命爲提督這一最高的軍職已經兩年了，卻仍然沒有一點大官兒的派頭。在十年後的鴉片戰爭中，他擔任江南提督，同英國艦隊作戰，在吳淞壯烈犧牲。朝廷賜他謚號「忠湣」，詩人們爲他寫了許多讚歌。

林直的《壯懷堂詩初稿》中有一首《陳將軍歌》，其中有一句說：「生來自具封侯相。」這句詩有過於美化殉節提督之嫌。陳化成的相貌不但沒有封侯之相，恐怕就像個海邊的老漁翁。

「眞他媽的欺人太甚。開出兵船，把它包圍起來！」這位粗魯的提督大聲發出命令。旁邊一個文官，瞅著望遠鏡，用毛筆一個字一個字地寫下船名的拉丁字。

「怎麼，你認識船屁股上的洋文嗎？」提督問道。

「是。」文官回答說。他手邊的紙上寫著：LORD AMHERST。

「船叫什麼名字？」

「羅爾·阿美士德。」文官用漢語報告說。

「羅爾·阿美士德？」提督學著說了一遍，大模大樣地歪著腦袋說：「嗯，這個名字我聽說過。」

4

當天晚上，從水師提督陳化成將軍的房裡出來的勤務兵，在走廊裡碰上迎面走來的同僚。

「老頭子還穿著那玩意兒嗎？」來人問道。

「該脫了，可是他還戀戀不捨哩。」

「金順記的老闆突然跑來了。」

阿美士德號來到廈門港，這對陳將軍而言是穿正式軍裝的最好藉口。這位提督有點孩子氣，他心心念念穿那已經落後於時代的甲冑。

能夠穿正式軍裝的機會，平日一年只有一次——所謂「秋季大閱」的閱兵式上。而近來連秋季大閱也流行一種狡猾的做法：把頭盔和鎧甲放在轎輿裡，讓僕人抬著，自己則輕裝去參加。他對這種傾向感到很不滿。

當水兵的時候，他在一次和海盜蔡牽的戰鬥中，所乘的兵船被海盜的炮彈擊沉了。就在他覺得無救的時候，出現在他腦海裡的還是他的上司在閱兵式上戴的那頂頭盔。

「啊！眞想戴上那個玩意兒啊！哪怕戴一次也好！」他在水裡這麼想。

他腦子裡所描繪的那位軍官的頭盔，其實是很蹩腳的劣等品。

現在他已經晉升爲水師提督。提督頭盔頂插上有雕的羽毛，盔上鑲繪著金光燦燦的花、雲和龍，周圍垂著貂尾，還有十二個纓子。低一級的「總兵」頭盔拖著獺尾，不允許插雕的羽毛，而且沒有雲、龍，不准鍍金，只能鍍銀。至於鎧甲，根據軍制，提督在護肩與軍衣相接處鑲有金龍，副將以下則爲銀龍。

他在海上漂流時所夢寐以求的軍裝，現在總算穿戴上了，遺憾的是一年只能穿戴一次。

英國船犯禁開進來了——這可是披戴甲冑的好機會啊！陳將軍穿戴上那套很不舒服的正式軍裝。清軍在乾隆以前經常披掛甲冑。在嘉慶以後——即進入十九世紀以後，甲冑變成了儀仗隊的服裝。這是因爲戰爭的方式發生了變化，過去軍裝裡面要繫上鐵片或貝殼以防刀劍矢彈。自從甲冑變成禮服之後，這些東西都被摘除了。以前軍裝的面上像繡著水珠花紋似地鑲著「銅星」，用作防禦，現在卻用刺繡代替了。

甲冑雖然變成了裝飾品，大大地退化了，仍舊很漂亮。陳將軍穿上了軍裝，心情十分高興。那些遠遠地看著他的下士官和水兵們，咕咕噥噥地在議論他：「這是準備和英國船開戰嗎？」「連身子都動彈不了，還打仗！」「看他皺巴著臉，是汗流進了眼睛吧？啊呀，也夠他受的啊！」不過，這些背後的議論絕不是對他的憎恨，人們的話語中包含著親切的感情，部下一向把他稱作「老佛」。他經歷過長期的下層生活，能夠體會部下的勞苦。儘管表面上大聲地斥責人，但內心裡還是充滿了對人的關懷。

提督撫摸著胸前閃閃發亮的護心鏡，連他自己也覺得自己是在裝模作樣。「我脫掉它就過去，讓他等一會兒。」他從容不迫、恭恭敬敬地摘去了頭盔。「想用這玩意兒來打扮自己，也眞有點兒可憐啊！」他居然自我反省起來了。

來客連維材是提督所喜歡的人物。他不過是一個小小的商人，但提督敬佩他是廈門難得的人才。「剛剛用金光燦燦的軍裝把自己打扮了一番，又去會見平民中了不起的人物。這眞是一個諷刺！」提督感到很有趣。

陳化成與連維材兩人的性格沒有一點相同之處。連維材憑自己的力量積攢了萬貫財富；他長於權術，觀察形勢敏銳，思想靈活，喜怒哀樂不太流露於外。與他相反，陳化成是個直炮筒子，始終未離開過軍界，以粗魯聞名；他根本不懂得什麼權謀策略，高興的時候放聲大笑，傷心的時候淚流滿面。

也許是因爲他們倆的性格恰恰相反，反而更容易互相接近。「因爲我和他年輕的時候都吃過大苦吧！」陳提督這麼簡單地解釋他與連維材的情投意合。

關於連維材，提督了解到以下的情況。

連維材是廈門名門連家一個侍妾的孩子。母親原來是傭人，加上正妻十分厲害，所以連家從不把他當作家裡人看待。他從十二歲起就在連家經營的「金豐茂」店鋪裡像牛馬般地供人使喚。正妻只有一個兒子，名叫連同松，在父親死前，遊手好閒，吃喝玩樂。父親死時，維材十七歲。同松從北京遊學回來，把維材趕了出去。同松從來不准比他小十二歲的維材稱自己爲「哥哥」。維材被趕出金豐茂之後，赤手空拳獨自創辦了「金順記」店鋪。金順記和金豐茂同樣都經營茶葉和其他國內貿易。當時帳房先生，溫翰這個了不起的人物，也辭去了金豐茂的工作，成了維材的左右手。可能是溫翰有著識人的眼力，因此他才和同松斷了關係。二十五個年頭已經過去了，維材的金順記把主力放在廣州，取得了驚人的發展，現在他已成爲廈門首屈一指的富豪。

維材如此艱難辛苦的前半生，與自己當小卒的時代很相似。提督極力想從這裡找出他倆的相似點。其實除此之外，他們還有著共同的地方——就是他們的人格都很有魅力。

在那樣腐敗透頂的清國軍隊裡，不行賄賂，不拉關係，不搞陰謀詭計，不阿諛逢迎，卻由水兵提升為提督，這確實近似於奇蹟。這種奇蹟之所以產生，除了他在剿滅海盜中立下大功之外，陳化成人格的魅力亦發揮很大的作用。他的為人比金錢、權術具有更強大的力量，不過，他本人並不了解這些。

他換上了便服，急忙朝連維材等待的房間走去。他性格耿直，對自己喜歡的客人露出笑容，對不喜歡的客人，也不想掩飾自己厭煩的情緒。陳提督現在滿臉笑容。

5

連維材被領進房間後，一直站立等待會見。提督一進來，連忙拱手深深一揖說道：「在軍門大人公務繁忙的時候來打擾，很感不安。」

「坐下吧。」提督向維材勸坐。

「由於英船入港，一定會有種種……」

「是呀。我準備把那艘船包圍起來，一個人也不准上岸。」

「今天不能上岸，還有明天。」

「明天、後天、永遠不准……」提督話說了一半，突然感到一陣不安。連維材的眼睛猛地一亮。

「只要軍門大人在這裡，他們恐怕是不可能上岸的。不過，廈門不成，他們還會找別的地方。他們終歸是要達到目的的。」

「目的？」

「我曾跟大人說過，他們正在尋找英國商品的出路。」

「不過，國法如山，他們能在登陸的地方找到買家嗎？」

「不，我的想法是，這次英船的目的恐怕只在於偵察。」

「偵察？」

「他們一個勁地想要打開我國廣州以外的港口。時機一旦成熟，恐怕使用武力也在所不惜。」

「武力？」經歷過長期的軍務生活，他深知清朝的軍事力量，也了解英國的海軍力量。清朝的舊式海軍敵不過英國戰艦，這是再明顯不過的事了。

「這是將來的事情。不過，恐怕是不遠的將來。他們會用武力迫使開港。」眉毛動也不動，就說出一些重大的問題，這是連維材一貫的作風，這反而會產生一種不尋常的說服力。

「難道就沒有什麼對付的辦法嗎？……」清國被英艦的炮火粉碎的木造兵船，和淹沒在海中的官兵的慘狀，掠過了提督的腦海。

「英國武力的可怕，軍門大人恐怕也是了解的。對付他們的辦法只有一個，就是自己要強大起來。要造炮臺，造堅固的軍艦。」

「咱們既需要炮臺，也需要軍艦。可是，那得花很多的銀子。當然囉，據說京師的一次賜宴，就足夠造幾門大炮——問題是銀子呀！」

「弄到銀子不就行了嘛！」

「那是你的事。」

「關於這次英船，」連維材把話題拉了回來，說：「剛才說到偵察的事，看來重點可能放在民情、軍事設施和軍隊的士氣上面。」

「老子可不願讓他們看到這些。」提督的話突然粗魯起來，露出了他的本性。

「您說得對。不過，這艘英國船的背後有著巨艦大炮啊！如果我們沒有東西能與它匹敵，即使在這裡能阻止他們上岸，那又有什麼用呢？」

提督凝視著連維材的臉。

廈門過去曾是個風紀紊亂的城市，有所謂「大窯口」的鴉片批發莊和「小窯口」的鴉片零售店，在去年五月湖廣道監察御史馮贊勳要求嚴禁鴉片的奏文中，曾舉出廈門的名字，作爲開設大窯口的事例。廈門當局爲了挽回名譽，才不得不打擊鴉片商人。一部分商人轉入了地下，表面上總算不敢公開進行鴉片的交易了。

「現在正好嘛，」提督歪著嘴唇說：「廈門暫時還算是模範城市。再說，還可以讓他們看看我的軍隊，根本不會那麼丟人。」他本想把話說得俏皮些，可是說到後來，話音有點兒發顫了。

當時清國的軍隊極其腐朽，尤其是世襲制的滿洲八旗的官兵更是不像話，不會騎馬的騎兵並不罕見。跟他們相比，廈門的水師確實傑出許多。裝備姑且不說，士氣還是旺盛的。這與當時海盜猖獗，他們經常參加實際作戰大有關係。總之，福建的水師是名震天下的。這一傳統在清朝滅亡後仍然繼承了下來，現代中國海軍的高級軍官很多是福建人。

這支軍隊確實如陳化成將軍所說的那樣，讓別人看看也不會那麼丟人的。

「其實，今天晚上來造訪，並不是爲了說這些煞風景的話。明天晚上如果有閒暇，想恭請大人光臨鴻園……」連維材改換了話題，拿出了請帖。

「哦，公子要外出？」提督接過請帖，打開一看，上面寫道：小兒統文年已十八，將赴北方遊學，特設薄宴，恭候光臨，並請賜教。

「能大駕光臨嗎？」

「根據目前情況，明天晚上還沒有安排。不過，因爲那艘可惡的英國船，我還不能明確地答應你。盡量地擠時間吧！」提督的腦袋中，一直在考慮另外的事情。

他沒有受過正規教育，但在軍務之暇還是學習了很多東西。他自認爲是一介武夫，其實他不單只是這樣的人物。在那個閉關自守的時代，在幾乎所有人都不了解外國的情況下，僅就他看見過外國船艦這點來說，也可以稱得上是一個外國通，即便跟那些很有教養的達官貴人談話，一談到外國的事情，對方也等於是白痴。

關於英國船進入廈門港，那些達官貴人們是不可能採取妥當的措施的。

「好吧，這事由我來處理吧！」提督這麼想。

6

連維材離開提督官署，坐上了轎子。當天晚上他沒有回鴻園，決定住在城裡金順記的店鋪裡。在去店鋪的途中，他一直閉著眼睛。「寂寞啊！」他低聲地對自己說。

這種孤獨感來自何處呢？

關於阿美士德號來航的問題，在整個廈門知道其眞相的，僅有他和溫翰兩個人。這當然使他感到寂寞。不過，更難忍受的寂寞，是他感到自己的心中潛藏著一種魔鬼似的破壞欲望。

阿美士德號船長對清國官吏說是因爲避風而入港的。但那是假話，其實它是英國東印度公司偷偷派遣的偵察船。

當時英國把對清國貿易的壟斷權給了東印度公司，這種許可壟斷的證書再過兩年就要到期了。新興的工商市民已透過產業革命得勢，成爲國會的主人，看來要延長許可證書的期限已經沒有什麼希望了，新的領導階級現在高舉的是個人主義與自由主義的旗幟。

東印度公司不能不考慮留點什麼紀念品，爲今後侵入中國的個人貿易家把中國的門戶開得更大一點。還有比這更好的紀念品嗎？

東印度公司廣州特派委員威廉．布洛丁，爲他偉大的公司錦上添花，早就籌畫對廣州以外，禁止外國人接近的海岸進行偵察。

欲偵察最好有內應。布洛丁選中了清朝商人中最進步、最有實踐才能的連維材。連維材把總店設在廈門，但他一年有一半以上的時間住在廣州和澳門。布洛丁在澳門會見了連維材，要求他協助偵察工作。

「請您不要誤解這是對國家的背叛。我想您也會理解，對外開放才是貴國應當選擇的正確道路。所以若是您協助我們，不也就是爲您的國家效勞嗎？」

「我承擔吧！」連維材當場答應了。看起來他好像若無其事地答應，其實他的心情很複雜。

開放當然是他所希望的。不過，他答應協助英國的偵察船，並不僅僅是爲了開放，還因爲他覺得這可能是某種巨大破壞的前兆。

破壞一切！在他心底深處蘊藏著連自己也無法抑制的欲望。這也許是一種天眞的期待，希望能在一切都毀滅的廢墟上萌生出新芽——他是這麼想的。

這也可能是一種詛咒。現實的世界曾給他帶來多大的痛苦啊！他至今尚不能忘記，十七歲時身無一物被趕出金豐茂的日子。

「喂，丫頭的小崽子！」孩提時，他經常要挨異母哥哥這樣的咒罵。這種罵聲至今仍在他的耳邊迴響。

父親的正妻生了幾個女孩子。但除了比維材早生十天的姐姐桂華，都和同松一樣，不承認維材是自己的兄弟，欺侮維材並不亞於長兄。

現在距他被趕出家門已經二十五年，本家金豐茂負債如山。金豐茂之所以還沒有破產，是因爲對維材比較友好的桂華偷偷地從維材那裡借了錢，又隱瞞著錢的來路，接濟哥哥。

同松作爲買賣人確實是個低能兒。但金豐茂如此一敗塗地，實際上是因爲維材在買賣上給它徹底的打擊。打的是他，接濟的也是他——這已經是過去的事了。用溫翰的話來說，較量早已成定局。那裡已是一塊平坦的土地，只等待著萌發新芽。

儘管對方還銜著自己的住宅吐唾沫，但維材已不把它當一回事了。已經破壞了的地方，再沒有什麼事可做的。

溫翰早就在金順記的店裡等待著他。

「情況怎麼樣？」

「提督很明白事理。簡直太明白了。」

「那太好了。」

「今年秋天廣州的事一完，我想抽空去北京玩一玩。」

「是去玩嗎？」

「想去見一見定庵先生。」

「您是感到寂寞了吧？」只有溫翰才能說這樣的話。溫翰能夠理解維材的孤獨，因爲是他這麼教育維材的。

維材回到自己的房間，讀起定庵的詩：

故物人寰少，猶蒙憂患俱。

春深恆作伴，宵夢亦先驅。

不逐年華改，難同逝水徂。

多情誰似汝？未忍托禳巫。

詩的大意是這樣的：人世間的故物（不變的事物）很少，唯有「憂患」永遠纏著我。在春深的時候它緊緊地挨著我，在夜夢中它首先露面。歲月流逝，這樣的狀況卻依然如故，不能像流水那樣一去不返。恐怕再沒有別人像我這般多愁善感了！它雖像纏人的妖魔，但我還不忍請巫婆來把它趕走。

紮根在維材心中的「破壞的欲望」，正是龔定庵所說的「憂患」。即使想把它除去，但它已滲入自己的血肉，不可分開了，而且維材很難想像自己失去破壞的欲望將會是什麼樣子。正因爲有了它，才成其爲「連維材」。

他把這首詩反覆讀了好多遍。

阿美士德號

為了不讓要前往的地方產生敵意，阿美士德號確實未帶一點鴉片，琳賽還起了個中國名字，叫「胡夏米」。

「不准進入！不准進入！」艇上的官員氣勢洶洶，一個勁地叫喊著不准船進來。而琳賽卻賠著笑臉，翻來覆去地說：「我，胡夏米，貨物一共十萬兩銀子！」

1

地勢平坦的金門島剛出現不久，奇岩怪石畢露的鼓浪嶼突然進入了視野。船一轉換方向，這島嶼就呈現出完全不同的形狀。不一會兒就突然出現一個獅子狗狀的島嶼，那就是目的地——廈門島。

阿美士德號就這樣出現在這個禁止進入的港口。

船長休·漢彌爾頓·琳賽在甲板上盯著逐漸接近的廈門島，就好像要把它吞下去似的。他兩腿叉開，一動不動地站在那兒，那樣子完全是一副挑戰的姿態。琳賽是東印度公司的高級職員，他被上司布洛丁挑選為這次偵察活動的負責人。

臨出發的時候，布洛丁反覆叮嚀說：「在當地特別要調查居民的眞正動向，絕不要相信官員。遇事要隨機應變，小心謹愼。」

幹這種勾當，琳賽是最合適不過的了。

在那個海盜橫行的時代，商船都是武裝起來的。阿美士德號上也裝有幾十門炮，船員約八十人，低級船員大多是印度人和馬來人。

在琳賽的旁邊，傳教士查理斯·歐茲拉夫[1]，眨著眼睛。跟他形成鮮明對照的是他背後的哈利·維多。哈利那雙明亮的藍眼睛幾乎一眨也不眨。他的身體還沒有完全長成大人，尤其是那雙眼睛更是如此。這少年的眼睛正全神貫注地凝視著廈門島。

「喂，到了！」瞭望哨在桅杆上喊道。

琳賽的寬肩膀微微地搖晃了一下。不一會兒，從廈門港開來的船隊進入了他的眼簾。

「哈利！」琳賽喊道：「告訴溫章，寫那封信！」

「是！」年輕的哈利急忙跑進船艙。

琳賽連眼梢也不瞅一瞅哈利，臉上掛著蔑視的微笑，注視著包圍過來的船隊。

小艇共有七艘，後面跟著一艘兵船，好似在指揮著這支船隊。

琳賽用望遠鏡觀察了一會兒，然後對歐茲拉夫使個眼色說：「海字七號！」

福建水師提督也管轄海壇、金門、南澳、臺灣四鎭之兵。不過各鎭都有總兵官，實際直屬於提督的是提標五營（中營、左營、右營、前營、後營）、水師副將的閩安左營、右營以及烽火營和銅山九個營。各營的兵員大體爲一千人。各營分別有特殊的「字」，所屬的兵船用某字第幾號來稱呼。如提標左營的字爲「國」，右營爲「萬」，前營爲「年」，後營爲「清」，銅山營爲「紀」等。也就是說，起名的方法不是像日本的航空母艦「陸奧」、「長門」那樣，而是像舊日本海軍的潛水艇，用記號與數位組合起來命名。提標中營的代號是「海」字。現在指揮小艇包圍阿美士德號的兵船是「海字七號」。

歐茲拉夫是傳教士，不懂軍事，但熱心於研究，能自如地閱讀中文。他立即翻閱了一下《欽定戰船則例》，據上面記載說：「海字七號」長六丈五尺，船首高二丈五尺，吃水六尺一寸有餘。清代的度量衡與日本略有不同，一丈爲三點二公尺，一尺爲三十二公分，所以該兵船的長度爲二十公尺八十公分。船身當然是木造的，跟英國的商船相比，簡直就像小孩的玩具。

它飄著一面細長的龍旗，掛著一面五米見方的大沖風旗和三面長方形大小不一的定風旗，奇怪的是還恭恭敬敬地立著一杆媽祖旗。媽祖可是華南的海神。

「謔，飄著花裡胡哨的旗子來啦！」琳賽面帶奸笑。

不一會兒，一艘小艇划到阿美士德號的旁邊，艇上一個官員模樣的漢子大聲地詢問船是從什麼地方開來的。

琳賽用方言很重的官話吼叫著回答說：「從孟加拉……孟加拉來的！」

「什麼？榜……榜什麼？」

不過，夾雜著打手勢，又提到蒙兀兒、印度、加爾各答，這樣才算弄明白了。後來這位官員在記錄上把孟加拉寫作「榜葛剌」。

「到哪兒去？」

「日本。」

「去幹什麼？」

「貿易。風不好，停在這裡。在這裡也可以做買賣。」

「裝的是什麼貨？」

「鴉片，一點兒也沒有。有毛織品，有鐘錶，還有望遠鏡，共値十萬兩銀子。」琳賽神氣活現地喊叫著。

爲了不讓要去的地方產生敵意，阿美士德號確實未帶一點鴉片，琳賽還起了個中國名字，叫「胡夏米」。

「不准進入！不准進入！」艇上的官員氣勢洶洶，一個勁地叫喊著不准船進來。而琳賽卻賠著笑臉，翻來覆去地說：「我，胡夏米，貨物一共十萬兩銀子！」

2

溫章在船艙中對著桌子，托著雙腮。

他今年三十歲剛出頭，但看起來要比實際年齡大得多。他那副充滿憂慮的面孔，說他五十歲恐怕也沒有人感到奇怪。他是金順記帳房先生溫翰的獨生子。

哈利走進來，大聲地對他說：「溫先生，你怎麼啦？不上甲板去看看你想念的廈門嗎？」

「我想應該會有事情要我做，我在這裡等著。」溫章回答說。

「你是說把一切都做完之後才去看？」哈利笑嘻嘻地說：「我把工作帶來了。請你馬上給廈門當局寫封信。」

「好，我馬上就寫。」

這兩個人對話的方式總是那麼奇怪，哈利對溫章用漢語說話，溫章對哈利卻使用英語。

溫章提起筆，凝視著眼前的白紙。紙上模糊地現出女兒的面孔。

他在澳門學過英文，十八歲結婚，生了一個女兒。自幼體弱多病的妻子於五年前去世。他十分傷心，企圖用鴉片來醫癒自己的悲痛。父親溫翰得知這一情況後，把他趕到麻六甲。這已經是四年前的事情了。他戒掉了鴉片，並從那赴歐美旅行。

他一直住在麻六甲。一個月前，金順記突然來人要他回澳門。這裡有以下原因：阿美士德號的船主琳賽和傳教士歐茲拉夫都會說中國話。年輕的哈利．維多的中國話也說得相當好。歐茲拉夫甚至還能說幾種中國的方言。但是，跟一般老百姓說話和寫文章還是兩回事。三個人共同的弱點是中文寫得不怎麼好。

清朝的官吏是極端的形式主義者，把文書看得無比重要。和各地的官吏打交道，一定要有文書，因此他們需要有一個中文寫得好的人。跟協助人連維材一商談，連維材推薦說：「我在麻六甲的分號，有一個人叫溫章，他會英語，中文也很好。」

「讓中國人上船，恐怕會引起麻煩吧？」布洛丁的這種擔心也不是沒有道理的。清朝閉關自守的主要目的是不讓人民與外國人接近。外國船隻在近海上出現，他們擔心的只是老百姓和外國人接觸，說什麼「奸民豈不勾結圖利！」如果再了解到外國船裡有中國人，那就難免引起麻煩。

「不要緊。這個人已經剪掉了辮子。」連維材這麼回答，布洛丁才放心了。

剃光頭，僅留下後腦勺上的頭髮，梳成長長的辮子，這本來是滿族的風俗。清朝創業之初，強迫漢族蓄辮子，把這看作是服從的標誌；不留辮子的人被視爲反叛，要判處殺頭之罪。最初有許多人就因爲拒絕這種奇風異俗而付出了流血的代價；有的人以出家當和尚進行消極的抵抗。

不過，清朝統治中國已近二百年，現在沒有辮子的人只不過意味著不是清朝人。讓這樣的人坐上外國船，說他是馬來人就行了。

所以現在待在阿美士德號船艙裡的溫章是馬來人的打扮。

溫章一邊寫信，一邊還不時地用手摸一摸後腦勺，看來這是無意識的動作。金順記麻六甲分號的老闆叫陸念東，是連維材的妻弟。陸念東是個怪人，趁溫章熟睡的時候，用剪刀剪掉了他的辮子。事情已經過去了四年，但至今他還覺得是一塊心病。

他在阿美士德號上寫的那封信，現在仍留存下來。

福建省的省會是福州，相當於省長的「巡撫」住在那裡，所以在廈門統轄文官武將的最高官職是水師提督。因此，溫章以船主「胡夏米」的名義寫信的對象就成了陳化成將軍。

信的草稿在出發之前就擬定了。但因爲藉口是入港避難，所以向官府提交的文書必須裝作是匆忙寫就、墨漬未乾的樣子。因此在遭到包圍的時候才命令溫章寫這封信。信的大致內容是這樣：

……本欲自孟買往日本，不意途經廈門，遭遇巨風，望能補充食糧飲水。吾乃英國公民，英國與大清帝國素來友好，亦多往來貿易。然今蒙誤會，乃至於兵船相圍。貴清國國民到吾英國本土，或諸屬地通商洽公者，無不受到禮遇如本國公民者，實不圖今日竟受貴國如此待遇。

信的結尾說：「伏望清國之人，以恩管待英吉利國之賓客。」這裡的「管待」是筆誤，應當寫爲「歡待」或「款待」。也難怪他，離開中國四年了，所以中文難免有些生疏。

陳提督沒有答覆船主胡夏米的這封信，而是向阿美士德號發出以下的警告：

天朝國法素嚴，例定不准拋泊，務必即日開行，不得逗留，並不准私自登岸。

3

天黑之後，溫章才登上了甲板。

這是一個沒有月色的夜晚。黑幽幽的大海上，閃爍著點點燈光。阿美士德號仍然被包圍著。在左舷的遠方，燈火更加密集。「海字七號」就停泊在那裡。可以看到廈門城裡的微弱的燈光。

女兒彩蘭就在這座城裡。分別時她才七歲，現在該是十一歲了。由於祖父溫翰經常外出，很難照顧孫女，就將她寄養在主人連維材的家中。連維材有四個孩子，但全部都是男孩子，據說連家像對待公主似地撫養著彩蘭。

「啊，你在想你的小姐吧?」背後傳來爽朗的聲音。這是哈利所說的不太標準的中國話。

「嗯，是的。分別四年了，這次不知道能不能見上面。」仍和平時一樣，溫章用英語回答。

「琳賽已經說了，一定要登岸。你不用發愁，一定能見到。」

「是嗎？」

溫章已經灰心喪氣，哈利親切地拍了拍他的肩膀。

這個年輕的英國人出生於利物浦，是水手的孩子，父親在他還是孩童時就在海上遇難。他變成了孤兒，十七歲來到東方，在麻六甲的「Anglo-Chinese-College」[2]學習過，後來進了東印度公司。

英國人米憐於一八一五年在麻六甲建立了一所學校。這所學校具有雙重性質，一方面對準備與清朝進行貿易和傳教活動的英國青年教授中國話和中國的風俗習慣，另一方面向住在馬來的中國學生教授英語和西方情況。最初米憐採用自己老師的名字，把這所學校稱作「馬禮遜學校」，後來改爲「Anglo-Chinese-College」，它的中文名稱爲「英華書院」。

溫章受父命來到麻六甲時，哈利正是英華書院的學生。他們在這裡相識，相互作爲練習外語的對象。根據當時的習慣，他們使用對方國家的語言進行對話。

孤兒哈利的人生道路是不平坦的，可是他的性格卻十分開朗。這以多年往來於尖銳複雜的貿易戰場的琳賽，和經歷過苦難的傳教生活的歐茲拉夫的眼光來看，似乎太逍遙自在了。總之，他的性格不太喜歡把緊張的情緒流露出來。

「那傢伙整天傻乎乎地張大著嘴巴，太散漫了。」琳賽對哈利的評價更加嚴厲。

其實哈利除了微笑的時候外，總是緊閉著嘴唇，只不過是不願讓別人感覺到他的緊張而已。

不知爲什麼，溫章覺得唯有自己才能體會到哈利內心裡的嚴肅。從哈利方面來說，他也覺得被別人當作「寫中文工具」的溫章是自己最親近的人。

他們並排站在被黑暗籠罩著的甲板上，默默地看著海上和對岸的燈火，而彼此卻感到有某種相通的地方。

「小姐住的地方在哪一帶？」哈利問道。

「在那邊。」溫章指著黑暗的對岸。鴻園裡樹木多，很難看到那裡的燈光。

兩人互相想探詢什麼，用的是很簡短的語言。然後幾乎什麼也沒說，站了一個多小時。

「在海風裡站久了，對身體不好。」過了一會兒，哈利這麼催促溫章說。

溫章回到船艙裡。狹窄的船艙裡放著雙層床。溫章一走進來，躺在上層床的一個漢子猛地跳了下來。微弱的燈火在玻璃罩中閃動了一下，照著這漢子的側臉。他沒有辮子，但要說他是馬來人，膚色又顯得蒼白了一些。眉宇間充滿著稚氣，但略帶憂鬱。他拿起毛筆在紙上寫道：「我知汝望鄉。」然後遞給溫章。

溫章在旁邊寫道：「汝亦定想家鄉。」

那漢子大大地寫了兩個字：「不想。」把紙上的空白都塡滿了，寫完後嘻嘻地怪笑起來。

這漢子是在海上漂流被救起來的日本人。他名叫石田時之助，中國話還不會說，專門靠筆談辦事。

石田和五名船員在海南島附近被荷蘭船搭救起來。但這艘船是經巴達維亞回國的，在第一個停泊地——婆羅洲西岸的坤甸讓他們下了船。他們從這裡被送往麻六甲。在麻六甲逗留期間，受到金順記分號富有俠義心腸的老闆陸念東的照顧。因爲只有澳門才有去日本的船，他們不久之後就去了澳門。

溫章去澳門坐的也是這艘船。到了澳門之後，其他的日本人都想回國，唯有石田說：「不想回去。」問他爲什麼不想回去，他說回去沒有意思。當他了解到溫章要上阿美士德號，就要求帶他一起去。跟東印度公司一說，對方爽快地同意了。這大概是因爲像石田這樣跟誰都沒有關係的人當偵察船上的水手最爲合適了。

石田手扶著床沿，「嗨」的一聲，一下子就跳上了上層床。這種本領溫章是做不到的。

4

「喂，那些小破船撤退啦！」第二天早晨，阿美士德號上的瞭望員大聲地叫喊著。

船員們都聚集到甲板上來。「海字七號」確實率領著小艇在撤退。

「是不是換班？」歐茲拉夫問琳賽。

「不。如果是換班，應當等到接班的船來。」

「這麼說，是眞的解圍了嗎？」

「是吧！」琳賽笑了笑說：「這個廈門有金順記的連維材。他是咱們的朋友，有錢，……而且很多很多。」

「是收買嗎？」

「肯定是。」

「聽說本地的提督是個清廉的人物。」歐茲拉夫眨著眼睛。

「人總有兩面嘛！」琳賽嘲諷不懂人情世故的傳教士，說：「而且連維材很有才幹，連布洛丁先生都很欣賞他哩！」

他轉過頭來，神氣十足地下命令說：「馬上登岸。準備測量工具！」

連維材的兒子統文要出門，鴻園裡正在忙著準備歡送宴會。

兒子們在十八歲之前和店員的子弟們一起在家塾裡讀書，而且要經常到店裡去實習。一到十八歲就要外出遊學，開闊眼界——這就是連維材的教育方針。

他有四個兒子，恰好彼此都相差二歲。大兒子統文一結束遊學回家，就該輪到二兒子承文去遊學。遊學的地點是維材喜愛的蘇州，那是一個充滿文學藝術氣質的城市。

鴻園這天一清早就有許多人出出進進。

廈門最有名的廚師帶著他的同行來了。

園內的空場上要搭兩座戲臺，一夥扛著木材的木匠師傅也來了。在這個祝賀長公子出門的大喜日子，連家決定把鴻園的一塊空地開放一個晚上，讓市民們觀看歌仔戲和傀儡戲。

有名的戲班子，把大大小小的道具裝在車上，進了鴻園的大門。演出的劇碼有《三國演義》的折子戲和《楊門女將》。

接著傀儡戲劇團也到了。這是一種由人操縱的木偶戲，演員大多是老人。

臨近傍晚，師公們也來了。師公就是道教中做祭祀的道士，爲了祈禱旅途平安和前程無量，得祭祀神仙和祖先。

這些穿著華麗的道裝、戴著師公帽的道士們被領進休息室。只有最後面的一個道士沒有進去，而是飛快地穿過走廊。從他走路的樣子來看，好似很熟悉這宅子裡的情況。他迅速的轉過轉角，在第三個房門前站立了一會兒，然後朝四周看了看，輕輕地推開了房門。

房間裡只有溫翰坐在桌前，翻閱著書籍，他那雙小眼睛顯得異常敏銳。

「阿爸！」道裝打扮的人低聲地叫喚了一聲，脫下了帽子。

「是阿章！……」溫翰敏銳的眼中微微地露出一絲慈愛之情。

「我回來了，您身體好嗎？」

「只是增添了一些白髮。」

「快四年了啊！」

「看來你的氣色也不錯。」

「辮子沒有了。您看，蓄起頭髮了。」

「這倒與你很相稱。」

溫章不覺用手摸了摸後腦勺。

「彩蘭在那邊等著。一塊兒去吧！」溫翰慢慢站起身來說。

父子倆分別了四年重逢，太過於壓抑感情了。

5

阿美士德號上的船員們登岸後，市民們好奇的眼光對他們來說成了一種新的包圍。溫章即使能進入鴻園，但若穿著水手服或馬來服是不可行的，沒有辮子確實很不方便。因此他首先偷偷地來到小巷一個爲金順記看管倉庫的人的家中。這個看倉庫的爲他奔走聯繫，決定讓他化裝成道士進入鴻園。

溫章離開孩子時，孩子才七歲，現在已十一歲了，長得比預想的還像個大人。

溫章胸口堵塞，說不出話來。

女兒彩蘭睜著一雙大眼睛，但沒有流一滴眼淚，爽朗地說道：「爸爸，您回來啦！」

「嗯、嗯……」溫章顯得很可憐。

溫翰好像監視似地在一旁看著兒子和孫女會面。

「這孩子如果是男的就……」他平時心裡總是這麼想。

溫翰一向膽大心細。而他的兒子溫章卻用膽小軟弱的方式，繼承了父親細心的一面，以致在失去妻子時他經受不起這種打擊。

相比之下，彩蘭雖是個女孩子，卻繼承了祖父豪放的性格。父親因百感交集而說不出話來，十一歲的女兒卻非常冷靜地跟父親打招呼說：「爸爸身體好，比什麼都好。」

「我沒有辮子了！」這就是溫章，好不容易才開口跟女兒說的話。

「我也沒有裹腳呀！」彩蘭平靜地說。

溫翰很愛孫女的這種性格，他不願讓孫女纏足，剝奪她的自由，反而希望她像個男孩子。這樣做是很需要勇氣的。

「小腳」在當時是出嫁的必須條件。女孩子最遲六歲就必須纏足。在溫章去國外的時候，祖父溫翰下了決心。他心裡想：「纏足就算了吧，太痛了！再說，廣東人、客家和蛋民都不纏足。將來招女婿也不一定非本地人不可。」

留辮子是強制的，纏足並非如此，雖然政府曾多次發出禁令。留辮子嚴格實行了，而纏足的禁令卻被人們所忽視，這是因爲辮子是「服從的標誌」，從思想上來說對統治者十分重要，而纏足的風俗卻不會動搖清朝的統治。

另外還有這樣的原因，女性是男人的私有財產，纏足有利於防止女性逃跑；而且腳一小，腰部就彎曲起來，這符合男性變態的愛好。

連家沒有女孩子，大家都疼愛彩蘭。但連家的女人們背地裡都說溫翰是個狠心的爺爺，這地方的女人如果不纏足，就會被人們看作是必須勞動的窮苦階級，被輕蔑地稱爲「大腳姑娘」。

沒給彩蘭纏足，溫章從父親的來信中早已知道。

父親的信中寫道：「……此久積之惡習，應從我國除去，欲使彩蘭成爲時代之先驅……」

溫章也覺得父親的這種做法太過分了。

不過，他自己被鴉片弄得身敗名裂，最後流落國外──這樣一個窩囊的老子哪有資格對女兒的事說三道四呢？

一個女孩兒家跟闊別四年的父親見面，應當更激動一些，流一點眼淚恐怕也是合情合理的。可是彩蘭爲什麼這麼平靜呢？這完全是祖父對這個幼小的姑娘進行這樣教育的結果。溫章想到這裡，眼角不覺潤溼起來。

「哦，你的腳……」

「我免了一場疼痛，眞感謝爺爺啊！」

在腳上的骨肉成長最旺盛的幼女時期，人工的纏足會帶來劇烈的疼痛。這種疼痛簡直要沁入骨髓，幼女們有一段時期會因疼痛而晝夜啼哭。

「是嗎？那好啊！」溫章眼裡噙著眼淚。

「去見見維材吧！跟彩蘭以後還可以慢慢地談。」溫翰在旁邊說道。他看不慣兒子這種婆婆媽媽的樣子。

溫章依依不捨地離開了女兒。來到走廊，父子倆才並排地走在一起。

「我不久將去上海。」溫翰說：「你這次航行結束後，住到澳門去。關於彩蘭，你想留在身邊嗎？」

「嗯，當然想！」

「那麼，最近維材要去廣州，讓他把彩蘭先帶去嗎？」

「能夠這樣就太好了。」溫章回答說。

「彩蘭的事，你一點兒也不用擔心。」溫翰突然停下腳步，仔細地端詳著兒子的臉。

江蘇巡撫

「對方把我當作棋子。我也可以反過來把他當作自己的棋子嘛！」林則徐正想到這裡，冷不防溫翰說道：「英國船很快就會離開上海。您可以不負任何責任。」

「噢。」林則徐盯著對方的臉，「您想把英國船也當作棋子來運用吧？」

「是的。」溫翰回答說。

1

關帝廟的牆壁上靠著一杆旗子，上面寫著「饑民團」三個大字，筆跡相當秀美。

在廟前的空場上，一群漢子正啃著大饅頭。有的站著吃，有的蹲著或坐在地上，也有人懶懶散散地躺在那兒。大約有二百多人。他們大多穿著黑色的棉衣，其中也夾雜著一些衣衫襤褸的人，像是流浪漢。不過大部分人的穿著並不太壞，跟這附近的農民沒有多大差別。

「喂——沒有啦！」有人大聲地喊起來。

「怎麼？就這麼一點兒！」「不准騙人！」

人群中傳來亂糟糟的叫嚷聲。

「馬上就拿來，請大家稍等一會兒。」一個老頭提著一個大水壺，慌忙登上臺階。他用袖子擦了擦額上的汗，放開嗓門大聲地說。

「快點！」「不要磨磨蹭蹭的！」人群中這種亂糟糟的叫罵聲很快消失了。

十來個盛著饅頭的大籮筐被抬了過來，人們的嘴巴又緊張地咀嚼起來。

過了半個時辰，饑民團的人們好像都已經吃飽了。有的人摸了摸肚子，把剩下的饅頭塞進了口袋。

「飽啦，咱們走吧！」一個大漢這麼說著。他站起身來，舉起雙手，伸了個懶腰。他肥大的身軀，慢吞吞地朝牆邊走去，拿起靠在牆上的旗子，輕輕地舉了起來。「咱們走！」他的那張大臉上滿是笑容，露出的大齙牙閃閃發亮。

人們陸陸續續地跟在他的後面走。坐在地上的人們站起來時，順手拍拍褲子和上衣，場上一下子灰塵瀰漫。

這個頭頭模樣的肥胖漢子，嘴裡發出「嗨呵嗨呵」的吆喝聲，把那杆旗子一會兒舉起來，一會兒放下去，他那樣子看起來很滑稽。

饑民團開始移動了。他們有一半人光著腳，腳趾頭又粗又大，走起路來好像要把沙子、小石頭子踏碎似的。穿著草鞋和布鞋的腳也雄勁有力。

二百人腳下揚起的塵土，慢慢地向北邊移動。場子上只剩下村子裡十幾個接待的人，和滿地的空籮筐、茶碗。

這就是「蠶食」之後的情景。

提水壺的老頭兒，渾身無力地坐在關帝廟的臺階上，嘟嘟囔囔地說：「好啦好啦！總算打發走啦！」

這裡是江蘇省揚州北面的一個村莊，村莊的名字叫鳳凰橋。

隔著空場子，關帝廟的對面有一戶人家。林則徐帶著一群幕僚，正在這家的樓上休息。他剛才一直看著饑民團強索食物、大啃饅頭的情景。

「這些糟糕的傢伙！最近經常來嗎？」林則徐問這家的主人。主人是這個村子的一位鄉紳。

「每月一兩次。」

「哦，次數這麼多！」

「秋、冬還要多一些。」

「這可是個大問題！」

「不過……」主人吞吞吐吐地說：「這村子裡的人也這麼經常到別的地方去……」

「你是說大家都互相這麼做嗎？」

「沒有辦法呀！」主人低下眼睛回答說。

這些人既不是土匪，也不是流浪漢，是外出打短工的人群。由於氣候的關係，各地插秧和收割的時期不同，於是就形成了一種習慣，年輕的農民利用這個時機外出打短工。因爲自己的子弟也要出遠門受苦，沿途的農民最初都主動地給他們提供吃食，但後來那些以「吃四方」爲職業的人也逐漸混進了這些打短工的人群。

「麻煩的事呀！」林則徐小聲地說。他好似想起了什麼，從行李中取出了書籍。只見他打開《皇朝通典》，上面寫道：乾隆二十二年（一七五七年）人口，一億九千三十四萬八千三百二十八人。接著他查閱了一下前年（道光十年，即一八三〇年）的《戶部檔案》，其中寫到：本年全國人口，三億九千四百七十八萬四千六百八十一人。

七十年裡人口增加了一倍，而耕地面積在這期間僅增加百分之十八，國民大部分是農民。人口與耕地面積的增加不平衡，當然會影響國民的生活。

這些人「雖非乞丐之類，但自稱饑民，需索飲食……」就連那些正經的流動雇工，由於生活日益困苦，在家中待不下去，也會慢慢地淪落爲敲詐勒索者，很難說他們以後不會變成土匪。

饑民團的人群愈走愈遠。那旗子上的字已經辨認不清，但還可看到那旗子在濛濛灰塵中上下躍動。

「拿旗子的傢伙簡直像個丑角！」林則徐自言自語地說。

如果一個有更大野心、懷有目的的奸惡之徒來揮動旗子，馬上就可能把這群人變爲暴徒。危哉！危哉！

林則徐的肩膀抖動了一下。

悲慘的結局是不可避免的，他很難把這種想法從內心裡排除出去。

「我們出發吧！」他說道；「揚州就在眼前了，這次要趕路。」

去年七月江蘇遭到水災時，林則徐趕緊運去河南的糧食，博得了人望，人們頌揚他是「林青天」。所謂「青天」，是指清廉仁慈的官吏。

他完成運糧任務後，於十月任「河東河道總督」，去了北方，人們感到很惋惜。

今年二月，他被任命爲江蘇巡撫，當地的人民拍手歡呼。但他本人卻藉口要處理治理河道的未完事務，未馬上赴任。

不過現在不允許他再拖延了。因爲英船阿美士德號已非法進入了上海港口。

他現在正由山東入江蘇，趕赴上海。

2

林則徐到任之前，江蘇省巡撫的職務由布政使梁章鉅代理。

巡撫是一省之長，掌管全省的行政、司法和軍事。在巡撫的下面，「布政使」主管行政，「按察使」主管司法。

這位代理巡撫、布政使梁章鉅，和方面軍司令、蘇松鎭總兵關天培將軍以及蘇松太道（蘇州府九縣、松江府七縣和太倉州四縣的行政長官）吳其泰——這三個人是當前的負責官員。

關天培悶悶不樂地待在房間裡，他從櫃櫥裡取出酒壺，斟了一碗酒，一口氣把它喝完了。他情緒不佳。今天已派出了兵船，把官兵部署在塘岸，但阿美士德號並未因此而有絲毫的畏懼。作為一個海軍軍人，他太了解敵我之間的實力差距了。

「哼！什麼速驅逐出境！」他又喝了一碗酒，捋著絡腮鬍恨恨地說。這位五十三歲的將軍，有著一把漂亮的灰鬍子。

他那渾濁的眼睛望著虛空，又把一碗酒灌進自己的喉嚨。「要打，誰勝誰敗早就註定了。」真叫人無可奈何！中央的那些要人們吝惜軍費，對海防毫無理解，卻動輒就命令什麼「驅逐出境」，實在叫他氣憤。

「六千斤的炮有十門也好啊！」他自言自語地說。

在後來的鴉片戰爭中，身為提督而壯烈陣亡的猛將有兩個，一個是前面談到的陳化成，另一個就是關天培（他第二年由總兵提升為提督，鴉片戰爭時任廣東水師提督）。

陳化成心直口快，關天培性格內向。小個子陳化成顯得機靈，大漢子關天培穩重，說得難聽一點，給人笨拙的感覺。陳化成有點幼稚，有時顯得有點可笑；而關天培卻一味地謹慎嚴肅，在部下面前很少露出笑容。

關天培發洩感情唯一的辦法，就是這樣在沒有人的地方大碗喝酒。

「好在少穆就要到了。」他這麼說著，好似在安慰自己。

少穆是林則徐的字。道光三年（一八二三）關天培當蘇松游擊時，林則徐是江蘇省按察使。三年後關天培任太湖營水師副將，林則徐就在他的旁邊主持兩淮鹽政。第二年關天培提升為蘇松鎮的總兵，至今已有五年之久；而林則徐在這期間曾兩度擔任江蘇布政使。

他們兩人之間建立了眞正的友誼。心中有什麼憂鬱的事情，往往會想起信賴的朋友。這位朋友正從北方朝這裡趕來。

關天培打開了窗戶。夜晚的上海港出現在他的眼前，阿美士德號上特別明亮的燈光刺得他的眼睛發痛。這艘可惡的夷船自六月二十日（陰曆五月二十二日）入港以來，已經在那裡待了十天。

關天培盯視著船上的燈光。這時一位軍官進來報告說：

「巡撫大人來了通知，說他已經到達揚州。」

「是嗎？」關將軍很少流露感情，甚至被人們認為有點笨拙，但這時卻十分高興，露出滿口白牙齒，笑了一笑。

3

林則徐到達了揚州。

揚州是兩淮鹽業的重鎭，設有鹽運使署。六年前林則徐曾在此地任鹽運使，掌管了半年左右的鹽政。他本來應該住進他所熟悉的鹽運使署，卻選擇了平山堂作爲住宿地。平山堂是鑒眞和尚曾經駐錫過的大明寺的遺址。

「有客人在等著大人。」平山堂出來迎接林則徐的僧人說道。

「噢，是翰翁吧。」

林則徐曾接到溫翰的來信，要求在揚州和他作一夕之談，恰好林則徐也有些事情要徵詢他的意見。

平山堂在乾隆元年（一七三六年）重建時，在堂的西面建造了庭園。庭園裡一片青翠蔥綠。人們曾讚揚「揚州芍藥甲天下，載於舊譜者，多至三十九種」這些芍藥現在已經凋謝了。《浮生六記》中敘述平山堂說：「雖全是人工，而奇思幻想，點綴天然。」點綴天然的意思，並不是模仿自然，而是說在自然之中點綴些人工創造的東西。鹽運使署裡也有庭園，但林則徐不滿意那裡的自然氣氛，卻喜歡平山堂帶有人工創造的美。庭園裡的石頭確實是從洞庭湖運來的，但石頭的布置絕不像是原來就生長在那兒般。那些滲透了搬運工人汗水的岩石，本身就好似表明它們不是自然的產物，而是人工創造的結果。林則徐喜歡的就是這一點。

在平山堂的一間屋子裡，溫翰早就在那裡等著。

「撫台（對巡撫的尊稱）愈來愈精神了。」

「這麼說，翰翁也好似突然增添了銀絲，尤其是您那眉毛。」

「那是老朽的表現嘛！」

「不，絕不是這樣。」

「我想問一問，這次夷船來到上海，撫台將作何處置？」

「您看應當作何處置？」

溫翰沒有直接回答這個問題，說道：「最好是不要去。在夷船走後才去赴任，撫台可以逃脫一半責任。」

「這麼說，翰翁是來勸阻我赴任的囉？」

「是的。」

「夷船的到來，翰翁今年年初就已經知道了吧？」

「是的。」

「翰翁，您眞是個可怕的人物啊！」林則徐這麼說著，想笑一笑，但內心裡有什麼東西把這種笑的衝動壓了下去。

這可不是好笑的事情啊！

林則徐初次見到溫翰是在二十年前，地點是在北京。準確的年分是嘉慶十六年（一八一一年），即全國英才參加三年一度的會試而齊集北京的那一年。

當時林則徐二十七歲，已是具有參加會試資格的「舉人」，在那一年的春天來到了北京。他是福建省福州府侯官縣人。上京之後，同鄉們都跑到他的宿舍裡來鼓勵和慰問。

會試一及格就是「進士」。進士是從上萬名府試、院試、鄉試三級考試都及格的應試者中選出來的，名額只有二百人左右，而且三年才選一次，可見進士是很有權威的。

進士就是未來的大官，在京的同鄉們拜訪、慰問有希望的應試者，實際上等於是一種預先訂貨。這些人都有著某種欲求，而溫翰卻沒有。他只說了一句話：「我總算見到了我所要尋找的人。」

林則徐這一年中了進士，進了翰林院。同樣是進士及第，能進翰林院的是特別挑選的英才。

在當時的政界，賄賂有著很大的作用。林家雖屬於富裕階層，但最好還是可另外擁有大量的政治活動資金。鄉紳們向他提供政治活動資金，當然指望能得到相應的報酬，獲得各種利權。而溫翰卻似乎根本不期待什麼。二十年過去了，溫翰沒有提出任何一點要求，沒有對任何事情進行過干預，勉強稱得上是干預的建議只提過兩次。

一次是在道光二年（一八二二年）林則徐被任命爲江蘇淮海道（淮安府和揚州府海州的行政長官）的時候，溫翰派出急使，建議他推遲赴任。原因是透過另外的管道，運作鹽運使的官職，這項任命已經基本決定。「道」是正四品官，「鹽運使」是從三品官。

從那次到現在又過了十個年頭。

林則徐已被任命爲江蘇巡撫，而溫翰卻一直建議他盡量推延赴任的時間。從溫翰的語氣來看，這項措施似乎是由於他事先已了解阿美士德號的來航，不願讓自己寶貴的棋子捲進這場騷亂。

象棋的棋子！二十年只提過兩次建議，而林則徐卻感覺到自己是顆棋子。「可怕的翰翁！」這是他眞實的感覺。但他中進士時，並不感到溫翰的可怕。只覺得「這個人有點兒奇怪，只提供政治活動資金，卻不提任何要求。」

這種「不提任何要求」的態度，卻愈來愈增加了他的壓力。兩、三年後，他推測「可能是放長線釣大魚」。過了五、六年，他感到溫翰「眞有耐心」。七、八年之後，他才逐漸感到溫翰可怕了。

就這樣過了二十年。

林則徐早就認識溫翰的主人連維材。三年前，林則徐因父親去世回鄉服喪的時候，曾經和他多次見面。當時他就意識到連維材的身上有著某種奇特的東西，跟自己很相似。年歲大體相仿，嚴肅的面孔也有某種相似，但相似的還不僅是這些。

「對！」林則徐意識到了，「看來我們都同樣是象棋的棋子！」他不覺微笑起來，而連維材的臉上也露出微笑。當時林則徐感到對方大概也意識到了這一點。「假定說我是『車』，這位連維材大概就是『炮』吧！」按日本的將棋[1]來說，那就是「飛車」和「角行」。

這兩顆棋子都很厲害，但所發揮的作用卻完全不同——就好像政界和工商界那樣。把它們好好地配合起來加以運用，一定會發揮可怕的破壞力量。

4

挪動棋子的手！林則徐看了看溫翰的手指頭。

他在溫翰的面前，盡量做出輕鬆的樣子。

「我記得初次見到翰翁的時候，您曾說過我是您所要尋找的人。既然已經讓您給尋找到了，總該對我有什麼期待吧？」

「當然有。」

「可是，翰翁從來沒有說過呀。」

「那麼，我現在就說吧！」溫翰淡淡地應答說。他就要說出二十年來一貫支持林則徐的原因，但他並沒有正襟危坐，改變他剛才隨便的態度。

林則徐也裝作漫不經心的樣子，把視線轉向庭園。屋子朝西的門敞開著，從那裡可以看到平山堂庭園的一部分。園中有一塊太湖石，它的形狀就好似一條張口朝天的龍，穿孔的地方相當於龍的眼睛。

林則徐凝視著龍的眼睛。

「我期待於您的是……」溫翰就在他面前說話，可是不知爲什麼，他感到這聲音好似來自很遠的地方。「凡是您眞正想做的事，不論是什麼事，我希望您能拿出全部精力，果斷地去做。如此而已，沒有別的了。」

「聽起來這似乎是很平常的要求，可是，恐怕再沒有比這更不尋常的要求了。」林則徐轉回視線，這麼說道。

「是啊，確實是不尋常的，但我懇切地希望您能這樣做。」

「您等了我二十年，就是為了我達到能夠這樣做的地位嗎？」

「是的。」

「可是，我想做的事情，以巡撫的地位是很難做到的。」

「這個我明白。您一生的事業，僅憑一個巡撫的地位恐怕是不夠。所以我早就作了準備，我想也許會對您有所幫助。」

「作了準備？」

「我正是為此而到這裡來的。」

林則徐再一次把視線投到太湖石上。《揚州畫舫錄》上說：「揚州以名園勝，名園以壘石勝。」除了平山堂外，揚州還有影園、九峰園、倚虹園、趣園、萬花園等許多名園。而揚州名園的生命在於石頭，石頭以太湖石為最上。它產於環繞太湖洞庭西山、宜興一帶的水中，石性堅硬、潤澤，由於波浪的衝擊，產生了孔穴，並帶有縱橫的裂紋。這種石頭極少，搬運起來也十分困難，一般雖稱之為太湖石，其實大多是鎮江的竹林寺、龍噴水和蓮花洞的石頭。不過，平山堂的石頭是眞正的太湖石。石頭有種種的美。林則徐現在看的太湖石屬於蘇東坡所說的「石有文而醜」。怪醜與千態萬狀的美是相通的。這石頭像一條龍，但看著看著又好像變成了雲彩狀。「文而醜」——如果把這種石頭比作人的話，那就是溫翰。

溫翰的聲音聽起來更加遙遠了。「我準備了五十萬兩銀子。」

《紅樓夢》第三十九回中有一段描述：劉姥姥聽說賈府裡一頓飯要花二十多兩銀子，她說這足夠她一家人生活一年。那時平民的一頓飯錢約爲一二十文。

當時規定一兩銀子爲九百五十文至一千文錢。由於鴉片的輸入而造成白銀外流，銀價猛漲起來，現在一兩銀子值一千二百文至一千三百文，到了鴉片戰爭前夕的道光十八年（一八三八年）爲一千六百文，十年後達到二千文。

官吏的基本薪水叫「俸食」，其數額極少。因而爲了培養官吏的「廉潔」，又增添了「養廉費」，另外還附加一些「公費」。

讓我們來算一算林則徐的俸薪。巡撫是正二品官。二品官的俸食年額爲一百七十五兩銀子和七十五石五鬥大米。五鬥的零頭令人感到滑稽可笑，一百七十五兩銀子也算不了什麼。每天舉行一次二十兩銀子的宴會，不到十天就花光了。

不過，養廉費的數額很大。江蘇巡撫的養廉費年額是一萬二千兩銀子。（附帶說一說，布政使是八千兩，知府是二千至三千兩，知縣是一千至一千八百兩。）公費據說「實爲官吏之囊物」，按月發給，巡撫是五兩，一年也不過六十兩，太微不足道了。

大體算來，林則徐每年要從政府拿出一萬二千三百兩銀子。

當然，這是最高一級的薪俸，和下級官吏的薪俸之間差異很大。最下級的從九品官不過三十一兩銀子，外加十五石大米。

沒有品級的屬吏就更少了。如兵卒每月只有一兩銀子和三鬥大米，按年額來算，還達不到劉姥姥所說的足以養活一家人的二十兩。所以士兵的素質低劣，軍隊士氣消沉，看來是必然的。

另外，當時清朝政府每年的收入還不到四千萬兩銀子。

從這些情況可以了解，溫翰說出的五十萬兩銀子具有多大的份量。

「應當足夠用了吧？」溫翰說。

「也許還不夠哩。」林則徐低聲回答說。

「不夠還可以多出。」

「不過，您應當說出我用到什麼地方去。」

「不必，這個不用說。」

「也許和您所希望的不一樣。」

「我只希望您用它，並不想了解用於什麼地方。」

「是嗎？那我就接受吧！」

林則徐又望著庭園裡的太湖石。他心裡想：「這個老頭兒一定有著期待於我的具體事情。」

對方是商人，而且不是在廣州壟斷對外貿易的公行商人，他對限制貿易肯定是持批判的態度。溫翰的主人連維材，過去曾對他說過這樣的話：對外全面開放是不可避免的。但是，現在必須趕快做。不這樣，我國就要落在時代的後面，而且落得很後很後，趕也趕不上。

連維材的這種意見，肯定就是溫翰的意見。

五十萬兩！這恐怕只能解釋爲盡快對外開放的活動費。

太湖石由雲彩形變爲波浪形，像是怒濤被擊碎時的浪頭。

「對方把我當作棋子，我也可以反過來把他當作自己的棋子嘛！」林則徐正想到這裡，冷不防溫翰說道：「英國船很快就會離開上海。您可以不負任何責任。」

「噢。」林則徐盯著對方的臉，「您想把英國船也當作棋子來運用吧？」

「是的。」溫翰回答說。

5

巡撫是單獨處理政務的官吏，從官制上說，不需要輔佐官吏。他們是位於官僚組織之上的高官。不過，實際上他們還是帶著一幫人，這些人稱作書吏、幕友或幕客，也就是私人祕書和顧問團。

清代的科舉制度過於重視文辭，拘泥於形式，使一些有才能的人只因文辭不合規範、字寫得不好，而在考試中名落孫山。這些人不能當正式的官吏，於是就當上了「幕友」。在現實中這些定員之外的私人職員操縱政治的例子是很多的。

林則徐的幕友中有一個人叫招綱忠，他作爲行政官吏的能力幾乎等於零，但在處理人事關係上卻十分出色。

溫翰離開平山堂之後，林則徐把這位招綱忠叫來。

「招先生的師父近況如何？」林則徐問道。

「您是說王老師嗎？」

「是的。還在這附近嗎？」

「聽說是這樣。」

「情況還是照舊吧？」

「嗯。他本人好像很得意。不過，依我看，總覺得他有點兒自暴自棄。」

「這種自暴自棄，在市井隱姓埋名，正是你未能跟你師父學到的地方，因此你才當上了幕友。」

「我有經濟上的原因。」

「你師父當然也有這方面的困難。」

「不過，他坐在家裡也有人送東西來供養他。」

「我想見一見你師父，愈快愈好，當然不要讓別人知道！」

「我明白了，想辦法跟師父聯繫聯繫吧！」

招綱忠的師父就是隱居於江南的王舉志，社會上都把王舉志看作是俠客的首領。像他這樣來去無蹤的人，根本不知道他什麼時候在什麼地方幹什麼。不過，透過某種途徑，馬上就可以了解到他的所在。

這天晚上，招綱忠來到街上。

揚州是個懶懶散散的城市，它的繁榮已經慢慢地被對岸的鎮江奪去了。

自古以來這裡的女性就以美貌而聞名。人們常說：「腰纏十萬貫，騎鶴遊揚州，不知歸。」總之，這裡是個美人窩。

招綱忠出門的時候，幕僚朋友們跟他開玩笑說：「喝點酒是可以的，可不要讓美人纏住了，忘記回來啊！」

招綱忠並非不喜歡女人，但這天晚上他有任務。他看了看幾家酒店，走進了一家顧客最多的酒館。酒館隔壁是一家經營揚州特產──竹編工藝品的商店。

他左手拿著斟滿酒的酒杯，右手掌蓋在酒杯上，然後把蓋酒杯的手掌揭開一點，喝了一口酒，喝完又蓋上。這樣反覆了三次。

這一行人到了別的地方，規定種種同當地與自己所屬組織保持友好關係的同行進行聯絡的暗號。招綱忠剛才的動作就是表示「有事想打聽」的暗號。

不一會兒，一個滿臉鬍子的漢子來到他的身邊說道：「童子登山。」

「中途返回。」招綱忠回答說。

這種問答是他們之間通用的行話——招綱忠請求他同王老師聯繫。

「我不知道老師在什麼地方，讓我去打聽打聽吧。」大鬍子說。

第二天林則徐一行人出發之前，一切都聯繫好了。據說王老師恰好正準備從鎮江去江陰。見面的地點定在常熟的燕園。

常熟頭號富戶蔣家的府宅稱作燕園，坐落在城北門靈官殿旁邊。燕園與當地的拂水園並稱，都是著名的庭園。拂水園不久就荒廢了，而燕園基本上按原來的面貌保存下來。它是康熙年間，當過臺灣知府的蔣元樞不惜重金建造的。園內有兩座假山，東南邊的假山用的是太湖石，西北邊的假山用的是黃石。當時政府的大官外出旅行，喜歡住在各地豪族紳商的家中，林則徐也在這裡住了一宿。大官來住宿，這是家門的榮耀，家主蔣因培愉快地款待了巡撫一行人。

可是這天卻來了一位意想不到的人物，他名叫王舉志，人們稱他爲江南大俠。從另外的意義上來說，這個人物也是必須款待的。蔣因培只好把他迎進家中，安置在和巡撫一行人相隔很遠的房子裡。但巡撫與王老師卻在當晚見面談話了。這件事除了招綱忠外，誰也不知道。

他們倆已經見過多次面。

林則徐在江蘇省長期工作過，他當然十分了解王舉志是何許人物。王老師一鬧彆扭，全省就會一下子鬧騰起來，各地的扒手、小偷一齊開始活動，官鹽、官糧遭到搶劫，饑民團的人數突然增多，賭徒們好像從冬眠中醒來，做出種種暴行。所以地方官也不得不對他敬讓幾分。林則徐爲了保護官鹽，也曾經會見過他。

現在林則徐把王舉志迎進燕園的一間房中，說道：「我一向對您很欽佩。當官的要想調動人也是很困難的，而您是一介布衣，卻能調動十萬之眾。」

「您過獎了，我感到羞愧。您特意約見我，我想不會只是說一些誇獎的話吧？」

「除了誇獎之外，還想跟您談一點事情。」

「請問是什麼事情？」

「我很欽佩您。但是另一方面，又覺得十分惋惜。我想說的就是這一點。」

王舉志聽林則徐這麼一說，把臉轉到一邊。人們稱他爲老師，其實他還沒有到達這種年齡，他比四十八歲的林則徐還要年輕幾歲。

他有一張柔和的面孔，下巴稍寬，臉色白皙，五官端正，眉毛不濃，與其說是眼睛、鼻子顯得大，毋寧說嘴巴顯得小了一點。而他這副容貌什麼時候看起來都像剛剛出浴那樣輕鬆愉快、乾淨俐落。

很難想像這樣的人一高興立即就可以調動江南的整個黑社會，許多人爲了他什麼都願意幹。這大概是由於他隨時都準備著豁出自己的性命，這一點打動了人們的心弦。

這也就是招綱忠所說的「自暴自棄」，唯有這一點招綱忠未能從師父那裡學到，但這是最重要的一點。王舉志之所以爲王舉志，也許就在於這種自暴自棄的勇氣；而且他並不粗暴，令人有一種經過理智清洗過的、清澄透明的感覺。

「啊，原來是這樣！」林則徐心裡這麼想，好似突然明白過來。

「羞愧！羞愧！」王舉志沒頭沒腦地說。這是他平常的口頭禪。

「您羞愧什麼呢？」

「各種各樣的事情。種種的……」

「我接著剛才的話說吧！我感到惋惜的是您只能調動十萬之眾。」

「只有十萬？」

「您本來可以調動百萬，不！千萬之眾。實在可惜啊！」

「我並沒有懷著什麼高尚的思想去調動人，也可以說是排遣排遣寂寞吧！有時候也是爲了發洩發洩胸中的怒氣——我感到羞愧！」

「如果能調動百萬、千萬之眾，也許更能排遣寂寞！」

「是嗎？！」王舉志歪著腦袋。

林則徐想起了饑民團的旗子。這旗子不知道現在又從哪個沒有頭腦的丑角那裡轉到誰的手中。但願不要落在糊塗人手中，王舉志畢竟是個明白人啊！

「這樣一來，您也許就不會感到羞愧了。不僅是您——」林則徐加重語氣補充道，「也包括我們。」

王舉志的眼睛突然露出異常的光輝。他們倆互相盯視著對方的眼睛，一動不動地呆了好一會兒。

正陽門外

對默琴的想念，一下子變成這種政治感慨，確實有點不合乎情理。

他具有一種異常的多愁善感的性格，一碰到什麼事情，立即陷入一種失神落魄的狀態。他往往一味地用意志和理智來壓抑他那過於豐富的情感。在他的身上，一種可以稱之爲幻想的詩魂同對當前現實的關心交織在一起。

龔定庵就是這樣一個人物。

1

龔自珍向他供職的國史館告了假，今日再度赴外城的吳鐘世家拜訪。吳家的二樓，總是有些文人雅士聚集在那裡品茗下棋、談古論今。不過，今天卻一個人也沒有。

主人吳鐘世兩手抱了一大堆書，在走廊裡跟龔自珍打招呼：「噢，定庵先生又到不定庵來了嗎？」

「嗯，剛才來的。」龔自珍應聲說。

龔自珍號定庵。而吳家的主人卻模仿他的號，爲自己的家起名叫「不定庵」。而且還故意請定庵寫了一塊門匾。定庵的字寫得很蹩腳，但他對寫字卻向來樂此不疲。凡有朋友相托，他都高高興興地提筆揮毫。前面已經說過，廈門連家別墅的門匾就是出自他的手筆。

「『不定庵』，定庵書」——這塊好像取笑他的匾額，掛在吳鐘世家的門上已經好幾年了，從他們幾位朋友成立同人組織「宣南詩社」的時候就掛在那兒了。

「你在那兒隨便歇一會兒，我收拾收拾就來陪你。」主人說道。吳鐘世今年四十七歲，小個子，人很機靈。

「今天好像誰也沒有來呀！」

「大概以爲是晒黴的日子，避忌諱吧！」

「啊，是嗎？我都忘了。今天天上一片雲彩也沒有，是晒黴的好天氣啊！」

陰曆六月六日有晒書籍和衣服的習慣。北京的陰曆六月經常下大雨，在這樣的時候晒黴，似乎不合情理。不過，這是一年一度必須要做的事，而且唯有今年（道光十二年，即一八三二年）夏天的記錄上記載著「旱」，晒黴還是很合適的。

定庵等吳鐘世抱著一堆書穿過走廊後，獨自走到窗邊。一打開窗戶，眼前的景色一下子分爲兩部分。視野的上半部是鮮豔耀眼的碧藍色，下半部則截然不同，是一片暗淡的顏色。

這座不定庵坐落在北京正陽門（通稱前門）外東邊的一條胡同裡。打開面北的窗戶，看到的是連綿不斷的、灰褐色的、高達十米的城牆，城牆的下面是一片布滿灰塵的屋脊。

當時的北京，即使是主要的街道，也只是兩邊的人行道鋪墊著石子，中間並不鋪墊。據說天一下雨就遍地泥濘，三天不下雨就積塵三尺，一颳風就「黃塵十丈」。

碧藍清澈的天空，布滿黃塵的灰暗城牆和屋脊——這是看過多少遍的景色！

「太膩了！」龔定庵厭煩了。

書籍全部搬到院子裡，書房頓時空曠起來。吳鐘世一高興，順便又把書櫥挪動了一下，準備把那裡也打掃打掃。空書櫥很輕。放在屋子東北角上的這張書櫥一挪開，它背後的一扇窗戶露了出來。

「啊！對，這兒還有一扇窗子哩！」過去這裡沒有放書櫥，後來藏書愈積愈多，十年前這扇窗子才被書櫥堵了起來。

吳鐘世漫不經心地往這扇窗子外看了看。已經十年沒有從這扇窗子往外看了。書房在二樓的東北角，可以從其他的窗戶、不同的角度看到外面。

這座不定庵面南是一條狹窄的胡同，背後是一家名叫昌安藥鋪的大藥店。藥鋪的店堂朝北，面對著一條相當寬闊的大街。所以這兩家是背靠背，中間有一條只能容一個人通行的小過道。不定庵和它的東西鄰舍都是背靠著藥鋪的後牆，可見藥鋪是相當大的。

昌安藥鋪的後牆彎彎曲曲，從不定庵的窗子看不到它的東側。不過，由於角度的不同，從書房的這扇窗戶可以看到它的東面。

「啊呀……」吳鐘世歪著腦袋沉思起來。藥鋪的後牆上不知什麼時候開了一個小門，而十年前確實沒有。在這條勉強只能通行一個人的小通道裡，東西兩頭又被藥鋪的倉庫和藥材粉碎場的房屋堵住。在這種地方開了一道門，究竟打算幹什麼呢？

就好像要回答他的疑問似的，這時恰好一幅奇妙的情景進入了他的眼簾。從藥鋪的後門走出了一個人。天氣這麼熱，這人卻蒙頭蓋腦地罩著一塊青布。東西兩頭都不能通行，這個人究竟要上哪裡去呢？

那個頭蒙青布的人，對著吳家東鄰的後牆彎了彎身子。

「啊！明白了。」吳鐘世是個機靈人。

藥鋪的後門當然不是爲了往東西兩邊通行而開的。一出這道後門，緊對面就是不定庵東鄰人家的後門。那家也開了一道後門。看來是昌安藥鋪和不定庵東鄰人家爲了能夠互相通行，才開了兩道面對面的後門。

剛才那個人彎了彎身子，那是爲了開鎖。

在吳鐘世沉思的時候，那個頭蒙青布的人已經走進了這邊的後門。「全部明白了！這件事應當告訴定庵。對方可不是個簡單的人物啊！啊呀呀！」吳鐘世搖了搖頭，自言自語地說。

2

龔定庵是浙江杭州人，現年四十一歲，是公羊學者，也是一位詩人。他和妻子兒女住在北京的上斜街，但他的性格一向多情。

他幼時被人們稱爲神童，但會試卻屢遭失敗。長期中不了進士，有人爲他辯解，說是因爲他的字寫得不好。其實恐怕還是由於他平素所習的學問不是應試的學問。道光九年，他三十八歲時好不容易才中了進士，但成績並不佳，未能進入翰林院。他胸懷「憂患」，一直停留於原來的正七品內閣中書的職位上，現在在國史館擔任重修《大清一統志》的校對官。曾經被任命當知縣，但他辭謝未去。

現在他抱著胳膊，坐在桌子邊。到這裡來，除了想跟好友們聊聊天外，還有另外的目的。

不定庵東鄰的那戶人家，他們戲稱爲「妾宅」。家主據說是山西商人，但誰也沒有見過他。最近十年間，租房子的房客變換了三次，但都是年輕的婦女，而且一眼就可以看出是妓女出身的女人。看來不知是哪兒的財主專門在這裡養妾，而且不時地更換。奇怪的是誰也沒有見過這兒的男人。

一年前又換了女人。

當時吳鐘世向不定庵的常客報告說：「這次來的可是個大美人，腰肢婀娜，簡直像迎風搖曳的楊柳。而且不像是北裡（妓院）出身的人。」

可是有一天，一個少女大大咧咧地走進了不定庵的俱樂部。她自稱是鄰居，問她的姓名，她回答說：「我叫李清琴。」她年約十五、六歲，臉蛋兒確實長得很漂亮，只是胖一點，跟她的年齡不相稱，沒有吳鐘世所形容的那種「腰肢婀娜」的感覺。

當時龔定庵用一種埋怨的眼神看了一眼吳鐘世，好像是說：「喂！這就是迎風搖曳的楊柳嗎？」吳鐘世的腦袋瓜兒十分靈敏，他立即給大家介紹說：「這位是鄰居的妹妹。」這才打消了大家的疑問。

清琴生性不怯生，她聽說定庵是詩人，就邀請他說：「我姐姐也作詩，她說什麼時候能請位好老師給她修改修改。老師，您上我們家去好嗎？」在座的朋友都興高采烈地揶揄定庵說：「去吧，去見玉京道人嘛！」

清初的名妓賽賽當過女道士，起名叫玉京道人。她是個才女，文筆秀麗。她與詩人吳偉業之間的悲戀曾經轟動一時。

當時定庵只不過出於一種好奇心，想看一看吳鐘世所說的「腰肢婀娜」的女人是個什麼樣兒。可是，見到清琴的姐姐默琴之後，就變成了她美貌的俘虜，想當吳偉業第二了。

吳偉業的對象是女道士，龔定庵的對象是「別人的妾」。

「看來誰也不會來了，我還是回去吧！」吳鐘世一進屋子，定庵就站起來說。

「上隔壁去嗎？」

定庵沒有回答。

「要是想上隔壁去，就打消這個念頭吧！她男人剛才來了。」

「你怎麼知道？」定庵又坐到原來的椅子上。

「她男人是什麼人，我也大致觀察出來了。」吳鐘世說。

「是什麼人？我問過她，她就是不說。」定庵的表情嚴肅起來。

「有點兒不敢說吧！因爲是身分很高的人。」

「這一點她也說過。」

定庵想起了兩個月前的事情。當時他揪住默琴的衣領，來回搖晃著她的腦袋說：「你男人叫什麼名字？給我說！我嫉妒他！你的一切我都想知道。」

「不能說！唯有這件事請您原諒。」

「不說我就殺了你！」他雙手使勁。

「您殺了我吧！」她掙扎著，眼裡浮出了眼淚。

默琴的眼淚是不可戰勝的，他鬆開了手。她雪白的脖子上，留下了一道鮮紅的印跡。這是定庵狂亂的雙手使勁揪她的衣領弄的。看到紅印，他也哭了。

「好啦好啦，以後再也不問了。」之後兩人瘋狂地擁抱在一起。

鬧到這種地步默琴也不說出她的男人是誰，而吳鐘世卻說他已經覺察出來了。

「是什麼人？」定庵催促說。

「是軍機大臣。」

「什麼？軍機大臣！」

「對！而且是韃虜！」

韃虜是漢人帶著侮蔑與憎惡的感情對滿族的稱呼。定庵臉色一下子變得煞白。他問道：「是兩個字的還是三個字的？」

清朝的政體原則上是皇帝獨裁。但在皇帝親政時，要設四、五個軍機大臣以供商談。人們往往從軍機大臣的名稱而認定他們所管的工作只限於軍事，其實他們決定有關國政的一切機要問題。所謂六部不過是單純的行政機構，必須要遵照軍機處的決定來處理事務。可見軍機大臣的權力是極大的，他們位於文武百官之上，頤使六部的尚書、各地的總督和巡撫以及各個軍營的將官。

道光十二年的軍機大臣滿漢各二人，共四人。漢族的大臣是曹振鏞和王鼎，滿族的大臣是文孚和穆彰阿。這就是說，名字爲兩個字和三個字的各二人。定庵所問的意思是：這人是文孚還是穆彰阿？

「三個字。」吳鐘世回答說。

「穆彰阿！」定庵呻吟般地說。他揚起眉毛問道：「你怎麼知道的？」

3

不定庵的吳鐘世和定庵龔自珍是同鄉，都是浙江杭州人。吳鐘世的思想、動作都驚人的敏捷。但異常的才能並未能使他走上正道。

清代的學問主要是涉獵古典文獻，盡可能在腦子裡把古代的文化恢復出原來的面貌，這就是考證之學。當政者也獎勵這種學問。可以說是一種和現實的政治與生活毫無關係的——不，斷絕了關係才能形成的——學問。

一些想把學問與現實稍稍結合起來的人，逐漸脫離考證學，而趨向於當時剛剛萌芽的實用主義的公羊學。

公羊學起源於解釋孔子的《春秋》的《公羊傳》，是一門注重實踐和改革的學問。把它向前推進一步就成爲「經濟之學」，它所論述的是有關海運、水利、貨殖、產業、地理等現實的政治。

吳鐘世曾經跟已去世的劉逢祿學過公羊學。這雖是一種實踐的學問，但不適用於應試。他也曾參加過科舉考試，但每次都名落孫山。最後斷了中進士的夢想，當了林則徐的幕客。林則徐是公羊學派的政治家。

林則徐一直把吳鐘世安置在北京。這次往江蘇赴任，也未帶他同行。原因是北京是政治中心，吳鐘世承擔著爲林則徐蒐集情報的任務。不僅要巧妙地蒐集，還要分析和歸納。林則徐在吳鐘世身上發現了這種才能。

「是怎麼知道的，我給你說說吧！」吳鐘世按著定庵的肩頭說。這肩頭還在激烈地抖動。

「你給我說說吧！」定庵的聲音裡帶著悲痛。

「好吧，事情是這樣。過去誰也沒有看見過隔壁妾宅裡的男人，說起來這也並不奇怪。我家出入的人很多，可是我過去就從來沒聽說過誰曾見過那裡的男人。」

「我也覺得奇怪啊！……」

「不過，有男人是確定無疑的。而且既然養了女人，那就應當上女人那去。」

「那當然囉。」定庵從默琴的口中就聽說過她有男人。而且還約定了當男人來的時候，在門旁繫上一塊黃布條作爲暗號。實際上在半年中，這塊作爲暗號的黃布條只繫過兩次。

「可是，這個男人什麼時候、通過什麼方式去，還是個謎。」

在第二次門旁出現黃布條的時候，定庵想看一看這個可恨的傢伙，便躲在隱蔽的地方看著默琴的大門。可是看了很長的時間並未見男人出來，而是默琴的妹妹清琴出來把黃布條摘下去了。後來他摟著默琴談起在門外等了好久的事，默琴這樣回答說：「實在對不起。他早就回去了，是我忘了去摘布條。」

「這個謎剛才才解開了。」吳鐘世說。

「解開了？」

「因爲晒黴，我挪動了一下書房裡的書櫥，那裡有一扇窗子。我家後面東邊的那一段，從別的地方看不見，唯有從這裡才看得著。我看到一個男人從後面的人家——昌安藥鋪的後門走了出來。」

「那種地方還有後門？」

「我以前也沒有注意過。不過，隔壁的妾宅也有個後門。你該明白了吧，這樣就可以和藥鋪子從後門來往了。」

「就這樣……」

「是呀，你可以想像出來，她的男人是從後門進出的。」

「那麼，那個男人是穆彰阿嗎？」

「我沒有看到他的臉，他頭上蒙了一塊青布。」

「那麼你怎麼知道是樞相（軍機大臣）呢？」

「這是我的推測。」

「你的推測一向有道理，這是大家公認的。不過……」

「你聽著嘛！這男人不會是昌安藥鋪的老闆。那位老闆我很了解。他叫藩耕時，跟大老婆、小老婆一塊兒住在店堂後面的房裡。這都是公開的。即使他再娶一個小老婆，也不會特別讓她分居在後面。」

「這話有道理。不過……」

「我也曾想過是不是帳房先生。不過，這傢伙不可能幹出在老闆家的後面養女人的事。」

「除了帳房先生外，不是還有一個什麼醫生在他家裡吃閒飯嗎？這是個怪人，誰請也不去，即使找上門來，要不是很有來頭的人，他也不給看病。」

「我起初也曾想過會不會是這個裝模作樣的醫生。不過，這個醫生——名叫溫超光，已經上了年紀，還是獨身。如果他有了妾，會把妾放在自己的身邊。不是把妾叫過來，就是自己搬過去，二者必居其一。因爲他自己現在還住在別人家裡，受別人照顧。」

「有道理。那麼……」定庵焦急地看著吳鐘世。

「這時我想起一件事：從十來年前開始，穆彰阿就爲了治療胃病，經常來昌安藥鋪找這位食客先生。」

「嗯。這事我也聽說過。」

「宮廷方面有的是名醫，憑他的身分地位，只要一叫，哪個醫生不會搖著尾巴跑去？可是他卻偏偏來找這個不出診的怪醫生。這裡面肯定有什麼名堂。」

「也許他是個有能耐的名醫吧。」

「恐怕還有其他的原因吧？」定庵緊握著的拳頭直發顫，但吳鐘世並沒理會他，繼續說：「你跟默琴相好，當然知道她是別人的愛妾。不過，對手既然是穆彰阿，我覺得你還是有點思想準備爲妙。……我這麼跟你說，有點不好吧？」

「不，我很感激。」定庵垂下了頭。

「話就說到這兒吧！」吳鐘世轉了話題，「不知林巡撫到什麼地方了，那艘英國船肯定要停靠上海，不應當讓他受牽累啊！」

這個話題現在已引不起定庵的興趣。他說了一聲：「我要走了。打擾你啦！」說完就像逃跑似地離開了。

「唉……」吳鐘世目送著定庵的背影，嘆了一口氣。

4

透過淡綠色絲絹的帷簾，隱約看到一張朱漆的雙人床。綴錦的椅袱（椅套）甩在猩猩緋的地毯上。天氣熱，直接坐在紫檀椅子上更舒適些。

男人的一隻腳搭在楠木腳踏上。鞋子已經脫掉，光著腳板。在脫下的鞋子旁邊，放著一塊捲成一團的青布。男人穿著一件輕便的白色長衣，胸口裸露在外面，一個勁地搧著扇子。

軍機大臣穆彰阿舒舒服服地在休息。

「要是在家裡，一定會有人來給我搧扇子的。」他這麼說。

「那我來……」默琴慌忙從桌子上拿起一把孔雀羽毛做的扇子。

「不，不用你搧。在家裡僕人服侍我，在這裡我要侍候你。」

默琴猶豫了一會兒，又放下扇子，坐了下來。

穆彰阿的臉又長又扁，吊著兩顆略帶浮腫的細長眼睛。這是典型的滿族人的面孔。他已經五十多歲，但那結實的骨架、高大的身軀仍不顯得衰老。

現在就是他在操縱著清國的政治。

他的情緒好像很不錯，斜躺著身子，一隻胳膊肘撐在旁邊的桌子上。那是一張朱漆的書桌，桌子上放著幾本書。

軍機大臣懶洋洋地拿起其中的一本。「《內訓》？哈哈哈！」他好像十分有趣似地大笑起來。他的嘴巴雖然張著，但聲音聽起來就像是從鼻孔出來的。

《內訓》和《女論語》、《女誡》、《女範捷錄》合稱「女四書」，是婦女道德修養的教科書。默琴聽到男人的笑聲，感到自己的身子在抽縮。她心裡想：大概是侍妾的房間配上「女四書」，叫穆彰阿感到好笑吧！

「熱吧？」穆彰阿的眼睛盯著默琴，手仍在翻弄桌上的書。

默琴叫他的視線一盯視，感到整個身子都僵直了。

「下一本該是《賢媛詩》了吧？」穆彰阿用眼梢瞟了一眼書名。那是一本彙集女詩人作品的詩集。

默琴更加緊張起來，注視著男人的手，更加可怕的是穆彰阿會不會馬上打開書桌的抽屜？抽屜裡放著她的習作詩，而且詩稿上還有龔定庵用朱筆爲她修改的字跡。如果穆彰阿要問這是誰修改的，那將怎麼回答好呢？默琴想到這裡，心就怦怦地猛烈跳動起來，她還只有十九歲啊！

「我說……」她心裡祈求著男人的手指頭不要挨那個抽屜，問道：「您什麼時候去熱河呀？」

「顧不上去熱河啦！」男人用他那細長的眼睛緊盯著她的臉。

北京一到夏天就熱得厲害，按照慣例，朝廷要到熱河的行宮去避暑。

默琴低著頭，用眼梢擔心地看著男人的手指頭，手指頭正在桌沿上。

「爲什麼呀？」她這麼問道，好似要用自己的問話來阻止男人的手。

「詎……」也許是她的祈求起了作用，男人的手指頭離開了桌子。「你問爲什麼？這可是頭一遭的新鮮事兒，我覺得你的性格就像你的名字一樣——很少說話；特別是聽了別人的話，從來沒有問過一個爲什麼。」

默琴滿臉通紅。

「是你妹妹的性格傳染給你了吧？清琴可是個愛打聽新鮮事的丫頭。」

這時清琴端了一個盤子走進來，盤子裡放著兩碗冰鎮梅漿。這是北京夏天的清涼飲料。

「說曹操，曹操就到了。」穆彰阿笑著說。

「說我什麼呀？」清琴問道。

「啊呀呀，正說你就是一個愛打聽事情的丫頭。」

「大人也喜歡打聽事情呀！」清琴反撲過去。

「哈哈，好厲害。不過，我打聽事情是爲了工作。不熟悉下情，就不能搞政治。」穆彰阿喝了一口梅漿，接著說：「你姐姐不愛打聽事情，剛才卻破例地問了我一件事情。」

「問了什麼事情呀？」清琴看了看姐姐的臉，又看了看軍機大臣的臉。

「問我爲什麼不去避暑。」

「清琴我也想問一問哩。」

「原因很簡單嘛！因爲皇上要求雨。不過，默琴居然打聽起事情來了，這可是件不尋常的事兒。我不知道是你的性格傳染給了她？還是希望我快快去熱河？是不是有了相好的男人，我變成了一個障礙物呀？」

默琴臉色變得蒼白。不過，這時清琴發出一陣爽朗的笑聲，吸引了軍機大臣的注意力。

「姐姐，你眞的有了？嘻嘻嘻！」這確實是天眞的笑聲。

默琴對這個妹妹感到可怕起來。她心裡想：「這丫頭明明知道我和定庵先生的關係……」

妹妹天眞無邪的笑聲，把軍機大臣胸中剛產生的一點疑團刮到了九霄雲外。

5

龔定庵在默琴家的前面站立了好一會兒，黃色的布條若無其事地掛在門旁。

定庵想到默琴白皙的肌膚，想到她長長的睫毛，想到她的呼吸——這一切現時正在這座屋子裡遭受一個滿族大臣的蹂躪。

他常常變成一種虛脫的狀態，在自己的心中描繪那些生動的情景。現在在他的心中也出現了默琴埋在韃虜胸前的面孔。她經常用雙手掩住自己白皙的面孔——眞是掩面面如玉，點點紅淚痕！

當他清醒過來的時候，幻影也消失了，他小跑著離開了默琴的門前。

一走上大街，周圍突然喧囂起來。這一帶是正陽門外的繁華區。塵土滾滾的大街兩旁，各種各樣的商店鱗次櫛比，一堆一堆的人群圍聚在各種店鋪的前面。

這裡有許多銀號，旁邊就有一座宏偉的銀號會館。兩隻鴿子掠過會館的青瓦屋頂，飛上了晴朗的天空。銀號會館每天都要規定銀子的價格。圍聚在這兒的商人們都利用傳信鴿把銀子的時價儘快地報告給自己的商店。

「這裡有生活，我的願望不就是把這裡當作自己的世界，來對它進行改革嗎？」定庵心裡這麼想。

這是什麼樣的人群啊！人愈來愈多，卻一天比一天窮困。各地的饑民已處於暴動的前夕。英國船正違禁北航。而統治者——那些異民族的高官貴人們卻拿不出任何對策。

對默琴的想念，一下子變成這種政治感慨，確實有點不合乎情理。

他具有一種異常的多愁善感的性格，一碰到什麼事情，立即陷入一種失神落魄的狀態。他往往一味地用意志和理智來壓抑他那過於豐富的情感。在他的身上，一種可以稱之爲幻想的詩魂同對當前現實的關心交織在一起。

龔定庵就是這樣一個人物。

穆彰阿一直在跟默琴的妹妹說話，默琴默默地聽著。

清琴是個愛打聽的姑娘，尤其喜歡打聽宮廷裡的事情。軍機大臣對宮廷裡的事情瞭若指掌。

「竟然有個傢伙認爲老天不下雨是他的罪過，提出了辭職。莫非他是雨神的親戚？」軍機大臣在妾宅裡悠閒自在地跟姑娘談起這些有趣的怪事。

「這位雨神的親戚是誰呀？」

「是富俊這個死腦筋的傢伙，辭職當然沒有批准。」

「是富俊大人？是那個大學士嗎？」

「就是他。」

「大學士辭職，也要由軍機大臣來批准嗎？」

「重大的事情都要由我們來決定。」

從官制上來說，內閣大學士是最高的輔政官，當然是正一品。不過，大學士這個官職已逐漸變爲單純的榮譽職，掌握實權的是經常在皇帝身邊的軍機大臣。

穆彰阿作了這樣的說明，清琴的眼睛裡流露出興奮的神色。這個十五歲少女的好奇心展翅飛翔起來了。

「一位叫王鼎的軍機大臣，是什麼樣的人呢？他可很有人望啊！」

「王鼎？說他很有人望，是隔壁不定庵的那幫人吧！」

「是呀。」

「光是隔壁那幫傢伙並不代表老百姓。得啦！不談這些了。最近隔壁有什麼人出入嗎？」

清琴掰著手指頭說出鄰居家常來的客人的名字，說到龔定庵的名字時，她連眼睛都沒有眨一眨。

穆彰阿一一地點著頭，低聲地說：「嗯，都是公羊學派的傢伙！」

主人吳鐘世是公羊學者劉逢祿的門生，由於這種關係，在不定庵俱樂部出入的，大多是同一學派——公羊學派的人。

他們談論的不是古代聖人的遺德，而是現實的政治，例如怎樣才能控制銀價上漲，禁止鴉片的具體方法，以及恢復鹽業的方案和治理黃河論等。對穆彰阿來說，這些都應該是軍機大臣所關心的事。

「這些討厭的痳雀！」穆彰阿什麼時候想起來都覺得很討厭。

「好啦，」他對清琴說：「你可以走啦！」

「是！」清琴調皮地伸了伸舌頭，然後朝姐姐看了看。

默琴仍然低著頭。

6

龔定庵離開後，吳鐘世有點放心不下，因爲定庵是個多愁善感的傢伙。

「對默琴男人的推測，恐怕還是不說爲好吧？」他心裡這麼想。一種責任感驅使他尾隨定庵追了出去。

果然不出所料，定庵茫然地站在鄰家的門前。

「雖說早已過了不惑之年了，這傢伙恐怕到死也會迷惑吧！」吳鐘世把身子緊貼在牆上，注視著定庵。

定庵終於邁步走開了。

鐘世悄悄地尾隨在後面，來到了正陽門外的商店區。

街上掛著許多各種各樣的商店的牌子。據說南方掛的大多是招牌（帶字的牌子），北方大多是幌子（帶畫的牌子）。這大概是因爲外來的征服者主要住在皇城的周圍，最初他們不認識漢字，掛上象徵商品的帶畫的牌子，好讓他們明白那個商店賣什麼東西。

鞋鋪的門前掛著一個鞋子形狀的大幌子，鐵匠鋪掛著一個風箱。正陽門外的那許多銀號，都是把用線串在一起的銅錢的模型作爲標記。

從定庵張望著兩邊的商店和人群的樣子來看，他似乎已經從激動的狀態中清醒過來了。

「可以放心了。這傢伙是個奇才，可也眞叫人擔心。」鐘世這麼想著。定庵已經朝西邊走去，他可以不必跟蹤他了。沿著正陽門外的大街一直往西走可到宣武門，定庵的家就在宣武門外的斜街，他跟妻子和三個孩子住在那裡。

定庵二十九歲時寫過兩首詩，叫《因憶兩首》，其中一首就是回憶斜街的。他的父親暗齋是嘉慶元年（一七九六年）進士，授禮部主事，住在北京。定庵當時五歲。下面的詩註明是寫八歲時的回憶，可見他住在斜街的時間是很長的。

因憶斜街宅，情苗茁一絲。
銀缸吟小別，書本畫相思。
亦具看花眼，難忘授選時。
泥牛入滄海，執筆向空追。

他八歲時就產生了愛情的萌芽，可見是個早熟兒。詩中自註「宅有山桃花」，註釋家解釋是他家中有一個美麗的女性。

「得啦！定庵不用管了，下面該辦我自己的事了。」吳鐘世目送著定庵逐漸遠去的背影，拍了一下自己的小肚子。

他走進了一家棉花店，棉花店幌子的形狀是用珠子把三顆棉子串在一起。他的交際廣，這家店老闆也是他的老相識。

「怎麼樣？老頭，我想讓你獨占一批棉花，賺一筆大錢。」他跟店老闆說。

「得啦得啦！現在時機不妙。」店老闆一臉胖肉，使勁地擺著手兒說。

「是嗎！？」鐘世看了看店老闆的臉，那張胖臉上肉堆得太多，很難看出他的表情。「這筆大買賣既然不幹，咱們在銀價上找點兒樂趣吧！」

「目前銀子的行情，外行人可能很想插手。不過，一個月之後可就冒險啦！」

「哦，那為什麼？」

店老闆拿出了算盤，給他作了解釋。

吳鐘世是林則徐私人安插在北京的坐探。他要向林則徐逐一地報告重要的大官們的動態、各個派系的集散離合的情況，以及民眾的動向等等。他作爲幕客的報酬當然由林則徐的養廉費中出。不過，光靠這一點錢還稍嫌不夠。他的父親吸食昂貴的鴉片，這方面要花很多的錢。於是，他作爲副業又兼當連維材的情報員。從收入上來說，還是連維材這邊的多。

連維材經營的金順記，在長江以南的主要城市都設有分號。但在上海以北地區還未打進去。北京雖有他的主顧，但至今尚未設分號。因此要求吳鐘世擔任情報聯絡，以便掌握北方的商情。

吳鐘世雖是學者，但他是學公羊學的，腦子裡有經濟概念。

他出了棉花店，又去調查了經營景德鎮陶瓷器的批發行，和出售廣東佛山鐵絲的商店。

由於銀價高漲，陶瓷店的處境十分困難。店老闆牢騷滿腹地說：「洋人要買了帶走，廣州的商人大肆搶購，價格直線上升。北京人愈來愈窮，價錢一高就買不起。」從鐵絲店那裡了解到佛山的鐵製品，因進口洋鐵而受到沉重的打擊。

當時廣東佛山的製鐵工業剛剛擺脫手工操作。一般工廠的人數平均約爲一百人，大的工廠雇用一千工人。正在這個即將大發展的關鍵時刻，洋鐵侵入了中國。特別是針，據說因受到洋針的威脅，製針工廠正一個接一個地倒閉。

「洋貨的品質穩定，人們放心啊！」鐵絲店的老闆談到他準備購進一大批已經運到廣州和上海的洋針。他說：「價錢也會便宜些，廣東貨愈來愈敵不過啦！」

「是嗎？……」吳鐘世臉色陰沉。作爲一個公羊學者，他十分清楚這種現象意味著什麼。

回家途中，他在攤子上喝了一杯冰鎮梅漿，這時恰好有一隊駱駝從這裡經過。駱駝共三頭，大概是從西北穿過戈壁沙漠來的。駱駝慢吞吞地每跨一步，就從乾燥的大街上帶起一股塵土，吳鐘世趕忙用手蓋住盛梅漿的碗。

他回到家裡，朝父親的房間看了看。老人右半面身子側躺在床上，手裡拿著長煙槍。煙槍嘴是漂亮的翡翠做的。他兩腿並在一起，彎成一個「弓」字，懶洋洋地拿著象牙籤子，把鴉片揉成小團。他那布滿皺紋的嘴唇，含著煙槍嘴蠕動著，把鴉片煙吸進肚子裡。

老人閉上了眼睛。

枕邊放著一個紫檀的方盤，盤上雕刻著山水。放在盤中的銀製鴉片煙缸上，刻著一副對聯：

若到黑甜夢鄉，喚彼作引睡媒；

倘逢紅粉樓中，藉爾作採花使。

意思說，鴉片在午睡的時候可作催眠劑，在閨房中可作春藥。

房間關得嚴嚴的。銀座的八角煙燈的藍光，朦朧地映照出繡在窗簾上的花鳥圖。吳鐘世看著看著，心裡難受起來。「上書房去情緒也許會好一點。那兒是我心靈憩息的地方。」

他登上了二樓，急忙走進了書房。但那裡的氣氛也跟平常不一樣，書籍全部搬出去晒黴了。

這屋子好似失去了靈魂。他無力地坐在地板上，眼前就是那扇窗子。他來到窗邊，朝外面看去，他看到的情景也叫他感到憋氣。

「啊，那傢伙要回去了！」

從東鄰走出一個頭蒙青布的男人，消失在藥鋪的後門裡了。

7

盛夏正午的閨房，熱得叫人渾身流汗。

穆彰阿離開之後，妹妹清琴立刻跑進來說：「姐姐，隔壁準備好洗澡水了。」

她現在對這位機靈過度的妹妹感到更加可怕了。

隔壁是一間很窄的休息室，地上鋪著大理石，室內放著一個大澡盆，也可以用作浴室。澡盆是木製的，外面包著一層銀子，裡面滿滿地盛著一盆溫水，旁邊放好了一塊布手巾和兩隻缸子。兩隻缸子裡分別裝著皀莢和金銀花的花汁。皀莢汁是去汙的，金銀花汁是洗過澡後搽身子用的。

默琴僅用一塊薄薄的帶紅藍花點的羅紗，裹著乳房以下的身子。進入浴室後，她解開繫在乳房上的結子，羅紗輕飄飄地滑落下來，掉在大理石的地上。

屋子裡垂掛著厚厚的暗綠色窗簾。暗淡的光線中，浮現出默琴柔白圓潤而苗條的裸體。澡盆裡微微地冒著熱氣。默琴的肌膚被汗水溼透了，細細的腰肢上好似閃著光亮。

她動了一下腳，踩著腳下的羅紗，她發亮的腰肢也動彈了一下——這樣的動作說明她不只是把腳放在脫下的羅紗上，而是在踐踏著。她覺得這就好像踩在穆彰阿的身上。

她的父親是個小官吏。當父親死後、姊妹正要流落街頭的時候，軍機大臣收留了她們。在她認識龔定庵之前，她對自己就是這麼想的。

「自從認識他以後，委身於軍機大臣等於是受地獄的活罪了。」她心裡這麼想。

她的腰肢不停地搖動著。她在踐踩那塊羅紗。

穆彰阿是鑲藍旗人。

凡是漢族，誰都有個某省某縣的原籍，而滿族卻沒有。因為他們原來是游牧民族。他們必須要隸屬於八個軍團中的某一個軍團，這稱之爲滿洲八旗。在滿人的傳記之類的記載中，往往寫著「某旗人」，這就相當於漢族的原籍。各個軍團都擁有象徵本軍團顏色的旗子。

在太祖（愛新覺羅．努爾哈赤）建國初期只有「正黃旗」、「正白旗」、「正紅旗」、「正藍旗」四個旗；後來又增加了「鑲黃旗」、「鑲白旗」、「鑲紅旗」、「鑲藍旗」四個旗，稱爲八旗。

所謂「鑲」，就是鑲上邊的意思；鑲黃、鑲白、鑲藍三旗，是在各自的顏色上鑲上紅色的邊；鑲紅旗當然不能鑲紅色的邊，唯有它是鑲白色的邊。

軍機大臣穆彰阿所屬旗的象徵，就是藍色鑲紅邊——剛才默琴脫下來扔在地上用她那令人憐愛的白嫩的小腳踐踏的羅紗，正是這樣的顏色。

她在認識定庵先生之前，什麼也不懂，就好似生活在黑暗中一樣。現在她略微懂得了一點人生，特別深切地懂得了人生的悲哀。「定庵先生曾經說過韃虜這個詞，那時他的眼睛裡充滿了憎恨。」自己是見不得人的侍妾，這一點定庵先生是知道的。可是他要是知道我是滿人大官兒的侍妾，他將會怎麼想呢？

不，不只是韃虜，還是軍機大臣哩！

默琴不曾像妹妹那樣到隔壁的不定庵裡去玩。但從定庵的談吐中，也朦朦朧朧地感覺到那裡的氣氛。

要改變世道——這是定庵和他的志同道合的朋友們爲之奮鬥的目標。

「要改變這個世道，可不容易啊！」定庵曾經這麼說過。爲什麼不容易呢？因爲希望維持現狀的人要進行阻撓。定庵他們必須同這些人鬥爭。那些不願改變世道的人的代表，不正是軍機大臣穆彰阿嗎？

默琴用雙手捂著自己的兩個乳房。她在那裡擦上皀莢，然後用溫水沖洗。她洗了多少遍，擦了多少次，遍身要擦洗掉的髒東西太多太多了。

胸口、腹部眼看著紅了一大片。當她用皀莢擦到大腿時，眼中湧出了淚水。

當她一想到自己的身上交叉地存在著兩個男人——一個是她厭惡的男人，一個是她喜愛的男人，她的胸口就憋得透不過氣來。就好似兩道閃電在她的身體內部攪動，她感到好似受著磔刑般的痛苦。一個男人現在大概在昌安藥鋪裡洗澡。另一個男人現在在做什麼呢？

這時定庵先生已經回到斜街自己的家中。

他正對著書桌發呆，他想給已去江蘇的林則徐寫封信，可是有點兒提不起精神。他想起了大學士富俊曾經要求他「直言」。富俊是蒙族人，被人們稱爲蒙古文誠公。他就是那位因旱災提出辭職而未獲准的、死腦袋瓜子的大學士。

定庵提起筆來，用他那並不好看的字寫了個題目——當世急務八條，又擱下筆，嘆了一口氣。

他自八歲初戀以來，到如今已經歷過多次的戀愛，而每一次戀愛都會給他帶來新的喜悅和憂患。

他茫然地回想著。但他好像要趕走這些回憶，使勁地搖了搖頭，然後又提起筆來。

他曾多次宣布過要「戒詩」——再也不作詩了。

他深知自己有著異常的情感，他想用理智來壓抑這種情感。他要「禁詩」，大概就是要扼殺自己這種過於豐富的「情」。可是，他的情是會氾濫的，禁詩很快就被打破了。

不知道他在道光十二年是眞的沒有寫詩，還是寫了詩而被丟棄了，總之這一年沒有留下來一首詩。在散文方面，記錄上有《群經寫官答問》，但原文已經散失不傳。龔定庵在道光十二年寫的文章，今天僅留存下《最錄司馬法》。

斷章之一

他從容不迫地拿起紅蘸水筆。他的面前放著阿美士德號的收支決算書。他用紅筆塡上虧損總額——￡5647。

這在當時可是一筆鉅款。

琳賽望著煤油燈，嘟噥著說：「公司，不，英國政府現在應當懂得，這筆買賣是多麼合算啊！」

1

阿美士德號——

廈門的粗魯提督陳化成，說他模糊地記得曾經聽說過這個名字，這是有道理的。阿美士德是一個英國人的名字，十六年前他爲了談判貿易全面自由化，和締結通商條約而來過北京。

再往前追溯二十年，馬戛爾尼曾兼任祝賀乾隆皇帝八十大壽的使節，帶著同樣的使命來到北京，但均未成功。

清朝政府根本不關心對外貿易。乾隆皇帝曾托馬戛爾尼給英王喬治三世一道敕諭。這道以「諮爾國王」開頭的著名的敕諭中寫道：

天朝物產豐盈，無所不有，

原無藉外夷之貨物以通有無。

意思說：我國什麼都有，不需要和外國通商，互通有無。只是因爲外國沒有茶葉、瓷器、絲綢這些生活必需品，跑來相求，天朝爲了「加惠遠人、撫育四夷」，才答應進行交易。這完全是一種單方面地施加恩惠的思想，絲毫沒有平等互惠這一通商的基本精神。

事實上當時中國進口的商品大多是奢侈品，而且中國出口的茶葉等，卻都是西歐的生活必需品。茶葉是十六世紀初由船員和外國傳教士傳到歐洲，從十七世紀後半期以後，飲茶的習俗才逐漸在老百姓中普及。特別是進入十九世紀以後，英國才形成了「飲茶休息」的習慣，茶葉的需要量迅猛增加。

中國出口了大量的茶葉，但沒有什麼貴重的進口貨來抵消，因此貨款基本上是用現銀償付。可是，清朝卻不樂意進行這樣有利的貿易，一味地要垂惠外夷。

不僅通商是如此，清朝連外交關係也不承認。它認爲中國是天朝，在這個世界上根本就不存在與它同等的國家。天朝的周圍是東夷、西戎、南蠻、北狄之類的野蠻國家；對方來進貢還可以；要想進行對等的交往，那簡直是狂妄之極。

馬戛爾尼失敗後又過了二十年，英國於嘉慶二十一年（一八一六年）又派來了使節，他就是阿美士德。

阿美士德在謁見皇帝時，因拒絕行一般朝貢者的三跪九叩禮，被趕出了北京。

阿美士德後來擔任印度總督，發起第一次緬甸戰爭，因爲這件功勞而當上了伯爵。他死於一八三六年，所以阿美士德號北航時，他應當還活著。

阿美士德號的偵察航行，正是鴉片戰爭的序曲。

琳賽等人詳細地偵察了中國海防的現狀，調查了兵員、兵船、炮臺，乃至各個炮臺的大炮數，連那些僅有炮臺而未安炮的「假炮臺」，也讓他們偵察得一清二楚。

後來琳賽提出了對中國的戰略，向英國獻策。鴉片戰爭前夕，英國下院的主戰派很多人都引用了他們的報告。傳教士歐茲拉夫眨著眼睛說過：「全中國一千艘兵船，也敵不過我們一艘軍艦。」這句話也曾多次被主戰派議員引用過。

阿美士德在廈門停靠了十幾天後，來到了福州。水師副將沈鎮邦和都司陳顯生因此而受到了「摘頂」的處分。

清朝文武官員官帽的頂上都戴有稱作「頂戴」的徽章。按照規定，一品官的頂戴是正珊瑚，二品官是起花珊瑚，三品官是藍寶石，四品官是青金石，五品官是水晶。被剝奪和摘去這種頂戴，稱爲「摘頂」。這雖不是革職，但也近於革職的重罰。

清朝綠旗營（漢人部隊）軍官的軍階序列如下：

提督↓總兵↓副將↓參將↓遊擊↓都司↓守備↓
千總↓把總↓外委千總↓外委把總↓額外外委

提督是從一品官，總兵是正二品官。大體上可以這樣來理解：參將以上相當於將官，遊擊至守備相當於校官，千總以下相當於尉官，從九品官的額外外委相當於中士。

副將是從二品官，沈鎮邦的頂戴應是起花珊瑚。現在他官帽上光輝燦爛的起花珊瑚被摘去了，這眞是禍從天降。

可憐左營都司陳顯生也遭受了摘頂之災，他給琳賽的一封信至今仍保存下來。信由這樣値得嘉許的詞句開頭：「中華與貴國相距甚遙，四海之中人皆兄弟。」信的大意說：我被摘去了頂戴，乃是我的命運，並不抱怨。唯恐貴船妄聽人言，來到本地，累及於我。本地地瘠人貧，年歲饑荒，不足以糊口，哪裡還有能力購買那樣大量的貨物？應是估計錯誤，還是打消念頭吧！値此天氣放晴、風平浪靜之際，正是駕船放洋的好時光。如若停留不去，我等將獲重罪。我和您「無冤無仇」，豈忍坐視我遭此不幸？信的結尾說：「務祈速掛帆開往，俾我等免於重咎。」

這完全是一種哀訴，有點像求雨時致天帝的祈禱詞。

阿美士德號在福州的重點是進行商業上的調查，其次才是軍事偵察。

茶葉一向是英國主要的進口商品。而福州是茶葉的集散中心。如果直接在福州購買茶葉，比在廣州每擔（一百斤）要便宜四兩銀子；而且茶葉在福州可以經常保證大量供應，不必擔心缺貨。琳賽等人了解了這些情況，另外還詳盡地調查了英國商品在福州的市場情況等。

阿美士德號達到目的後，優哉遊哉地離開福州出航了。

福建巡撫魏元烺卻洋洋得意地上奏說：

……率同舟師，示以聲威，尾追驅逐，該夷船於十八日由東北外洋遠颺無蹤。……

這完全是撒謊。說起來好像是要人家滾蛋，用武力把人家趕走的，其實是拱手禮拜，求人家撤走。

2

廈門的陳化成和福州的魏元烺，都把夷船長期停泊說成是由於天氣的原因，浙江也是如此。

阿美士德號離開浙江後，直奔上海。從江南洋面進入吳淞口是六月二十日，第二天——二十一日到達上海。

琳賽給地方長官發了一封信。他在信中敘述了近百年來中英貿易發展的狀況，宣傳了開港的好處。

當時的蘇松太道是吳其泰，他用老一套的官僚語言答覆說：本地一向禁止對外貿易，快去廣州進行交易吧！可是他在信中使用了「夷商」一詞，琳賽抗議說：無法忍受此種凌辱，這是有關本國體面的事。大英帝國不是夷國，是一般的外國。

對此本來可以置之不理，而吳其泰卻說什麼「夷」並不是貶詞，是「外國」的同義語，還鄭重其事地引用了孟子的話：「舜乃東夷人也。」

舜是中國最大的聖人。

阿美士德號也有一個漢籍癖的傳教士歐茲拉夫，他在第二次抗議信中引用了蘇東坡的話：「夷狄不應以中國之治治之。」

這是帶著輕蔑的意思來使用「夷」字的例子。

吳其泰沒有辦法，儘管覺得可恨，還是讓了步，把「夷商」改寫為「該商」。他嘆了口氣說：「偏偏在總督、巡撫都不在的時候，這倒楣的夷船闖進來了！」

兩江總督陶澍在江寧（南京）；江蘇巡撫林則徐已經在二月任命，為什麼還不來上任呢？

清朝的官制以相互鉗制為基礎，例如中央政府的行政機構六部，均任命滿漢尚書各一名，即每個部都有兩名大臣。地方官也是如此，各省有巡撫一人，但在巡撫的上面，一省或數省重疊設置一名總督。

江蘇省也有相當於省長的巡撫，此外還有管轄江蘇、安徽、江西的兩江總督。總督陶澍正急急忙忙趕赴上海，巡撫林則徐也由山東進入江蘇。不過，林則徐到達上海不久，那麻煩的夷船像是把他等到了就揚帆開航了。巡撫到任是七月五日，阿美士德號在上海停靠了十八天，於七月八日離去。

兩江總督與江蘇巡撫聯名上奏的表文中說：

……望見沿海一帶塘岸，布列官兵，頗露惶懼。……伊等已經悔悟，不敢再求買賣。現值風狂雨大，實在不能開船。只求俟風色稍轉，即速開回。迨六月十一日（陽曆七月八日）晚間，風色稍轉西南，即促令開行，該夷船不敢逗留，即起碇開帆，向東南而去。……

其實，阿美士德號即使望見了兵船排列海上、官兵布列堤岸，也絕不會惶懼和悔悟的。他們悠閒自在地逗留在上海，把上海城內外視察了一遍，甚至還購買了蘇州的絲綢。

上奏表文中所謂的「風狂雨大」，是所有地方官慣用的辯解之詞。

在阿美士德號入港後的一周期間，進入上海的國內商船有四百多艘。船舶的大小爲一百噸至四百噸。最初幾天大多是天津船，裝載的貨物主要是麵粉和大豆。接著連日進港的都是福建船，每天有三十艘至四十艘。這些船說是福建船，其實只有船主是福建人，大多是從臺灣、廣東、琉球、安南、暹羅等各地開來的。其中有不少是金順記的船。

蘇松鎭總兵關天培，這個人不善於表達自己的感情。當這艘傷腦筋的阿美士德號離開上海時，他不知道該怎樣來表達自己高興的心情才好。他拉著林則徐的手，只是說：「太好了！太好了！」接著就抽抽噎噎地哭了。要是廈門的陳提督的話，一定會俏皮地罵上一句：「活該！滾吧！」

關天培好容易平靜下來，說道：「我眞想有這樣快速、堅固的船啊！再配上六千斤的大炮！」

可是，阿美士德號於七月十五日突然出現在山東省威海衛劉公島的海面上。

北京的朝廷接到山東巡撫的報告後，質問江蘇當局說：「你們說驅逐到東南，爲什麼竄入了北面山東省呢？」

關天培這次又流下了眼淚，心裡十分懊惱。政府究竟給了什麼樣的兵船來驅逐這艘三桅杆的快速武裝船呢？炮臺、大炮、兵船——一件像樣的東西也不給，只是一味地下命令驅逐！

林則徐在上奏的表文中辯解說：

……一經放出外洋，即一望無際，四通八達，船由風轉，倏而東南，倏而西北，不能自主，亦不能寄碇。兩船同行，轉瞬之間，相去數十里，彼此各不相見。……

一眨眼的工夫就相距幾十里，看不見了，當然毫無辦法囉！在這篇奏文的字裡行間，也滲透著關天培咬牙切齒的憤激心情。

3

溫章在阿美士德號上十分忙碌。

他除了草擬各種檔外，還有翻譯的工作，這些任務完成之後，又要教同船的日本人中文。這個被救起來的日本人，名叫石田時之助，溫章給他起了個中國式的名字，叫石時助。他本來就有漢學的底子，學習也很熱心，所以進步很快。

阿美士德號於二月十六日從澳門出航，回到澳門是九月五日，在海上待了半年多。在這期間，這個原名叫石田時之助的石時助，中國話有了很大的長進。

「爲什麼這麼熱心學習呀？」如果有人這麼問他，他就回答說：「不想回日本了，準備在這兒生活。」「爲什麼？」再問的話，他就乾笑著說：「回去也沒有出路啊！」

石田家的祖先是九州某諸侯手下的一名武士，自從前幾代變成「浪人」[1]以來，一直住在東京。他曾經當過練武場的教師，作爲自己的副業，後來因爲要供養父親，被商人雇用作保鏢。這個商人是大阪人，名叫河內屋善兵衛；他用船隻傳輸各地產物，爲了保護貨物和監視船員，他雇用了一些武藝高超的人當保鑣。

石田時之助在兩年前被雇用當保鏢。「保鏢，可憐的行當啊！」他這麼自嘲說。保鏢或鏢客在日文中爲「用心棒」，他說這個詞時帶著一種奇怪的語調。看來他回國也沒有什麼前途，而且他還只有二十三歲，正是前程無限的青年。

經過這次漂流，他的眼界開闊了。在婆羅洲，他看到了中國移民建立的一個奇妙的共和國，叫作「蘭芳大總制」；在麻六甲，他詳細地觀察了英國重商主義在亞洲的情況；在國際城市澳門，東方與西方正在自由地混合。

「不知爲什麼，我覺得我要是生在這些地方就好了！」石田心裡這麼想。

日本當時是一個與外界隔絕的世界。回到日本，恐怕也只能重操保鏢的舊業。幕府已公布了嚴厲的鎖國令[2]，對見過外國的人，哪怕是漂流到國外，當局也會嚴密監視。要是回去的話，行動一定比以前更加不自由。

「討厭透了！不回去！」石田的決心更加堅定了。現在他甚至覺得漂流對他反而是好事。他不僅學了中國話，還學了英語。使他更加興奮的是，這艘船正在到處敲打閉關自守的清朝門戶，祖國日本總有一天也會產生這樣的呼聲。他心裡明白，現在出現在他眼前的情況，若干年後也會在祖國發生。

「一定要好好地看一看！」他留下來的決心比剛離開澳門時更加堅定了。

九月初，阿美士德號回到澳門時，灼熱的太陽還蒸烤著大地。

在陽光的蒸烤下，榕樹的樹葉和樹幹都發出一股氣味。

高大的榕樹有氣味，低矮的月橘樹也有一股氣味。頭上纏著頭巾的印度人吐在路上的鮮紅蒟醬葉，立刻散發出一股酸臭的氣味。

大街上的建築物是用磚石建造的，背街上的房屋是木、竹和泥巴的混合物。從石頭與石頭之間，從灰泥掉落了的地方，從竹竿與泥巴難以癒合的縫隙裡，也冒出一股股令人感到倦怠的熱氣。

一個女黑人露出白牙齒，粗聲粗氣地唱著催眠曲。她健壯的胳膊裡抱著金髮的小女孩；她的汗毛閃著光亮，可愛的鼻尖上冒著小小的汗珠。

三個水手模樣的赤腳男人，在她的身邊旁若無人地高聲談笑。其中一個人的表情尤其豐富。他搖晃著腦袋，一會兒伸開雙手，一會兒聳聳肩膀。每搖晃一下腦袋，他背後的辮子就好像嘲弄主人似的，微微地擺動著。

人在炎熱的天氣也會散發出體臭。那是一股大蒜的氣味。

一隻雞橫穿過鋪著石板的大街，雞的兩隻爪子就好似踩在燒紅的鐵板上。旁邊的人家一定養著豬。

一切都雜亂無章。這裡有很多東南亞人和混血兒，沒有辮子也不引人注目。

4

石田時之助從廂六甲被送到澳門後，曾寄居在金順記的店裡。他下了阿美士德號後，也只能到那裡去落腳。

他一進帳房，認識他的店員們一齊站起來，帳房先生拿著紙筆朝石田走來。

「我剛才回來的。」石田慢慢地說：「溫章先生因公司館（東印度公司澳門分公司）有事，稍晚一點回來。」

店員們露出驚奇的表情。

「中國話長進啦！不用紙筆了。」帳房先生看了看手中的紙筆，大聲地笑著說。

半年前，石田在這裡經常和店裡的人進行筆談。

「只是在船上跟溫章先生學了一點，難的話還說不好……請問，我的那些夥伴們的情況怎麼樣？」

他們同時漂流的六個夥伴，全部都由麻六甲送到澳門，一半寄居在金順記，一半寄居在基督教新教的教會裡。

「只有一個人留下了，其餘的人都回國了。回去已快三個月了。」帳房先生回答說。

他們剛到澳門時，希望留下來的只有石田一個人，其餘五個人都想念故鄉，希望儘快回國。而現在說留下了一個人。

「誰留下來了？」

「那個最年輕的。」

「噢，是辰吉吧？」夥伴中年紀最小的是十六歲的辰吉，他生長在海邊，皮膚白皙，使人感覺比較瘦弱。

「是的，就是那個可愛的娃娃。」

「他為什麼要留下呀？」

「據說他不想回去了，不知道是什麼原因。」

石田想起了辰吉是個孤兒。「他現在在哪兒？」

「在教會裡。」

「等會兒我去看看他……我應當告訴小姐，溫章先生馬上就回來。」

石田時之助跟店員打了招呼，穿過了帳房。

金順記澳門分店是一座石造建築，帳房面對大街，後面是住房，溫章的姑娘當然住在那裡。店堂與住房之間是一座相當寬闊的石頭院子。

院子裡有一位小姑娘和一個四十來歲肌肉隆起的漢子。

石田沒有見過溫章的女兒，但他感到這個小姑娘肯定就是溫章的女兒。她的面貌很像溫章，前髮垂在額上，很像是所謂的「劉海發」，她給人的感覺與其說是可愛，不如說有一種凜然的氣概。

旁邊的那個漢子，石田以前在澳門時就認識。他名叫余太玄，是個拳術家；他在金順記說不清是店員還是食客。

現在余太玄把右手緊貼身軀，手心向上，緊握拳頭。那姿態好似是用匕首刺殺接近的敵人。他的左手張開一半，輕輕地向前推進。他的兩腿劈開站立在那兒。

「這架勢是『白虎獻掌』啊！」石田以前曾經請余太玄給他做過這個架勢。余太玄把這個架勢的名稱寫在紙上，教給了石田。

再一看，那姑娘也在做著余太玄所示範的架勢。敵人如果用右拳從正面打過來，可以用左手撥開，然後用右拳直搗敵人的胸部。這時右腕子應當盡量下沉，左手要保護自己的右側。

余太玄猛地一躍而起。他光著脊背，肩膀上的肌肉有力地跳動著。

接著那姑娘也飛躍起來。

「謔！相當不錯呀！」石田心裡感到很欽佩。

姑娘俐落地穿著一條草綠色的緊身褲，腳踝上紮著一道黃色的腳帶子，下面穿著雪白的布鞋。當她躍起的時候，腳帶子上的黃穗子在半空中迎風飄揚。

跳躍完畢，「白虎獻掌」就告一段落了。

他們倆一直集中精力練拳，都沒注意到石田在旁邊。

「很好很好。不過還顯得有點緊張，以後可就沒有勁了。這一點你自己可以去體會體會。」余太玄說話的時候，姑娘已經注意到了石田，露出驚訝的神情。余太玄看了看姑娘的臉，回過頭來見是石田，忙跟石田打招呼說：「啊！稀客稀客！」

「托您的福，我平安回來了。」石田說。

「啊呀呀！中國話長進了。」余太玄的看法與帳房先生一樣。

「這位是——」石田看著姑娘說道：「溫先生的小姐嗎？」

「嗯，是的。」拳術家回答說。

石田轉身朝著彩蘭說：「敝姓石。跟您父親乘坐同一條船。船剛才已回到澳門。您父親在公司還有點兒事，一會兒就會回來。」

「啊，是嗎？謝謝您來告訴我們消息。」彩蘭低頭行禮說，「我爸爸身體好嗎？」

「嗳，非常好。」

石田一直看著彩蘭的臉，在談到她父親的時候，一瞬間的喜色很快就消失了。她這樣抑制情感，不像是一個十一歲的女孩子。

石田覺得很難理解，心裡想：「這樣的年歲，一般的情況不是要高興得跳起來嗎？」

5

澳門金順記要爲溫章回國開歡迎宴會，距宴會開始還有一個多小時。石田決定利用這個時間到教會去看看辰吉。

教會裡也因歐茲拉夫的歸來而熱鬧起來。

「哦，是找那個孩子。」看門的中國人聽石田說要見辰吉，指著另一棟房子說：「兩個日本人都住在那兒。」

「兩個？」石田感到奇怪，朝那裡走去。

門是開著的。石田朝裡面一看，那是一間小小的客廳，牆上掛著黑板，擺著六套桌椅，客廳裡沒有人。旁邊似乎還有一個房間。

「辰吉！」石田用日語叫了一聲。

不一會兒，黑板旁邊的一扇門打開了，露出辰吉的臉來。

辰吉一看到石田，他那稚氣的臉上露出高興的神情，喊道：「老師！」

以前船上的人一直把船上的保鏢叫作「老師」。

「老師平安回來，太好了。歐茲拉夫先生回來了，我想老師一定會和他一起回來，正想去金順記看望您呢！」

「啊，變了！」石田心裡這麼想。辰吉過去說一口漁夫的話，半年未見，竟說出這樣文雅的話。

「你也很精神，太好了。」

「噯，托您的福呀。」

「聽說你決定不回去了。爲什麼呀？」

「嗯。這個嘛……因爲……」辰吉吞吞吐吐的，想說什麼又停住了。

這時從辰吉剛進來的門裡又出來了一個人。這人拖著辮子，穿著中國服裝，是一個二十五歲的青年。他的皮膚白皙，新刮過的鬍留下一道青痕。日本人長期離開日本，較易被分辨是否爲日本人。不僅是這人的容貌，就連他周圍飄溢的氣氛也使人感到有一種獨特的、非常熟悉的味道。石田立即意識到他是日本人。這人的身上有一種日本商人的氣味，難怪看門的說有兩個日本人。

「您就是石田大人吧！」那人果然用日語說話了。

「正是。」石田用武士的語調回答說。

「石田大人的情況，辰吉經常跟我說起。」那人用冷靜沉著的聲調自我介紹說：「在下也是日本人，名叫久四郎，在京都綢緞鋪當過二掌櫃。三年前因買賣上的事情去江戶的途中，船隻遇難。其實在石田大人上船之後不久，我就來到此地。以後一直跟辰吉在一起。」

「噢，三年前？」

「是的。時光過得眞快，在這三年期間，我去過很多地方。我是被美國船搭救起來的，在美國的一個叫波士頓的地方待過一段時期，然後去過歐洲、印度、暹羅，以後就來到這裡。」

「不準備回國了嗎？」

「我已經斷念了。在暹羅我學了唐人[3]話，改成唐人打扮。我也已經受過洗禮了……。」

「噢，是嗎？」要是在日本國內聽到這樣的話，那可是了不得的大事[4]。但這裡是離日本千里的外國，而且石田時之助早已離開了日本，所以這麼淡淡地應聲說。

久四郎搓著手，繼續說：「我已經信奉了上帝，所以不能再回到禁止基督教的祖國去了……辰吉這孩子雖然還未接受洗禮，但他還能理解我的心。」他彎著腰，用上眼梢看著石田。他的態度十分端莊穩重，但石田很不喜歡他那眼神。他一眨一眨的小眼睛令人捉摸不定，十分討厭。石田不由聯想起他厭惡的歐茲拉夫。

「我明白了……」石田心裡這麼想。

這傢伙大概是勸誘漂流的同胞信奉基督教，但他那巧辯的舌頭，並沒有戰勝國內有家小的同胞們的懷鄉之心，只是在孤兒辰吉的身上奏效。

石田暫時只跟辰吉談著漂流的夥伴們的事情，久四郎不時地插嘴說話。

「像辰吉這樣的年輕人，能留在這裡太好了。這裡有著廣闊的世界。」

他討人喜歡地裝出一副笑臉，但他的眼睛並沒有笑。

「好吧，我以後再來。今天晚上金順記有個聚會，我不能再待了。有時間你可以經常來玩。」石田對辰吉這麼說後，站起身來。

久四郎又搓著手說：「今後請您多幫助。我原來是商人，沒有姓。在這裡沒有姓很不方便。我隨便起了個姓──姓『林』。這個姓對唐人和日本人都通用[5]。」

「噢，是林久四郎先生。」

「不過，有了姓，名字還不像唐人，因此我改名叫九思[6]。我現在叫林九思──我就是這樣簡單地起了一個好像了不起的名字。」

「好。老師，我送您到門口吧！」辰吉這麼說著，跟著石田走出來。

久四郎目送著他們，他那小眼睛帶著一種異常的神態。

在教會門前分別的時候，辰吉小聲地說：「老師，您什麼時候把我帶走吧？」

「爲什麼？你想回國嗎？」石田也小聲地問道。

「不！我一直想留在這裡幹點正經的工作。這個決心是不會改變的。」辰吉更加小聲地說：「不過，跟久四郎在一起有點受不了。」

「是嗎？」石田笑著說：「找到好的工作，我找個機會帶你走。」

「說起工作，久四郎說要和我一起搞印刷哩！」

「印刷？……你跟他說，對這個工作不感興趣。」

「那就拜託老師了！」辰吉趕忙行了一個禮。

在回金順記的途中，石田時之助不覺口中念叨著：「綢緞店的二掌櫃、林九思……」

當金順記歡迎溫章的宴會正在熱鬧進行的時候，在東印度公司澳門分公司，琳賽正坐在桌子面前工作著。他在煤油燈光下不停地寫著，不時地拿起旁邊盛著威士忌的玻璃杯，輕輕地喝上一口。當金順記的宴會將近尾聲，拳術大師余太玄領頭大聲喊著乾最後一杯的時候，公司裡的琳賽才放下了筆。他把玻璃杯裡剩下的威士忌全部喝乾了。

「啊，終於完了！」

他從容不迫地拿起紅蘸水筆。他的面前放著阿美士德號的收支決算書。他用紅筆塡上虧損總額——￡5647。

這在當時可是一筆鉅款。

琳賽望著煤油燈，嘟噥著說：「公司，不，英國政府現在應當懂得，這筆買賣是多麼合算啊！」

三昧火

那張臉慘白得像死人，這不完全是因爲掛燈顏色的緣故。由於燈光的照射，瘦削面頰的凹窪處黑得叫人害怕，跟他的臉色恰好形成對照。他的眼睛異常朦朧，瞳孔似乎沒有焦點。他凝視的是根本不存在的虛空，當然顯得空虛和茫然。

1

澳門就好似已經熟透、腐臭的果子。它快要掉落到地上了，卻被一根巨大的樹枝接住，所以仍然留在樹上，這根巨大的樹枝就是廣州。

澳門作爲一個貿易商港的生命，應當說在十七世紀的前半期基本上就已經結束了。清國的對外貿易規定在廣州進行。

廣州有夷館（外國貿易商住宅），它跟日本長崎出島[1]的荷蘭人住宅相似。

外夷不能把番婦（外國婦女）帶來廣州。夷人住在夷館，禁止隨意外出。（每月限定在八日、十八日、二十八日三天；准許在附近的花地海幢寺散步，但一次不得超過十人。）夷人不得在廣州過冬。

廣州的旁邊有個澳門。澳門和荷蘭人稱作「遠東的監獄」的長崎出島很相似，但比長崎有利的條件是葡萄牙人在這裡獲得了特殊居住權，夷人可以讓自己的妻室兒女在澳門居住。

歐洲的船隻趁五、六月的西南風來到廣州，預趁十月前後的西北風歸航。「禁止越冬」的目的，就是要夷人做完買賣就趕快回去。

不過，在貿易的季節裡不可能把全部事情都辦完，而且這是一次要迂迴非洲南部的遠航，所以許多人都希望留下來，等待來年貿易季節開始。但廣州禁止夷人過冬，於是他們就在澳門等待。

據道光十年（一八三年）調查居住澳門外國人人口的紀錄：

白人　男　一二〇一名　女　二一四九名

奴隸　男　三五〇名　女　七七九名

女人反而比男人多，作爲一個殖民地，這種現象是罕見的。其實是因爲男人們在廣州做買賣，因此才出現了這樣的數字。

一到開始刮西北風的時候，那些半年多過著沒有女人的生活的夷人們，都紅著眼睛朝澳門奔來。十月以後的澳門，變成了世界上最淫蕩的城市。

一天，拳術大師余太玄帶著石田上街，說是有些地方一定要帶他去看看。

良家女子一到這個時期都不外出。但這裡除了當地的妓女外，還有看準這個季節，從麻六甲和果阿遠道而來掙錢的「夜間女郎」。

女人有白皮膚的，也有黑皮膚，還有不少混血的女人。

一位金色頭髮的水手模樣的男人，看起來不過二十歲左右。他在石田的眼前，突然撲到一個棕色皮膚的女人的身上，把她摟進自己的懷裡。

「石先生，你有何感想？」余太玄看著石田的臉問道。

在明代，葡萄牙作爲它打退海盜的報酬，每年交納地租，獲得了特殊居住權。過去發生涉及外國人犯罪的事件，葡萄牙當局就收買清國駐澳門的官吏，偷偷由自己來處理。這類事情日積月累下去，葡萄牙不知不覺地就獲得了治外法權；律令上規定的「化外人犯罪，依律問斷」的原則，現在差不多有名無實了。

石田與余太玄並肩走著，他一直在考慮著拳術上的事。

「那種絆腿法好，有學習的價值。」

可是，當他看到停泊在海港裡的艦隊，不由得產生了疑問。不管拳術多麼高明，也不能赤手空拳去對付那些鋼鐵啊！

「應當怎麼辦呀？」他想到男子漢大丈夫的平生事業，他感到過去從未注意到的事業好像就擺在眼前。

旁邊突然發出一陣女人的笑聲。一個邋裡邋遢的、滿臉雀斑的白種女人，被一個爛醉的水手摟住脖子，像傻子似地放聲大笑。

「這是個糟糕的地方，是一個腐爛了的城市。」余太玄這麼說著，用拄著的手杖在石板地上寫了個「腐」字。余太玄在「腐」字的上面又寫了個「最」字，然後挽起石田的胳膊。

看來他是要讓石田看一看最腐爛的地方。

拳術大師折進了小巷。巷子裡沒有鋪石板，使人有一種溼漉漉的感覺。

一個男人把一個女人頂在牆上。從服裝上來看，男的並不像水手。女的被男人擋住，看不清楚，但可看出是一雙小腳，那樣子好像馬上就按捺不住了似的。

走不了十步遠，又碰到一對這樣的男女。

澳門是一個大垃圾堆，人們自暴自棄地沉浸在廢物堆中尋找樂趣。

這座城市位於珠江口三角洲的南端，不從事任何生產；它是廣州的貿易商人們的踏腳板和休息地，也是鴉片走私的中轉站。

眞正走私的中心是在伶仃島，若把澳門和香港連成一條直線，直線的北面有內伶仃島，南面有外伶仃島。那裡停泊著鴉片母船，等待著走私船。鴉片貿易史上把這個時期稱作「伶仃時期」。

澳門不僅沒有產業，而且是個「三不管的城市」。從清國方面來看，它是「天朝的地界」；從葡萄牙方面來說，它是「殖民地」。八年前葡萄牙曾要求北京正式割讓，但遭到了拒絕；如若採取強硬態度，又缺少藉口；清朝的官吏也由於賄賂關係而不希望改變現狀。

這種鬆散的狀態就產生了三不管，走在大街上可以無拘無束。

石田跟在余太玄的後面，嗅著澳門的氣味，踏進了小巷溼漉漉的土地。

2

余太玄在一家木造舊民房的門前停下了腳步。這家窄小的門樓和附近人家毫無區別，沒有任何引人注目的地方。

「咱們進去吧！」余太玄催促石田說。

推開大門，左右有兩個小夥子面對面坐在椅子上，他們的身體都很健壯。兩個小夥子看到余太玄和石田，什麼也沒說。余太玄默默地從他們中間穿過。石田跟在他的後面走進去。

房間比預想的要寬敞得多。門樓雖然窄小，裡面卻足足有三間房子那麼大。

「是後面的屋子。」走到一扇門前，余太玄回頭看了看石田，指了指通向後面屋子的一道黑色厚實的門。他指著門的樣子，好似帶有某種含義。

門上掛著一塊匾額，寫著「三昧堂」三個金字；門兩邊的柱子上貼著墨筆寫的對聯。迎面的右邊寫著「喉間噴出三昧火」，左邊寫著「滅去現世懊惱事」。

「這就是人們所說的鴉片館吧！」石田終於意識到了。

「你自己把門推開！」

石田遵照余太玄的話，用手去推門。在門推開的刹那間，一陣低低的、從未聽過的、哼哼唧唧的聲音朝石田的耳邊撲來。那不是耳鳴，而是許多人在各個角落裡竊竊低語和無病呻吟發出的聲音。

這是一間相當寬大的房子。由於關閉得嚴嚴的，顯得很暗淡。房子裡只掛著兩盞綠色的掛燈。掛燈發出陰慘慘的藍光，朦朧地映照出二十來個煙客。四周掛著黑色的帷布。帷布的後面也有煙客，從那裡也傳來了那種可怕的聲音。

石田看到，這寬闊的房間裡到處都支著床，一群人以各種各樣的姿態隨意地躺在床上。那些所謂的床，不過是在粗製的木頭長椅上鋪著草墊。

還有一個男人，像夢遊病患者似的，在床鋪之間晃來晃去。

這些人不是一個集團，鴉片館並不是社交場所。這裡雖然有二十來人，但每個人都在他們的身邊編織一個他們自己的小天地。不管自己的旁邊是什麼人，這個小天地是不許任何人闖入的。

「你看看他們的臉！」余太玄在石田的耳邊小聲地說。

石田的眼睛已習慣了黑暗，他低頭看了看躺在旁邊鋪上的一個男人的臉。

那張臉慘白得像死人，這不完全是因爲掛燈顏色的緣故。由於燈光的照射，瘦削面頰的凹窪處黑得叫人害怕，跟他的臉色恰好形成對照。他的眼睛異常朦朧，瞳孔似乎沒有焦點。他凝視的是根本不存在的虛空，當然顯得空虛和茫然。

石田的耳朵很快就熟悉了那種低低的哼哼唧唧的聲音，慢慢地能分辨出煙客們發出的聲音和燒鴉片的聲音。

鴉片的氣味十分奇妙，它好似堵在你的胸口，但不知什麼時候會唰地一下從你的胸中透過。各個床鋪上不時地搖晃著小小的火苗。那是燒鴉片的「煙燈」發出的火光。煙燈是一種帶玻璃罩子的銅燈檯，裡面裝著油，油裡浸著棉紗的芯子。吸鴉片的人都散漫邋遢，煙燈要做得倒下也不會潑出油。

徐易甫寫過一首詩，叫《煙燈行》：

玻璃八角銀作台，隱囊褥臥相對開；
海外靈膏老鴉翅[2]，象牙小盒蘭麝味。

不過，這座「三昧堂」裡並沒有這種豪華的銀台煙燈。富人都是在自己的家裡吸鴉片，到這種地方來吸鴉片的大多是窮人。煙燈以山東省太古縣做的太古燈和山東省膠州製造的膠州燈最爲有名，這裡沒有放這種煙燈。

拿盛鴉片的容器來說，這裡用的也不是象牙小盒，而是佛山鑄造的廉價小鐵盒。從盒子裡取出鴉片，用鐵籤子蘸著，在煙燈上邊烤邊撚。三昧堂的煙客現在大多在烤鴉片。鴉片烤好後，塞進一根籥一樣的竹煙管孔裡。煙管稱作「槍」，孔稱作「斗門」。之所以使用軍事用語，大概鴉片也像兵器那樣，乃不祥之物。

在烤鴉片和給煙槍的斗門點火時，煙燈的火苗就會搖曳起來。這種火苗的搖曳帶有一種淒慘的節奏。

火苗一會兒在這兒搖曳著，一會兒在那兒搖曳著——隨著火苗的搖曳而出現石田他們所看不見的虛幻極樂世界，刹那間又崩潰、隱沒、消失了。

這令人感到多麼夢幻啊！

3

一看煙客們骨瘦如柴的軀體，和空虛發呆的眼神，就可已知道他們的肉體和精神都不剩一絲一毫的氣力了。人失去了精神、氣力，那不就是亡國之民嗎？

石田朝余太玄看了一眼。拳術大師一直在注視著石田，好像在觀察著石田對這個鴉片窟的反應。他好似想說什麼，大概是想震動一下對方的心。

這情景好像是一幅憂世志士余太玄以實物垂訓鄰國青年圖。

余太玄嚴肅的面孔和彎成「八」字形的嘴唇，突然露出一種無法忍受的憎惡的神情。余太玄和煙客們在這種場合好似是人類的兩個極端。一端是可以稱之爲健壯化身的拳術家，另一端則是皮包骨頭、面色慘白的大煙鬼。

當石田對這一端的余太玄感到一種莫名其妙的反感時，不知爲什麼，另一端的煙客們卻使他感到親近起來。「吸鴉片有什麼不好？」石田突然感到一陣衝動，心裡這麼嘟囔說。

正在這時，門開了，一個異常的人無聲地飄了進來。

如果說這人還是活人，那世上恐怕再沒有比他更瘦、更慘白的人了。他披著一件外衣，胸口裸露在外，可以看到一根一根的肋骨。他平伸著兩隻胳膊，好像要抓撈什麼東西似的，搖搖晃晃地走過來，看來用個小指頭就可以輕易地把他推倒。

看不出他究竟有多大年歲。兩隻眼睛深埋在陷下去的眼窩裡，看不到他的眼珠，但肯定不會有一點兒生氣。眼窩下溼漉漉的，他在流著眼淚。鼻子下面也黏糊糊的，那是他在流鼻涕。額頭、面頰……他的全身都溼乎乎的，那是汗水。在他裸露的胸膛上，汗水順著肋骨往下淌。他突然張開了嘴巴，那不是說話，而是打了一個懶洋洋的哈欠。這是煙癮發作的症狀。他的脈搏一定跳動很快，四肢一定冰涼，他的心裡會感到一種說不出的慌亂。

他腳步踉蹌，只能用枯樹枝來形容的細腿碰了一下石田。他的身子多麼輕啊！石田幾乎感覺不到它的重量。對方好似也沒有什麼感覺，踉踉蹌蹌地向前走去。石田心裡想：簡直像飄過了一片枯葉！據說凡是吸鴉片的人，他的身子一定會瘦，他的血一定會乾，他的舌頭會經常脫液。

石田非常奇怪這樣的人怎麼能推開那麼厚重的門。如果眞是他推開的話，那恐怕不是憑他的體力，而是借助於尋求鴉片的欲望。

「他還有欲望嗎！」石田這麼想著，心裡激動起來。當然，這與余太玄想給他的激動是兩回事。

這時余太玄用激烈的口氣說著什麼話。不過這話很難懂，石田沒有聽明白。余太玄正抬起他那粗壯的胳膊，指著剛才進來的那個煙鬼。也許是由於過分激動，使他忘記了石田對中國話的理解能力。拳術大師好似馬上就意識到了，不好意思地笑了一笑。不過，他那樣子還是很焦急的。

石田雖然不懂余太玄的話，但他感到自己能夠體會這話的意思：「這條小爬蟲太不像樣子！這簡直是對現世的嘲弄！」

身居這麼多的大煙鬼當中，不吸鴉片的人確實會感到好像是受到了嘲弄。

余太玄也許是爲此而感到憤慨。但石田心裡想：「我倒是沒有吸過鴉片，但我過去是認眞地生活在這個世界上嗎？」

對商船的保鏢工作，不能說他已投入了全部的精力。這不也是對現世的嘲弄、對自己的嘲弄嗎？

石田感到好似明白了他對這些人產生親近感的原因。

4

從明朝萬曆十七年（一五八九年）的關稅表來看，鴉片二斤的價値相當於銀條二根，稅率規定十斤鴉片納稅銀二錢（一錢爲三點七克）。當然那時是作爲藥材進口的，數量也很少。

從清代開始，鴉片才不作爲藥品，而是作爲嗜好性的痲藥在中國氾濫。

鴉片能使吸食者感到一種冥想的快樂，它不會使人感到狂躁，而能使人感到幽靜。從這一點也可以說它極富東方味道。可是，大多經常吸食的人，吸食量日益增多，中樞神經遭到破壞，成爲鴉片的犧牲者，等待他們的只是「廢人」的命運。

清朝方面也早已意識到鴉片的毒害，曾多次發出禁令。

雍正七年（一七二九年）對鴉片販子的課刑是披枷一個月（枷號一月），發配到附近地區服軍役（充軍）；對開鴉片館的刑罰是「杖一百」、「流三千里」。

一七八年東印度公司獲得孟加拉的鴉片專賣權後，鴉片遂成爲貿易的明星商品而出現。這一年清朝又再一次發出禁令。

嘉慶元年（一七九六年）從關稅表中砍去了鴉片這一項目，意思就是禁止鴉片進口。嘉慶四年又禁止國內栽培罌粟。

當時禁煙論者的意見是：

以外夷之泥土，易中國之貨銀，殊爲可惜。且恐內地人民輾轉傳食，以致廢時失業。……

關於當時進口鴉片的數量，中國方面沒有準確的數字。因爲是走私商品，稅關也沒留紀錄。根據英國方面的資料：

一八二一年　五四五九箱（一箱爲1331/3磅，即一百斤）

三年後的一八二四年爲一萬箱，此後一段時期維持著一萬箱左右。在阿美士德號北航的一八三二年才超過二萬箱，三年後的一八三五年爲三二二箱，又三年後的一八三八年終於超過了四萬箱。增加的速度飛快。

清國過去一向是出超國，現在終於淪爲入超國，面臨著白銀外流的嚴重局面，這稱之爲「漏銀」。鴉片開始動搖國家財政的基礎。

愚民們廢時失業還可以，可是漏銀問題一嚴重，吸食鴉片一旦滲透到國家軍隊的內部，清朝政府也發慌了。

在阿美士德號回到澳門十天後，兩廣總督被革了職。原因是鎮壓連州瑤族叛亂失敗，追究了他的責任。當時的奏文上說：

調至連州，軍營之戰兵多有吸食鴉片煙者。兵數雖多，卻難得力。

就是說，軍隊吸鴉片，根本無法打仗。

余太玄領著石田時之助去看鴉片窟，目的是想把這裡的悲慘情景裝進他的腦子，使他有所感觸。而石田卻眞想跟余太玄說：「讓別人感動，這很好。可是你是不是像那些鴉片鬼一樣，也有點著迷了呢？」

對方既然對自己說一些聽不懂的話，這次我也要跟你說一些你不懂的話。石田故意用日語說道：「我明白了，我看到了。鴉片究竟是怎麼一回事，我大體上已經明白了。那些傢伙確實沉溺在可怕的鴉片之中。不過，有些人能豁出性命來適應所好，這也未嘗不可。好啦，咱們回去吧！」

他想自己過去就未曾努力搞好保鏢的工作，於是他指了指剛才進來的那道門，朝那裡走去。余太玄一時露出驚訝的神情。不過，他還是默默地跟著石田出了「三昧堂」。

5

來到大街上，石田才深深地透了一口氣。

這兒本來就有一種澳門的特殊氣味，但他覺得自己比去三昧堂之前似乎更加能適應這種氣味了。就連他腳下穿的布鞋，也似乎合腳多了。

路邊早已擺開了黃昏的晚市。商販們把物品擺在草蓆上，扯開嗓門大聲地招攬顧客，圍攏來的顧客也大著嗓門討價還價。

穿著黑色褲子的女人們，伸出指頭咒罵價錢太貴。蔬菜、水果攤販也板著面孔，大聲地嚷嚷著。

「不貴！這價錢怎麼算貴？」

「昨天才五文錢。」

「昨天是昨天，今天是今天。」

「這簡直是殺人！」

旁邊一個黑人女傭人，露出一口白牙齒，微微地笑了笑。

一個看來是拉丁族的中年西洋女人，靠在牆上，毫無表情地看著這一場爭執。她抱著胳膊，嘴裡在咀嚼著什麼。她那寬大的裙擺沾滿了汗漬。看來她是從果阿一帶來的妓女。她擦了厚厚的白粉，但仍然遮不住臉上的皺紋。

「你又不是千金小姐，難道不知道東西會漲價？」老頭惡狠狠地這麼說。不過，他的聲音裡充滿了哀傷。

由於進口鴉片而產生「漏銀」問題，使得銀價上升，物價全面飛漲。

龔定庵寫過一首《餺飥謠》——饅頭歌：

父老一青錢，餺飥如月圓，
兒童兩青錢，餺飥大如錢。
盤中餺飥貴一錢，天上明月瘦一邊。
……

這首詩是定庵三十一歲時的作品，諷刺了十年前的社會。可是以後的社會不但沒有改善，反而更加嚴重了。

不過，中國人的樂天主義能驅除這種生活的艱苦。

定庵在饅頭歌的結尾這麼寫道：

月語餺飥：圓者當缺，
餺飥語月：迴圈無極，

大如錢，當複如月圓。
呼兒語若，後五百歲，俾飽而元孫。

路旁的市場熱鬧非凡。看到這種活躍的景象，簡直無法想像他們和三昧堂裡那些煙鬼是同一個人種。

鴉片煙鬼跑到哪兒去了呢？

不過，偶爾也可看到一些慘白臉、聳肩膀的吸鴉片的人。也有的人大概是菸癮發作了，走路踉踉蹌蹌的。他們或許是急急忙忙地往三昧堂那兒跑吧！

廣州

連維材猶豫不決。每當他要擁抱西玲的時候，他總是猶豫不決。

猶豫的時間很長——對他來說簡直是太長太長了。

當他終於下了決心，於是就像要跳進深淵似的，緊閉眼睛，把手放到她的肩上。

1

第二年——道光十三年（一八三三年）的春天。廣州十三行街的公行會館邀請連維材。

清國的對外貿易一向是由得到戶部批准的「行商」所壟斷。這些行商組織了一種同業公會的組織，稱作「公行」。這年公行的領導成員共有十家。相當於理事長的總商是怡和行，此外還有廣利行、同孚行、東興行、天寶行、順泰行、中和行、同順行、萬源行和仁和行各家。他們不僅在買賣上，而且在關稅徵收和有關夷人的一切問題上都全面負責。

從外商方面來看，他們對這種全面負責的同業公會組織並不感興趣。商品的價格由公行單方面決定，外商不能和一般的工商業者自由地進行交易，所以動輒就指責公行制度，阿美士德號北航時提出的理由之一，就是「廣州的貿易欠公正」。

連維材的金順記並不是公行的成員，所以不能直接從事對外貿易。但他在福建武夷山等地擁有許多茶園，可以左右茶葉市場。茶葉是重要的出口商品，儘管政府在茶葉的流通、運輸等方面作了種種規定，但他一動念頭就可以操縱茶葉價格，阻礙公行的茶葉出口。對進口商品來說，只要他想幹的話，他也可以大量放出手中的存貨，而叫公行大吃苦頭。所以公行的成員在連維材的面前自然要低一等。

英國政府若要取消東印度公司對中國貿易的壟斷權，實行自由化，情況一定會發生很大的變化。公行的成員連日開會討論新形勢，恰好這時金順記的連維材來到廣州，因此決定聽聽他的意見。

連維材根據他們的要求，發表了這樣的意見：「去年英國國會決議，決定來年四月二十二日散局（取消壟斷權）。東印度公司再也不會在廣州出現了。代之而來的將是各個商人。各人的看法不一樣，我認爲這對你們極爲有利。對方是分散的，而你們是團結在一起的。」

輔佐總商的廣利行老闆盧繼光提問說：「您的意思是說可以壓價購買嗎？」

進出口商品的價格，過去一向由公行單方面決定。要是對這種價格不滿意，東印度公司可以反抗，把貨物原封不動地運回去；但分散的商人就經受不起把整船貨物運回的巨大損失，含著眼淚也得按對方的定價出賣貨物——盧繼光是這麼想的。

「這恐怕辦不到吧！」連維材說。

「爲什麼？」

「東印度公司取消了，大班（東印度公司駐廣州代表）走了，英國政府恐怕還會派人來代替他們的。如果本國商人蒙受的損失太大，政府的官吏一定會勸告商人把貨物運回。當然，損失將由政府補償。」

「這麼說，就是由政府來代替公司嘍？」

「總的來說，可以這麼認為吧！只是政府本身並不等於是商人，諸位的對手還是各個私商。儘管背後有政府撐腰，但可採取辦法，巧妙地利用對方分散的弱點，於我們有利的機會將會增多。我是這麼考慮的。」

「就是說，情況比過去複雜了，需要講究策略。您是這個意思嗎？」

「我的估計是這樣的。」

富人總是希望維持現狀的，連維材說東印度公司的取消對公行有利。有利或不利姑且不說，現狀將發生變化是無疑的。過去坐在家裡也可以賺錢，現在情況變得複雜起來，這當然是傷腦筋的事。公行的商人一向只希望做穩妥的買賣；他們已習慣於壟斷，缺乏對情況的研究，不願意冒風險。

吃過午餐之後，怡和行的伍紹榮把客人連維材送到大門口。怡和行是公行的總商，老闆伍元華正在生病，因此由弟弟伍紹榮代表出席。

「謝謝您啦！」伍紹榮說了一些客氣話之後，好似想起了什麼，「您知道廈門過去有個名妓叫如柳嗎？」

「只聽說過這個名字。」連維材回答說，如柳是他前一代的名妓。

「您聽說過府上的溫翰老先生在年輕的時候曾經迷戀上這個如柳嗎？」

「這還是初次聽到。」

「據說當時可火熱哩！分手的時候，溫先生簡直失去了理智。這是我最近聽老人說的。」

「是嗎？人眞不可貌相啊！」

連維材告別了伍紹榮之後，朝東邊走去。

夷人不得在廣州過冬這條規則並沒有被嚴格遵守。不過，一過了貿易的季節，這一帶還是冷清了起來。

十三行街在廣州城外的西郊，是一條狹長的東西向的街，街旁有十三座兩層或三層的洋樓，它相當於日本長崎出島的貿易區。街的西端是丹麥館，通稱「黃旗行」。往東數是西班牙館（大呂宋行）和法蘭西館（高公行）。

連維材走到英國館——即東印度公司的前面停下了腳步，心裡想：「伍紹榮跟我談這些話是什麼意思呀？」他抬頭看了看這一溜夷館，所有的窗戶都放下了百葉窗，顯得十分寂靜。

在盤踞於壟斷權之上的公行的商人當中，最有心的是伍紹榮。他恐怕是支撐著公行的核心人物。對於具有叛逆精神的連維材來說，已經形成權威的公行是應當破壞的。

連維材經常這麼想：「我的叛逆精神不會創造出什麼東西。」要創造的話，那當然要由他的保護者溫翰來進行。他一向認爲，他跟溫翰之所以能成爲默契的搭檔，那是由於他們生來都具有共同的叛逆精神，不過溫翰對他的影響確實很大。

人一過四十，眞正自己的東西就形成了，而總想把過去所受的影響排除掉。連維材已經到了這個年歲了。對自己進行清理的時期，他希望自己能夠輕裝前進。在這樣的時候，他無法區別哪些是自己身上固有的東西，哪些是從溫翰那裡接受來的東西，這確實叫他十分焦躁。

他應當排除什麼東西呢？

過去他總希望溫翰在自己的身邊，而最近卻突然感到厭煩起來。溫翰大概也已經覺察到了吧？去上海就是……

要想給金順記致命的打擊，那只有在連、溫二人之間製造分裂。連維材感到渾身哆嗦起來。「伍紹榮是故意把溫翰過去的豔事說給我聽的……」

如果連維材對溫翰感到幻滅，金順記就將邁出毀滅的第一步。

他把公行看作是敵人，伍紹榮能夠不覺察而進行反擊嗎？

2

連維材回去之後，公行的人們仍在會館的一間屋子裡繼續討論。伍紹榮只是總商代理，所以會議的主席由總商輔佐盧繼光擔任。

「在英國，議會看來最有權威。不過，在我國，皇帝陛下可以否決軍機處的決定。難道在英國就不能這樣嗎？」盧繼光一邊說，手指頭把桌子戳得啰啰地響。

伍紹榮想起了自己的父親。他父親雖然已經年老不管事了，但對店裡的事情還經常囉囉唆唆地發議論。他的父親就有用紫檀的手杖捅地板的毛病。

時代正在飛速前進，他那樣子就好像要阻擋時代的前進似的。

伍紹榮站起來說道：「這不可能。對於取消東印度公司的特許權，英國根本沒有表示同情的意見。現在的英國是尊重自由和個人的力量。」

他說了這幾句開場白之後，開始朗讀起從英國報紙中選譯的資料，英國報紙的論調帶有一種躍動的節奏，英國已宣告貴族的寡頭政治結束。去年克服了上院的抵制，修正了選舉法。過去那種僅給予納稅十英鎊以上的「戶主」的世襲選舉權已經廢除，工業城市的市民獲得了投票權。

世襲、保守與領地的時代已經過去，代之而來的是自由、進取和工廠的時代。再也不能允許東印度公司繼續壟斷對清貿易的呼聲已經形成輿論。

「我們沒有必要為東印度公司操心。」伍紹榮繼續說道：「他們過去究竟為我們做過什麼事情呢？他們不是把我們看成眼中釘嗎？他們曾經收買總督，企圖削弱我們的力量。我們過去是不是太過於相信權威了呀！只要有ＶＥＩＣ[1]的商標，我們不看貨物就進行交易，今後恐怕應當要好好地研究研究了。而且我認為貿易額將會因為取消東印度公司的壟斷而大大地增加。這不是值得歡迎的事嗎？」

「不增加也行啦！只要是可靠的買賣就好。買賣如果能夠不看貨物就進行交易，那也……」盧繼光這麼說。

「完啦！」伍紹榮心裡這麼喊道，臉上露出灰心的神色。

看來公行的時代不得不結束了，他的腦子裡出現了連維材的面孔。

對伍紹榮來說，他有個公行的組織需要保護，還有個徒具虛名的門第包袱。他對自由自在的連維材感到羨慕。他覺得總有一天要背著各種破爛包袱同連維材作戰。

在他前進的道路上充滿著艱難困苦。

（他的預感完全對了。伍紹榮的哥哥伍元華在這一年去世，他當了怡和行的老闆，作爲總商被抬上代表公行的位子。他成了全中國對外貿易商人的最高首腦，而且是在英國企圖訴諸武力的最困難時期。他字紫垣，還有著元薇、崇曜等別名，不過，一般最熟悉的還是他的世襲名浩官。）

伍紹榮咬著嘴唇，沉默不語，會議有點冷場了。

「總之，就是要好好地研究研究！」天寶行的梁承禧這麼說。他好像是要調和一下會場的氣氛。

可是，總商輔佐盧繼光似乎認爲，天下聞名的公行的成員要像小商人那樣學習研究，有損體面，加上他的妻子又是總商代理伍紹榮的堂姐。所以他直言不諱地說道：「現在還這麼謹小愼微，拘泥於小事，也頂不了什麼事。即使對方有什麼變化，反正我們這邊不變。政府過去只准許公行的商人貿易，今後大概也不會不准許的，因爲我們該做的事情都如期完成了。」

所謂該做的事情，是指每年向朝廷獻納的「貢銀」，此外還有臨時捐款和向有關官吏行賄。貢銀規定每年十五萬兩。而所謂臨時捐款，是指這一類的捐款——如道光六年（一八二六）新疆回教徒之亂時，公行捐款六十萬兩；去年連州瑤族叛亂時捐款二十一萬兩。

公行的商人已成爲商業貴族，一味地裝潢門面。他們捐納這麼大的鉅款是相當勉強的。怡和行、廣利行這些實力雄厚的商人情況好一些，其他的會員則感到負擔過重，有幾家店號竟因此而破產。

「公行危險啊！」伍紹榮心裡這麼想，連維材精悍的面孔再一次掠過他的腦海。

3

中國人把十三行街的外國商館稱作「夷館」，這些建築物都是中國人的私產，由房東租給夷人。它們稱之爲荷蘭館、瑞典館等，但現在那裡的商人國籍，和這些建築物的國名已經不一致了。比如瑞典館已爲三家美國的商業公司所占據，瑞典的商業公司都在荷蘭館裡租了房間。

連維材沿著小河，朝北向廣州城裡走去。從十三行街的夷館到城門的距離，約爲二百米。進了城以後，他盡量挑狹窄的小巷子走。

城內由於十年前發生了一場大火，和新開闢的十三行街大不一樣，破街陋巷殘破不堪，到處是攤販擺的貨攤，出售的東西大多是油炸點心、蔬菜、水果和魚貝之類的食物；燒雞的表皮油光閃亮，樣子十分難看；在燒雞旁邊，廈門魷魚乾遍身鹽霜，散發著潮水的氣味，躺在日光下。

不知什麼地方傳來了女人的叫聲，叫賣的聲音帶著吵架的氣勢。

到處飄溢著帶油味的熱氣，碰上這熱氣，叫人有一種汗毛孔被堵塞的感覺。

賣狗皮膏藥的爲了招攬顧客，拼命地敲著銅鑼。

「吵死人啦！你少敲幾下好不好！」旁邊賣杏仁湯的向賣膏藥的大聲吼叫著。從他的面孔來看，還是一個孩子哩！

六榕寺的八角十二層的高塔愈來愈近了。連維材繞到寺的西面，走進一家白磚圍牆的宅子。

這是一座幽雅精緻的四合院式的住宅。院子裡有一座小花園，花園裡有一個小巧玲瓏的亭子。

連維材坐在亭中的陶墩上，一個女人坐在他的對面。

女人的相貌與眾不同，她的鼻子又高又尖，作爲一個女人，眼光顯得過於尖銳，這大概由於她的眼窩有點下陷的緣故吧！她約莫有二十三、四歲，臉型端正，但線條過於鮮明，表情過於嚴肅。她沒有纏足，缺少當時的美人所具備的條件——窈窕的情趣。不過，仔細地看，她那白嫩的肌膚美得簡直有點迷人。

「西玲，你眞的覺得那麼無聊嗎？」連維材說。

「無聊死了！」女人回答說。

「學點什麼技藝不好嗎？」

「我想工作。學點技藝等於玩兒，我不幹。你看我到夷館去當清掃婦好不好？」

「這辦不到。」

當時規定禁止外國人雇傭中國人。在廣州的外國商人受著種種限制。如夷人不得乘坐轎子，夷人不得雇傭漢人使喚等等。採取這些限制是出於所謂的天朝思想意識——夷狄乘坐中國人抬的轎子，使喚中國人，這成何體統！

不過，這些規定實際上並沒有被嚴格遵守。夷館裡既有稱作阿媽的女傭人，也有稱作沙文的男僕人。沙文是英語「Servant」的譯音。

儘管有禁令，只要行點賄賂，當局也會視而不見。雖說是夷人，但畢竟在館內生活，會有種種雜務，不可能大老遠從本國帶僕人來，在這方面應當給予同情。在袖子底下塞點東西，官吏們也會一下子變得人道起來。

事實上有許多夷人在廣州過冬。名義上說是處理未了的事務，實際上是辦理所謂「立券」工作。

鴉片是禁止進口的商品，不能公開運進廣州。因此把一種稱作「躉船」的巨大鴉片母船停泊在海上。這是一種船身很高的畸形怪船，目的不是航行，只是讓它起著海上倉庫的作用。

偷運鴉片的外國商人平常把這種海上倉庫停在伶仃洋上，但實際交易還是在廣州的夷館裡進行。交易一旦談成，夷人就在註明貨物的種類、數量的提貨單上簽字，得到現銀後就把提貨單交給偷買的主顧。辦理這種提貨單並在上面簽字，稱作「立券」。

「券」可以當作實物直接買賣，持券的人坐上快船，開到伶仃洋的鴉片母船邊，用券換取鴉片，裝在船上帶回。當時的鴉片交易就是這樣進行的。

一般的交易至十月前後結束，以後就進入貿易的淡季，不過鴉片的買賣是整年進行的。正因爲這個原因，夷館表面上看來寂靜無聲，其實裡面還有很多外國人。所以只要連維材想點辦法，西玲馬上就可以進夷館工作。

不過，維材不願幫這個忙。那些非法留在夷館辦理立券的人，都是從夷人中挑選出來特別膽大妄爲的傢伙，他們一般都十分粗野，維材當然不能把西玲送進這群豺狼虎豹當中去。

「這件事就算了吧！別的事我可以……」連維材說了一半停住了。他意識到自己說不定上當了。這可能是西玲的策略——她確實有某種要求，但故意不說出來，先拿一些根本無法接受的難題，討價還價，然後表示自己讓步，以達到所要達到的目的。維材看到她的眼珠在轉動，苦笑了笑，心想：

「又要什麼鬼花樣？」

「我想把弟弟收到身邊來。他已經十六歲了。」西玲說。

西玲的弟弟叫簡誼譚，是個狂妄自大、很難對付的傢伙。連維材想起了他那張經常跟人鬧彆扭的面孔——這個少年兩年前寄養在廈門連家的飛鯨書院裡。

4

連維材猶豫不決。每當他要擁抱西玲的時候，他總是猶豫不決。猶豫的時間很長——對他來說簡直是太長太長了。

當他終於下了決心，於是就像要跳進深淵似的，緊閉眼睛，把手放到她的肩上。

維材火燙的肌膚和西玲的肌膚貼在一起。他感到自己的血管好像馬上就要崩裂，沸騰的血液就要流進西玲的體內。

不僅是他的肌膚和呼吸，他感到自己的一切都在沸騰。

「看你，怎麼能在這裡……」西玲掙扎著說。

「除了我和你，什麼都不存在！」連維材把嘴唇貼在西玲的面頰上。

「可是，青天白日在這裡……」

「不要緊，沒關係！」

「上屋子裡去！好嗎？……」

「就在這裡，哪兒都可以。」

在那間屋子裡，從窗戶射進的陽光被簾子擋住，無力地落在地板上；豪華的朱漆鏡臺，掛在牆壁上的鴛鴦掛軸，趕也趕不散的脂粉的香氣——這樣的背景怎能適應連維材火熱的心情呢！

「你說哪兒都可以，可是……」

「西玲，我這滿腔的熱血是不能禁閉在屋子裡的。怎能關在那個像積木似的房間裡呢？不，還是這裡好！日頭這麼迎面照著！」

就連太陽直射著的花園，它的熱度也抵不上他心中的熱情。「這麼一個小小的花園，能開出什麼了不起的花呀！」他的心裡這麼想著。他的眼睛模糊了，看不到周圍的花兒。

在連維材的身體裡，始終有著一種狂暴的感情。應當給它起個什麼名稱呢？

這是一種對權威的反抗吧！——不，這麼說來爲免不恰當。因爲他本身就是一種權威。勉強地說，那可能是一種漠然的破壞欲望。

當時的中國蔓延著吸食鴉片的風氣，很多人認爲這時是民族頹廢的時期。不過從另一方面來看，也可以說是漢民族的復興時期。人口飛速地增長，傑出的人才在各界嶄露頭角，學術也擺脫了過去書齋裡的考證學，重視實際的公羊學派正在興起。在這個民族精神高漲的時期，魚龍交雜，玉石難分，呈現出一種一應俱全、眼花繚亂的局面。

凡是有什麼新事物即將誕生，總會有一陣像廣州的破街陋巷那樣的混亂；就連鴉片的流行，說不定也是某種新事物出現的前奏。人們蘊藏著的能量將採取什麼樣的方式來表現呢？

其前提就是絕不滿足於現狀。把禁錮於現狀之中看作是一種「羞愧」——這是那位王舉志的心理。

如果前進一步，一種要打破現狀的欲望就會開始躍動。看來連維材這個人的身上就表現了這種民族的精神。

破壞的欲望總要表現出來，有時表現在工作中，有時也會表現在女人的身上。

「啊喲，骨頭都要碎了！」西玲說。

「骨頭碎了，用我的血漿給你黏接上。」

「啊喲！痛死了！」西玲說話的聲音都有點嘶啞了，維材仍然不放鬆她。

在這以前，維材猶豫了很長的時間，一旦摟抱住西玲的身子，就像暴風雨般瘋狂起來。

維材與西玲互相擁抱著，躺在亭子裡石板鋪的地上。他們渾身沾滿泥沙，長時間地瘋狂地擁抱著。

「你怎麼了？」

維材不時爲西玲的話音而暫時清醒過來。他好似吝惜這樣的時光，他的手撫弄著西玲的胸脯。

「還是上屋子去吧！」西玲低聲地說。

到了這樣的時刻，背景和場所是沐浴著春天陽光的花園也好，是光線暗淡的房子裡也好，已經無關緊要了。不知什麼時候，他們已經到西玲的房裡來了。

維材的手已經不再撫弄西玲的胸脯，而是放在西洋毛毯上面。女人的身體已經離開他的身子。

西玲蹲在他的面前說道：「你稍微等我一會兒。我想起了一件事，不去處理一下，心裡不踏實。我馬上就回來，半刻鐘左右。」

維材無力地閉上了眼睛。一切又要從頭做起，又要從長長的猶豫開始。

等人的時間最無聊，尤其是在閨房中等待更加無聊。等了很長時間，維材爬起來走到窗邊。房間的結構是半洋式的。維材喜歡這種房子，故意造成這種樣子。他拉開絹子窗簾，朝外面望去。

恰好西玲跟一個男人一起，穿過花園，朝大門口走去。

兩人站在門房前談了一會兒話。西玲輕輕地捅了捅男的後背，男人好像高興地笑了。當男人轉身的時候，露出他的側臉。

「在什麼地方見過？」

這人並不年輕，年歲與維材大致相仿，長著一副典型的廣東人精悍的面孔。

他記憶中曾在宴會上多次見過這張面孔，看來一定是廣州相當知名的人物。他很快就回憶起來了——彭祐祥！

這是一個最近突然紅起來的大人物，是那個半紳士、半流氓社會中的一個頭目。也許他具有籠絡人心的才能，據說他的徒子徒孫最近突然增多起來，還聽說過關於他揮金如土的種種傳聞。

維材當然不喜歡這樣的人物出入西玲的家中。

「你辦事的時間眞長啊！可把我等壞了！」西玲回到房間裡，連維材這麼說。

「旁邊的牆快要塌了，我去見了幫忙的人，談了談修補牆的事。」西玲十分自然地回答說。

看來彭祐祥爲了擴大勢力，贏得人緣，正在想方設法爲市民服務。「不過，這傢伙的腿也眞勤啊！連修補牆壁也跑來幫忙！」連維材這麼認定之後，也就不想再深究下去了。

可是數天之後，夜已經很深了，他去找西玲。當他走到六榕寺西邊西玲家的門前時，恰好碰見西玲送客人出門。他條件反射似的縮回身子，緊貼著牆壁，躲開客人。這時西玲和客人的談話傳到了他的耳朵裡。

「我還要來啊！」男的這麼說。

「下次你白天來吧！」西玲說話有點媚聲媚氣的。

「爲什麼？擔心晚上跟你的老公碰上嗎？」

「不是。他有時白天來，有時晚上來，不知道他什麼時候來。」

「這傢伙眞討厭。不過，白天來不也是一樣嗎？」

「白天來，可以說是木匠師傅來商量活兒呀，商店裡來人推銷東西呀，簡單地編個說詞蒙混過去。」

「嗯，這麼說，還是晚上不合適呀。哈哈哈！——」男的笑了起來。

西玲手裡提著燈籠。燈籠的光亮照出客人正是彭祐祥。

彭祐祥朝著與維材相反的方向走去。西玲提著燈籠站在門口，一直照到他轉過拐角。連維材等她轉身進家之後，才把身子離開牆壁。他決定不去找西玲，回到金順記的分店去。

暗殺

「我明白了。」余太玄好似下了決心，抬起頭來。

「哦，眞明白了？」連維材好像叮囑似的，盯著余太玄的臉。

余太玄用他粗壯的大手拿起茶杯，一口把茶喝光。連維材冷冷地望著他的手在微微地顫動。

1

第二天早晨，拳術大師余太玄來見連維材，商談的事情是招收弟子，開闢練武場，余太玄呑呑吐吐地提出了五百兩白銀的數額，連維材爽快地答應了。然後轉入閒談。拳術家關於社會風氣的墮落，慷慨激昂地大發了一通議論。

「世道不正，這究竟是怎麼一回事呀？鴉片、賣淫、賭博……」

「因爲不必幹正經的營生也可以生活吧！」連維材說。

「我覺得奇怪的是，怎麼會變成這樣？」

「因爲有人毒害這個社會，他們爲人們提供淫逸安樂的生活。」

「你的意思是？」

「有的傢伙養活不勞而食的人。」

「這是害群之馬！」

「這種害群之馬愈來愈多啊！」

「這種傢伙就應當幹掉他！」

「不那麼簡單吧？這些傢伙暗中都有聯繫，要幹掉他們不那麼容易。」

「只要有勇氣，世上沒有辦不到的事。」余太玄非常激動，他緊握著的拳頭在膝頭上微微顫抖。

「廣州實在太不像話了，社會風氣愈來愈壞。」

「還不晚。爲了社會，那些傢伙……對，遲一天，這些害群之馬就……」

余太玄十分激動。連維材打斷他的話頭說道：「他們不過是烏合之眾。相對地說，他們的弱點太多了。問題在於操縱他們的人——他們有頭目啊！這些傢伙用不正當的手段搜羅金錢，散布誘餌。不過，這種人也只是一小撮。」

「這麼說，問題就更簡單了。」

「不是這樣。他們手下有人。比如現在廣州最得勢的彭祐祥，他直接指揮的人就有五百。」

「彭祐祥！啊，聽說過這個名字。」

「他可是個紅得發紫的大頭目，正在得勢。你利用學習拳術，即使一天能挽救五個青年，而彭祐祥卻能一天造出十個流氓無賴，趕不上他呀！」

「這麼說，我的工作不就沒有意義了嗎？」

「不，不是這個意思。不過，你的工作起碼會因爲他而減少一半效果，這是肯定無疑的。你想清掃這個世界，而有人卻要把它弄髒。你明白我的意思嗎？」

「有道理！」余太玄看著自己緊握著的拳頭，一會兒鬆開，一會兒又握緊。

「不管你怎麼打掃，總有那麼一些人要倒垃圾。你的工作夠艱鉅的啊！」

「嗯，你看該怎麼辦呀？」余太玄發出呻吟般的聲音。

「怎麼辦？這該由你自己去考慮。這可是關係到你平生的大志啊！」連維材看著拳術大師，意味深長地說。

「不能饒了他！」余太玄咬牙切齒地說：「絕不能饒了他！彭祐祥這敗類！」

「這事就這樣吧！」連維材改變話題說：「你的工作是很艱鉅的，你提出五百兩，我擔心不夠，準備最近再呈上一千兩銀子。不過，這要等你的工作環境略微清淨之後才能給你，在這之前暫時由我保存。」

「我明白了。」余太玄好似下了決心，抬起頭來。

「哦，眞明白了？」連維材好像叮囑似的，盯著余太玄的臉。

余太玄用他粗壯的大手拿起茶杯，一口把茶喝光。連維材冷冷地望著他的手在微微地顫動。

2

石田時之助已經蓄起了辮子，他早已從澳門來到廣州。他成了金順記廣州分店裡的食客，中國話也比以前長進多了。

他的面前放著一根手杖，他拿起手杖，把右手放在靠近粗頭的地方，緩緩地往上推動，推到離上端約五分之一的地方，突然閃閃發光起來。

這是一根裡面藏著刀的手杖，俗稱「二人奪」。

石田把刀身端詳了一會兒，說道：「確實是日本的。」

拳術大師余太玄從潮州弄到一根二人奪，據說是日本貨，他請石田來鑒定。

「刀是要殺人的。」余太玄做了一個雙手揮刀的架勢。

「那當然囉！」石田答話說。

「殺人不好。」

「噢，是呀。」

「你殺過人嗎？」

「沒有。使過刀，沒有殺過人。」

「我可殺過人。不過，不是用刀。」余太玄把手往前一挺，做了一個打拳的架勢，「你看，用這個！」

「噢。」

「殺人不好。不過，有時候也是應該的。」

「是嗎？」

「有時爲了社會不得不殺，人是心裡流著眼淚去殺人的。」

「我記得在我們國內也有過這種說法。」石田曖昧地點了點頭。

「石先生，」余太玄一本正經地說道：「我告訴你，最近我還要殺人。這是爲了社會，爲了國家。」

「這是爲什麼？……」石田對余太玄這種做作出來的悲壯氣概感到討厭。如果眞有這樣的好心，不聲不響地去殺人也未嘗不可。

「怎麼樣？石先生，這次能跟我一塊兒去嗎？」

「一塊兒去？」這確實是件麻煩的事。可是，在清國看暗殺，這種機會今後恐怕是不會太多的。

「去不去？」石田心裡在考慮。

「對。當然不用你幫忙，只是請你看看。你在旁邊看著就行了。在澳門請你看了鴉片館。此外，先生還看了我國種種低級下流的地方。你也許認爲清國的正氣已經掃地已盡了。不過，我想讓你看看它還留下來一點點。」

余太玄可能覺得這個最關鍵的地方一定要讓對方理解，他提起筆來，特意把所謂的清國正氣之類的話寫在紙上，遞給石田。

紙片放在石田的膝頭上，他默默地看了一眼，心裡想：「算了吧，少來這一套！」讓人看拳術，看三昧堂，這次要看暗殺。這傢伙總是喜歡讓人看點什麼。也許是余太玄經常注意別人對自己的看法。他讓人看各種各樣的事情，而眞正想讓人看的一定是他自己。

「可憐的傢伙！」石田心裡想：「頭腦簡單的人！」

這時石田突然想到這傢伙是不是被人利用？力氣大、性子直的人往往會被利用的。他在國內的時候，這樣的例子看得太多了。他受過的所謂教育，其目的不就是要培養這種被人利用的人嗎？

「好吧，讓我看看吧！」他這麼說。

「啊！你同意了！」余太玄好似打內心裡感到高興。

幾天之後，余太玄來找石田，顯得很興奮。

「咱們馬上就走吧！」余太玄說。

吃過晚飯已經好一會兒，天已經黑了。

「是那件事嗎？」石田問道。

「對。」余太玄帶了他那根二人奪，把它遞到石田的面前說：「這是日本刀。你是日本人。我想把它送給你作爲今天的紀念。送給你這個，並不是要你幫忙。我只想請你看看，中華仍然存在著慷慨憂國的正氣。到時候，我希望你握著這把象徵貴國尙武精神的刀。」

後面的話有點不好懂。不過余太玄早已有所準備，拿出紙筆，龍飛鳳舞地寫出了大意，遞給石田看。

路上余太玄說出了這天晚上要幹掉的那個「害群之馬」。石田大失所望，心裡想：「原來要幹掉一個流氓頭頭呀！」他原以爲余太玄要暗殺一個重要的大官兒。埋伏的地方在城內的東南方，靠近貢院（科舉的考場）。

這天晚上沒有月亮，兩人躲在一家圍牆的拐角上等著。這一帶都是大戶人家的宅院，幾乎沒有行人經過，路很窄，地形對暗殺來說最合適不過了。

終於看到一個醉漢踉踉蹌蹌地走過來。

「來了！」當余太玄小聲說道時，石田一點兒也不感到興奮。

余太玄畢竟受過拳術的鍛煉，事到臨頭反而冷靜起來。他抑制著急躁的情緒，努力辨認他要狙擊的物件。

「沒錯，是彭祐祥！」他低聲對石田說，隨即，箭一般地跳了出去。

說時遲那時快，連石田也不明白余太玄使了什麼絕招，只見他筆直地衝跑過去，轉眼間就到了對方的身邊。

當余太玄向旁邊跑了十來步時，對方已癱倒在地上，連一聲喊叫都未出。

余太玄又慢慢地走回來，趴在漢子的身上，好似在探查他究竟死了沒有。

這確實是絕招。

不過，掌握這種近乎神技本領的人，頭腦卻多麼簡單啊！不，也許正因爲他頭腦不複雜，才能掌握這樣的絕技吧！

絕技確實是可怕的，但更可怕的是，用這樣的絕技殺死的不過是一個微不足道的喝醉了的流氓。

「死了！」余太玄說了一聲，站起身來。

死了的漢子，恐怕除了余太玄外，再也不會怨恨其他任何人了。

余太玄肯定想聽聽石田的感想。可是石田一聲不吭，默默地回到金順記。他感到手裡那根「作爲今天的紀念」的二人奪沉重得要命。

3

連維材在擁抱西玲之前，奇怪地猶豫了很長的時間，其中有著特殊的原因。

西玲是他恩人的女兒。

維材一向把兩個人看作是自己一生的恩人：一個是帳房先生溫翰，另一個是一位「白頭夷」，名叫菲洛茲，中國名字叫富羅斯。他跟溫翰不同，早已成了故人。

當時世界各地的商人，爲了爭奪中國的市場，曾經彙集在澳門和廣州。不消說，最多的是英國人，其次是葡萄牙人。他們在澳門獲得了居住的特權，在英國人進入中國貿易之前，一直稱霸於中國市場。

西班牙曾經以它所占領的菲律賓爲基地，進入了中國的貿易。中國人曾把西班牙稱作「大呂宋國」。他們曾把西班牙銀元輸入中國市場，這種銀元後來在中國稱作「洋銀」，曾發揮了流通貨幣的作用。

荷蘭曾經壟斷過日本貿易。它以爪哇爲根據地，在中國的貿易中也相當活躍。

法國人曾以印度支那爲基地，向東推進過，但每年只向廣州派出一、二艘商船，多的時候也不過四、五艘。

美國很快就在中國貿易中躍居第二位，僅次於英國。由於它的國旗十分花俏，中國人稱它爲「花旗國」。

很多國家是用它的國旗來稱呼，比如稱奧地利爲「雙鷹國」，稱普魯士爲「單鷹國」，稱瑞典爲「藍旗國」等。這些國家的商人也來到了廣州。

此外，南洋各地的貿易商人也經常來。但這些地區一向被看作是朝貢國或屬國，廣州以外的港口也可出入。

廣州稱印度人爲「港腳人」。他們在英國東印度公司的庇護下，也相當活躍。

不過，在印度人當中，帕斯族人有點特殊。他們原來信奉拜火教，居住在波斯，在回教徒軍隊進入波斯後，因拒絕改信回教而逃亡到印度。他們逃亡到印度後仍受到追逐，在卡提阿瓦、諾薩里和蘇拉特等地流竄。他們沒有土地，只好以商業爲生。他們居住在蘇拉特的時期，恰好東印度公司把這裡當作根據地，於是帕斯族人借助於東印度公司和莫臥兒帝國的勢力，逐漸變成商業民族。帕斯人皮膚白皙，眼睛碧綠，長相和一般的印度人不一樣。而且他們幾乎全都經營金融業。

當時的廣州因有鴉片的特殊買賣，是世界上利率最高的地區。帕斯人是典型的商業民族，當然不會放過利率高的澳門和廣州。他們帶來大量資金，作爲金融家活躍於中國的貿易市場，其人數相當多。中國人把這些帕斯族的高利貸者稱作「白頭夷」。

澳門的白頭夷菲洛茲，曾給小商店年輕的老闆連維材大批貸款。這種貸款幾乎是有求必應，毫無限制；從信用程度上來說，可以說非常大膽果斷。

金順記由於獲得這筆資金而暴發起來。如果沒有大批的資本，即使有溫翰這樣的好助手，金順記恐怕也不會這麼飛快地發展起來。

菲洛茲是看準了連維材和溫翰這兩個人物，他的眼光並沒有錯。他當然得到了很多利息。但連維材還是深深地感激菲洛茲對自己的恩惠和情誼。

白頭夷菲洛茲在澳門和一個中國女傭人生下一個孩子，這孩子就是西玲。所以維材在西玲小時候就認識她。

西玲是波斯拜火教時期一個王妃的名字，她是王子荷斯洛．帕爾維茲的妃子，但她有個情人，名叫范爾哈德，是個愛情悲劇的女主人公。菲洛茲仿效這個王妃的名字，給自己的女兒起名爲西玲。

白頭夷菲洛茲年老之後回國了，把丟下的孩子委託維材照顧。菲洛茲回國之後不久就死了。連維材遵守信約，照顧西玲母女。西玲的母親把幼小的西玲硬推給維材，自己跟一個葡萄牙商人同居。她是一個多情的女人。

西玲的母親私奔了，但也結束了她不幸的一生。當她懷孕的時候，那個葡萄牙人卻不見了。她在生孩子時死去，生下的孩子卻平安無事。這次生的是個男孩子。由誰來撫養這個孩子呢？這個孩子雖然與連維材的恩人菲洛茲毫無關係，但也只好由他來收留。

恩人的女兒是神聖不容侵犯的。但也許正因爲是神聖不容侵犯，維材反而產生了染指於她的念頭。這也是他那漠然的破壞欲望的一種表現吧！

西玲繼承了母親的血統，也具有淫蕩的性格。維材的妻子是個賢淑的女人，西玲的性格跟她恰恰相反，他不知不覺地被西玲迷住了。

西玲十七歲時，他第一次摟抱她。這是他那強烈的破壞欲望促使成的。

猶豫躊躇的時間——這是等待破壞欲望凝聚的時間。以後才能產生一種搗毀一切的衝動。維材最初不過是經受不起這種誘惑，他意識到西玲的魅力，還得要等她成熟之後，帶有一種淫蕩的妖豔風情。

這是很久以後的事。

4

「我後天要回廈門。」連維材一邊這麼說著，一邊觀察西玲的表情。

她的臉上並沒有什麼特別的表情，看不出彭祐祥的死給她究竟帶來多大的刺激。

「啊呀！是嗎？……」她的話總是那麼冷冷的，而且聽起來叫人感到含有情意。但這不是她做作出來的，而是天生的。

「我讓誼譚到廣州來。」連維材說。

西玲對弟弟的感情之深，簡直叫人難以相信。這姐弟倆雖然不是同一個父親，但他們都是沒有親人的孤兒，而且都是混血兒，看來是這種關係把他們緊緊地聯繫在一起。如果誇張一點說，這社會上的一切都是他們的敵人。他們的年紀相差八歲，西玲對弟弟似乎抱有一種母性的慈愛。

「我遵守諾言，把他送到這裡來。不過，暫時要放在金順記。」

「啊呀，不能跟我住在一起嗎？這和您答應的有點兒不一樣啊！」

「誼譚還年輕，放在生人當中幹點事情，對他有好處。」

「我會讓他幹點事情。」

「你也還年輕，辦不到。誼譚應當讓年紀更大一點的、懂得事情的人來監督。」

「那就那麼辦吧！只要誼譚能來廣州，我就滿意了。」西玲好像改變了主意。

「我們要暫時分別了。」維材掃視了一下屋子。這裡是西玲家的正房。正房兩邊，通向東西廂房的地方，一般是耳房——小小的休息室。維材在廣州，經常到西玲家來。但他從未進過耳房。那是備用的房間，一般堆放一些不常用的東西。

他不知怎麼心血來潮，突然想進耳房去看看。

「你說旁邊的牆壁壞了，其他還有壞了的地方嗎？這房子還不至於那麼糟糕吧！」他邊說邊把手放到耳房的門上。

「別的什麼地方……壞了，還沒有……」西玲的聲音聽起來跟平常有點不同。

維材回頭看了看她，只見她突出的下嘴唇比平時更加突出。西玲的臉上開始露出維材所想要看到的慌亂的神色。

「我平時很注意，不要緊。」西玲不等維材答話，趕忙這麼說。

「她不想讓我進耳房！」維材心裡這麼推測。爲什麼？是裡面藏著情夫？彭祐祥已經死了。但情夫也許不只彭某一個人。

「我要進去看看。」維材打開了耳房門。

房間很小，一眼就看遍了。果然是一間堆放東西的房間。裡面堆放了十來個木箱，箱子上蓋著蓆子。此外什麼也沒有，也沒有地方能藏下一個人。

維材感到有點不好意思，想把這種尷尬的局面蒙混過去，一邊說：「這是什麼呀？」一邊裝著若無其事的樣子，朝木箱走去。

「這樣的地方，你出來吧！」西玲拉住他的袖子。

維材回過頭來，盯視著她的臉，發現她滿臉慌亂的神色。

他甩開西玲的手，走到木箱的旁邊，揭開蓆子。嶄新的木箱上印著鮮明的標籤：

VEIC
公班土
淨重 $133\frac{1}{3}$ 磅

VEIC是英國東印度公司的標誌，「公班土」是鴉片的一種，公班是Company一詞的譯音。走私的印度鴉片有三種，以孟加拉產的鴉片品質最好，稱作「公班土」；由孟買運出的「白皮土」次之；從馬德拉斯運出的「紅皮土」在印度鴉片中品質最差。此外，主要還有美國商人運來的土耳其和波斯產的鴉片，但品質比紅皮土還次，專門摻在印度鴉片中出售，這樣可以降低價格。

維材皺著眉頭，看看鴉片木箱，又看了看西玲。

西玲低下了頭。

「怎麼有這麼多鴉片？」

「受別人委託，寄放在這兒的。」西玲不敢抬頭，這麼回答說。

「受誰委託？」維材的話帶有質問的語調。

「一個叫彭祐祥的人。他……他最近不知被誰打死了。」

「噢……」

「他說我認識官吏，放在這裡安全，所以跑來求我。我這個人的性格，叫人家一求就不好意思拒絕。」

「你這個糟糕的性格！」

這一來，維材的心裡反而舒坦了。看來彭祐祥出入這個家，可能是把這裡當作隱藏遭到嚴禁的鴉片的地方。

「彭祐祥給了你手續費——不，保管費了嗎？」維材問道。

「嗯，給了一點兒。」

「不能要，還他。」

「他已經死了。」

「這些鴉片怎麼辦？」

「讓彭祐祥的朋友來取走。」

「來取的時候把錢還給他們！」維材說這話時的語氣很嚴厲，但馬上又柔聲地說：「如果零用錢不夠，老實跟我說。」

「不！」西玲搖了搖腦袋。

「是呀，還是因爲太無聊了吧！」維材心裡這麼想。如果因爲太無聊而幫人家做鴉片買賣，那也許比去夷館當女傭人還要好一些。

她隨便地垂著頭髮，當時的婦女在結婚之後才把頭髮梳上去。每當看到西玲的垂發，維材總要產生一種愧疚的心情。

把恩人的女兒置於這種不清不白的地位——像維材這樣的人在當時也很難消除儒家的倫理觀念。

他爲這個女人而殺了一個男人！

他的腦子裡回盪著伍紹榮的話，「連溫翰也爲一個女人發過狂。這是男人的悲劇啊！女人的悲劇加上男人的悲劇，使得人世多麼痛苦啊！」

世人眼中的事業，好像僅在這痛苦萬狀中不時地喘息著那短暫的一瞬間才存在。連維材把這些斷斷續續的瞬間聯接在一起，創立了金順記。

這是否也會白費呢？

維材曾經這樣感覺過，但他很快又返回儒家世界那牢固的結構裡去了。不過，不管怎麼說，住在這裡使他快活。

他不由得撫摩著西玲的頭髮，她的頭髮中夾雜著一些金髮。

東方與西方

道光皇帝勤奮之後，首先熱心處理的是他過去有意識擱置下來的鴉片問題。

同一個時期，在濃霧籠罩著的倫敦，外交大臣巴麥尊正召集了專家，研究對清政策，制訂打開清國門户的政策。

1

聰明的額頭，長長的眉毛，眉毛下一雙細長的眼睛不時閃現出冷酷的光芒，這一切與他那尖尖的鼻子、薄薄的嘴唇十分相稱。只是下巴使勁地向左右拉開著，他那出身於名門呑普爾家文雅的貴族風度一下子被他這下巴破壞了。

他是當時英國的外交大臣巴麥尊子爵。

「要錄用年輕人，應當錄用年輕人。年輕人富有活力，要用這種活力來發展你的公司。」巴麥尊說。

他的面前坐著商人威廉·墨慈。墨慈的腦袋已經拔頂，看起來好像是個慈祥的老爺爺。其實只是在他眯著眼睛的時候才是如此；當他睜大眼睛時，眼睛露出凶光。

「對。這已經……東印度公司的年輕職員也參加了我們公司。」墨慈畢恭畢敬地回答說。

「年輕人富有進取精神，他們不僅能使你的公司發展，也能使英國富起來。」

「我明白了。我們一定不會敗在美國商人的手下。」墨慈這麼說著，用上眼梢看著外交大臣的表情。

巴麥尊轉過臉去，他似乎擔心讓這個無懈可擊的商人看出自己的內心活動。

巴麥尊表面看起來好像非常理智、十分冷靜，其實他這個人是極其感情用事的。他從一八三〇年擔任外交大臣，八十一歲去世，三十餘年一直是指導英國外交的重要人物。

「爲了大英帝國的榮譽！」——他的政治理想與信念不過如此而已。

他曾經爲一個猶太血統的英國人的利益，對希臘施加壓迫，遭到人們的譴責。當時他在下院鄭重其事地說：「對於英國臣民的利益，應當像過去的羅馬市民那樣，在世界的任何地方都要由英國政府加以保護。」

他曾經援助匈牙利的獨立運動，招致維多利亞女皇的不快；由於帶頭承認路易．拿破崙的政變而被罷免——這些都充分表現了他是感情用事的。

他出身於貴族，本來對自由主義的新興工商市民並不抱同情。但爲了「帝國的榮譽」，他支援產業資本家的活動，而且是狂熱地支援。

墨慈回去之後，巴麥尊露出滿臉不高興的神色，抱著胳膊，心想：「買賣人討厭透了。我想盡量不讓人看出我對美國抱有敵意，這傢伙好像意識到了。」

叫別人看出了自己心裡的想法，當然是不太愉快的事。

對美國這樣一個新興國家抱有敵意，這關係到大英帝國外交大臣的聲譽，巴麥尊是這麼想的。而且他也並不是憎恨美國，只覺得絕不能允許美國在大英帝國的榮譽上落下一點點陰影。

「可惡！」他恨得咬牙切齒。

對清國的貿易就是其中的一個例子。巴麥尊拿起桌上的檔資料，又重新看了一遍。

這份名叫《各國對清貿易現況》的報告書，是外交部有關官員與東印度公司的專家合作寫成的。根據數字來看，美國還遠遠趕不上英國。各年的情況雖有差別，但一般來說，美國的對清貿易僅爲英國的六分之一，在進口方面爲英國的三分之一。

問題是利潤率。

東印度公司一艘一千二百噸至一千三百噸的商船，航行一次，在廣州獲得的純利潤，按美元計算，平均只有三萬至四萬美元。而美國商人的一艘三百五十噸的小商船，平均可賺得四萬至六萬美元的純利潤。

原因大概是東印度公司採取官僚主義的經商辦法，讓效率極差的大船裝上大批的人員去做買賣。相比之下，美國商人是採取游擊式的經商方法，十分活躍。他們搞的是所謂全球貿易，把美國的農產品運到歐洲，換得西班牙銀幣，再從印度把鴉片運到澳門，在廣州裝上中國的茶葉、絲綢和棉花歸航。

據說美國商人的資本不是美元，而是勤勉和冒險精神。他們沒有足以同東印度公司相匹敵的資本實力和組織能力，但他們有著可以彌補這些不足的東西。

美國獨立不到五十年，國內的產業還不十分發達，所以有為的青年都看著海外，在貿易業中聚集了很多人才。

美國船上的水手大多是良家子弟。船上准許船員裝載一定數量的「個人商品」。他們除了薪金之外，還可以透過這個辦法獲利。水手存錢，然後買下農場經營，這已成為當時美國青年的生財發跡之道。他們的幹勁之大，是東印度公司那些穿制服的職員遠遠無法比擬的。

報告書裡談到了這些問題。

「這樣下去不行！」巴麥尊心裡這麼想。

在英國，最優秀的青年從不到海外去。到遠東去的，大多是品質惡劣的人，是走投無路才去的，所以年齡一般都較大。巴麥尊建議墨慈「要錄用年輕人」，也是考慮到這些情況，因此墨慈立即看出外交大臣的話中有影射美國的意思。

打動巴麥尊的心的，不是報告書上羅列的數字，而是美國商人的情況。

如果僅從數字來看，英國還是十分穩固的，還沒有出現陰影，大英帝國的榮譽仍光輝奪目。但巴麥尊是個重感情的人，他看到了數字中沒有表現出的「陰影」。

像東印度公司這樣一個正規的組織所進行的貿易，本來是符合巴麥尊的貴族趣味的。但是，即使議會批准延長東印度公司的特許期限，他也覺得不能再允許公司壟斷對清貿易了。

這並不是說他對產業上的自由主義已經有了理解，而是他的嗅覺已經聞到了美國可疑的氣味。不，他已經感覺到有人正在悄悄地侵蝕「帝國的榮譽」。

他拿出另一份報告書。

這是阿美士德號的報告書。他很快地看了這份報告書，然後站起身來，在屋子裡踱來踱去。

「怎樣才能把美國一下子甩到後面呢？」巴麥尊低聲地自言自語。

那些自由的商人，爲了追逐利潤，什麼事情都能幹得出的。由他們來充當貿易戰士，肯定要比東印度公司得力得多。

「但是，完全交給他們是不成的。」

那麼，該怎麼辦呢？

其實從派出阿美士德號的時候，答案早就已經得出了。

使用國家權力——武力！

要打開廣州以外的各個港口，就要運用英國的武力。用血換得的權益將會堅如磐石的，那將是美國望塵莫及的。

那時，帝國的榮譽將會大放異彩。

2

馬車中的墨慈滿面笑容。

為了能會見外交大臣巴麥尊，他花了相當一筆活動費，但也收到了相應的成效。巴麥尊給墨慈寫了好幾封介紹信，都是寫給曼徹斯特的大商人的。

威廉·墨慈商會正準備打進遠東貿易。它準備以麻六甲的金順記公司為跳板，暗中早已製定了計畫，問題只在於資金。外交大臣巴麥尊的介紹信為它在這方面帶來了希望。

馬車正好從東印度公司倫敦總公司的門前經過。

墨慈從車窗中看到的那座森嚴的建築物，使他感到就好像是什麼遺跡似的。

「我能得到這筆遺產嗎？……」他自言自語地說。

第二天，墨慈從倫敦出發去曼徹斯特。

曼徹斯特——這裡紡織工廠鱗次櫛比，冒著黑煙的煙囪林立。它可能是當時世界上最有生氣的城市。這個城市在激烈地鼓動著。曼徹斯特每鼓動一次，英國就膨脹一點。鼓動進去的力量尋找出口，發出咆哮的吼聲，衝出來的力量可以擊毀任何堅固的牆壁，連製造這種力量的人也無法控制。

曼徹斯特是個龐大的怪物。

在這裡，人們好像在力量這個精靈的命令下行動。在這個城市裡，到處都在舉行集會。

現在正在開展「反穀物法運動」，這個運動將給貴族、地主最後致命的一擊。學者們都出席了這些會議，當時所謂曼徹斯特學派的學者們，作爲產業資產階級的代言人，大力提倡自由主義經濟。

這樣的政治集會一結束，資本家們立即坐上馬車，趕到下一個會議的場所去——那是紡織工廠的股東會議、工資協定會議或組織新公司的發起人會議。

墨慈來到曼徹斯特後，在這個緊張忙碌的城市裡，到處拜訪資本家的辦事處和住宅，遊說遠東貿易的好處，巴麥尊的介紹信當然發揮了很大的威力。一個月之後，他就把那些繁忙的資本家邀集在一起了。

墨慈洋洋得意，有實力的出資人齊集在輝煌的枝形吊燈下。

第一次股東大會開得很順利。墨慈意識到大家對自己的期待，抑制著自己興奮的心情。他低下頭，只見會場大理石的地板閃閃發亮，似乎象徵著他未來的光榮。

這裡是枝形吊燈和大理石地板。但是，在曼徹斯特，許多人的境遇與這裡恰好形成鮮明的對比。

當墨慈在股東大會上發表講話的時候，哈利．維多正走在這個城市的一條潮溼的小巷裡。這個曾經登上過阿美士德號的東印度公司的年輕職員，現在被挑選進了墨慈商會。

「你能爲我找一些年輕人嗎？只要年輕就行，沒有經驗也沒有關係。」經理墨慈這麼委託他，因此他來找他小時候的朋友約翰．克羅斯。

蘭開夏迅速發達起來的棉紡業需要大批的工人，海上運輸的新花——輪船首先把工人從愛爾蘭運到英格蘭，建築家忙於建造簡易住房，根本不考慮什麼地基，在泥濘的地上出現了一排排像火柴盒子似的小房子。

約翰·克羅斯就住在這種簡易屋子裡，那裡發出帶著機械油味的臭味。在這間地窖般的陰暗的房子裡，約翰臉色蒼白，抱著膝頭坐在刨花上。

「約翰，你應當離開這裡，待在這種地方你會完蛋的！」哈利兩手輕輕地扶著約翰的肩膀這麼說。

「我早就完蛋了。」

「你這張臉怎麼弄成這個樣子？顴骨突出來了，眼睛這麼渾濁，過去那個精神抖擻的約翰哪去了？那個希望登船航海的約翰……」哈利說著說著，眼睛溼潤了。

「唉！」約翰瞪著渾濁的眼睛說：「到了能夠登船航海的年歲，身體就弄成這個樣子了。任何一個船長一看我的樣子，都說別開玩笑了！」

「是嗎……」哈利又把約翰從頭到腳端詳了一遍，看他實在瘦得不像樣子，說：「當水手航海看來有點勉強了。不過，做買賣還是可以的。到東方去吧！現在是個機會。東印度公司已從廣州撤退，私人貿易爭先恐後往那裡跑。他們正在到處找人，連我這樣的人也大受歡迎哩！」

「你學過中國話呀！」

「不，是人手不夠，尤其缺少年輕人。不懂中國話也不要緊，記帳的、過磅的、監督裝卸貨物的，都不夠，就連點貨箱數目的人也需要。」

「能點貨箱數目也行嗎？」約翰好像有點動心了，說：「那麼我也行啊！」

「就是嘛！約翰，你在紡織廠幹活拿多少錢？」

「一星期十先令。很少。不過，比我還少的人很多。孩子們還不到五先令。」一八三三年就已經實行禁止兒童勞動的法律。可是根據第二年的調查，在工廠勞動的十三歲以下的兒童近六萬人。

「一星期十先令，一月二英鎊。你看，我在東印度公司每月拿三十英鎊。而且那是正薪，另外還有各種收入，如臨時翻譯、特別分紅，……」

「啊，那是我的幾十倍啊！」約翰的臉上露出喜色。他抓起一把刨花，猛地朝它吹了一口氣。

這時，背後傳來嘶啞的聲音：「能把我也帶去嗎？」

不知什麼時候進來了一個漢子，坐在床沿上。這漢子長得魁梧結實，跟約翰的樣子恰好相反。他的年歲約莫三十，那惹人發笑的蒜頭鼻子旁邊，一雙小眼睛在微笑著。不過他的額頭上有一塊五公分長的傷疤，使得他那張滑稽可笑的面孔帶上幾分凶相。

「噢，你回來了！」約翰說。

「你們只顧說話，沒有注意。我是剛才回來的，你們的談話很有意思，我全聽到了。我對這種渾身煤灰、棉花的溝老鼠生活膩煩透了。你叫哈利吧？你能給我去說說嗎？」這漢子站起身來，搖晃著肩膀走過來。

突然出現了這個陌生的漢子，哈利不知怎麼辦好，望著約翰。

約翰趕忙介紹說：「他是跟我住在一起的保爾。他叫保爾·休茲。」

3

整個北京都圍在城牆裡面，明朝嘉靖年間補建的城牆叫羅城，一般通稱爲「外城」。當時住在內城的大多是滿族，外城是漢族的居住區。

寅時——清晨四點鐘。天還沒亮，夜空的一角有點微明，但太陽還未出來。高聳的天安門城樓上的黃色琉璃瓦，在黑暗中閃著微弱的光亮。

軍機大臣穆彰阿從天安門經端門，進了午門。他的熏貂帽頂上，小紅寶石在鏤花金座中閃閃發光，上面還安了一個雕刻的珊瑚。蟒袍的長朝服上繡著龍，衣攏上有波浪形的圖案；坎肩「補服」的胸前繡著仙鶴。這是一品官的正式服裝。

清晨四點至五點是軍機大臣上朝的時間，而且必須要在辰初（上午八點）之前把工作結束。時間確實是太早了，但政府的各個部門要在接到軍機處的各項工作的指示後才能開始當天的工作。

「這差事可不輕鬆啊！」他小聲地自言自語說。

要說不輕鬆，每天早晨四點鐘就開始召見軍機大臣的皇帝也夠辛苦的。大臣還可以辭職，皇帝可無法辭職。這樣的召見一般都在乾清宮進行，乾清宮緊挨著寢宮養心殿，所以皇帝比大臣輕鬆一點的是不必走那麼多路，不用趴在地下接連地叩頭。

道光皇帝坐在乾清宮的玉座上，面色陰沉。昨夜他跟宮女們賭錢賭到很晚，之後又吸了鴉片。

「看來身子骨有點不行了！」皇帝已經五十一歲了。

道光皇帝即宣宗，名綿甯，即位時改名爲旻寧。從太祖努爾哈赤算起，是清朝第八代皇帝。寶座的背後是五扇金碧輝煌的屏風。寶座的上面雕刻著飛龍。牆上掛著一塊匾額，上面寫著「正大光明」四個大字。

道光皇帝一看這匾額，心裡煩悶起來。

滿族沒有長子繼承家業的習慣。皇帝在世期間，就要從皇子當中選一人來繼位當皇帝。但一經公開就會引起種種麻煩，因此把繼位皇帝的名字封在密書中，放在這塊「正大光明」匾額的後面。皇帝一死，才打開這封密書，決定新皇帝。

不過，道光皇帝已無必要準備這樣的密書。他有四個兒子，但活著的只有第四個兒子奕詝。

「爲什麼死了這麼多孩子呀？」道光皇帝心情十分鬱悶。第二個女兒死於道光五年，第二個兒子奕綱死於道光七年，第三個兒子奕繼死於道光九年，大兒子奕緯死於道光十一年。從道光五年以來，每隔一年皇帝就要死去一個孩子。

「今年不知又要死誰啊？」自大兒子死後，今年又該是出事的第二年。

唯一傳宗接代的兒子奕詝今年剛滿兩歲。他的腦子裡像走馬燈似的出現奕詝和四個兒女的面孔，心裡像刀絞般的難受。

四位軍機大臣跪伏在玉座下面。

「反正今天還給他們一個『妥善處理』得了。」

大臣們行完了三跪九叩禮。道光皇帝看了看他們，悶悶不樂地點了點頭。皇帝打不起精神。

道光皇帝是先帝從四個皇子中挑選出來的，他不是一個平庸的君主。

但是，時代已經變壞了。

他的祖父乾隆皇帝當政的時候是清朝的鼎盛時期。在那個時期平定了西域、西藏和臺灣，出兵緬甸，荒年慷慨地免去租稅，完成了編輯八萬卷《四庫全書》的偉大事業，文化上可謂是百花盛開。龔定庵曾在他的詩中寫道：「卻無福見乾隆春。」慨嘆自己出生晚了。

不過，乾隆盛世也有搞得太過分的地方，如進行空前規模的外征、賑災、文化事業、多次巡幸，再加上晚年綱紀鬆弛，出現了寵臣和珅侵呑國家歲收的事件。另外，人口亦大大地增多了。

嘉慶帝當政的二十五年間，借乾隆盛世的餘勢，總算沒露出什麼破綻。而道光皇帝即位以後，長年淤積的膿血一下子從各個地方噴射出來。人口增加了，並沒有帶來生產力的擴大；官吏貪贓枉法已成爲司空見慣；邊境上不斷地發生叛亂。頹廢的時代精神，成了吸食鴉片的誘餌。漏銀日益增多，物價高漲，民心更加不穩。

他即位之初，也曾銳意圖治，力圖整頓歷朝的秕政。但是，推行任何政策都不順利。儘管他並不平庸，但也不能說特別傑出。他逐漸開始倦於政務了，再加上又接連死了好幾個孩子。

軍機大臣王鼎熱情地談論了一番鴉片問題。但是，王鼎的熱情並沒有感染道光皇帝，他在御座上憋住哈欠沒有打出來。

「明白了。所以前年已經發出禁令了嘛！」道光皇帝不耐煩地說。

「禁令是發了，但並沒有嚴格遵守。而且由於禁令，鴉片的價格提高了；此外，因爲想得到鴉片，罪犯日益增多。」

「那就讓刑部去研究研究嘛！」道光皇帝想快點結束召見，好去休息休息。

早朝召見要處理的事情，當然只限於有關國政的最重要的事項。儘管如此，每天也要處理五、六十件有關重要官吏任免的問題，以及對各部和地方長官的奏文的批示，需要花三個小時。

4

召見一結束，四位軍機大臣走進軍機堂休息，穆彰阿開始跟年輕的章京閒聊。

軍機大臣共帶十六名章京（分滿漢兩班、各八人），作爲自己的輔佐。這些人都是未來的候補寵臣。人們稱軍機大臣爲樞臣或樞相，稱軍機章京爲樞曹，亦稱「小軍機」。他們年紀輕，級別低，但都是大有前途的青年。穆彰阿早就把他們馴服了。

「你妹妹的未婚夫定了嗎？」

「還沒有哩！」

「我來做個媒吧！」

「拜託您啦！」

王鼎一聽這樣的對話，輕蔑地轉過臉去。

穆彰阿不是沒有意識到這些，但他不怕這個正義派的熱血漢子王鼎，他反而覺得王鼎「容易駕馭」。

王鼎遇事總反對穆彰阿。但這位熱血漢子缺乏深謀遠慮，是個非常單純的人。比如拿人事問題來說，穆彰阿看中了某個人，但他暫不推舉，而先提出另外一個人的名字。這樣，王鼎肯定要反對，穆彰阿就故意裝出一副爲難的樣子說：「那麼，誰比較恰當呀？」結果還是把他最先物色的人安插上去。而王鼎卻以爲自己迫使穆彰阿撤回了他推薦的第一個人，顯得很高興。

年紀最大的軍機大臣曹振鏞，對穆彰阿來說，也不是什麼對手。

「最近皇上有點倦怠，對奏摺的文字也不作訂正了。」曹振鏞叨叨嘮嘮地說。

穆彰阿只是適當地在一旁敲敲邊鼓，而內心裡卻奸笑著說：「這個文字迷！」

搞政治要愼重、認眞！——這就是曹振鏞的信念。

可是，不知什麼原因，他只是在文字上愼重、認眞。認眞地寫字，這對於愼重地推行政治當然是起碼需要注意的。但他這方面的要求太過分了。人們評價他說：「字則專搜點畫，詩則泥黏平仄，不問文章工拙。」

在錄用官吏的考試時，「遂至一畫之長短，一點之肥瘦，無不尋瑕索垢」。龔定庵就因爲不會寫端正的楷書，所以儘管他具有異常的才能，直到三十八歲才中進士。字寫得如何，竟決定了一個人能否飛黃騰達。

當時是「專尙楷法，不復問策論之優劣」《燕下鄉脞錄》，「舉筆偶差，關係畢生之榮辱」《春冰室野乘》，可見是形式踐踏了內容。當然不可能指望這些得了楷書神經官能症的官僚們推行職級的政治，因此出現了「厭厭無生氣」的局面。

曹振鏞不是壞人，但由於他是一個極端的文字至上主義者，應當說他給社會帶來了毒害。而且當時恰好是西方透過產業革命培育起來的勢力，向東方洶湧而來的時期。這樣一個曹振鏞當然不可能成爲穆彰阿的勁敵，穆彰阿在政界中樞沒有一個像樣的競爭者。

不過，在地方上還是有的。

希望維持現狀的營壘與爭取改革的黨派之間的對立，儘管有程度的差別，但在任何時代都是存在的。這樣的鬥爭首先從區分敵我開始，接著就要尋找敵人的核心。

學習經世之學——公羊學的人，當然要批判當前的體制，爭取改革。不過，公羊學派的兩巨頭魏源和龔定庵，在穆彰阿的眼中還不是那麼危險的人物。魏源只不過是一個在野的學者，龔定庵雖踏上了仕途，但地位很低。

在少數的公羊學者當中，在政界有實際影響的人並不太多。當前最值得警惕的人物，就是擔任江蘇巡撫要職的林則徐。穆彰阿很久以前就已經注意到林則徐的言行和他周圍的人。

穆彰阿退出宮廷，回到家裡。家裡人告訴他昌安藥鋪的老闆藩耕時正在密室裡等他。

穆彰阿向腳邊的銀痰盂裡吐了一口痰，向藥鋪老闆問道：「不定庵的頭頭的消息弄清楚了嗎？」

穆彰阿了解到林則徐的耳目吳鐘世離開北京，去了南方，立即提高了警惕，命令自己的耳目藩耕時去調查。

「從揚州以後，一直有兩個人跟蹤他，不斷與這邊聯繫。吳鐘世從揚州順長江而下，路過上海，在金順記的分店住了一宿。」

「金順記？啊，是總店設在廈門的那個金順記嗎？」

「是。第二天在蘇州訪問了魏源的家。據說當天林巡撫恰好也在魏家作客。」

「這不會是偶然的巧遇。」

「我想這次會見可能是事先聯繫好的。會見時底下人都遠遠地避開了，無法了解他們談話的內容。」

「行啦，能了解他見了什麼人就可以了。」

「吳鐘世第二天會見了金順記的連維材，地點是在閶門的瑞和行。」

「以後呢？」

「根據昨天的消息，吳鐘世在拙政園再一次會見了林巡撫；而且魏源和連維材於同一時間在天后宮附近碰了面。」

「一定是唾沫飛濺地談論了一些無聊的事情吧？不過，最近倒是經常聽到連維材這個名字。」

「那是來自廣州的消息吧？」

「對。在政界，對過去一些好的規章制度，有些傢伙主張要搞什麼改革。在商界，好像也是如此。這個金順記的連維材與林則徐的關係還不清楚吧？」

「目前只了解到兩人在宣南詩社的會上、在不定庵裡見過面。」

「廣州的獻款到了嗎？」

「還沒有。不過，剛才收到了密信。」耕時拿出了信。

穆彰阿看完信，微笑著說：「十萬兩！這是勁頭很大啊！」

「是的。看來廣州的問題會愈來愈多的。」

「蘇州對林則徐的輿論怎麼樣？」

「好像很不錯……」藥鋪老闆心裡有點顧慮，這麼回答說。

「這傢伙生來就有一種受人歡迎的本領。不過，有什麼別的情況沒有？他的兒子們怎麼樣？」

穆彰阿對大的方針政策不在行，卻擅長於絆人跌跤的小動作。但林則徐爲人廉直，沒有空子可鑽，無法找藉口陷害他。去年英國船停泊上海是一個機會，但林則徐上任晚了，巧妙地逃脫了責任。

「那麼，他家庭裡有沒有什麼醜聞呢？」——穆彰阿是這麼想的。

「他的公子們好像都很不錯。」藩耕時提心吊膽地回答說。

「是呀，大兒子汝舟據說跟他老子一模一樣，可能很快就要中進士。二兒子聰彝、三兒子拱樞學業都很好。」穆彰阿對大官們的家庭情況瞭若指掌，如數家珍般地說出了關係並不密切的林家兒子的名字，藥鋪老闆聽得目瞪口呆。

5

這時，吳鐘世正在蘇州城外沿著城牆朝南邊信步閒走。

他南下的目的是爲了把北京的氣氛傳達給林則徐，直接面談比寫信更能表達生動具體的情況。——穆黨的進攻矛頭看來是逐漸對準林則徐了。

北京的保守派逐漸集中了焦點。吳鐘世意識到了這一點，他感到應當提醒林則徐。

這天他在虎丘的一榭園見到了林則徐，詳談了情況。要傳達的情況全都談了，他覺得好像卸下了肩上的重擔。他從虎丘坐船，在吊橋邊登岸。橋的對面就是閶門。從這裡至胥門的城西區，在繁華的蘇州也算是最熱鬧的地方。

他站在萬年橋邊，抬頭望著城牆。蘇州的城牆高約九米。

「老爺，請讓一讓路。」

他回頭一看，只見一個腳伕挑著擔子走過來。挑的雖是小小的木箱，但腳伕卻好像挑著很重的東西。而且有一個壯漢目光炯炯地跟在腳伕的身旁，一眼就可看出他是個會拳術的保鏢。

「是銀子！……」吳鐘世低聲地說。

他剛才見到林則徐時就曾談到銀子。白銀現在正以驚人的速度流到國外，洋商要求用現銀來換取他們的鴉片，眼看著國家的財富被他們剝削走了。

吳鐘世穿過胥門，進到城裡。

蘇州是座水都，在這座城市裡，水路縱橫相連；在長達二十三公里的城牆外面，也像蜘蛛網似的密布著運河。也許是受到這些橫行霸道的水路的威脅，街上的道路顯得十分狹窄。蘇州的特色是水。到處都可以看到橋，拱橋尤其多。大約一千年前的唐代，當過蘇州刺史的詩人白樂天寫過這樣的詩句：

綠波東西南北水，紅欄三百九十橋。

橋的欄杆大多是紅色的，這給本來帶有女性氣味的蘇州城市更加增添了鮮豔的色彩。

吳鐘世剛才意識到一種微妙的氣氛，它跟這美麗的城市很不相稱。

他感到好像有人跟蹤他。他聯想到昨天的情況也很可疑，一個長著老鼠鬍子的閒漢在偷偷地盯他的梢。他有意停下腳步，回頭看了看，只見一個戴著斗笠的農夫模樣的人趕忙把身子緊貼著牆壁，背轉臉去，樣子顯得有點慌張。從胥門到城內，兩邊排列著官倉，接著就進入了文教區。這一帶彙集了紫陽書院、正誼書院、鶴山書院等培養過無數英才的名牌學校。他頻頻回頭張望，但盯梢的人好似已經斷念了。

走過紫陽書院，吳鐘世突然碰上了連維材。

「啊呀！沒想到會在這裡碰上您！」吳鐘世打招呼說。

「啊！……」連維材好像正想著什麼事情，吃驚地說道：「原來是吳先生呀！」

「您在考慮什麼事情吧？」

「沒有，沒什麼……」

兩人並肩走在一起。「蘇州很繁華啊！」吳鐘世說。

「不過，能繼續多久呀？」連維材答話。

「您是說……？」

「蘇州恐怕也在走下坡路了。運河這麼狹，大船是進不來的。如果不能停泊繞過非洲而來的洋船，那就……」

「非洲？」這可是個陌生的地名。吳鐘世歪著腦袋問道：「您不在蘇州，而在上海建立分店，就是由於這個原因嗎？」

「是的。」

吳鐘世盯著連維材的臉。

現在只許洋船在廣州進出。不過，這種制度，在連維材看來不過是一道薄板牆，隨時都可把它踢倒。不，這道板牆不必抬腿去踢，時代的激流說不準什麼時候一下子就會把它沖走。

這座蘇州城自古以來就十分繁華，由於戰火，曾經一度衰落過，但它像不死的火鳳凰，不知什麼時候又恢復了它原來的面貌。

隋代開闢的大運河，把蘇州與遙遠的北方聯結了起來。江南豐富的特產先在這裡集中，然後運往各地。繁榮是天賜給蘇州的，這座城市將會永遠繁榮，人們對此深信不疑。

蘇州人往往蔑視新興的上海說：「那個魚腥味的小鎮能成什麼氣候！」上海不久以前還是一個在海岸邊上晒漁網的漁村。最近獲得了很大的發展，但與有百萬人口的城市蘇州相比，還相差很遠。不過，時代正在向前發展。

這時連維材的眼珠子朝旁邊閃動了一下，臉也略微動了動，樣子有點兒奇怪。

「您怎麼了？」吳鐘世問道。

「沒什麼。沒什麼了不起的大事。好像已經不再跟著了。」

「跟著？連先生也叫人盯梢了？」

「啊！這麼說，吳先生也……？」

「嗯。有這樣的形跡。」

兩人互看了一眼。然後沿著小河，朝北走去，西邊是蘇州府的衙門。兩人暫時沒有說話。走到第三座橋時，連維材自言自語地說道：「陣營慢慢地分清楚啦！」

6

水都蘇州是江蘇省的省會，所以巡撫的官署設在本地。巡撫林則徐正在官署看一本草草裝訂的手抄本。手抄本的封面上寫著《西洋雜報》。這份雜報是連維材從西洋的書籍和報紙上抄譯下來，做爲禮品從廣州帶來的。

林則徐的手邊放著紙筆。他想到了什麼，提起筆在黃色的紙上寫道：「關於美利堅之國制，不明之點甚多，要研究。」

他放下筆，又繼續看下去。他的腦子裡還刻印著去年胡夏米船（阿美士德號）的來航。「連維材說那是什麼的前奏……」

前奏？什麼前奏？是不是什麼可怕的勢力要來襲擊這個國家？一定要想點什麼辦法！

這個國家總算初步形成了改革派。據北京來的吳鐘世說，維持現狀的大官們正在想辦法對付改革派。不過，兩派都屬於同一個士大夫階級。現在的政治都集中在士大夫階級的人事問題上。現在的政治鬥爭，不過是盡可能讓本派更多的人來擔當重要的職務。

不知道是什麼力量要來襲擊這個國家，它也許十分強大，是官僚政治難以抵禦的。這個國家有沒有比整個士大夫階級更強大的力量呢？

林則徐直接從事過鹽政和河政。他想起了種種場面——在築堤工程中，那些擔著土筐、像螞蟻一樣的人群；那些扛著饑民團的旗幟、掀起大路上的灰塵前進的群眾。

他認爲在這些地方有一股潛在的力量。不，現在還沒有形成力量，但有人會把他們變成一股力量；到那時候，讀書人的士大夫政權就無能爲力了。

這種力量是應該粉碎、還是應該加以利用呢？

「王舉志現在幹什麼呢？」林則徐從《西洋雜報》上抬起眼睛，出神地望著荷蘭造的玻璃燈罩中的火焰。

北京的紫禁城。

道光皇帝打算召見一結束，在附近散散步，然後再回養心殿去躺一會兒。長達三小時、令人腰酸背痛的政務已經告一段落，但時辰還很早。春天和煦的朝陽炫人眼目，禁苑的樹林子一片新綠，耀眼鮮豔。各個宮殿的屋頂上鋪著各種顏色的琉璃瓦。這些黃的、綠的、紅的屋頂沐浴著陽光。在這紫禁城外，還有無邊無際的廣闊的土地都受道光皇帝管轄。他一想到這些，就心神不定，焦躁得要命。

他有時好似想起了什麼，認眞地處理政務，通宵研究奏文，把第二天要諮詢的問題認眞地寫下來，眞是廢寢忘食，他身邊的人都爲他的健康擔心。

可是，他一旦厭倦起來，就把政務統統置之腦後，召見時只是模棱兩可地回答問題，敷衍了事，然後就通宵玩樂。

道光皇帝的一生就是這兩種情況的迴圈反覆。

北京分爲內城、外城，這紫禁城也分爲舉行朝廷儀式的外朝和皇帝日常生活的內廷。其分界線就是保和殿後面的那道牆壁，那裡有內左門和內右門等過道，中間夾著乾清門。

內廷就是皇宮的內院。那裡的女人很多，其中「貴人」以上才能受到皇帝的寵愛。貴人升級爲「嬪」；貴嬪升級爲「妃」、「貴妃」；再上面是「皇貴妃」，最高的當然是「皇后」。加上伺候她們的宮女，這個女人世界的規模之大簡直無法估計。

在內廷從事雜役的太監就超過千人。太監就是喪失男性機能，所謂的「宦官」。如此眾多喪失性機能者無聲的嘆息，供妃嬪使役、虛度十年青春的年輕宮女們的脂粉香氣——這一切混雜在一起，使內廷充滿著一種妖豔的頹廢氣氛。

道光皇帝除了那個被軍機大臣們包圍著的氣氛嚴肅的世界之外，還有著另一個畸形的頹廢的世界，他命裡註定要生活在這兩個世界之中。他來往於外朝和內廷之間，他的精神也不停地徘徊彷徨於兩個世界之間。所以他有時緊張，有時鬆弛。

道光皇帝想在養心殿裡躺一會兒。當他坐在床邊時，一個太監進來說：「皇后娘娘好像感冒了。」

「什麼！」道光皇帝的聲音大得可怕。

太監大吃一驚。不過是患了傷風感冒，爲什麼要這麼大聲喊叫呢？

每兩年要死去一個孩子。今年又該是出事的凶年，說不定要死的還不限於孩子哩！他的腦海中掠過一道不吉利的預感。

皇后佟佳氏崩於道光十三年舊曆四月，又是一個死人的凶年。

「我願代替奕詝去死，但願那孩子長命百歲。」皇后在去世的兩天前這麼說。唯一活著的皇子奕詝已滿兩歲，他不是皇后生的。皇后只在道光皇帝當皇子的時候生過一個女兒，這個女兒在六歲時死去。從此以後，皇后一直多病。

皇后在奄奄一息時，低聲地說了最後的遺言。這話只有道光皇帝聽見。

「陛下，戒掉鴉片吧！」——她是這麼說的。

皇后佟佳氏謚號孝愼成皇后，葬於龍泉穀。道光皇帝輟朝（未理朝政）九日，素服（喪服）十三日，在肅穆的氣氛中舉行了葬禮。道光皇帝一向儉樸，他把清朝歷來鋪張浪費的「葬墓陵制度」簡化了。奕詝（後來的咸豐皇帝）的生母是全貴妃。她一度被提升爲皇貴妃，第二年當了皇后。

道光皇帝折斷了煙槍，燒了煙盤，砸了煙燈，毅然戒了鴉片。

週期性的「勤奮季節」又到來了，他每天晚上都拿起朱筆，對著奏文。寢宮養心殿裡燈火輝煌，通宵達旦。連那位一向嚴格的老臣曹振鏞也擔心地說：「陛下要保重龍體啊！」

道光皇帝勤奮之後，首先熱心處理的是他過去有意識擱置下來的鴉片問題。

同一個時期，在濃霧籠罩著的倫敦，外交大臣巴麥尊正召集了專家，研究對清政策，制訂打開清國門戶的政策。

在曼徹斯特，那些像墨慈那樣取代東印度公司、躍進對清貿易的商人們，連日召開業務會議，商討怎樣向清國出售更多的鴉片。在加爾各答，早已召開了爭取鴉片增產的委員會，商討了私人販賣鴉片的辦法。

鴉片商人

墨慈打斷哈利的話說：「股東們讓我全權負責。擔心危險，那就會一事無成。查頓、馬地臣、顛地都在幹啊！去年詹姆斯．印茲乘加美西拉號到了福建；麥凱的西爾夫號走得更遠。荷蘭船、瑞典船都往北邊開了。跟他們相比，墨慈商會動手晚了一點。如果害怕冒險，那就趕不上他們了。」

1

「存貨已經不多了。」哈利．維多已由東印度公司轉到墨慈商會。他手裡拿著貨單，向他的主人威廉．墨慈報告說。

「初次開張，買賣總算不錯嘛！」墨慈情緒很好，點點頭說。

「準備讓下一隻船來接替嗎？」

「不，我有另外的計畫。下一隻船不到這兒來。」

年輕的哈利露出驚奇的神情。

墨慈經常改變鬍子的形狀，最近他蓄了齶鬚。他很滿意地掃視了一下甲板。

這時是白天。地點是在伶仃島附近的一隻鴉片母船的甲板上。這種船不是航海用的，是專用於等待陸上來領取鴉片、代替倉庫用的船。船身特別高，英國人給它起了個巧妙的名字，叫作「商店倉庫」，中國人稱它爲「躉船」。

一個買主模樣的中國人，大聲吆喝著正在改裝鴉片煙的苦力。

買賣是在廣州十三行街的「夷館」裡商談的，然後拿著用現銀換來的「券」，到伶仃島指定的「商店倉庫」去領取實物。

鴉片的包裝種類很多，但一般是一木箱裝一百斤。有的人直接把木箱取走，但大多數人爲了隱蔽，把鴉片裝到帶來的草包裡。

甲板上放著秤，檢查分量，其實這是爲了防止苦力的偷竊。貼有東印度公司商標的鴉片，不論是重量還是品質都是可以信任的。

「您說不到這兒來，是去南澳嗎？」哈利問道。

「去更遠的地方。」墨慈閉上一隻眼睛。

東印度公司對清貿易的壟斷權要從明年才開始取消，但在這之前只要獲得東印度公司的准許，個人商社也可以參加對清貿易。墨慈等人來到廣州是爲了試試自己的力量。

在夷館進行的鴉片交易，原則上是在伶仃島交貨。內伶仃離虎門不遠，完全屬於珠江的島嶼。外伶仃恰好位於珠江河口，但一向被看作是「外洋」。

南澳位於廣東省的東端，靠近廣東與福建的邊界。邊界地區的管轄往往比較複雜，官吏們一般總想把一些麻煩事件的責任推給對方。山賊、海盜、饑民團等經常活躍的地方，大多是在邊界地區。

拿南澳來說，在行政上屬廣東省所管。但在軍事上，設在那裡的海軍司令部則受福建水師提督指揮。附近有勒門群島等許多小島嶼，搞走私最爲方便。它的背後就是大商業城市「汕頭」。在南澳交貨的鴉片比在伶仃交貨的鴉片，價格要高得多。在伶仃「商店倉庫」交貨的鴉片，每百斤的價格按西班牙銀元計算約爲：

烏土　八百元

白皮　六百元

紅皮　四百元

西班牙銀元的重量爲七錢三分五厘，中國銀一兩等於十錢。

烏土別稱「公班土」，公班的原文爲Company，即東印度公司的意思，它是孟加拉產的品質最好的煙土。白皮主要是從孟買運出的瑪律瓦產的鴉片，紅皮是品質相當低劣的馬德拉斯運出的鴉片。此外，土耳其產的鴉片叫「金花」，波斯產的叫「柔佛巴魯」。美國商人絕大多數是從事於印度產以外的鴉片交易。而一旦締結了南澳交貨的合同，每百斤烏土的價格則將近千元。

由於路途遠，當然要花更多的運費。不過，跟伶仃交貨相比，還是合算得多。

其主要原因是危險大。所謂危險，並不是指被官府破獲沒收。鴉片商人跟警備當局早已達成了默契，鴉片船可以正大光明地在清國兵船的面前露面。巡邏的軍官登上鴉片船，船長任何時候都這麼解釋說：我們從新加坡開往廣州的途中，遇到風浪，漂流到這兒來的。於是，軍官在甲板上高聲地宣讀禁令，莊嚴地宣布說：「絕對不准進行買賣！」這些形式一完，就進入船艙，於是就開始了英國方面記錄中所謂的「私人會見」。

「你們帶進來了多少？」

「我們抽多少成？」

警備當局的默許費有一定的價格，一般一箱爲十元左右。所以問題不那麼複雜。一達成協議，清國海軍就對鴉片交易給予保護。

那麼，危險究竟在哪裡呢？

出珠江至南澳這一帶的沿岸，有許多海灣，從西邊數起，有大鵬灣、大亞灣、紅海灣、碣石灣、甲子灣、海門灣。都是有名的海盜巢穴。尤其是大亞灣和紅海灣的海盜之殘暴，更是天下聞名。對鴉片船來說，危險不是官府，而是海盜的襲擊。要防止海盜的襲擊，就必須徹底武裝起來。危險多，利潤也大。而且鴉片的價格也遵照經濟學的原則，離卸貨地廣州愈遠，價格愈高。

偷偷地買三五斤的小宗買賣，每斤要價十六元左右。這等於是伶仃交貨的批發價的兩倍。所以值得冒海盜襲擊的危險。

如果從南澳再往前走，當然更爲有利。

「你害怕嗎？」墨慈盯著哈利的臉，問道。

「不，不怕！」哈利很不滿地回答說。

「我想你是不會怕的。去年你登過阿美士德號船啊。」

「他們是東印度公司，所以才能那樣幹。我們可沒有保障啊！股東們究竟……」墨慈商會的股東都是曼徹斯特、利物浦有實力的大商人。

墨慈打斷哈利的話說：「股東們讓我全權負責。擔心危險，那就會一事無成。查頓、馬地臣、顛地都在幹啊！去年詹姆斯．印茲乘加美西拉號到了福建；麥凱的西爾夫號走得更遠。荷蘭船、瑞典船都往北邊開了。跟他們相比，墨慈商會動手晚了一點。如果害怕冒險，那就趕不上他們了。」

哈利一下子就被墨慈的熱情感染了，他說：「我明白了。」

「明白了就好。」

墨慈又帶著微笑，十分滿意地看著苦力們在甲板上改裝鴉片。

過了一會，他歪著腦袋，衝哈利說：「啊呀！你看，有個奇怪的小傢伙……」

2

這個奇怪的小傢伙年紀約莫十六、七歲，拖著一條油亮的辮子，白嫩的臉蛋上兩道又長又濃的眉毛，鼻梁很高，不時地撇著嘴唇，好似掛著嘲笑。眼睛大得有點異常，眼窩有點下陷。他的相貌不太像中國人，更奇怪的是他竟然抓住一個英國船員，用英語在爭論。

「我可是來買東西的。」小傢伙說道：「錢已經付了，可以算是顧客吧？」

「啊，是呀。」船員好像被他嚇倒了，點點頭說。

「既然是，你剛才說的是什麼話？『豬玀』是什麼意思？你說！你把顧客看作什麼了？」小傢伙抱著胳膊，眼睛瞪著對方。

「我、我……我以爲你一定聽不懂英語……」

「你以爲聽不懂，就可以隨便罵人嗎？」

「不，不是這個意思。」

「那你道歉！」

「我道歉。」

「叩頭！」

「你說什麼？這太過分了。」船員好像在求救，四面張望著。

其他的船員們把他們倆圍在當中亂起哄。連那些不明白是怎麼一回事的苦力們，也停了活兒，跑過來看熱鬧。

這小傢伙確實膽大包天。當時英國船上的水手在廣州經常大打出手，在這些漂流到遙遠的東方來的傢伙當中，有不少是亡命之徒。

這時，一個胳膊上筋肉隆起、遍體紅毛的像大猩猩似的漢子，慢吞吞地走到前面來，大聲地吼道：「喂，你這小子！」

「你要幹什麼！」小傢伙也大聲地回敬。

「你這小子說話太過分了吧！」大猩猩眼露凶光，盯視著小傢伙。他的額頭上有一塊傷疤，小蒜頭鼻子一扇一扇地抽動著——他就是被哈利從曼徹斯特的貧民窟裡和約翰・克羅斯一塊兒弄出來的保爾・休茲。

「話太過分了？是誰過分了？你們隨便罵人……」

「看來不叫你吃點苦頭，你這小子是不會嘴軟的。」保爾冷笑著握緊拳頭。

當小傢伙擺好架勢時已經晚了。保爾突然猛撲過來，在小傢伙的面頰上猛擊了一拳。小傢伙仰面跌倒在甲板上，他的頭磕在船欄杆上。而他仍然咬緊牙根，一隻手撐著欄杆，站了起來，喊道：「你要幹什麼！」

眞是個魯莽的小傢伙。他衝著保爾，擺好一副準備反擊的架勢。保爾卻隨隨便便地做出一副滿不在乎的樣子。

這次保爾疏忽大意了。他滿以爲小傢伙會用腦袋來衝撞他，而對方的身子卻突然往下一沉，一眨眼的工夫，只見保爾雙手捂著胯下，一隻腿跪倒在甲板上。他擰著眉頭，皺巴著臉，極力忍著疼痛，小蒜頭鼻子又一扇一扇地抽動起來。

原來是小傢伙跳到半空中，用腳踢中了他的要害。

「怎麼樣？小子！」小傢伙挺著胸脯說道。

圍觀的人沸騰起來。英國船員、印度船員、丟下鴉片活兒來看熱鬧的苦力們，一齊吶喊起來：「活該！」「保爾，揍死他！」「狠狠地揍！」聲援的人們用各種語言亂喊一氣。

保爾站了起來，把他的硬肩膀抬得更高，露出一副憤怒的凶相，伸開雙臂，準備立即猛撲過去。這次他可不敢疏忽大意了。

小傢伙微弓著身子，穩住腰杆，把十指張開的雙手筆直地伸向前面，顯然是擺了一個打拳的架勢。

正當他們瞪著眼睛、互相對峙著的時候，墨慈和哈利擠進了人群。

「住手！」墨慈大聲地喊著。

「雙方都挨了一下，不要再打了。」哈利也這麼說。

「是呀。我也不願意幹這種小孩子的事情。」小傢伙異常沉著，大聲地說。

「哈哈哈！」保爾放聲大笑說：「這小傢伙很有意思。我很滿意。」

兩人就這麼爽快地停戰了。船員和苦力們都各自回到自己的工作崗位上，只剩下打架的兩個對手和墨慈、哈利，共四個人。

「你叫什麼名字？」少年用手撫摸著他被打的下巴，哈利親切地問他。

「我叫簡誼譚。」

「誼譚君，希望你不要介意……你是混血兒吧？」

「嗯，是的。我並不怎麼介意。」

混血兒的地位在當時是很微妙的，他們往往受到當地中國人的排擠，而外國人又不把他們看作是自己的同類。

「你父親是……？」

「葡萄牙人。我不知道他是死了還是活著，連面也沒有見過。」

「你母親呢？」

「她肯定是死了，我一生下來她就死了。」

「這麼說，你是個孤兒。跟我一樣，我也是孤身一人。」

「我還有個姐姐哩。」

「哦，是嗎？那太好了。你比我幸福啊！」

「說是姐姐，可不是同一個父親。姐姐的父親據說是帕斯人。」

「那麼，你的英語是……？」

「小時候在澳門自然而然學會的。英文字是長大之後在學校裡學的。」

「是在澳門的教會學校裡學的嗎？」

「不，是在廈門連家的學校裡學的。」

「連家！是金順記的連家嗎？」

「是的。」

這時，一直望著大海的墨慈突然轉過臉來。

3

「你跟連家有關係嗎？」墨慈問道。

「要說有關係，也有關係。」誼譚淡淡地回答說。

「是什麼關係？」

「據說金順記的老闆在年輕的時候，曾經得到我姐姐的父親很大的幫助。」

「那麼，對連維材來說，你是他恩人的兒子嘍！」

「不，剛才我已經說了，我的父親是葡萄牙人，不是帕斯人。」

「你現下在姓柳的下面工作嗎？」

姓柳的是來取鴉片的走私集團的頭目。

「不，不對。」誼譚回答說：「我從來沒有見過商店倉庫，我只是求他帶我來看看。必要的時候我還可以當翻譯。」

「這麼說，你現在沒有工作？」

「在金順記做過一個時期，他們把我當學徒來使喚，我跑出來了。我想當買辦，像顛地商會的鮑先生那樣。我想求求鮑先生，但他說我年紀太小，不行。」

「你多大？」

「十六。」

「不小了。在廣州，有的美國人十六歲已經當上了經理。不過，你要想當買辦，說話應當更文雅一些。」

「我會說，我在學校裡學過文雅的話。」

「眞是那樣，我可以雇用你。」墨慈注意地看了看誼譚說：「這當然要得到通事的許可，我可以想辦法去說說。」

「是眞的嗎？」誼譚的眼睛發亮了。他裝出一副大人的樣子，但不時還露出掩飾不住的孩子氣。

「啊呀，這小傢伙很有出息！」剛才打架的保爾從旁邊插嘴說。

「喂，誼譚，」保爾向簡誼譚伸出手說：「我是保爾．休茲。」

誼譚眉開眼笑，握住保爾的大手。

墨慈曾經同和廡六甲的金順記做過生意。就是現在，墨慈也好像在金順記的指導下做買賣，所以應該說這個小傢伙和他是有關係的，再說墨慈商會的人手也不夠。

「我十天之後就回廣州。那時你來找我。我的辦事處在十三行街最邊上的丹麥館裡。」當姓柳的一夥人改裝完鴉片，乘上快蟹船回去時，墨慈對誼譚這麼說。

快蟹船是一種專門用於走私鴉片的快船。它可以裝載幾百石貨物，三張帆，左右有五十支櫓，船員一百人，船的兩側圍著鐵絲網，以防炮火，據說「來往如飛」，可見其速度之快。

要走私鴉片，就必須用兵船也追不上的快速船，因此就造了這種快蟹船。它的速度比清國海軍任何一艘兵船都要快，即使被巡邏船發現了，也可以「瞬息逃脫」。據道光十一年（一八三一年）湖廣道監察禦史馮贊勳的奏摺說，這種快蟹船當時多達二百艘。

而清國的海軍當時採取了什麼措施呢？既然走私集團迫於需要而製造了「快蟹」，那麼用國家的力量也可以製造比它更快的兵船。未能這樣做，有種種的原因，而根本問題是道光皇帝政府「守」的政策，他們的宗旨第一是儉約，第二還是儉約。要改正乾隆盛世時鬆散放縱的狀態——這就是政府的基本方針。拿製造兵船來說，也是墨守《欽定戰船則例》，一切都是向後看。

4

「你能當買辦嗎？」西玲藍色的眼睛瞅著淘氣的弟弟的臉。

「墨慈老頭已經答應了呀。」誼譚撇著嘴唇，好似掛著冷笑。這樣子顯得有點不自然。他平時總是擺出一副大人的架勢，可是一到姐姐的面前就露餡兒了。如果沒有其他的客人在場，恐怕更會露出孩子氣。

來的客人是顛地商會的買辦鮑鵬。這個中年人大腹便便，一眼就看出是個八面玲瓏的人物。他的打扮雖不奢華，但從他那紳士派頭的穿著到他的言談舉止，都顯得瀟灑大方。他本人也似乎深知這一點，感到十分得意。

西玲姐弟和鮑鵬三人正圍著一張桌子吃飯。

西玲一向好客。她在這座漂亮的住宅裡，不知道怎麼打發時光，她無聊得要命。弟弟來到廣州，多少能消除她一點寂寞。誼譚進了金順記，但跟店裡的人吵架跑了出來，到處給她捅婁子，這樣才爲她帶來了許多她所追求的刺激。

誼譚剛剛鑽進姓柳的一夥走私集團，現在他又提出要當買辦。

「我說鮑先生，這孩子當得了買辦嗎？」西玲問鮑鵬。

鮑鵬的嘴裡正含著一口魚翅湯。他帶著微笑，不緊不慢地說道：「是呀，買辦也有各種各樣的工作。誼譚君很聰明，一般的工作我想還是幹得了的。有些工作可能有點勉強，但是學一學也就行了。拿我本人來說，最初剛當買辦的時候，也不是什麼工作都能勝任的。」

「那個墨慈商會是個可靠的店鋪嗎？」

「嗯，那可是個有實力的公司。現在它可以算得上是我們店鋪的一個勁敵。」

「這麼說，那還可以。不過……」

廣州不准外國商館隨便雇用中國人，而且禁止直接與政府機關打交道。所有的外商如不通過「公行」，不得同當地的政府機關接觸。

有一種職業叫作「通事」。從事這種職業的人要有公行的成員作保證人。外國人也稱他們爲Linguist（外語專家）。所以一般人都把他們當作專業翻譯，其實他們還代辦複雜的事務。用現在的話說，勉強可以稱作兼管中間介紹事務的翻譯。

通事要有公行保證，「買辦」也要有通事的保證，外國商人才能雇用。他們爲外商承擔金錢出納、購買食品以及雇用雜役、阿媽（女傭人）等工作。所以，按等級來說，其順序應是：公行——通事——買辦——僕役。不過，由於情況不同，當買辦有時比通事更有甜頭。

廣州的外商除了從事貿易外，大多還兼營高利貸。廣州當時是世界上利息最高的地方。根據法律，外商只能同公行進行交易。因此，貸款給非公行會員的商人時，需要有買辦當介紹人，買辦再從中賺錢。

不過，誼譚考慮的是更大的事情。

鮑鵬離開之後，西玲跟弟弟說：「要當買辦，就要當像鮑先生那樣的買辦。」

誼譚好像沒有聽見姐姐的話，提出了一個毫不相關的問題：「姐姐有眞正喜歡的人嗎？」

「你說什麼呀！你這個孩子！」

「你坦白地說吧！」

「沒有這樣的人。」

「還是最喜歡連先生？」

「這孩子眞討厭！……連先生是個了不起的人。不過，叫人感到有點可怕。說不上是喜歡的人。」

「就是說，你還沒有喜愛的人……嗯，有可能找個喜愛的人嗎？」

「可能還是有的。」

「那爲什麼不找呢？」

「不是不能找。」

「那爲什麼呢？是怕連先生嗎？」

「要說怕，也有點兒怕。不過，還有另外的……」

「就是說，有了眞正喜歡的人，就必須跟連先生分手。這樣，經濟上就會發生問題。是這樣嗎？」

「這種事，小孩子是不該過問的。」

「也許不能像過去那樣過悠閒自在的生活。今後找的人不一定是個大財主嘛！」

「別說啦！」

「要說！我是認認眞眞地在說。」

「認認眞眞的？」

「對。我勸姐姐快快找個眞正喜歡的人。」

「啊呀！啊呀！」

「如果是因爲經濟問題，那不用擔心，由我來解決。」

「看你說的。可別以爲當上了買辦，馬上就可以發大財啊！你不要把這個社會看得太簡單了。」

「得，行啦。不久你就會明白的。」誼譚胳膊肘撐在桌子上。

需要有夥伴。找誰好呢？墨慈老頭人物太大了。這個同夥應當是和自己同等的人。誼譚的腦子裡出現了一張張墨慈商會英國職員的面孔。

保爾·休茲——他是誼譚在商店倉庫甲板上的吵架對手，後來他們倆最要好。他是一個豪爽的好漢，可是腦子有點粗。作爲朋友很有意思，當作搞買賣的幫手不太理想。

在澳門幫忙賣鴉片的哈利·維多怎麼樣？

他也很難說是很恰當，這傢伙不時地流露出一種奇怪的正義感。誼譚策劃的當然不會是什麼正經事業，他感到像哈利這種人不可信賴。

誼譚想起了約翰·克羅斯那蒼白的面孔，聽說這傢伙在國內生活很苦。他親身體會到金錢的寶貴；爲了錢，一般的事他都會幹。他的腦子不像保爾那麼粗，性格也不像哈利那麼單純。約翰·克羅斯的經歷，對誼譚是一種吸引力。

誼譚作了這樣的觀察和思考，很難想像他是一個十六歲的少年。他過去一向只和姐姐兩人捍衛自己的堡壘，絲毫不顧他人；在對人的關係上，他養成了一顆異常冷酷的心。

不過，約翰的身體不強啊！

西玲看了看默默沉思的弟弟，小聲地說：「這孩子眞叫人害怕！」

年關的點綴

各種力量似乎都已經集中到這個時期，這個世道因這些集中在一起的力量而開始活動，儘管如何活動還不清楚。歷史的齒輪嘎吱嘎吱地發出了響聲，叫人感到心神不定，坐臥不寧。

林則徐輕輕地拂去肩上的雪花。

1

一八三三年十二月。

英國外交大臣巴麥尊把律勞卑勳爵召到官邸。威廉·約翰·律勞卑曾是海軍軍人，他正值四十七歲的壯年，但臉色有點不佳。

「我相信您的不屈不撓的海軍精神！」外交大臣這麼說，臉上帶著微笑。

「請您一定爲我配備輔佐的官員，我只要這個條件。」

「給您配備經驗豐富的人。根據我目前的方案，打算給您配備兩名當過東印度公司廣州特派委員的人，另外再加一些公司的高級職員。」

「好！我沒有意見。不過，我想帶查理斯・義律當隨員。」

「好呀，他是個有前程的人。我認爲應當讓他利用這樣的機會去鍛鍊鍛鍊。」

「他三十二歲。」

「您看中了他的年輕？」

「我也年輕。」

「是呀。您比我年輕兩歲，不過，您的臉色好像有點不好。」

「最近工作很忙。」

「您千萬要保重身體。」

「謝謝！」

過了年，很快就要取消東印度公司對清貿易的壟斷權。以前是由東印度公司廣州特派委員——即清國方面所謂的「大班」——指導和監督英國在廣州的貿易。由於公司撤退，這一職務當然要自動取消。不過，保護、指導、監督英國商人的工作是不會取消的。而且今後完全是資本、機構均很薄弱的私人貿易，工作反而有進一步加強的必要。

因此，決定設立駐清國商務監督。巴麥尊擬定的總監督就是律勞卑勳爵。

「您是敲打清國門戶的第三個英國人啊！」外交大臣鼓勵律勞卑說。

第一個敲打閉關自守的清國門戶的英國人是喬治・馬戛爾尼。他於一七九三年進入北京，雖然獲准謁見年邁的乾隆皇帝，但在締結通商條約上失敗了。

第二個人是威廉·彼得·阿美士德。他特意跑到北京，卻因拒絕向嘉慶皇帝行三跪九叩禮，被趕了回去，這事發生在一八一六年。

清朝有難以消除的「天朝意識」，不承認外交關係，把貿易看作朝貢。同這樣的清朝作對手，千方百計地讓它開港貿易，乃至締結通商條約，這就是英國的誓願。

英國的生產力由於產業革命而膨脹，它比四十年前的馬戛爾尼時代或十七年前的阿美士德時代，更加迫切地要求這個擁有四億人民的巨人國家對外開放。

任務是重大的。律勞卑感到緊張，他的胸中燃燒著功名心。

失敗的兩個前輩，馬戛爾尼後來當上了喜望峰的總督；阿美士德當了印度總督，已退職，仍健在，去年以他的名字命名的船隻，曾經向北航行到了清國禁止航行的沿海。

律勞卑如果這次能獲得成功，他將名垂青史。

「總之，對手是清朝的官僚，要不慌不忙、沉著冷靜！」巴麥尊可能已經看到了律勞卑的急躁情緒，向他提出了忠告。

十二月三十一日——一八三三年最後的一天，英皇威廉四世給新任的駐清商務監督官下了訓令：

1. 採取和平友好的態度，不得刺激清國方面，不得引起猜疑、惡感。
2. 謹慎處理英國臣民在清國發生的糾紛。
3. 除不得已的情況外，不得隨意要求陸海軍援助。

第二年一月二十五日，古雷內閣外交大臣巴麥尊給律勞卑等人特別指示說：

1. 一到廣州，即以書面通知兩廣總督。（這是爭取建立正式外交關係的第一步）
2. 盡量擴展廣州以外地區之商務。
3. 設法同北京政府直接談判。
4. 除特殊情況外，暫不同清國發生新的關係。但如有這樣的機會，要先向政府報告，等候訓令。
5. 除非特別需要，不得把軍艦開進虎門（清國一向把珠江的虎門水道以北看作是內河）。

2

一八三三年的聖誕節。

鴉片船莎露號停泊在舟山群島附近。這一帶海域位於錢塘江的出海口杭州灣之外，人們稱作王盤洋。莎露號是墨慈商會的包船，墨慈本人也坐在這艘船上。哈利和保爾都在船上。身體不好的約翰·

克羅斯則留在了廣州。

聖誕節愉快！今天停止營業！——預先通知了一些主要的走私買主。買鴉片的走私船，一般都來自寧波和乍浦。乍浦是對長崎貿易的「唐船」出航的港口。

船員們都在想念著祖國的聖誕節，自暴自棄地喝起酒來。印度的船員雖不是基督教徒，他們也用啤酒在乾杯。保爾用一根木棒敲著空酒桶，船長斯賓莎用走了調的嗓門在唱一支快活的歌。

打早晨起，已來了兩次偷買鴉片的小船。這是沒有通知到的小宗買主，反正都只買一箱，墨慈便同意了。

日頭已經開始西斜，王盤洋上一片寂靜。哈利靠在甲板的欄杆上，嘴裡哼著讚美歌。「小時候的聖誕節多麼快活啊！」他正這麼想著的時候，一艘帆船開了過來，大概是不知道停止營業的走私顧客。

「今天休息！」哈利大聲地喊道。

「爲什麼呀？」帆船上的人也大聲地問道。

「是西洋的新年！」

「好不容易把銀子帶來了。我們人手多，絕不給你們添麻煩！」帆船的船頭上站著一個漢子，大聲地說。

「什麼事情？」墨慈聽到了叫聲，來到了哈利的身旁。

「又要買貨。」哈利解釋說。

「行吧。」墨慈說：「賣給他們吧，反正前面兩條船都賣了。」

「這次可不是小船，是一條很大的帆船，恐怕不只買一箱兩箱。」

「一樣。夜晚要謹慎些，趁現在天還沒黑。賣吧！」墨慈一向對做買賣非常熱心。

哈利衝著緊貼著莎露號的帆船問道：「要多少？」

「三十箱。我們恰好有三十人，很快就搬走。」

「說要三十！」哈利回過頭來，再一次看了看墨慈的臉。

「行吧，早賣完早安心。」墨慈說。

帆船上的人們都夾著改裝用的草袋子，上了莎露號。

「跟他們說，一箱一千二百元，一個子兒不能讓。」墨慈對哈利說完後進了船艙。

「買主是誰？」哈利朝著登上甲板的苦力們問道。

「是我。」一個臉膛紅黑的棒小夥子邊說邊走出了人群。

哈利有點不安起來，再一次審視了站在甲板上的人群。這些人不但不是集中地站在那兒，而且姿態各不一樣，正準備散開。

「啊！你是今天早晨……」

哈利發現一個漢子極力想往別人背後躲閃，這人今天早晨坐小船來買走一箱鴉片。他跟這個漢子說過，今天休息，是特別照顧他的。

「他明明知道休息，又跑來了。也許不值得大驚小怪，他知道休息也會賣給他。」哈利這麼想著，覺得不可理解。

這時他突然發現旁邊一個漢子的舉動有點異常，這漢子好像特別留心腋下夾著的那個改裝用的草袋子。

他一把把那草袋子奪了過來，只聽啰嚓一聲響，一個長長的東西掉在甲板上——原來是一支槍。

「啊，這！」哈利剛發出一聲驚呼，只覺得後腦勺一陣劇痛，馬上就失去了知覺。

好幾個小時之後，他才在船艙裡醒過來。保爾正看著他的臉。

「啊，好像醒了！」保爾說道。他的臉上也滿是血跡。

哈利喝了水，保爾和其他的船員們給他說了情況。

原來莎露號遭到了海盜的搶劫。

「不用說鴉片，連辛辛苦苦在南澳、廈門、福州賣鴉片的錢也統統給搶走了。」一個船員氣憤地說。

據說這些化裝成顧客的海盜，把莎露號上的船員關在船艙裡，由幾個拿槍的海盜看守著，然後大搖大擺地在船內到處尋找他們所要的東西。

「今天早晨的小船是來偵察的。」保爾一邊哼哼，一邊說。

哈利用手摸了摸後腦勺，沾了一手血。那是被槍托打的，據當時在敲打空酒桶的保爾說，他看到這種情況，慌忙跑過去，被海盜們圍住了，挨了一頓亂打後倒在哈利的身上。

「還是我的身體棒。我挨的打比你重多了，可我比你早一個小時醒過來。」保爾說後，大聲地笑起來。

墨慈垂頭喪氣，一聲不吭，緊咬著嘴唇。

這年的聖誕節是舊曆十一月十五日。王盤洋上升起了一輪皎潔的月亮，洋面上搖曳著月影。莎露號上的燈光投射在平靜的海面上，叫人感到十分寂靜。

「這是一個什麼樣的聖誕節啊！」墨慈好不容易開了口，懊惱地說。

3

哥哥元華一死，伍紹榮成了怡和行的主人，自然地當上了公行的「總商」。他被海關監督叫去，現在剛剛回家。監督問了他許多問題，其中包括會不會有人來代替東印度公司的大班，管理散商（私人公司）。有人來是肯定無疑的。但是，跟當官的說話，決不能損害他們的自尊心。如果不小心流露出一點教訓他們的態度，肯定會把事情弄糟。「雖然不太清楚，不過……」——一定要準備一些這樣謙虛的話。

他一回到家裡，首先在哥哥的靈位前點上香。哥哥是不幸的，他死去的主要原因，並不是由於生病，而是由於積勞成疾。

伍家家財萬貫，當官的早就看紅了眼。他哥哥曾經多次被衙門傳去，找個藉口就把他拘留起來。而這時只要送上錢去，馬上就可以釋放。

公行受「海關監督」管轄。海關不受廣東的地方政府指揮，直屬於中央政府的戶部。公行給海關監督賄賂的金額大得嚇人，所以海關官員的收入很多。據屈大均的《廣東新語》一書中寫道：一旦任命為廣東的官吏，朋友們都「舉手相慶」，「以母錢貸之」。這種官職可以賺大錢，朋友們紛紛把錢送來投資，歸還時往往是加倍。

伍紹榮對著哥哥的靈位說道：「哥哥，看來公行也要完了啊！」

伍紹榮自從擔任總商的職務以來，非常詳細地調查了公行會員的實際情況。

公行壟斷了對外貿易，表面看來好像十分堂皇，其實內情並不像它的外表。從道光元年以來的十三年間，公行會員破產的就有好幾家。

道光四年，麗泉行破產，拖欠政府稅款加上外國商人款項等，共二十萬兩。

道光六年，西成行借帕斯商人四十萬兩無法償還，破產倒閉。

道光七年，福隆行借英商一百萬西班牙元無法償還，破產倒閉。

道光九年，東成行無法償還外商大批貸款，發生了糾紛。固執的東印度公司廣州特派委員布洛丁以停止貿易表示抗議，而清朝方面照例認為：天朝年豐財阜，毫無依靠各國夷船貨物稅收作補貼之想法；惟因遠道越海來貿易，廣施皇仁，垂以恩惠而已。因此根本不予理睬。布洛丁也只好忍氣吞聲，撤回了抗議。

「還有許多店鋪危險啊！」伍紹榮想到這裡，心情暗淡起來。公行會員並不是破產倒店就完事，上述破產的主人被流放到新疆的偏僻地區，充當軍伕，強制從事重勞動。

伍紹榮出於總商的責任感，正考慮有沒有什麼好的解決辦法。這時，他的表姐夫——廣利行的盧繼光走了進來。

盧繼光看到他的樣子，問道：「浩官，你在想什麼呀？」浩官就是伍紹榮。他父親的小名叫亞浩，因此人們稱他爲浩官。「官」表示尊稱，相當於日語中的「殿」，並不只用於官吏。這個帶「官」字的名字，表示承襲父名，所以伍紹榮也叫浩官。

伍紹榮回答說：「想的還是那個老問題，防止公行會員的破產。茂官，你有什麼好辦法嗎？」

盧繼光也有個茂官的名字。

「浩官，公行會員的營業一蹶不振，你看是什麼原因？」

伍紹榮感到盧繼光的語調跟平時不一樣，似乎在極力壓抑著一種煩躁的情緒。「出了什麼事情吧？」他心裡雖然這麼想，但還用平常的語調答話說：「原因明擺著在那兒嘛！第一、營業蕭條；第二、給當官的獻款、賄賂太多；第三、從外國商人那兒借錢太多。」

「是呀，當官的讓我們賺一萬兩，他提前拿去九千兩。」

「可是現在營業蕭條，預定的一萬兩賺不到，只能獲利八千兩，計算起來咱們就要虧損一千兩。長久下去，當然就支持不住了。」

「另外，把從外商那兒借來的錢轉給別人去用，這也會垮臺的。」

廣州的外商借錢給公行的會員是挺慷慨大方的。不少會員借來的錢除用於自家的資金周轉外，還轉借給公行以外的商人。

茂官盧繼光坐正了姿勢。伍紹榮從他的樣子覺察出，他下面要說的才是他來訪的眞正目的。

「當然，現在商情不佳。」盧繼光仍然用一種克制的語調說：「我們從外商那裡買進大量的印度棉花，市價馬上就一落千丈。」

「貨物一多，市價就跌，這也合乎道理嘛！」

「那也應該有個限度。你還記得嗎？有一次我們堅持不把進口貨投入市場。可是價格仍無好轉，我們吃了大虧。」

「是有這麼一回事。我記得在購進毛織品時也發生過同樣的事。」

「儘管我們締結了協定，抱著貨物不放，可是上市的貨物還是很多。」

「那是因爲手中有存貨的人害怕跌價，拿出來甩賣。」

「可是，實際情況並非如此。那並不是因爲害怕跌價而抛出來的，而是懷著搞亂市價的目的抛出來的。」

「啊？」

「有人知道我們買進了大批的貨物，馬上就把手中存貨統統拋出來，企圖把市價搞亂。」

「是嗎？幹這種事情，這傢伙首先得垮臺。」

「那是一個垮不了的對手啊！拿出口的茶葉來說，也經常發生這樣的事情，我們和外商訂好出售茶葉的契約，外出採購工作還未部署好，茶價就猛漲起來。」

「嗯，發生了好幾次這樣的事，我們吃了大虧。」

「在這件事上，也是有人知道了我們的契約，包買了所有茶場的茶葉，弄得茶價猛漲起來。」

「茂官，眞的能幹出這種事嗎？我想那必須要有很大的資本啊！」

「浩官，你仔細想一想，有沒有人能幹出這種事？」

伍紹榮吸了一口氣，低聲說：「連維材……」

「是啊，恐怕也只能想到他的名字。」盧繼光認爲對方已領會了自己的意思，點點頭說：「他能幹出這種事。不，恐怕應該說，只有他才能幹出這種事。浩官，現在你該明白了，連維材是有計畫地在搞咱們啊！」

伍紹榮沉思了一會兒。連維材是可以跟公行作對的，不論在資本或魄力上，他都具備了充分的條件。一會兒，伍紹榮慢慢地開口說道：「我知道連維材這傢伙會幹這種事。不過，茂官，你有什麼證據嗎？」

「我是聽廈門金豐茂的連同松說的。」

「連同松不是維材的異母哥哥嗎？」

「是。不過，同松跟維材感情不和，所以他才把維材的祕密悄悄地通報給我了。」

「兄弟不和多麼可怕啊！」

「兩人感情不好。不過，同松透過親戚、朋友的關係，似乎很了解金順記的情況。聽說在包買茶葉、拋售進口貨的時候，是利用別人，巧妙地僞裝起來了。但是追其根源，據說都是維材指使的。」

「是嗎？」伍紹榮的胸中突然產生了一種敵愾心。

4

連維材從北方旅行回來後，又跑到武夷山，住在臨溪寺裡。

他每年要到這裡來休息一次。武夷本是茶葉的產地，這一帶有很多金順記的茶場，在崇安還有一個分店。他兼有視察茶葉買賣情況的目的。

他帶著兒子們來山中閒居。讓在城市裡長大的孩子親眼看看雄偉的武夷山，他認爲這對培育孩子有很大的意義。

武夷山位於福建和江西兩省的邊境，在中國被視爲聖山。山裡有條彎彎曲曲的河，叫作九曲，兩岸有無數懸崖峭壁，這條河因朱熹的詩而著名。臨溪寺面臨九曲河，背後是陡峭的奇岩怪石。

連維材的大兒子統文正在蘇州遊學，今年他只帶了承文、哲文、理文三個兒子，另外還有一個食客——異國青年石田時之助。

「承文又溜掉了吧！」連維材面露不快的神情說。

老二承文似乎過不慣山中寂寞的寺院生活，經常溜出去，鑽進崇安城。崇安是個有十萬人口的「茶城」，全國的茶葉商人都往這裡集中，所以也有一些小妓院，頗爲熱鬧。

「他好像領著石田先生去崇安了。」老三哲文回答說。

老大統文除了善於豪爽地放聲大笑外，似乎並無什麼突出的長處，老二承文是個罕見的浪蕩哥兒，明年該輪到承文去蘇州了。在蘇州的那個花花世界裡，不知道他會變成什麼樣子！

「唉，算了，各人走各人的路吧！」維材改變了想法。他好像下命令似的，對兩個兒子說：「散步去！」

哲文今年十五歲，理文十三歲。他覺得這兩個孩子似乎比上面的兩個哥哥有出息一點。

父子三人在九曲河畔漫步。河水湍急。不時有幾艘篷船，靈巧地躲開岩石，朝下游飛駛而去。背後重巒疊嶂，山頂上籠罩著紫霧。

「哲文，你背一背九曲歌中的四曲。」

朱子學的祖師朱熹是福建人，他有一首詩寫武夷山的九曲。

哲文剛過變聲期，他用那變得不徹底的嗓門，開始背誦起來：

四曲煙雲鎖小樓，寺臨喬木古溪頭。
僧歸林下柴門靜，麋鹿銜花自在遊。

「理文，你能背出二曲嗎？」

「行，可以。」

小兒子理文覺得不能輸給哥哥，張開清脆的嗓子背道：

二曲溪邊萬木林，山環竹石四時清。
漁歌棹入斜陽裡，隔岸時聞一兩聲。

連維材並沒有聽背詩。他是來尋求靈魂安息的，而他的心卻不知不覺地飛向地獄般的人間社會。他每年都來武夷，路上看到的農民卻一年比一年疲憊。人口不斷增多，僅憑這一點就會使人民的生活水準日益降低，農民的貧困也許是必然的。世道將會走入絕境。他從這裡看到了一個無法避免的悲慘的結局，企圖用鴉片來消除人世痛苦的人們日益增多，這只能加速這個結局的到來。

由於鴉片的輸入，白銀流入國外，銀價不斷地上漲。清朝的官吏，簡單地說，他們不過是承包稅收的中間人。他們的任務只是把規定的銀額納入國庫。稅收規定爲一萬兩的地方官吏，把銀子送交中央政府就完事了，多徵收的就落進自己的腰包。可是，稅額上規定的是銀子，農民卻只能用銅錢來納稅。

在乾隆以前，銅錢七百文換白銀一兩，以後由八百文升到九百文，現在沒有一千二百文換不到一兩銀子。即使稅額未變，但以前有八百文錢就可交納的稅，現在則非要一千二百文錢不可了。租稅實質上是大大地加重了，而且需要由農民來養活的人口正在不斷地增多。

現在已經碰壁了！那麼，該怎麼辦？只有衝破這道牆壁！衝破牆壁，跑到外面去。那兒有大海，在大海的遠方有廣闊的世界！

當時有連維材這樣明確思想的人當然不多。但是，應當說，從那時開始，在時代的精神中已經插進了一根可以稱之爲「破壞欲」的軸心。

他現在考慮破壞的手段。有些手段他早已付諸行動了。他的眼光必然要注意到改革主義者——公羊學派的人身上；他早就跟公羊學派的驍將、實幹家林則徐拉上了關係。勢必要給保守派狠狠的一鐵錘！就現在連維材的活動來說，鐵錘所要打的，不過是廣州公行的那些人。

一想到廣州那些人，西玲的面影就浮現在他的腦子裡。

父親雖然沒有提出要求，理文仍然拼命地往下背詩，背到八曲卡殼了。

「嗯——，八曲、碩峰、倚碧虛，……底下是什麼呀！……泉水瀑布……」

「可以了。」連維材柔聲地說。

西玲那妖豔的姿容，跟孩子天真無邪的聲音是無法相容的。

這時，連承文正帶著石田時之助，從山間的小道趕往崇安城。

茶葉的旺季雖已過去，但崇安的存貨還要不斷往外運。

運輸時，一般的茶葉是一個人挑兩箱，而高級茶葉一個人只能運一箱。搬運的方法，用兩根竹竿交叉地放在兩邊的肩上，在竹竿的半中腰用繩子紮在一起，形成細長的三角形；在人的肩上墊上一塊板，茶葉箱放在板上；兩根竹竿的上端緊緊地夾住茶葉箱，搬運的人握住竹竿的中央，形成四十五度的角，那樣子就好似小孩子下了竹馬，把竹竿扛在肩上休息。

這樣就可以減少搖晃，少出茶葉末。他們休息時，把竹竿直立在地上，用兩手扶著，絕不能讓竹竿倒在地上，原因是避免吸收潮氣。到了旅店，據說高級茶葉的茶箱要原封不動地綁在運輸工具的竹竿上，靠在牆壁上。

路上碰到搬運茶葉的人，承文給石田作了以上的說明。但他對這並沒有多大興趣，很快就轉了話題。

「眞出人意料，崇安居然有漂亮女人！」

「承文先生，你今年多大了？」

「十七。到了我這樣的年歲，談談女人也不值得奇怪吧？」

石田笑了笑說：「明年該去蘇州了吧！」

「嗯，石田先生也一塊兒去吧！我老頭子說過，他要讓你見識見識我國的各種地方，一定會讓你去的。」

「我去要求要求。」

「你一定去求求，聽說蘇州的女人可漂亮時髦哩！」

「又想到女人啦！」

石田感到當人家的食客，心裡過意不去，他準備在明年的茶葉旺節，拿著他的二人奪，到這武夷山來擔當運送茶葉的護衛，他習慣於保鏢這一行當。

把茶葉從武夷運往廣州，中間有七道稅關，每道稅關都要徵收過境稅。這些都是政府的正式稅關，另外還有地方豪族私設的莫名其妙的關卡，路途上還有許多竊賊、暴徒攔路威脅。所以茶葉運輸集團一般都有會武藝的人充當護衛。拳術大師余太玄就曾經爲金順記幹過這種工作。

「好哇，幹兩、三個月保鏢，然後要求到蘇州去。」石田心裡這麼打算著，停下腳步，縱目遙望武夷的群山。

山勢十分雄偉，岩石疊著岩石。培育茶樹的是石縫間的茶褐色的泥土，岩石的形狀千差萬別。有的岩石形狀像龜，往前走幾步再回過頭來看看，卻變得像頭牛。

石田在日本曾看過中國的山水畫，那些畫兒好像是把山呀水呀堆積在一起似的，他一直以爲那是誇張。而現在武夷山這麼眞實地擺在他的眼前，他才明白了那些畫兒是寫實的。石田深切地感到：世界是廣闊的，絕不可根據自己狹隘的見聞或經驗隨意地解釋。

不一會兒，崇安的城牆已出現在眼前。

崇安是縣城，屬建寧府。當時皇帝的名字叫旻寧，因此在道光年間避諱「寧」字，寫作建「甯」。

崇安古城牆有五公里長，到處都有崩塌的痕跡，上面長著薺菜。城牆的荒廢，應是和平的象徵。可是，石田是看過澳門和廣州後才到這裡來的，他感到這種和平究竟能夠持續多久是無法保證的。現在有一股巨大的浪潮就要襲擊這個國家。

他想起了自己的祖國。

5

道光十三年的除夕。蘇州，午後紛紛揚揚地下起雪來。

林則徐在官署裡款待兩位客人，他們是江南水師提督關天培，和戶部清吏司的予厚庵。關天培於這一年由總兵晉升爲提督，他是林則徐的老朋友。予厚庵是中央政府的戶部派來的稅務長官，林則徐一向讚賞他的才幹。今天是爲了慰問他們一年來的辛勞而特意招待他們的。

「予先生，我得向您表示感謝！」林則徐向予厚庵勸酒說。

「哪裡哪裡！我只是……只是……」予厚庵作爲理財官吏有著超人的才幹，但他缺乏口才。

「地丁都達到了規定額。這都是您的功勞啊！」

「地」是地租，「丁」是指人頭稅。各省都被規定應繳的數額，江蘇省每年爲三百六十二萬兩。這個數額是相當大的，在全國十八個省中占第二位，僅次於河南省。最近很多省都達不到規定額，而江蘇卻繳齊了。這充分說明了予厚庵的才幹。

除了「地丁」之外，江蘇省還要向中央政府交送「漕糧」（送往北京作官兵俸祿的糧食）一百零四萬石，這也完成了。另外關稅（設關卡徵收的物產稅）也達到了規定額一百二十萬兩。全國的關稅收入爲四百三十萬兩，江蘇一省就擔負了其中的四分之一以上。

「反正是值得恭賀的。」關天培沒頭沒腦地插嘴說。

這兩位客人都不會說話，林則徐很喜歡這兩個人。

「您才値得恭賀哩！」予厚庵也笨拙地說起了恭維話，他是指關天培晉升爲提督。

林則徐高度評價予厚庵是一個能吏，爲人也誠實。但另一方面，他總覺得他有什麼不足，然他徵稅的本領確實値得珍視。河南省「地丁」的規定額是四百萬兩，比江蘇多。但據說今年實際繳納數勉強達到三百萬兩，可以想見徵稅是多麼困難。予厚庵在江蘇，確實給林則徐壯了膽。

不過，林則徐覺得，現在民力疲憊，稅款是一個沉重的負擔。作爲國家的官吏，能夠繳齊稅款當然是値得高興的。但他的心裡還有點東西不能叫他高興，予厚庵的心中恐怕就沒有這點東西，他是一個忠心耿耿、一心徵稅的能吏。

「不過，鹽稅方面還要再想點什麼辦法。」予厚庵說。

鹽是政府專賣的。全國的鹽稅爲七百四十七萬兩，江蘇擁有產鹽的兩淮地區，分擔其中的三百三十五萬兩。但現狀是困難的，只能繳納數額的一半，原因是私鹽橫行。根本問題還是由於民眾生活貧困。

正當他們交杯飲酒的時候，來了第三位客人。

「失禮失禮，來晚了，……」

進來的是布政使梁章鉅。這個人在阿美士德號停靠上海時，曾代替未到任的林則徐，擔任代理巡撫。

梁章鉅一看先到的兩位客人，心裡苦笑著：「請了三個笨嘴拙舌的人！」

梁章鉅是福建人，官至巡撫。但他主要還不是作爲政客，而是作爲學者在歷史上留下了名字。在金石學方面，他是清朝屈指可數的權威。他是學究式的人物，而不是口舌之徒。

「跟關、予同席，我只好周旋應酬了！」他是個責任感很強的人，決心在酒席上擔當提供話題的人。儘管他也是笨嘴拙舌，但他自認爲比關、予二人要略勝一籌。

「聽說在舟山洋面上，英國的鴉片船遭到海盜襲擊了。」他首先把別省發生的事情拿來作爲話題。

「我也聽說了。」關天培冷淡地說。

「不過，外面傳說，所謂的海盜可能是王舉志的手下人。」

「什麼？王舉志？」林則徐追問道。

「這可怪了！」關天培歪著腦袋說：「聽說王舉志是江湖上的一些大頭目把他捧上去的，他自己並沒有手下人。」

「這個我知道。不過，最近情況好像有點變化。」梁章鉅好像辯解似的說道。

「行啦！反正鴉片船挨搶是應該的。」關天培爽快地說。

「浙江巡撫富呢揚阿也裝著像沒事一樣。」

「那當然囉！」

提起英國船，關天培曾因阿美士德號而吃過苦頭。現在他眞恨不得要說：「活該！報應！」

「這是在外洋發生的事件嘛！」予厚庵也覺得他應該說點什麼。

如果是像阿美士德號那樣靠近海岸，那將是另外的性質，夷船在外洋航行是隨便的，挨了搶劫，那也是自作自受。

因爲是除夕，客人們很早就散了。

後來林則徐擔任欽差大臣赴廣東，關天培是廣東水師提督，予厚庵是廣東海關監督。今天在這裡見面的這三個人，在六年後的鴉片戰爭中，都不期而遇地投身其中，共赴患難。最後來的梁章鉅，在鴉片戰爭時也在鄰省廣西當巡撫。

除夕的晚上官署裡要舉行宴會。宴會之前，林則徐在院子裡散步。

王舉志開始行動了！林則徐感到要發生的事情終於發生了，他交給王舉志的經費已達相當大的數目，讓他隨意地使用。林則徐希望王舉志不要把那面「饑民團的旗子」交給自暴自棄的暴民，而要交給有健全的思想和目的的組織。王舉志手下已經有人，這不說明他已經開始建立組織了嗎？看來將要發生什麼事情了。靜止的歷史大齒輪，開始慢慢地轉動了。連維材提供了五十萬兩銀子，那肯定他早已覺察到了歷史的動向。

感到歷史的胎動的，看來不只是改革派。保守陣營也有意識到這一點，比如，林則徐的身邊有監視的眼睛，連維材和吳鐘世來蘇州時也遭到盯梢等等。

林則徐讓幕客們翻譯了外國的文獻。他從這些文獻中也意識到，西方巨大的生產力氾濫，必然會波及自己的國家。

各種力量似乎都已經集中到這個時期，這個世道因這些集中在一起的力量而開始活動，儘管如何活動還不清楚。歷史的齒輪嘎吱嘎吱地發出了響聲，叫人感到心神不定，坐臥不寧。

林則徐輕輕地拂去肩上的雪花。

陷阱

伍紹榮低聲地說：「是仇敵！」他和這次事件也許沒有關係，但是仇敵是十分清楚的。

「對這傢伙要想點什麼辦法。」盧繼光說。

伍紹榮也有同感。破壞者連維材的可怕，已經逐漸以某種形式表現出來了。作爲被破壞的一方，本能地要作防禦的準備。

1

道光十四年的夏天，溫章帶著女兒彩蘭從澳門去廣州，好久未見的父親溫翰已由上海來到廣州，連維材也從廈門與溫翰同路去廣州。

見見父親——溫章去廣州的表面原因是這樣，其實他帶有另外的任務。他離開澳門的兩天前，英國的新任商務監督律勞卑到了澳門。他要把英國僑民對律勞卑到任的反應、新監督一行的活動等情報，向父親和連維材報告。

聽了溫章的報告，連維材與溫翰互看了一眼。

「看來不過是輕輕地捅一捅試試。」連維材露出失望的神色。

「北京有穆彰阿，倫敦有巴麥尊……」溫翰低聲說。

「雙方都極力避免在現在發生衝突。在這個前提下放一個對自己有利的棋子，不過如此而已。」

「行呀。咱們這次作壁上觀。」

這兩個人彼此太了解了，談起話來有點像打啞巴禪似的。十三歲的彩蘭聽著大人們的談話，歪著腦袋，不明白是說什麼。

幾天之後，從澳門的金順記飛來了一隻信鴿。信筒裡的一張紙上寫道：「律勞卑本日離澳門赴廣州。」

「嗯，要幹什麼呀？」連維材抱著胳膊，聳著肩膀。

「放心放心！」溫翰笑著說。

「這次是作壁上觀嘛！」連維材點點頭，回笑了一下。

旁邊的溫章突然感到心頭怦怦地跳動起來。多麼可怕啊！父親和連維材聽了溫章帶來的情報，估計清英兩國之間不會發生大的衝突，反而露出不滿的樣子。

──應當盡量擴大貿易，直接和北京政府交涉。但不得獨斷專行，要等待本國的訓令後才行動。

父親和連維材了解到外交大臣巴麥尊給律勞卑下過這樣的指示，感到大大地失望。

這兩個人是對破壞感到高興嗎？溫章也漠然地感到，只有破壞才有活下去的出路。但他辦不到，那兩個人能辦到？不，他倆正在這麼幹！

「作壁上觀，觀什麼呀？」彩蘭滴溜溜地轉動著眼珠子問道。

功名心切的軍人外交官律勞卑，七月十五日到達澳門，停留數天後，身著海軍大校軍裝，登上了軍艦安德洛瑪克號[1]。

安德洛瑪克號開到川鼻，律勞卑一行在這裡改乘小船，開往黃埔。川鼻正好位於虎門口。遵照外交大臣巴麥尊的指令，他不得把軍艦開進虎門。

七月二十五日的早晨，他從黃埔乘商船到廣州登陸。

外國人從澳門去廣州，原則上需要有海關的許可證。許可證是一塊紅色的牌子，所以稱作「紅牌」。但律勞卑沒有紅牌卻鑽進了廣州。

律勞卑住進英國商館。第二天早晨，他命令書記官阿斯特爾把首席翻譯官老羅伯特·馬禮遜翻譯的一封信交給兩廣總督。

這樣做是沒有先例的，夷人不能直接與清國官員交涉。如有什麼要說的話，應當事先把「稟」（請求書）提交給公行，由公行轉給海關監督。當時的清朝認爲：中國是天朝，沒有任何一個國家能與它對等，因此不存在什麼外交。而律勞卑卻想以對等的資格，把他的到任通知總督。這也是遵照外交大臣巴麥尊的指令做的。「你應將赴任書函通知兩廣總督。」——這是律勞卑的第一個任務。

阿斯特爾被堵在廣州的城門外，等了三個多小時。凡有官吏從這兒路過，他都要求他們轉交這封信。但是大家都害怕，不僅不接受，還對他進行了種種的辱罵。當水師副將韓肇慶出現的時候，阿斯特爾簡直像在地獄裡遇見了地藏王菩薩。

韓肇慶是外商們的老相識，他曾要求外商每一萬箱鴉片給他二百箱「現物」，作爲鴉片走私的默契費。這傢伙的腦袋瓜子靈，他把默契費的半數鴉片交給政府，製造「取締鴉片」的功績，然後把剩下的一半裝進自己的腰包。

二百箱鴉片約合十六萬西班牙元，這是一筆很大的外快；而且還落得個勤奮禁煙的美名，借此升官。在鴉片戰爭的前夕，這傢伙竟爬到了總兵的寶座。

阿斯特爾求他轉信，但這和默認鴉片是兩回事。他無情地回答說：「不行！」阿斯特爾只好垂頭喪氣地回到了十三行街的夷館。

七月二十七日，伍紹榮以公行總商的身分，要求會見律勞卑。但遭到律勞卑的拒絕。理由是商務監督不像過去東印度公司「大班」那樣的民間人士，而是大英帝國的官吏。

民間人士伍紹榮沒有辦法，只好去見同樣是民間人士的查頓。這傢伙是居留廣州的英商大人物。「希望能把信的形式改爲過去的那種請求書；再把發信人的『大英國』的大字去掉，就不會有問題。」伍紹榮提出了這樣的建議。

「這樣當然不會有問題。但是，律勞卑大人不是大班，是官員。如果交涉不是官吏對官吏，會受到本國政府的譴責。」查頓說。

伍紹榮怎麼懇求也沒有用，耷拉著腦袋回了家。

第二天，伍紹榮的父親伍敦元親自出馬。他雖然已經告老不管事了，但在關鍵時刻還要把他拖出來。

他拄著拐杖把地板戳得咚咚地響，說道：「我一向認爲英國人的偉大就在於他們不拘泥於形式。

可是這一次為什麼這麼講究形式呢？能不能照我兒子昨天說的那樣辦呀？看我這老頭子的面子吧！」

但是，律勞卑勳爵從來沒有中國的那種敬老精神。查頓代表律勞卑這麼開導老頭子說：「不管怎麼說，這一次沒有別的方法！」

2

律勞卑急得如熱鍋上的螞蟻，他要以對等的地位向兩廣總督發信。他帶來了許多任務，而首先要完成的是這一項，可是誰也不替他轉交這封信。

當時的兩廣總督是盧坤。他是順天府涿州人，嘉慶四年進士，歷任陝西、山東的巡撫後，擔任兩廣總督。

前面已經說過，清朝的官制是雙頭制，其目的是互相監督。廣東有相當於省長的廣東巡撫，又有管轄廣東、廣西兩省的兩廣總督。論地位是總督高，但重大問題，必須由總督和巡撫共同決定。這稱之為「督撫會同」。

盧坤是個溫和派。在律勞卑的問題上，他也準備採取穩妥的措施。當然，這也是為了保全他自己。

「律勞卑初次來，不懂得天朝的法律。考慮到這種情況，可以不追究他未經許可入境。不過，工作一完，得立即回澳門。」總督命令公行總商伍紹榮這麼說。天朝的官吏是絕對不能和夷人直接辦交涉的。

他打算等律勞卑一回去，就向北京的皇帝這樣解釋：「這傢伙確實什麼都不知道跑來的。我們已通過公行，對他進行了認眞的教誨，他已悔悟，返回了澳門。」他準備這樣了事。

律勞卑如果長期不走，肯定要受到北京叱責的。總督要律勞卑工作一完就回去，而律勞卑的第一項工作就是要把表明對等地位的信交給總督。現在無法投遞這封信，所以工作就完不了。

對清國來說，所有的外國不是屬國就是進貢國，清朝一向把英國看作是進貢國。當年阿美士德上北京時，船上還掛了一面寫著「貢使」的旗子。如果接受了律勞卑的信，那就表明同意和進貢國進行對等交涉，這樣肯定要判重罪的，請求書以外任何形式的信都是不能接受的。

簡直是在玩兜圈圈的遊戲，夾在中間的總商伍紹榮，眞是費盡了心機。他連日奔走，而律勞卑卻拒絕接見，只是透過英商，反覆跟他說：「大班是東印度公司派遣的民間人士。我是政府派來的官員，因此要求對等的待遇。」

事情得不到解決。伍紹榮形容憔悴，瘦得不像樣子。外商們私下似乎都感到他可憐，當時外國記載上對他表示同情說：「可憐伍紹榮夾在魔鬼與深淵之間。」

有一天，伍紹榮跟往常一樣，奉海關監督官署之命，在去英館的途中，在清海門附近碰上了連維材。「您辛苦啦！」連維材鄭重地向他行了個禮。連維材在律勞卑到達廣州的前夕出現在廣州。這種巧合叫伍紹榮十分擔心。這等於是說：「讓我領教一下你的本領！」

伍紹榮幾乎每天晚上都要夢見連維材。夢中的連維材笑嘻嘻地衝著他說：「你好嗎？」他那張帶著嘲笑的面孔慢慢地扭歪、脹大，壓住了伍紹榮。他拼命地掙扎著，想把這張臉推開。但這臉光滑圓溜，捉不住、摸不著。「哼！哼！……」他呻吟著醒過來，渾身流汗。「好哇！等著瞧吧！」伍紹榮從床上坐起來，兩眼瞪著看不到的敵人。

公行的會館隔著十三行街與夷館相對。有一次總商輔佐盧繼光一邊嘆氣，一邊懊喪地說：「爲什麼我們非得受這種活罪不可呀！？有時我甚至想，是不是有什麼人在故意捉弄我們。」

碰到這種的僵局，盧繼光和伍紹榮都弄得精疲力竭了。

要是在平時，伍紹榮聽到這種話一定會規勸規勸。但這一次他也幫腔說：「我也是這麼覺得。」

「這是誰幹的呀？」

「總不會是上帝吧？」

「反正是我們的仇敵。」

一聽到「仇敵」這個詞，伍紹榮馬上就聯想到連維材。不過，說出這個名字的卻是盧繼光：「會不會是連維材呀？」

「連維材恐怕不會操縱英國人吧？！」

「可是，他也許會幹一些使我們爲難的事。這傢伙一向破壞我們的買賣。這次他又恰好在這個時期來到廣州。」

「而且經常和英國人見面。」

「他一到廣州，准同外國人交際。」

伍紹榮低聲地說：「是仇敵！」他和這次事件也許沒有關係，但是仇敵是十分清楚的。

「對這傢伙要想點什麼辦法。」盧繼光說。

伍紹榮也有同感，破壞者連維材的可怕，已經逐漸以某種形式表現出來了。作爲被破壞的一方，本能地要作防禦的準備。

3

爲了讓不速之客律勞卑老老實實地回去，伍紹榮等公行的負責人繼續在作毫無效果的努力。

「因爲廣州的天氣特別熱……」八月八日伍紹榮竟然這樣規勸律勞卑。伍紹榮說這話的時候，連自己也覺得可恥，感到連維材好似在什麼地方嘲笑他。

律勞卑當然拒絕了這個規勸。他帶著輕蔑的語氣，向外交大臣巴麥尊報告這天的情況說：「他們來訪的目的，是說服我回澳門。其理由竟說暑期在那裡更爲舒適……」

關於律勞卑非法居留的問題，總督跟公行說：「外夷問題應當由你們解決。」把全部責任都推給了公行。

實在沒有辦法，只好把責任負起來。八月十六日，伍紹榮徵詢公行全體會員的意見，決定自發停止與英商的貿易。其目的是逃避「貪圖利潤，與外商勾結，支吾搪塞」的指責。

面容消瘦的不只伍紹榮一個人，總督盧坤也得了失眠症。律勞卑在到任前就身體欠佳，現在更是憔悴得厲害。八月一日，他失去了可以稱之爲右臂的首席翻譯官老羅伯特．馬禮遜。這也給他帶來了很大的刺激。

羅伯特．馬禮遜被人們稱爲近代向中國傳布新教的始祖，曾把《舊約》譯爲漢語，著有《英華字典》和《通用漢言之法》等。享年五十二歲。

首席翻譯官的職務由他的兒子小羅伯特．馬禮遜繼承。他是一個剛過二十歲的青年，出生於澳門，中國語說得跟中國人一樣好。

不過，翻譯工作光是語言好，還不能算是有能耐。老馬禮遜在翻譯時還考慮到中國的風俗習慣和官員的性格，甚至對神經過敏的律勞卑的健康狀況也要加以斟酌。在他的兒子繼承職務之後，清英兩國之間的交涉確實又增添了許多露骨的尖酸刻毒的語言，和某種沉悶緊張的氣氛。

由於廣利行盧繼光的努力，副省長級的清國官員終於到「夷館」去和律勞卑會談了。清朝禁止官吏與夷人接觸，這次打算向北京報告說，是前去「面加查詢」（當面查問）的。

可是，一旦到了會談的時候，律勞卑又在席次的問題上找碴兒。當時清國的三名官員坐在北面的上席，律勞卑等英國代表團和公行的商人們在清國官員的左右對面而坐，這樣的坐法當然不符合律勞卑所要求的對等。讓清國的官員坐上席，自己是英國的「官」，卻被人家看作是與清國的「民」——公行的人同等的了。更糟糕的是這間屋子裡還掛著英國國王的肖像，英方代表團的席位在掛像的牆壁前。律勞卑大聲吼道：「難道叫我們把屁股朝著國王陛下嗎？」會談不僅破裂了，事態比會談前更糟。

八月二十一日，律勞卑在向本國政府的報告中說：「用武力施加壓力，可能比費口舌的談判更奏效。」

八月二十五日，律勞卑讓居留廣州的英商組成了商業會議所，以表示團結的決心；同時用中文印發了說明自己對現狀看法的文告。這個文告的結尾說：「……數千之清國人，願與英貿易而立生計，將因其政府之冥頑，不得不爲滅亡與不滿所苦。英國商人願據互惠之原則，與全清國交易。英國商人將不懈努力，直至英清兩國平等獲得承認。而總督即將實行公行瘋狂之決心（指自發停止貿易）。應知此與阻塞珠江之水同樣困難！」

這顯然是挑釁。外國人向中國人散發中文告示，應當說是荒謬絕倫；而且還在其中攻擊清國政府冥頑，就連總督盧坤看到這個文告也火了。他原來爲了保自己，盡量想把事情穩妥地了結。但他受廣東巡撫祁的牽制，有時也不由自主地表露出一點強硬的態度。

巡撫祁，山西人，字竹軒，精於法律。三年後被中央政府召回，任刑部尚書。他本來是法律家，所以態度強硬，手段簡單。

他把盧繼光叫來，將律勞卑散發的中文文告往盧繼光面前一擲，說道：「夷人不可能寫這樣好的中文。一定有漢奸爲英國人寫了這篇文章。儘快把漢奸查出來報告！」

盧繼光一句話也插不上，低著腦袋。

「三天以內如報不來漢奸的名字，這個問題由公行負責。」巡撫說後，拂袖而去。

盧繼光無精打采地回到公行會館，把這件事告訴了伍紹榮。

「肯定是馬禮遜的兒子寫的。」伍紹榮又把文告看了一遍，說道。

「巡撫認爲是漢奸寫的呀！」

「把馬禮遜的兒子帶去，讓他在巡撫面前寫篇文章，懷疑就解除了。」

「可是，規定巡撫不能見夷人呀！」

前面已經說過，馬禮遜的兒子受過和中國人一樣的教育，文章寫得和中國人一樣好。但這無法向巡撫證明。

「不好辦呀！不好辦呀！要三天以內……」盧繼光抱著腦袋。

伍紹榮一直在沉思。這時他開口小聲地說道：「拋出一個人當犧牲品吧！」

「什麼？」盧繼光追問道：「讓誰蒙上無辜的罪名，關進監獄？」

「恐怕只有這麼辦，爲了保護公行。」

「那太殘忍了！」

「可以拿我們的敵人去當犧牲品嘛！」伍紹榮盡量把語氣說得和緩些。

「敵人！」盧繼光的聲音嘶啞了。

「對，讓誰當，你明白嗎？」

盧繼光沒有答話。這人是誰？肯定是連維材。他在考慮採取什麼辦法。

「說他是漢奸，證據呢？」

「找呀，沒有就編造一個嘛！」伍紹榮說。

4

伍紹榮和盧繼光悄悄地把顛地商會的買辦鮑鵬叫來，向他打聽連維材在英商館的情況。這種事如果向英國人打聽，以後會招來麻煩。伍紹榮他們知道，鮑鵬的口風緊，而且討厭連維材。

「老連最近不常去顛地商會，倒是經常出入於墨慈商會，不過，詳細情況我不太了解。」鮑鵬回答說。他那雙重下巴的胖臉上帶著諂媚的微笑。

「那麼，你能不能去墨慈商會打聽一下？」

「可以。」

年輕的簡誼譚已經進了墨慈商會當見習買辦，透過西玲的關係，他跟鮑鵬已成了親密的朋友。所謂心有靈犀一點通，鮑鵬早已看出了伍紹榮他們的意圖。

要說陷害仇人之類的事情，光憑盧繼光是辦不到的，看來是伍紹榮在暗中出了鬼點子。他們被律勞卑事件沖昏腦袋了，連聖人君子的樣板伍紹榮也變成普通的凡人啦！

鮑鵬看到爲人嚴謹的伍紹榮竟然降到跟自己差不多的水準，不覺高興起來。他不太喜歡了不起的大人物，他希望這些人能跌落下來。這樣他就可以看到那些高深莫測的人心靈深處的東西。他這是出於一種幸災樂禍的心理。

連維材給鮑鵬的感覺好像是一個高深莫測的怪物，他不喜歡這種人。再說連維材還霸占了西玲那樣的美女，這更使他感到不快。

把這個傢伙拉下馬！要讓這個一向沉著冷靜的傢伙，掉到陷阱裡出出洋相！

鮑鵬把誼譚叫到十三行街附近的華林寺，院子裡沒有人影。

「我這麼說，你該明白了吧？那傢伙已成了公行的障礙。再說你姐姐最近好像也討厭他了。」鮑鵬說了拜託的事情之後，又補充了這麼幾句話。

「老連到我們商館裡，一般都是哈利·維多當翻譯。」誼譚眼睛望著天空說。

這可不是撒謊。他從金順記逃出來之後，總有點心虛，所以盡量避免同連維材接觸。

「總之，請你找一找連維材給英國人辦事的證據，有點影子的就成。」

「我想辦法去找一找吧！」

「一定要找。如果找不到，你去告密也成，編造也……」

「我不願告密！」

「那是最後的辦法嘛！」鮑鵬哄著誼譚說。

誼譚和鮑鵬分手後，沒有回十三行街，而是從太平門進了城，去他姐姐家。他悄悄地走進屋裡，看準了連維材不在之後，冷不防出現在姐姐面前。

「啊呀！嚇死人了！」西玲瞪著她發藍的大眼睛，盯視著弟弟說：「你怎麼啦？這麼冒冒失失的。」

「有話要跟你說。」

「什麼話？」

「姐姐討厭連維材嗎？」

「爲什麼問這話？這麼沒頭沒腦的……」

「你不用管。你老實回答我。」

「說不上是討厭。不過……」

「不過？你不是對老連感到厭煩了嗎？」

「唉，怎麼說呢？與其說厭煩，還不如說害怕。」

「沒有老連，姐姐會自由自在吧！」

「那倒也是。不過，沒有老連，我生活不下去呀！你誇下海口，說你掙錢來養活我。可是什麼時候才能……」

「再等一些時候，我正在做準備哩！不管怎麼說，跟老連斷絕關係，沒有老連，恐怕最理想吧？」

「是這麼一回事，可是不容易呀。」

這個高深莫測的連維材，確實叫西玲感到害怕。她經常想：「這個人眞可怕！」把鴉片存放在她那的流氓頭子彭祐祥遭暗殺，最近西玲總覺得與連維材有關係。

「姐姐的心情我明白了。再見吧！」誼譚調轉了腳跟。

「這孩子怎麼啦？突然跑來問些奇怪的事，又匆匆地走了。」誼譚朝門外跑去，聽到姐姐衝著他的背後說道。

墨慈商會的辦事處在丹麥館內。誼譚一回到那裡，一邊東張西望，一邊在字紙簍裡亂抓。

「這個！」他展開一張揉成一團的紙片，高興地笑起來。於是又伸手進去，抓出了同樣的紙片。

連維材和墨慈談話時，哈利當翻譯。他的中國話是在麻六甲學的，發音很糟，經常聽不懂。所以彼此就寫成文字讓對方看。

紙上寫的大多是閒聊的話，比如像：「律勞卑大人健康如何？」「我認爲停止貿易不會持久。」

「廣州政府當局不熟悉外國情況。」

連維材的字寫得很好，哈利的字寫得像雞爪子扒的，完全是外國人的筆跡。兩種字往一起一擺，一眼就可以看出是中國人與外國人的筆談。不管內容如何，它給人的印象就是中國人在幫助外國人辦事。

「老連的字有特徵，一查筆跡馬上就會明白。」

能親手把連維材這樣的大人物投進陷阱，誼譚十分興奮——獵獲的是個龐然大物啊！

墨慈商會字紙簍裡的紙片，誼譚交給了鮑鵬，再轉到伍紹榮的手裡。

巡撫祁希望有一個幫英國人寫中文告示的「漢奸」。這樣，夷人向中國人散發告示的事件就可解決。他是法律家，既有犯罪，就必然有犯人；要斷定犯人，必須有點證據。巡撫大概早就等著證據。

伍紹榮握著幾張皺巴巴的紙片，微微地顫抖著。他小心地把紙片裝進盒子裡，命令僕人說：「準備轎子！上巡撫官署！」

5

廣東省內有許多地方產花崗石，所以廣州的街道大多鋪著石板，不過，除了主要的街道外，一般都非常狹窄、曲折。

挑著擔子的小販很多，他們張開嗓門，沿街叫賣；也有的小販把貨品擺在街上拼命地叫喊著，其聲音之大，不亞於那些沿街叫賣的。在這些叫賣聲中還夾雜著叫花子的哀哀乞討聲。

擠在街道兩側的建築物的磚瓦大多是鉛灰色的，狹窄的街道上又蓋著遮太陽的草蓆子，所以顯得很陰暗。

一到夏天，幹活的人都不穿上衣。大街上無論什麼時候都充滿著苦力、小販、轎夫們帶汗味的體臭，中間還夾雜著大街上出售的食物的氣味。

穿過這樣雜亂的街道，卻有著意想不到的幽靜的地方。西玲的家就在這樣的地方。走在這樣的地方，你會了解廣州的街道也並不都是那麼擁擠混亂。

當看到西玲家漂亮的白粉牆的時候，連維材的心情鬆弛了下來。

他麻痺大意了。他了解英國的方針，也知道了北京的穆彰阿派的穩妥政策，他估計不會發生大的衝突，他這次來廣州只「作壁上觀」，但他估計錯誤了。

人生往往有一些發生突然變化的轉捩點，就好像這雜亂的大街有一片幽靜的地區一樣。

一進西玲家的門，只見十來個戴著官帽的士兵威武森嚴地站在院子裡。士兵們一見他進來，馬上跑過來把他團團圍住。

「有何貴幹？」連維材仍然沉著冷靜地問道。

「你是連維材嗎？」一位好像隊長的人問道。

「在下就是連維材。」

「那好，我奉命逮捕你。」隊長走到他的面前說。

「您是誤會了吧？」

「不，沒有錯。」隊長斷然地說，並拿出了綁人的繩子。

屋子裡面，西玲臉色慘白，從窗子裡看著外面。「這是怎麼一回事呀？」她問旁邊的鮑鵬說。她正在做大米交易。鮑鵬來給她說說大米的行情——這只不過是藉口，鮑鵬到這裡來是想看看連維材如何受縛。可是，不准人到外面來，他也只好和西玲一樣，從窗子裡遠遠地望著。「啊呀，這是怎麼一回事呀！我也莫名其妙。」鮑鵬這麼回答說，但他那貫注在逮捕現場的視線一動也不動。

「太遠了，看不到他的表情，太遺憾了！」他心裡這麼想著，感到很遺憾。從遠處看去，連維材的態度還是那麼堂堂正正，並沒有出現哭泣哀求的場面。

一條鐵鍊子套在連維材的脖子上，那是一條沉甸甸地壓在肩骨上的粗鐵鍊。他與西玲經常對面而坐的陶墩，暗淡無光地擺在院子裡。院子裡盛開著夏天的花朵，屋頂的黑影斜映在白粉牆上，好像貼在那兒似的。

連維材異常沉著冷靜，這叫遠處的鮑鵬大失所望。

不過，他的眼睛裡燃燒著怒火。

地牢

竹板子發出嗖嗖的呼嘯聲。

連維材閉上了眼睛。

「啊！……」他決心不吭聲，但聲音卻從他的唇邊漏出來。

這並不是因爲痛疼——他幾乎沒有感覺到痛疼。太出乎意外了，他不覺發出了聲音。

「一下！」前面的獄卒這次十分認眞地大聲數著數。

1

連維材聞著潮溼的泥土味，摸索著在牢房裡走動。不過也沒有多大的地方可走動。稍一抬手，就碰到牢房頂上粗糙的泥土，沙土吧嗒吧嗒地落到他的頭上。

當時的監獄大多是地牢。條件當然很差，跟地窖差不多；關在牢裡的人也不太多。這並不是說犯罪的人少，而是因爲審判快，很快就判刑。刑分笞、杖、徒、流、死五種，所以關在牢裡的時間不會太長。審判之所以快，是因爲審判是在絕對專制的情況下進行的。

土牢的三面是土牆，前方有一個小小的格子窗，隔壁也是牢房。連維材是從另一面的鐵柵門裡被扔進來的。

從隔壁的牢房裡傳來了呻吟聲，像病人的聲音。長期關在這種地方，溼氣也會把人的身體弄垮的。最叫人膽怯的是，周圍一片黑暗，什麼也看不見。獄卒提來的燈籠是地牢中唯一的亮光，而這樣的獄卒兩個小時才來一次。整個地牢只有一個出口通向地面，所以只要把出口守住，就不必來巡查了。

獄卒在這裡簡直像活佛，是救苦救難、帶來光明的活佛。

牢房下面鋪著薄木板，木板上面蓋著粗草蓆。而潮氣卻透過了木板，連草蓆也溼漉漉的。

「我什麼也沒幹呀！冤枉！冤枉啊！」隔壁的人又哼叫起來。他本人也許認爲自己在大聲地喊叫，其實他那可憐的嗓門只能發出極其微弱的聲音，不管他怎麼大聲喊叫，聚集在地面出口處的獄卒也不會聽見。

「別喊了，喊也是白搭。你這麼喊叫，只是浪費體力。」連維材向隔壁的人說。

「我冤枉呀！是姓洪的陷害我啊！是姓洪的挾嫌報復，是他誣告我啊！……」隔壁的人仍在瘋狂地叫著。這種從肺腑裡擠出來的喊叫聲，拖著長長的尾音。

這可憐的喊叫聲好像在黑暗裡徘徊遊蕩。

「這人說是洪某陷害了他，他是冤枉的。而我是怎麼一回事呢？我什麼也不知道，不也是關在地牢裡嗎？我也是遭了誰的陷害吧！……那麼，是誰陷害我呢？」連維材想不出是誰。他樹敵太多了。

被捕的當天，他一直在地牢裡，沒有審訊。繫在他腰上的鎖鏈，一端鎖在鐵柵門上。鐵鍊子比較長，走動走動還是可以的。他拖著鐵鍊子在黑暗中走著。鐵鍊子的長短，牢房的大小，恰好適合。

「安排得眞妙啊！」連維材苦笑著。

他並不緊張。儘管不知道被捕的原因，但幸而溫翰在廣州。只要有溫翰，就會給他想辦法，他感到放心了。

不過，這長夜確實難熬，隔壁的人一直在哼叫。一躺下來，草薦的溼氣順著脊背向全身流竄，感到骨頭好像要爛了似的。

睡不著覺，又加上周圍是一片黑暗，連什麼時候天亮也不知道。

那光明的象徵——獄卒提的燈籠在鐵柵門外停下來，只聽哢嚓哢嚓開鐵鎖的聲音，接著鐵柵門嘩啦一聲打開了。

「出來！」獄卒不耐煩地喊道。

連維材剛邁出鐵柵門，腰上就被獄卒狠狠地踢了一腳。

走到地面時，他感到頭昏眼花，他第一次感到太陽光是這樣地眩目。他是半路上被塞進轎子送進地牢的，根本不知道這裡是什麼地方；被獄卒帶進這座衙門似的建築物，他也一點沒有印象。

「跪下！」

隨著這一聲喊，連維材跪倒在地上。他抬頭一看，只見兩個當官的坐在他的面前。天氣這麼熱，這兩個官員仍然威嚴地穿著官服，挺胸地坐在那裡。

兩個都是九品官，一個是文官，一個是武官。從補服上刺繡的花紋可以判斷出文官、武官和品級。文官的圖案是鳥類，武官是獸類。一個官員繡的是練鵲圖案，因此看出是九品文官；另一個官員是海馬，也是九品武官。文官可能是司獄或巡檢，武官可能是額外外委或軍營中的藍翎長級的下士官，都是下級官吏。

「也許沒有什麼了不起的嫌疑。」連維材突然有這麼一種感覺。

過了一會兒，獄卒在他的面前擺了一張小桌子，另一個獄卒放上墨水匣和紙筆。

「把你的姓名、住址寫在這張紙上！」武官嚴肅地命令說。

連維材感到奇怪。他雖然頭一次進監獄，但審訊的情況還是經常聽說過。在那個文盲眾多的時代，一般是口頭訊問姓名、住址，然後由書吏記下來；還從來沒有聽說過讓嫌疑犯自己寫的。

連維材寫完之後，這次輪到文官下令了。他說：「下面按本官說的話，用筆記下來！」

連維材提筆等候著。

「廣州政府當局不熟悉外國情況。……律勞卑大人健康如何？……」

連維材按他所說的寫下。他心裡想：「這些話我記得在哪兒寫過呀！……」

「完了嗎？好啦，把他帶回牢裡去！」武官命令獄卒說。

審訊只是寫字，沒作任何訊問。當連維材再次被踢進牢房時，他已經大體明白了事情的原委。

律勞卑散發的中文告示使當局大爲震怒，嚴令公行捉拿寫這張告示的「漢奸」。這些情況連維材早有所聞。

他剛才寫的，就是跟墨慈見面時和翻譯哈利筆談時寫的。看來一定是他在墨慈商會隨便寫的紙片讓人送交當局了。剛才要他寫字，是爲了對筆跡的。

是公行要捉拿的「漢奸」，被伍紹榮出賣了！跟公行確實結了仇，但這樣陷害未免太過分了。

「我叫姓洪的給坑害了啊！」隔壁的人又開始喊起來。連維材不聲不響地坐在潮溼的草蓆上。牢房，是一個黑暗世界，什麼也看不見，但他終於明白了被捕的原因。

「一切讓溫翰去辦吧！……」他在黑暗中低聲說。

2

公行雖表明要停止和英商的貿易，但這是出於責任感，是自發的，並不是奉政府命令。所以律勞卑認爲這不過是一個姿態，不是什麼大事，根本不放在眼裡。

把貿易說成是對夷人的恩惠，其實這是清朝想裝潢門面的表現，清國肯定也和英國一樣把對外貿易看成是件大事，律勞卑一向是這麼認爲的。對產業革命之後的英國人來說，這樣的解釋也許是理所當然的。

不過，清朝方面把貿易看成是大事，只是由此而獲得實際利益的公行商人，以及一部分接受賄賂的官吏。清朝的上層並不怎麼看重每年五十萬兩的海關收入，他們確實是把貿易看作是「施恩」。在這裡存在著分歧。

律勞卑繼續挑釁。總督和巡撫打著公行的屁股，督促他們要律勞卑退到澳門去。八月底，伍紹榮和盧繼光幾乎每天都在海關監督與英商之間奔走。律勞卑不接見，只好去見英國商人。他們主要和查頓接觸，這個大鴉片販子顯然是接受了律勞卑的指示，他一味地說：「不達目的，律勞卑大人是不會回澳門的。」

金順記的大掌櫃溫翰，聽說老闆連維材被捕，立即準備了五千兩銀子，打聽情況。總督與巡撫的聽差，每人起碼得送銀十兩，他們把所知道的情況都告訴了溫翰；塞進幕客們袖筒裡的銀子起碼是一百兩。這樣，準備的銀子還沒有花掉一半，就已經掌握了確實的情況。

「到底還是叫公行給坑了。太小看這些傢伙了！」溫翰咬著嘴唇。

這時，連維材又從黑暗的地牢裡被帶到令人目眩眼花的地面上。

這次不是前一次那兩個當官的，而是一個面孔漆黑、身材魁梧的官員叉腿站在他的面前。他的手裡握著一根鞭子。補服上的刺繡是犀牛，表明他是八品武官，大概是個排長級的「外委千總」。

「你無法無天，竟敢與英國人律勞卑勾結，編造中文告示！」他大聲斥責著，這種威脅的聲音簡直像咆哮。

「我沒有做這種事，根本沒有。」連維材抬起頭來回答說。

「胡說！」八品武官把手中的鞭子一揮，在空中發出嗖嗖的響聲。他說：「我們完全掌握了證據。你的筆跡和在夷館裡寫的字一樣。」

「您一看律勞卑的告示就清楚了，那不是我的筆跡。」

連維材也看過律勞卑的這個告示。告示是石印的，筆跡看得很清楚。那是小羅伯特．馬禮遜寫的字，筆跡當然不會和連維材的一樣。

「混蛋！誰會在告示中留下自己的筆跡！告示可以讓別人謄寫。這個告示的稿子是你起草的吧？」

連維材沒有回答，只是默默地搖搖頭。他那沉著冷靜的樣子，看來叫八品武官大為生氣。武官命令獄卒說：「給我打！」

那裡只有兩名獄卒，而八品武官的嗓門卻好似向一排人發布號令。兩個獄卒走上前來，一個站在他的面前，一個站在他的身後。站在身後的獄卒，手裡緊握著一根有彈性的竹板子。

「打！」穿著犀牛刺繡補服的武官大聲地下命令。

拿著竹板子的獄卒，好像舉行什麼儀式似的，慢慢地舉起手來。當竹板子和身體成垂直線的時候，他的手突然停了一停，吸了一口氣，然後只見他的手猛地往後一揚，竹板子觸及他的肩膀，接著就改變了緩慢的速度，飛快地打下來。

劈啪！

竹板子帶著呼嘯聲，打在連維材穿著薄薄的囚衣的脊背上。「啊喲！」連維材不覺大聲呻吟了一聲。好似火燒般的劇痛傳遍了他的脊背。

「一下！」站在連維材前面的另一個獄卒，拖長聲調數著數。

站在背後的獄卒，又緩緩地抬起他拿著竹板子的手。他那樣子好像要給連維材留下充分感受痛苦的時間。

竹板子又從空中打下來。連維材閉上眼睛，咬緊牙關，迎接第二下打擊。他在心中暗暗起誓：「我絕不出聲！」

當竹板子落下來的時候，他覺得脊樑骨就好像被打碎了似的。但他只在喉嚨裡哼了一聲。囚衣被打碎了，露出肌肉。

「兩下！」前面的獄卒無動於衷地喊著。

連維材第一次把自己的靈魂附托在自己的肉體上。

「三下！」

背上的皮肉破了，血滲了出來。

「四下！」

眼睛發眩了。背上流下的血一直淌到屁股上，他感到自己的肉體還緊抱著自己的靈魂。

「五下！」

連維材睜開眼睛。竹板子帶起的血花濺到肩頭、胸口。鮮紅的血點浸進囚衣的纖維，立即變成黑色的斑點。

「六下！」前面的獄卒眼看著別處數著數。

「這小子不吭聲，很頑固！」傳來八品官惡狠狠的聲音。

以後耳鳴起來，連竹板子的呼嘯聲也聽不見了。

「魂魄啊！我的魂魄啊！」連維材在心裡這麼呼喊著，極力想把他愈來愈模糊的意識呼喚回來；甚至連背上像燒爛了似的痛疼感他也不想使它消失掉。皮開肉綻的脊背漸漸地失去了知覺。

「我絕沒有幹過這種事情！」連維材被自己的聲音驚醒過來。

不知過了多少時間，拷打結束了，又開始了審訊。

3

據律勞卑送給外交大臣巴麥尊最後的報告，總商伍紹榮於八月二十八日再次建議和清國官吏會談，日期是在八月三十日，並要求席次按中國的方式排列。這肯定是受了總督的指示。但實際上八月三十日似乎並沒有舉行會談，清、英兩國的文獻上都沒有關於這件事的記載，可能雙方都拘泥於「席次」，會談流產了。

總督盧坤費盡了心機，想找出一個打開僵局的辦法，但是沒有成效，失眠症愈來愈嚴重。巡撫祁藉口法律，揚言要嚴懲英國人。律勞卑也精疲力竭，連日發燒。伍紹榮往來奔走於兩者之間，面頰眼看著陷下去了。

金順記溫翰的緊張奔忙也不亞於他們這些人。他悄悄地叫來碼頭上的一個苦力頭，這個苦力頭十年來一直爲金順記運卸貨物。

溫翰往他手裡塞了五十兩銀子說：「律勞卑是乘安德洛瑪克號軍艦到達川鼻的。從川鼻到黃埔是搭乘小艇。問題是在這以後，我聽說是坐小艇到廣州碼頭的，究竟是坐哪條商船上的小艇，恐怕會有人親眼看見。我希望能找到親眼看見的人，把這件事證實一下，你看行不行？」

「這事好辦。」苦力頭拿著五十兩銀子輕快地走了。

溫翰接著把兒子溫章叫來問道：「目前在澳門的店裡能蒐集到多少現銀？」

「馬上能籌措到十萬兩。如果給一個月的時間，可以籌措三、四十萬兩。」

「那麼，你馬上去澳門，把能籌措到的銀子統統都拿到廣州來。」

「您的意圖是……？」

「釋放老連的活動費要花錢。糟糕的是廣州的金順記目前只有貨物，一下子換不出錢。能張羅出三十萬兩現錢就好了。」

「活動費要花這麼多嗎？」

「愈多愈好。」

「那我馬上就動身。」

溫章當天就去了澳門。

廣州問題無法預計何時才能獲得解決。一方要給總督表示對等的信，另一方不能接受。一方不准許非法居留，命令立即回澳門，另一方不回去。

爲了解決這場糾紛，廣州當局終於拔出了傳家的寶刀，下了一道「封艙」令，日期寫的是九月二日。「封艙」就是封閉船艙的意思，停止一切進出口貿易。同時命令夷館的工役撤退，要通事、買辦、廚師、女傭人等所有在英國商館工作的清朝人撤離商館；並張貼布告，提供英國商館食品者要處以死刑。

兩廣總督盧坤一直到最後都在思考穩妥了事的辦法。美國傳教士裨治文評價這位總督說：「好安逸、享樂，無大野心，要求其部下各守崗位，執行各自的義務。」他不願意事態尖銳化。

封艙令上寫的是九月二日，而實際發布命令是在九月四日以後。九月二、三兩日，伍紹榮根據總督的意圖，和英商查頓商談，達成了妥協方案。

這個方案的主要內容是：

1. 總督受理英商的請求，立即宣布重開貿易。
2. 律勞卑數天後去澳門。
3. 但律勞卑出發時，廣州當局不得發布過激的文告或進行譴責。
4. 律勞卑今後可悄悄地來廣州作短期居留，當局將予以默認。

也就是說，暫按過去的民間途徑把事情了結，但也給律勞卑保留了機會。如採取「封艙」的非常手段，以後給北京的報告就會麻煩。喜歡安逸的總督對這個妥協方案很感興趣。但巡撫祁是個硬邦邦的法律家，他認爲律勞卑犯了法，那就應當對他採取嚴厲的法律措施——封艙；至於給北京的報告麻煩不麻煩，這位法律家是不介意的。在威嚴的法律面前，總督也不得不撤回了妥協方案。

貿易停止了，碼頭上一下子冷清起來。

受溫翰委託的苦力頭，在碼頭四處奔走，打聽律勞卑乘過的小艇。可是，誰都說不知道，他感到很奇怪。好幾個苦力的回答呑呑吐吐，他覺得這裡面一定有什麼奧妙。

偶然在竹欄門外碰到一個喝得爛醉的苦力。這個苦力說了這樣奇怪的話：「不拿錢就想打聽小艇，想得太美了！你沒聽說過？見過夷人坐小艇的人，每人都得了五兩銀子……」

「多少人見過？」

「啊呀，我不太清楚……嗯，有十來個人吧！一個人五兩，那也得五十兩呀。嘻嘻嘻！你想一個子兒不花就把事情辦成嗎？」

苦力頭聽了這個苦力的話，趕忙跑到金順記，把這些情況報告了溫翰。

溫翰聽了苦力頭的說明，皺了皺眉頭說：「對手不好對付呀！他早就做下了手腳……一個人五兩……好！我這裡一個人給二十兩！」

「二十兩！？」

「條件是要在任何情況下都能出來作證。」

溫翰走進裡面，拿出裝著現銀的箱子。

4

連維材第三次被帶到地面的時候，出現在他面前的是一位新的武官。他的官帽頂戴是純金的，所以是一位七品官兒，大概是哪個兵營裡的把總吧！

審訊和以前一樣，連維材同樣予以否認。

「給我打！」七品武官命令獄卒說。

「又是同樣的一套。打竹板子的拷問又要開始啦！脊背上又要火燒火燎地痛疼啦！」連維材心裡這麼想，咬緊了牙關。

竹板子發出嗖嗖的呼嘯聲。

連維材閉上了眼睛。

「啊！……」他決心不吭聲，但聲音卻從他的唇邊漏出來。

這並不是因爲痛疼——他幾乎沒有感覺到痛疼，太出乎意外了，他不覺發出了聲音。

「一下！」前面的獄卒這次十分認眞地大聲數著數。

第二下竹板子也是同樣。

「這？……」

竹板子從空中揚起時，發出很大的聲響，可是落下來挨近脊背時，不知怎麼卻突然停住了。竹板子觸及脊背時也像那麼回事兒似的發出響聲，但不像前次那樣尖厲，只是發出一點悶聲。

「兩下！」數數的聲音很大。

「哈哈！溫翰採取措施啦！」大概是給當官的行賄了。雖然不知道行了多少賄，但看來是當官的受了賄而玩了什麼花招。不過，表面上還要裝著煞有介事地拷打。打板子的獄卒看來是精於此道的老手，手腳做得很漂亮。站在前面的獄卒大概也撈了點油水，前次是無動於衷地眼看著別處數數，這次卻大聲地數著數。

「三下！」看來他是想用威嚴的聲音來掩蓋在打板子上玩的詭計。

端坐在正前方的七品武官，捋著腮須，擺出一副一本正經的面孔。不過，這傢伙大概得了溫翰的大筆賄賂，他那捋鬍鬚的樣子叫人感到很溫和。

回牢房時，以前腰上都狠狠地挨了踢，這次獄卒連腳都沒有抬。

在獄外，這時官兵已戒備森嚴地包圍了十三行街，以斷絕英國商館的糧道。

九月初的廣州，簡直像炎熱的地獄。

在被包圍的英國商館裡，總頭目律勞卑發著高燒，意志十分消沉。不要說糧食，連飲水也日益困難。在被重重包圍的英國商館裡，英國人在焦慮和不安中度日如年。律勞卑終於命令在澳門外洋的安德洛瑪克號和伊姆傑[1]號兩艘護航艦立即開赴廣州。儘管外交大臣巴麥尊曾經指示「軍艦不得開進虎門」，但現在是緊急狀況。

另一方面，受溫翰委託的苦力頭終於查明了律勞卑乘坐的小艇，那是一艘英國商船上的小艇。現在就要靠金錢的力量來說話了。溫翰已經考慮好了下一步計畫，他心裡想：「阿章為什麼不快點從澳門回來呀！」

溫章蒐集了在澳門所能張羅到的銀子，裝進了箱子。

十萬兩銀子的重量約為三點七噸。溫章把這些銀子裝上自家來往於廈門的船隻，準備立即送往廣州。改名為石時助的石田時之助和拳術大師余太玄，兩人已由廣州來到澳門，擔任運送現銀的護衛。

溫章的船隻從澳門出發，開到虎門水道時，已是九月七日。糟糕的是他的船過了虎門，開到蠔墩淺前面時，船舵出了毛病，不得不停航修理。

「拜託大家了，快點修好，工錢加倍！」溫章鼓勵船老大和水手們。溫章心裡焦急得要命，原因是附近的海面上籠罩著一片異常的氣氛。

據說澳門洋面上的英國軍艦安德洛瑪克號和伊姆傑號，已接到律勞卑派來的密使的命令，要它們突破虎門，開赴廣州，更有效地保護英國僑民的生命財產。

律勞卑把主要的官員帶往廣州。但這些官員經常往來於廣州、澳門之間。當時在廣州有書記官阿斯特爾、首席翻譯官馬禮遜，和律勞卑的私人祕書約翰斯頓等人。留在澳門的有第二監督官德庇時、第三監督官羅賓臣和監督官的武官查理斯．義律。人們傳說這些人都乘小艇登上了兩艘軍艦。

針對這種情況，總督和巡撫已向有關兵營和炮臺下了命令：只准英國船隻從內河開往外洋，如欲從外洋進入內河則用武力阻止。

溫章已從可靠方面聽到了這些情報。當溫章的船進入虎門水道時，兵船開過來問道：「船上有沒有英國人？」並檢查了船艙。如果在這裡耽擱下去，說不定會被捲入戰爭。

5

伍紹榮來到金順記廣州分店拜訪。他來的目的，只不過是就老闆連維材被捕的事說幾句安慰話。

「嫌疑很快就會消除的，就會清清白白地放出來的。不要洩氣，要滿懷希望等待。」伍紹榮說了幾句普普通通的客套話。

「謝謝您的勸慰。」溫翰平靜地回答說：「我想不會有什麼了不起的大問題，老闆並沒有把律勞卑這個麻煩人物帶進廣州。」

「那當然嘍！」

「不管發生什麼情況，他的罪總比把律勞卑帶進廣州的人要輕一些，所以我很放心。」

陷害連維材的肯定是公行。公行的總商伍紹榮明明知道溫翰對這一點很清楚，卻還跑來說幾句安慰話。兩人的談話表面上好像很平靜，其實骨子裡卻梗塞著疙疙瘩瘩的東西。

伍紹榮說了一些安慰的話就走了。不過，當時他並沒有意識到溫翰的話中有可怕的涵義。

他路過公行的會館，順便進去看看，公行的祕書慌慌張張地向他報告說：「興泰行的老闆嚴啓昌被捕了！」

「糟了！」伍紹榮用拳頭敲了一下腰。這時他才明白剛才溫翰說的話的意思。

按當時規定，到廣州來的外國船一律都要由公行的會員來保證，稱之爲「承保」。而律勞卑從黃埔進廣州所乘的小艇，恰好是屬於公行的會員興泰行保證的英國商船。因此，興泰行老闆嚴啓昌應當對律勞卑進廣州這一非法行爲負完全責任。

律勞卑因拂曉時進廣州，所以看到的人很少，碼頭上只有十來個苦力，伍紹榮給他們五兩銀子，要他們不要往外說。苦力們和官吏的關係從來就不好，伍紹榮認爲他們不會向官吏告發，感到很放心。其中也許有人貪圖便宜，但官吏是不會出錢的。

苦力們確實沒有向官吏告發，但告訴了金順記的溫翰。溫翰大概爲此而花了很多的錢。

「幹了一件不可挽回的錯事！……」伍紹榮閉上了眼睛。他只注意官吏，而忘記了金順記。自己陷害金順記的連維材，這明明是一種挑釁，溫翰回報這種挑釁，那不是理所當然的嗎！

「應當給那些傢伙更多一點錢，把他們打發到遠一點的地方去就好了！」——當他這麼想的時候，已經晚了。

「不管發生什麼情況，他的罪總比把律勞卑帶進廣州的人要輕一些。」——溫翰的聲音又在他的耳邊響起來。

律勞卑進入廣州是產生這場糾紛的根源。如果他不進入廣州，也就不會出現中文的告示。從法律上來說，公行會員嚴啓昌的罪當然要比連維材重。

「到處都發生麻煩事！……」伍紹榮搖著腦袋，自言自語地說。

虎門水道內也發生了麻煩的事情。

九月七日的深夜，溫章聽到遠處傳來一聲炮響，面色煞白，抓住修理船舵的水手說：「開火了！快點修！快點！」

「著急反而修不好。你不用言語，在那兒等著吧！」水手轉過腦袋，露出滿臉不高興的神情。

據英國方面的紀錄，這第一炮是零時二十五分從清國的兵船上發的。不過據說打的是空炮彈。英國的兩隻軍艦改變了航向，但零時五十六分受到大角炮臺的實彈炮擊，接著對岸的沙角炮臺也開了火。

兩艦作好戰鬥準備，開始反擊。不一會兒，橫檔炮臺開始炮擊，對面的亞娘鞋炮臺也與之呼應，向兩艦開炮。伊姆傑號受到橫檔炮臺的炮擊，左舷腰板中彈，左舷主索鐵卡被打壞，掠過的炮彈險些擊中主桅，一名水兵被彈片擊傷。

炮臺隨隨便便地放了幾炮，而英方的紀錄卻對橫檔炮臺的炮擊技術大加讚揚。伊姆傑號吃了橫檔炮臺的苦頭，安德洛瑪克號並未受到多大損失。海風十分強勁，凌晨二時十五分，兩艦在炮臺射程之外的海面上拋了錨。

「炮聲愈來愈激烈，會不會打到這邊來呀？」溫章臉色蒼白，炮聲停止後，才恢復了常態。他看了看始終沉著冷靜的石田和余太玄的臉，羞愧地笑了笑。

這時舵的故障已經排除。「趕快出發！」

載著銀兩的船，在黑暗中朝廣州開來。溫翰早已來到廣州的碼頭上迎接。他拍了拍兒子的肩頭說：「好啦！我這裡已蒐集了三十萬兩等著你。」

溫章焦急地跟父親說聽到遠處炮戰的事，但父親對此並無多大興趣。大概他是一心在考慮救出連維材的事吧！「四十萬兩啊！……興泰必須搜羅更多的錢才行！」——溫翰在想這樣的事。

興泰行的生意不興旺，而且老闆嚴啓昌吸鴉片，開銷大，不要說四十萬兩，籌措五萬兩也有困難，溫翰早就知道這些情況。

「公行負有連帶責任，它不能不出來想方法的。」溫翰想到這裡，不覺發出聲來：「伍紹榮，該叫你領教領教了！……」

「什麼？」溫章問道。

「沒什麼。」溫翰回答說：「快走吧，彩蘭在店裡等著。」

再見吧，黑暗的牢房

律勞卑希望能夠完成馬戛爾尼和阿美士德未能完成的打開清國門户的事業，但他也終於步這兩位前輩的後塵，同樣作爲失敗者，徒然地同他們並列齊名。

獄中的連維材，從獄卒親切的耳語中得知律勞卑死去的消息。他心裡想：「這些傢伙是該死絕的！」

1

其實在溫章九月八日到達廣州時，虎門水道已聽不到炮聲。

這天風不大，但風向不斷變化，張著帆的軍艦不能隨便開動。另外，伊姆傑號遭到破壞，必須緊急修理。兩艦一直停泊在蛇頭灣。

第二天——九日凌晨二時十二分，戰鬥重新開始。當兩艦拔錨起航，進入炮臺的射程之內時，瞄準橫檔炮臺，迎著南來的微風，射出了第一顆炮彈。

這顆炮彈好像是信號，亞娘鞋炮臺、大虎炮臺的大炮都轟隆轟隆地開火了。

開戰二十分鐘後，伊姆傑號船頭就中了彈，一個水兵被打死，這是第一個犧牲者。另外還有二人負傷。安德洛瑪克號上也被打死了一人，輕傷三人。

清國方面的炮臺不太開炮。可是一旦拉開炮門，就長時間地放個不停。所以兩艦當天只進到蠔墩淺，外國人稱這裡爲第二道內河。

九月十日又進行了激烈的炮戰。

伊姆傑號在蠔墩淺和魚頭石兩次擱淺，安德洛瑪克號也碰上了淺灘。但都設法脫離了淺灘，冒著炮臺的炮火，逆珠江而上，九月十一日上午七時十五分到達目的地黃埔。

炮臺方面遭受的損失慘重。英艦發射的三十二磅重的炮彈粉碎了炮臺的石壘，破壞了炮眼。拿著火繩槍在碉堡上射擊的清兵不斷被擊斃。

兩隻英艦最後終於強行突破成功。

黃埔是外國貿易船的停泊處，貨物從這裡用舢板運往廣州。兩艦在停泊於黃埔的英國商船旁邊拋下錨，舢板船集中在艦的周圍，部署了兵員，作好了戰鬥準備。乘員加上兩艦兵員共約四百人。

清國方面也加強了防守的準備。向黃埔開去兵船：

提標（提督麾下）的大師船二艘

軍標（駐防的滿洲將軍麾下）的大小師船六艘

內河巡船二十餘艘

在河岸上配備了以下兵力：

督標（總督麾下）兵三百名

撫標（巡撫麾下）兵三百名

提標（提督麾下）兵七百名

由附近縣徵集來的壯丁三百名

此外，爲防止兩艦接近廣州，在黃埔至廣州的水路上，派去了參將盧必沅所指揮的巡船二十餘艘，沉下各裝十萬斤石塊的大船十二艘，另外還用大石、木筏、竹筏等障礙物堵塞河面，使這一帶的水變淺了。

在廣州的夷館中被包圍的英國人已經疲勞困乏到極點。在安德洛瑪克號和伊姆傑號兩艦休整了一天而開始行動的九月九日，廣州被圍的律勞卑發起了高燒，軍醫柯涅奇診斷是瘧疾。躺在病床上的律勞卑緊咬嘴唇，眼睛由於發燒而矇矓起來。他朝周圍看了看，那些熟悉的面孔都顯得模模糊糊，且似乎十分憔悴。他氣喘吁吁地問書記官阿斯特爾說：「我昨天的宣言有什麼反應嗎？」

前一天，他以給剛成立的英國商會會長波伊特的信件的形式，發表了宣言：

我以英國皇帝的名義，抗議總督與巡撫所採取的空前暴虐、不正之行爲，……抗議其濫用權力。……我要求閣下（波伊特）向他們（公行）宣布：英國皇帝是偉大的君主，比清帝國統治著更廣闊、更有實力的世界的領土；指揮著所向無敵的勇敢的軍隊，擁有配備一百二十門大炮，能在海上平靜航行，清國人從未見過的大船。……如在十五日之前，得不到他們關於此信所述問題的答覆，我將把此信在街上公布，並將其抄件散發給人們。相信總有一份能到達北京的皇帝面前。

阿斯特爾悲傷地搖搖頭說：「對方還沒有什麼反應。可是，我們內部……」

由於包圍，糧道斷絕，生活發生了困難，就連那些建議採取強硬政策的傢伙，現在也臉色蒼白，意志消沉了。

軍艦雖然開來了，但水兵根本無法上岸。據說包圍的清兵都耀武揚威地拿著腳鐐手銬。

過去商人們用強硬的言論來煽動律勞卑。到了現在，他們開始覺得律勞卑是個障礙了。軍醫柯涅奇爲律勞卑的健康狀況擔憂，勸他撤退，很多人利用這個藉口表示同意。他們說：「將來並不是沒有機會，不必非現在不可……」

2

過堂的官吏官銜愈來愈大。這一次是六品的武官千總。面部的表情也漸漸地溫和了。

「不必拷打了！」六品武官諳於世故地說。

過堂只不過是形式，連維材透過自己周圍的情況，清楚地感覺到了溫翰的氣息。從上一次開始，他出入牢房已不再挨踢了。這一次不僅腰上未挨踢，獄卒還和顏悅色地跟他說：「再忍耐一點吧，聽說就要放你了。」

牢房裡的黑暗，他已經習慣了。每兩小時一次的巡監，獄卒在外面喊道：「喂！」在燈籠的照耀下，從鐵柵門的格子縫裡，看到送來了帶蓋的飯碗。碗裡有時盛著熱呼呼的滷汁麵，有時盛著雞湯。

「這是一次很好的教訓啊！」連維材心裡這麼想。

他打算「作壁上觀」，因此放鬆了警惕，陷進了意想不到的困境。

隔壁的牢房裡又傳來了呻吟聲。

「啊呀？」連維材屏著了呼吸。這次的呻吟聲和以前的不一樣，他心裡想：「是換了人嗎？」

「我是……被人家陷害的呀！……我什麼也不知道。」

說的是同樣的話，可是聲音不一樣。以前那個人的聲音他已經十分熟悉，可能是缺了牙齒，說話有點漏氣，帶著嘶嘶的響聲。而現在傳來的聲音更加含糊，不好聽懂。確實是另外一個人的聲音，不過這聲音連維材也熟悉。

「我眞的什麼也不知道啊！……我是叫溫翰陷害了啊！……」

「溫翰！」連維材抓住草蓆的邊，閉上了眼睛。

在黑暗中，睜開眼睛和閉上眼睛都是一樣。不過，在思考問題的時候還是閉上眼睛好，習慣是很難改變的。

隔壁那可憐的聲音在繼續喊道：「我怎麼會知道律勞卑是坐哪艘小艇來的呀！……我眞的不知道啊！……跟我沒有任何關係啊！」

聽到這些話，連維材終於想起了說話的人。這人肯定是公行的會員興泰行的老闆嚴啓昌。儘管沒有很深的交往，但曾多次見過，這傢伙說話時嘴唇不動彈。

關於律勞卑的非法入境，連維材以前聽說因其所乘小艇所屬的商船不明，所以不知道應當追究誰的責任。現在看來，小艇可能是屬於興泰行保證的商船。

以前不清楚的問題，現在怎麼弄清楚了呢？嚴啓昌本人說是遭了溫翰陷害。

「原來是這樣！」連維材在黑暗中睜大眼睛，他的手無意識地揪著草蓆，接著深深地點了點頭。

溫翰在報仇了！

報仇的行動並未到此結束。

金順記的廣州分店裡，拳術家余太玄跟石田時之助在大發議論。「律勞卑這個兔崽子！老連坐牢都是因爲他。等著瞧吧！」他揮了揮緊握著的拳頭。他頭腦簡單，並不了解金順記與公行之間的鬥爭。他只能簡單地認爲，律勞卑不來廣州，連維材就不會被捕。

「還要像過去那樣去暗殺嗎？」石田把「二人奪」拿到身邊，半眞半假地問道。

「不！」余太玄慌忙說道：「這不行！那小子住在夷館裡，近不了身。」

「是呀。」石田撇著嘴唇，臉上帶著嘲笑，說：「他跟流氓頭子不一樣呀！」

余太玄並沒理會這是譏笑，反而十分認眞地回答說：「就是嘛！」

「那麼，這一次你不會動拳頭了吧？」

「不，只要有機會，我還要揍他一下。你等著瞧吧！」

「那時候我還來幫忙。」石田說後，站了起來，打了一個哈欠。

3

「不得肇生事端！……要以和平友好的態度，……不得把軍艦開進虎門水道以北！……要越過公行，與總督對等接觸！可能的話，與北京的朝廷……」在律勞卑的耳鳴中，斷斷續續地響起了外交大臣巴陵尊的這些訓辭。

不一會兒，他失去了知覺，燒得神志昏迷，開始說起了胡話：「馬戛爾尼大人……阿美士德大人……總督……到北京……」

醫生柯涅奇緊皺著眉頭。

九月十一日，總督以「對公行的命令」的形式，對律勞卑的宣言作出了反應：

……如英國願意，派遣國家之官吏以代替東印度公司之大班，乃是他們之自由。但清國方面繼承舊制，僅透過公行與夷人接觸，亦同樣爲我們之自由。除禮節訪問與朝貢使節之情況外，我國與外國之間從未有過直接關係。關於英國政府任命律勞卑，事前既未寄來任何正式通告，他本人亦未帶來任何委任狀。而且關於這完全新的問題，甚至未給予總督請求北京訓示之時間。接著又破壞清國之法律，將兵員與武器引入商館內（註：少數武裝之英國人於九月六日進入商館內），對炮臺進行炮擊，強行侵入內河。……這是不能允許的。……天朝之兵馬，可怕之軍隊，槍炮、武器堆積如山。如發動軍隊，小小軍艦絕難抵禦。律勞卑如能悔改前非，撤退軍艦，遵守舊制，餘現在還可稍作猶豫。他如仍執迷不悟，餘將難以忍耐。天朝之軍隊一旦發動，擺在他們面前的將是玉石俱焚！

律勞卑終於屈服了。由於連日高燒，他的面頰深陷下去了，連肩膀也瘦削了。

當時畢竟是東印度公司撤退，自由貿易開始的第一年，開到廣州的英國貿易商船比往年要多得多。商人們當然首先希望重開貿易。

「如果我個人離去而能重開貿易，那我將果斷地撤回澳門。」律勞卑在給英國僑民的信中說：

……余認爲，爲執行陛下之命令而盡一切努力，乃餘之義務。而兩度即將獲得成功，但終於未能取得任何成效。不得不感到餘已無再要求諸君忍耐之權利。

九月十八日，軍醫柯涅奇把律勞卑屈服的消息傳達給了伍紹榮的父親伍敦元。

九月二十一日，被徹底挫敗了的律勞卑無力地提起筆來，在要求安德洛瑪克號和伊姆傑號兩艦退回到伶仃洋的命令上簽了字。

這道命令成了律勞卑的絕筆遺書。他已病入膏肓，連站起來的氣力都沒有了。但他在退走時還給英國僑民發出了這樣一封信：

……我們因清國軍隊的壓迫以及對英國商人所施加的凌辱，現在將從此地退走。總督的措施傷害了與清國皇帝同等神聖的英國皇帝的尊嚴，也許現在還可以大肆囂張、爲所欲爲，然而英國皇帝懲罰總督的時刻總有一天會到來。……

律勞卑悄然離開印斯商會的辦事處。他本來住在東印度公司的辦事處，據說那兒不適宜病人居住，根據醫生的勸告，搬到通風較好的印斯商會。他的腿腳已經瘦弱到不能支持他的身體，兩名部下扶著他走向碼頭。

在廣州居留不到兩個月所發生的種種事件，蒙著一層淡淡的灰色的影子，從他的腦海裡掠過。

他在碼頭上被轉移到廣州當局派來的小艇上。他所乘的小艇被八艘兵船包圍著，由清國官兵將他「護送」到澳門。

其中一艘兵船上坐著打扮成士兵模樣的余太玄和石田時之助。

「不會出問題吧？」石田這麼問道，他是問化裝成士兵會不會出問題。

「不用擔心。咱們花了許多錢。」余太玄滿有信心地回答說。他把渾身的力氣都集中在兩隻緊握著的拳頭上，焦急地等待著律勞卑。律勞卑是使他的恩人連維材蒙受災難的元兇。他那憤怒的眼睛中露出了對律勞卑的憎恨。

律勞卑出現了。而這個律勞卑卻是一個骨瘦如柴、垂頭喪氣、由別人攙扶著的病人。

「是他嗎？」石田小聲地問余太玄說。

「大概是吧。……」余太玄的臉上露出爲難的神色。

4

隔壁的牢房裡傳來鐵鍊的撞擊聲。這是一種不尋常的聲音，帶著一種瘋狂的節奏。給它伴奏的是人在草蓆上拖行的嚓嚓聲。不時傳來的話聲，已聽不出是什麼意思。其中還雜亂無章地夾著狂叫聲、低低的嘮叨聲、呼哧呼哧的喘息聲以及突然的哀哭聲。

查監的獄卒大聲地叱責說：「討厭！你安靜一點好不好！再這麼討厭，把你拉出去抽一頓鞭子！」

不過，這些話好像並沒有傳進嚴啓昌的耳朵裡，他仍然在呻吟、狂叫，又突然倒下，滿地亂滾。地上的木板發出咕咚咕咚的響聲。

獄卒朝隔壁的牢房斥責了一頓之後，瞅著連維材的牢房問道：「太吵鬧了吧？我去說說，給你換間房子好不好？」

「不，不要緊，不要太費心了。」連維材這麼回答說。他回想起一塊兒參加某個會議時所見到的嚴啓昌那副完美的紳士模樣，他早就聽說興泰行的老闆抽鴉片。看來這是確實的。

這位紳士以前是那樣冷靜穩重，現在卻在牢房裡犯了鴉片癮發狂了。

「是嗎？……」獄卒猶豫了一下，用燈籠朝左右照了照，然後小聲地說：「聽說律勞卑就要回澳門了。看來問題是了結了，你在這裡不會待很久的。」

最近獄卒把外面的情況也告訴連維材了。

「是嗎，已經了結了嗎？……」

果然如連維材所料，事件並沒有擴大。最怕麻煩的總督盧坤，也由於律勞卑的屈服而放下了心裡的一塊石頭。他立即向北京報告說：

……律勞卑自認因初入內地，不知例禁，是以未領牌照，即行進省，兵船實因護貨，誤入虎門，今已自知錯誤，乞求恩准下澳，兵船即日退出，求准出口……

被兩隻英艦尋釁、強行突破的各個炮臺負責人分別受到了處分。主管炮臺的參將高宜勇等人被革去官職，「枷號海口示眾」——受到披枷戴鎖在海岸示眾的重刑，戴枷示眾的的期間爲一個月。

「護送」律勞卑的官吏、士兵，對於給自己帶來災難的律勞卑，當然感到憎恨。律勞卑的船由八艘清國船引導前進，這樣的引導方式只能叫律勞卑感到厭煩，船隻像蝸牛似的緩慢前進。

船隻於九月二十一日從廣州出發，二十三日深夜才到香山縣。在香山縣，禮炮、鞭炮和銅鑼聲徹夜不絕，以表示對律勞卑一行人的「歡迎」。

醫生柯涅奇後來指責當時的喧鬧加速了律勞卑的死亡。可是，從廣州出發時，英國方面曾透過伍紹榮，要求給律勞卑以「與威廉四世陛下代表人的身分相稱的待遇」。當時的清國正是用鞭炮和銅鑼聲來歡迎貴賓的。

律勞卑一行於二十五日下午離開香山縣，向澳門出發。

二十四日的夜裡，律勞卑被鞭炮和銅鑼聲鬧騰了一個通宵。他提出了抗議，要求安靜。這天夜裡他肯定是十分煩惱的。

官吏帶領群眾，在碼頭上不斷地高聲吶喊。余太玄搓著手說道：「我雖然不想要他的命，倒是想狠狠地給他一拳頭。可是，對病人不能下手呀！」

「就是嘛。」石田也撫摸著「二人奪」說：「在咱們日本，也絕不會向臥病在床的病人動刀子。」

這天夜間，余太玄擠進放鞭炮、敲鑼鼓、高聲吶喊的人群，大聲地喊道：「不要鬧了！不要打擾病人！」他的聲音確實很大，但被震耳欲聾的喧鬧聲壓住了。

余太玄終於氣憤起來，大聲罵道：「不知羞恥！忘了中華男兒的榮譽！」

石田遠遠地望著余太玄，唇邊掛著冷笑。

5

九月二十六日，律勞卑一行到達澳門，律勞卑由擔架抬著上了岸。

他在澳門受到了與英國皇帝威廉四世的代表人身分相應的待遇。澳門有許多天主教堂。葡萄牙當局考慮到律勞卑的病情，不准各個教堂敲鐘。

可是，十五天以後，律勞卑因病情突然惡化而咽了氣。人們都說他是被氣死的。

九月二十九日，兩廣總督盧坤下令「開艙」（重開貿易），一切都恢復到了原來的狀態。律勞卑希望能夠完成馬戛爾尼和阿美士德未能完成的打開清國門戶的事業，但他也終於步這兩位前輩的後塵，同樣作爲失敗者，徒然地同他們並列齊名。

獄中的連維材，從獄卒親切的耳語中得知律勞卑死去的消息。他心裡想：「這些傢伙是該死絕的！」

這時，隔壁興泰行的嚴啓昌已被轉移到其他牢房。獄卒向連維材示好說：「這是司獄大人的主意。隔壁有這種吵鬧的傢伙，你恐怕休息不好。」

吵鬧是可以忍耐的。不過，嚴啓昌認爲自己是遭了溫翰的暗算，如果他知道連維材就在他的隔壁，這種狀況將會是絕妙的。嚴啓昌轉移到別處之後，連維材安心了。

嚴啓昌走出牢房時，已是半狂亂的狀態。他問道：「我是出獄嗎？」獄卒冷冷地回答說：「給你換牢房。」這時，這個貿易商拼出渾身的力氣，開始鬧起來。

借助獄卒手中的燈籠光，連維材望著當時的場面。當時的情況簡直目不忍睹，但他覺得一定要看下去。嚴啓昌扭動著身子進行反抗。他的臉大半埋在亂蓬蓬的鬍子裡，瘦得已不成人形，只有兩隻眼睛在發光——連維材感到這背後有溫翰的手。

「不准亂動！」

「你胡折騰也沒用！」

獄卒們摁住嚴啓昌的手腳，把他抬了起來。而指揮這些獄卒的是不在現場的溫翰的手，連維材本人過去也沒有逃脫溫翰那雙厚實而微溫的手。

虎門內河的炮臺不僅未能阻止兩艘英艦的侵入，反而遭到炮擊，蒙受了巨大的損失。道光皇帝接到這個報告，大發脾氣。他在廣州送來的奏摺上作了朱批，痛加斥責，把奏摺打了回去。朱批說：

看來各炮臺，俱系虛設，兩艘夷船，不能擊退，可笑可恨，武備廢弛，一至如是，無怪外夷輕視也。另有旨，欽此！

海防的最高負責人當然是水師提督。當時的廣東水師提督李增階正因病要求賜假，不幸的是批准尚未下來就發生了這次事件。道光皇帝在上諭中責問說：「該提督平日所司何事？」

兩廣總督盧坤一度也被拔去了插在官帽上的「雙眼花翎」。官帽除了在頂上安上頂戴外，還插有所謂「翎」的裝飾羽毛。六品以下官員插的是野雞羽毛的「藍翎」，五品以上官員插的是孔雀羽毛的「花翎」。孔雀羽毛上一般帶有一個圓眼花紋圖案，奉特旨的大官有兩個這樣的圓眼花紋圖案，稱之為雙眼。總督和各部尚書都是一品官，均插雙眼花翎。拔去花翎的處分雖比摘去頂戴輕，但是很丟面子。

律勞卑一退出廣州，廣州當局給皇上的奏摺就神氣起來，道光皇帝也高興地批示道：

……始雖失於防範，終能辦理妥善，不失國體，而免釁端，朕頗嘉悅，應下恩旨。

恩旨一下，盧坤慶幸地恢復了雙眼花翎，保住了官職。不過，主管有關外國人事務的官吏——戶部派遣的海關監督中祥被革職，由彭年代替；而水師提督李增階當然被革職。

外國船隻雲集的廣東海域，是海防的前線，這一地區的水師提督必須起用卓越的名將。於是提出了以廈門的陳化成和江南的關天培二人作爲候選人。他們倆都是以剛直勇猛而聞名的提督，道光皇帝反覆考慮，最後決定由年歲較輕的關天培來擔任。

關天培前一年剛由總兵提升爲江南水師提督。

6

陽光耀眼。連維材在黑暗中待了兩個月。雖然不時地被拉出去過堂，但過堂之後還必須回到黑暗中去。現在他可以在陽光下挺胸走路了。

再見吧！黑暗的牢房！

溫翰早已來到監獄的外面迎接。

「您遭到飛來橫禍了。……」老人走到他的身邊說。

「沒關係，我感到翰翁始終在我的身邊。」連維材此外什麼話也沒說。

回到金順記的廣州分號之後，連維材問起嚴啓昌的事。

「他恐怕還要兩三個月吧。」溫翰回答說。

「爲什麼？」

「錢沒有湊齊。」

「我們花了多少？」

「四十萬兩。嚴啓昌恐怕得要五十萬兩。從興泰行和公行的現狀來看，起碼要兩三個月吧。」

「說不定會把他的鴉片癮戒掉哩。」

連維材想起了還在牢中的嚴啓昌，兩個月的黑暗生活已經變成了連維材的血肉。

在連維材入獄期間，溫翰付出全部力量來證明英國首席翻譯官羅伯特・馬禮遜有中文寫作的能力。最好的物證是連維材不在廣州期間，夷館發出的各種中文文件和有關傳教的小冊子等。不過，四十萬兩現銀恐怕比這些證據還要能發揮作用。

衙門一旦逮捕了人，一般不會很快釋放。這大概是認爲關係到政府的權威。連維材出獄是十一月三日——舊曆十月三日，這一天恰好關天培從蘇州坐船出發赴廣州。

住在蘇州的江蘇巡撫林則徐，這一天十分繁忙。他一早出席了紫陽書院與正誼書院由他親自出題的考試，然後又考了三名官吏。這些工作結束之後，他匆忙趕往胥門碼頭去送關天培赴任。

但他到達胥門時，新任廣東水師提督的船已經揚帆啓航了。「唉，算了，反正昨天晚上已經見面了。」昨天晚上他在蘇州的名園滄浪亭舉行了宴會，他和關天培暢飲到很晚。不過，關天培離開了江蘇，林則徐還是感到很寂寞的。「還能見到這個眞正的武夫關天培吧！」林則徐突然這麼想。五年之後，他們倆在廣州重逢；而且在林則徐發起的鴉片戰爭中，永遠失去了這位友人。

關天培到任後，立即給北京奏報「到任謝恩。」據《宣宗實錄》，道光皇帝下旨鼓勵說：

廣東風氣浮而不實，加以歷任廢弛，水師尤甚，朕看汝頗知向上，有幹濟之才，是以特加擢用。務要激發天良，公勤奮勉，實力操防，秉公去取，一洗從前惡習，海疆務期靜謐。勉益加勉，毋念。

廣東在猛將關天培到任後，立即加強訓練，開始增建和改造炮臺。

2

蘇州水影

最初她的一切都好像是個謎。但石田去過幾次之後，情況慢慢地明白了。玄妙觀的那一幕絕不是偶然的事情，看來是有計畫導演的。

「對我來說，一切都無所謂。」石田心裡這麼想。

1

道光十六年（一八三六年）。距阿美士德號北航已經四年，離律勞卑氣死也兩年了。

連家把彼此相差兩歲的兄弟輪流送往蘇州遊學。二兒子承文回到廈門，輪到三兒子哲文去江南。

石田時之助在承文遊學期間就來到了蘇州，以後就留在那裡，當上了巡撫林則徐的幕客。不用說，他是連維材推薦的。

林則徐自從了解到穆彰阿的目光注意到自己以來，逐漸對身邊十分警惕起來。他很賞識石時助——石田時之助是個外國人，以及他漂流以來清白的經歷。

石田這時已經習慣了清國的生活，緊張的情緒逐漸地鬆弛了，心情終於穩定了下來。「我究竟爲什麼而活著呀？」當保鏢時的那種自嘲的癖性，相隔了多年又死灰復燃了，他歪著嘴巴這麼沉思著。最初他絲毫不懷念自己的祖國，現在不知什麼緣故，有時竟無限地思念起來。「哼，這是懷鄉病嗎？」他這麼嘲笑自己。

幕客並不是正式的官吏，是巡撫個人私設的祕書組的一名成員。

石田的工作並不多。連維材大概是看中了他的劍術和膽略，推薦他去當林則徐的警衛。他一度曾在武夷山中擔任運輸茶葉的警衛，大概是在這方面表現出了傑出的才能而受到了賞識。他還初步掌握了把英文譯成漢文的技能，林則徐經常交給他這方面的工作。不過量並不大，期限也不要求那麼緊。

人一閒了就會招事惹非。

那是頭年秋天的事。玄妙觀一帶每天都有市集。有一天，他在那兒突然被一個年輕的女人揪住了領口。

「你搶去了我的簪子！」

石田大吃一驚，瞪著女人說道：「你胡說什麼呀！」

那是一張圓圓可愛的臉，女人的眼光顯得很認眞。

「就是你！剛才跟我擦身而過的時候……」

「你看錯人了吧！」

「不，就是你！那是我娘臨死前留給我的遺物，你還給我吧！」

「我沒有拿，還你什麼呀！」那姑娘揪住他領口的纖纖玉手，有一股濃豔的香氣直沖他的鼻子。

他的心搖盪起來。

「我可要喊當官的了！」姑娘說道。

四周已經圍攏來了許多人。玄妙觀坐落在蘇州城的中央，「觀」是道教的寺院。傳說這裡就是唐玄宗時期的開元寺。

玄妙觀的院子裡擺著攤子，走江湖的與攤販們競比著嗓門，賣藝的敲鑼打鼓，眞是熱鬧非凡。表演的曲藝也是形形色色，從聲調尖高的到細語般低吟的，應有盡有。江南人本來就喜愛由琵琶、笙、笛演奏的低音的「昆曲」。但蘇州是省城，從北方來當官的人和他們的家屬很多，北方人喜歡由胡琴、鑼鼓演奏的曲調高昂的「秦腔」，南腔北調在這裡混雜在一起。

圍著石田和姑娘起哄的聲音也是南腔北調。「不是我！」石田大聲地喊著。這不單純是對姑娘說的，他還必須向圍觀的群眾爲自己辯解。他說：「我沒有跟你擦身而過。我是巡撫的幕客。我叫石時助。」

他想把姑娘的手拉開。當他抓住姑娘的手時，他感到自己的手心傳來一種令人神魂顚倒的感覺。他今年二十六歲。

這時，一個侍女模樣的中年婦女走向前來說道：「小姐，這根簪子掉在那邊的石階下。」說著遞給姑娘一根蓮花金簪。

「啊呀！這……這怎麼辦呀？」姑娘剛才的氣勢一下子不知消失到哪兒去了，不覺低下頭來，往後退縮。

「可能是頭髮鬆了，掉下來了吧！」侍女說。

「這麼說，……」姑娘用手摸了摸頭髮，含羞地抬頭看了看石田的臉。她還沒有束髮。這表明她還未結婚。在她垂髮的頸項上，紮著一根紅帶子。這樣的髮型本來不需要簪子。大概是爲了裝飾，而把簪子插在紅帶子邊上。

群眾中爆發出了笑聲。「老爺，不能饒了她！」有人這麼一說，看熱鬧的人群中發出一陣喧鬧聲。

「實在對不起您了！」姑娘朝石田深深低頭行禮說：「眞不知道怎麼向您賠禮道歉才好……」

「沒什麼，能消除懷疑就好了。一時我眞不知道是怎麼回事。」石田掃興地說。

「這裡不好說話，我想請您上我家去，重新向您賠禮道歉。」姑娘帶著羞愧的神情說，好似不敢正視石田。

「好啦，不必了。能證明我是無辜的就滿足了。」

「不，這樣我很過意不去。我家就在程公祠旁邊，離這兒很近。」

事情這樣出人意料地了結了，看熱鬧的人們懷著一半安心、一半失望的心情走開了。

「去看看嗎？」石田心裡這麼考慮著。他確實爲姑娘的美貌動了心，但更主要的還是尋求什麼新奇的東西——這已經成了他的習慣。四年來，在這塊土地上的所見所聞，都必然給他帶來刺激。不過，最近他好似沉著平靜下來了。他很自然地要追求「什麼」，他的好奇心又開始蠢動起來。

自從發生了這件事之後，他的腳愈來愈頻繁地朝程公祠的方向走去。

姑娘的名字叫李清琴。

2

李清琴說她祖籍江蘇，但她自己出生於已經居住了好幾代的北京。據說她這次是頭一次回鄉掃墓，因爲看中了蘇州的風景，打算在這裡暫住一年左右。

石田對她沒有纏足感到奇怪。她解釋說：「我自幼喪父，被一個滿洲旗人的家庭收留。我是在旗人家裡長大的。」

只有漢族纏足，滿族大多沒有纏足的習俗。難怪她說話是北方口音，身上總帶有一股旗人的味道。她在程公祠旁邊租了一座小房子，使喚著從北京帶來的兩名侍女和在當地雇用的男女僕人。

「雖說沒有父母，看來很有錢。」——石田通過觀察，得出這樣的結論。

她過著這樣任意揮霍的生活，一般的家庭條件是辦不到的。不過，她不太願談自己的家庭情況。最初她的一切都好像是個謎。但石田去過幾次之後，情況慢慢地明白了。

玄妙觀的那一幕絕不是偶然的事情，看來是有計畫導演的。

「對我來說，一切都無所謂。」石田心裡這麼想。

總的來說，他在這個國家裡是一個旁觀者，並不站在某一方。所以他儘管覺察到清琴的身分和意圖，也不十分放在心上。

她特別想打聽林則徐的情況。「聽說這位大人的聲望很高，我對他很感興趣。」清琴這麼說。石田明白這不過是她在爲自己辯解。

石田雖是林則徐的幕客，但並不經常在林則徐的身邊。尤其是自去年石田當幕客以來，林則徐經常到外地出差。

「他是個很愛學習的人。」石田用這樣無關緊要的話來回答清琴提的問題。

「他學習什麼呀？」

「不太清楚。各種各樣的書都熱心地讀。」

「聽說他也讀外國的書，是眞的嗎？」

「不，巡撫不懂外文。」

「讓人翻譯過來……」

「嗯，這是很可能的。」

「他最親密的朋友是……？」

「啊呀，是誰呀，……在工作方面有布政使、戶部的人……」

這是誰都知道的。「看清琴的態度如何，說不定我也可以出賣巡撫。」——石田逐漸產生了這樣的想法。

傑出的人物一定有仇敵。這些仇敵要刺探他身邊的情況，這是常有的事。在他們彼此之間的鬥爭中，石田並無直接的利害關係。因爲他一向是個旁觀者。不過，石田對清琴不可能是個旁觀者。他年輕的身體裡已經沸騰起熱血。

有一天，清琴的家裡沒有一個僕人。「又是有計畫地導演的。」石田心裡雖然這麼想，但他還是高高興興地登上了這個安排好了的舞臺。

以前到清琴的家裡來，不過喝喝茶，最多喝兩杯淡淡的紹興酒，然後閒聊幾句就回去。以前僕人們似乎也安排得很周到，家裡總要悄悄地留下兩個人。而這天卻全都出門去了。

石田也不是沒有接觸過女人的人。他在日本當商船保鏢的時候，就經常上港口的妓院裡去。漂流以後，有段時期不能隨便。後來當了連家的食客，行動不太自由。但在武夷的茶城崇安，浪蕩公子連承文曾帶他去逛過妓院。這是他在這個國家第一次嫖女人。

「這兒的女人有股茶葉味。」後來承文這麼說。

「我在日本港口摟抱的女人有股魚腥味。」

「快到蘇州去，那兒的女人沒有什麼難聞的氣味。」承文這麼說。

石田是在浪蕩哥兒連承文遊學蘇州的期間來到這兒的，所以他的品行也決不能說是乾淨的。他玩過女人，但還沒有經歷過戀愛。「看來我跟浪漫的愛情是沒有緣分的！」他經常這麼想，而他卻奇怪地對清琴產生了一種類似愛情的感情。他自己也不太清楚爲什麼會變成這樣。「對！愛情本來就沒有什麼道理可說。」石田心裡這麼想。

他輕輕握住清琴的手。她縮了縮身子，低下頭，但並未把手掙脫開。

他把手放在她的肩上。

清琴是旗人打扮，綠色的旗袍上罩著一件馬褂。緞子馬褂是大紅的，鑲著淡綠的邊。她的體溫透過緞子馬褂傳到石田的手心裡。他手上使勁捏了一把，她猛地站了起來，臉轉過一邊，露出一點痛苦的表情。

再也不能猶豫了！石田一把把清琴摟進自己的懷中，清琴掙扎了一下，但很快就好似沒有氣力了。

石田輕輕地撫摸著清琴的頭髮。由於鬆開了一隻手，擁抱放鬆了，兩人的身子稍微離開了一點。

石田瞅著清琴低垂的面孔說：「清琴，我愛上你了！」

清琴突然抬起頭來。她用在玄妙觀時一模一樣的認真的眼光凝視著石田。但她什麼也沒說，只是微微地搖了搖頭。

3

「你不喜歡我嗎？」石田問道。

清琴仍然只是搖搖頭。

「不是不喜歡？……那麼？」石田雙手搖晃著她的肩膀。

她閉上了眼睛。她的額頭上露出苦悶的神色。過了好一會兒，她才開口說道：「我欺騙了你。」

「我不是問這個，我問你是不是不喜歡我。」

「喜歡！」清琴迅速地說，正要說下去，石田的嘴唇早把她的嘴封住了。

石田的嘴唇剛一離開，她好似迫不及待地說道：「可是，我對您撒了謊。」她那豐滿的面頰上泛著紅暈，剛才那種認眞的眼光已從她的眼睛中消失，變成一種陶醉的眼神。

「撒了謊？是指玄妙觀的那件事吧？我早就明白那是做戲。」

「啊！」她想掙脫身子。但石田的胳膊是練過劍術的，緊緊地把她的身子摟住。

「你是想打聽林則徐的情況吧？」石田說。

「這你也知道了！」

石田的胳膊上感覺到清琴的身子愈來愈沒有氣力了。他好像要把清琴的骨頭夾碎似的，在胳膊上更加使了點勁，說：「這點事情還不知道。不過，巡撫也好，總督也好，對我來說都是無所謂的。我只是喜歡你。」

「可是，石先生不是巡撫的幕客嗎？」

「那不過是偶然當上的。坦率地說，那是爲了飯碗。」

「這麼說，如果別人能給你薪俸，你就可以不對巡撫盡情義了嗎？」

「是的。」

「啊呀，原來是這樣呀！」清琴的眼睛裡流露出喜悅的神色。

「她眞的喜歡我嗎？」石田心裡想，感到不安起來。他早就明白自己已登上了別人設計好了的舞臺。自從發生玄妙觀的那件事情以來，戲一直在演著。她說她喜歡他，這會不會也是在演戲呢？既然要拉攏人，肯定一開始就設下了美人計。

祈求！石田過去從來沒有經歷過這樣的精神狀態。唯有這次他產生了一種祈求什麼的情緒。

「說實話，我也有瞞著你的事情。」石田說後，鬆開了清琴的身子。

清琴詫異地盯著石田說：「瞞著我？什麼事情？」

「我不是你們國家的人。」

「啊？」

根據穆彰阿方面的調查，只知道石時助與連維材有某種關係，可能是透過連維材的關係而當上了林則徐的幕客。

「我是外國人。你還喜歡我嗎？」

清琴的眼睛睜得大大的，一眨也不眨。不過，看來好像並不是由於害怕石田而吃驚，只是由於事情太出乎意料而愣住了。一會兒，清琴清醒過來，果斷地說：「喜歡你！不管你是哪一國的，我喜歡你這個人。」

石田凝視著清琴的臉，對她的表情中任何微小的變化都不想放過。他說：「所以，你們國家的政治鬥爭，對我來說，統統都是一張白紙。我不想依附於哪股勢力，我只想按你的吩咐行事。」

「原來是這樣……早知這樣，事情就簡單了。」她快活起來。

「起碼她對外國人沒有惡感。」石田心裡這麼想。對他來說，好像通過了最大的難關。對清琴來說，原來預想拉攏石時助要花很大的氣力，沒想到進展這麼順利，所以也同樣鬆了一口氣。

兩人都感到解放，緊張的情緒解除了。兩人面對面站著，不覺都微笑起來。

這時，清琴突然轉身跑開了。石田跟在她的後面追去。

清琴跑進了隔壁的房間，那是她的臥室，石田跟進了臥室，大紅的朱漆床耀花了石田的眼睛。

他不覺閉上了眼睛。只聽清琴快活地問道：「石先生，我忘記問了。你說你是外國人，你是哪一國的人呀？」

「日本。」他睜開眼睛，回答說。

「日本？……這個國名我聽說過……對了，我想起來了，在北京聽琉球朝貢使的老爺子說過。」

她確實聽琉球朝貢使說過。不過，她也想起從另外一個人那兒聽說過日本這個國名。但她沒有把這個人的名字說出來，這個人是她姐姐的情人龔定庵。

定庵先生經常跟姐姐默琴閒談。有一次不知爲什麼事談到日本，定庵先生對這個國家還大大地讚揚了一番。

龔定庵關心日本，是因爲他了解中國的一些古書在國內已經散失，而往往在日本得到保存。乾隆年間就從日本傳來在中國散失已久的皇侃的《論語義疏》，接著又倒流進來《佚存叢書》等。這些書籍在文獻上都有記載，但實物在中國早已蕩然無存。

定庵還期待著中國散失的其他古書或許能保存在日本，曾寫信委託貿易商船去尋找這些古書。收入《定庵文集補編》的《與番舶求日本佚書書》就是這樣的書信。信上敘述了當佚書從日本傳來時他內心的高興，並極力讚美日本說：

……海東禮樂之邦，文獻彬蔚，天朝上自文淵著錄（朝廷的書庫——文淵閣的官吏），下逮魁儒碩生（民間的讀書人），無不歡喜。翹首東望，見雲物之鮮新。……

清琴的腦子裡想著定庵說過的話，對石田說：「聽說日本是個非常好的國家。」

「是嗎？……」石田答話說。話音裡感覺不到多少熱情。現在充滿他腦子裡的並不是自己的國家，而是另外的事情。

清琴不知什麼時候已經離開了他的身邊。

石田的眼睛一直看著那張華麗的朱漆床，那兒的光線突然暗淡下來。他抬頭一看，清琴拉緊了窗簾，望著他嫣然一笑。

4

第二天，石田把翻譯好的譯文拿去交給林則徐。

「哦，譯好了嗎？你辛苦了！」巡撫說。

林則徐正伏在一張結實而無任何雕飾的書桌上寫信。

書桌上放著兩個沒有蓋的木盒子，分別裝著未處理和已處理的書信、文件。石田朝面前的一個木盒最上面的一封信上飛快地掃了一眼，只見信的末尾寫著「默深頓首」四個字。

默深是魏源的字。

魏源也住在蘇州，但林則徐很少去見他。魏源這個人很討厭去敲權貴的門，但他不去訪問盟友林則徐，看來不是這個原因。他們都有意識地避免讓別人看出他們的關係。因此，主要透過書信來溝通思想——石田是這麼猜測的。

石田退出後，林則徐提起筆來。他準備給魏源寫回信。

魏源的來信中說：

依閣下所言，余已購得揚州新城之邸園以奉養母親。將來鋪條步道，園中蒔花、池裡養魚、庭內飼雀，料可稍慰老人寂寞。金順記融通之銀，兩三年內當可還清。

「他也要走啦！……」

魏源要離開蘇州，儘管是根據他的建議，但他還是感到寂寞。關天培已經去了廣州；徵稅能手予厚庵現在也不在蘇州；布政使梁章鉅也因病回了故鄉福建。

可是，林則徐不僅不願接近魏源，反而要把他趕到揚州去。凡是跟林則徐接近的人，即使不是爲了公事，某些勢力也會戴著有色眼鏡來看待的。

林則徐把給魏源的回信看了一遍，然後又把吳鐘世從北京送來的報告重讀了一遍。報告寫道：

「弛禁論在北京正日益高漲。」

這個報告林則徐並不感到意外，嚴禁鴉片的方針並沒有認眞執行，早就斷斷續續地出現過弛禁的意見。

在律勞卑來到廣州的那年秋季，兩廣總督盧坤在給皇帝的奏摺中就作了這種試探。奏摺中說，他在鴉片問題上廣泛地徵求了意見，有人獻策按照往年的舊章（禁止鴉片以前的法律），允許販運進口，徵收關稅。奏摺上還說，現在夷人透過祕密貿易，帶進「無稅」的鴉片，如果正式徵稅，既可增加國庫收入，又可牽制夷人牟取暴利；另外，以茶葉和生絲等貨物來支付鴉片款，又可防止白銀外流；而且，如果放鬆嚴禁國內栽培罌粟的法律，就不必吸食外國鴉片，「銀在內地轉運，不致出洋」。

其實這恐怕是總督借獻策者的話來陳述自己的意見。

「問題看來是到了該攤牌的時候了！」林則徐低聲地說。

當前燃眉之急就是對鴉片採取什麼政策。鴉片氾濫，已是人所共知的現實。實施強硬的嚴禁政策，就意味著要對現狀進行改革。這樣，朝廷最害怕的「與夷人之間的糾紛」也許就不可避免。與此相反「弛禁論」也可以說是一種與現狀妥協的意見。保守派當然傾向於弛禁論。不過現在的國政方針是禁止鴉片，所以弛禁論是不能提倡的。保守派一直期待著弛禁論能得到普及，一旦出現了這樣的狀況，就可以放心大膽地來提倡弛禁論了。

現在有關鴉片的問題上出現了一種奇怪的現象：革新派維護現行法律，保守派企圖加以修改。穆彰阿派正在大力推廣弛禁論。「不管怎麼說，大家都知道，現狀就是如此。」穆彰阿正在向高級官員們灌輸這種思想。

這些情況是可想而知的。跟他們的鬥爭，將會集中到鴉片問題上。

「目前對我們是有利的。但是，……」林則徐這麼想。原因是可以把現行的國策當作擋箭牌。但是，不能疏忽大意。

確實不能疏忽大意。就在道光十六年，湖廣道監察御史王玥和太常寺少卿許乃濟相繼上奏「弛禁」。對方判斷時機正日益成熟，自己這一方必須加強嚴禁論的支柱。

5

整個蘇州給人一種女性的感覺，其中的花街柳巷尤其帶有一種妖豔的氣氛，那裡大白天就飄溢著脂粉的氣味。大概是爲這種脂粉氣味所吸引，天還沒有黑，就有不少浪蕩哥兒鑽進了青樓的大門。

夕陽還殘照著西邊的天空，連哲文已成了青樓的座上客。他常去的那家青樓背靠運河，而他總是選中面水的那個房間。

他來到蘇州的時候，二哥承文還在蘇州；等到弟弟來了之後，承文才回了廈門。臨回去之前，承文把弟弟哲文帶到這家青樓，給他介紹了一個名叫麗雲的妓女。他說：「我還有其他相好的女人。我只把她介紹給你，她已經徐娘半老，但我希望你喜歡她。我是從大哥那兒把她接過來的，我感到有責任。」大哥統文在承文之前來過蘇州。大概這女人也和統文相好過。

哲文右手拿著酒杯，左手掀起簾子。河面上有各種各樣的船隻。那些五彩絢麗的船稱作「畫舫」，它是一種遊覽船。不過，他的眼睛卻看著窗子下面的一隻邋邋遢遢的舢板船。五、六個分不清是男孩還是女孩的兒童，從茅篷裡伸出頭來。他們皺著眉頭，黑黑的臉上帶著驚訝的神情。

妓女麗雲從哲文的身邊探出身子。也許是纏足的緣故，她走起路來搖搖晃晃，翡翠耳環在耳邊搖曳著，發出清脆的響聲。

「啊喲！今天沒有來呀！」妓女調皮地瞅著哲文說：「你相中的船老大——那個大腳美人好像沒看到呀。」

哲文一句話也沒說，放下手中的簾子，然後皺著眉頭，喝了一口杯中的酒。

他經常上麗雲這兒來，並不是出於對哥哥們的情義；而是因爲經常停靠在這家青樓窗下的一艘舢板船上，有一個長著一對滴溜溜的大眼睛、充滿健康美的女船老大。

這天，連哲文跟他的老師周嚴第一次去拜訪林則徐。

十八歲的連哲文評價人物時，往往是憑一瞬間閃過的念頭——即第一印象。這主要還不是因經驗不足，而是因爲他生性就喜歡擺脫一切麻煩的程式，一下子抓住事物的核心。這也可以說是藝術家的氣質吧！

他不承認世俗的輿論，以不抱成見而自誇。但他對林則徐這樣的人物還是感到敬畏。見到林則徐，他確實受到感動，但他頑固地掩蓋住所受的感動，因爲周嚴一直在悄悄地觀察著他的表情。周嚴那種強加於人的目光，就好似說：「這就是林則徐先生，怎麼樣？是個傑出的人物吧！你很欽佩吧！」

他對周嚴的這種目光反感。歸途中他來到這座青樓，這也是他精神上的一種反抗吧。

他接連喝了幾口酒，跟麗雲搭話說：「生意怎麼樣？」他想用說話來趕走他心中的什麼東西。

「不行啊！」麗雲含糊地回答說。

麗雲的話並沒有送進哲文的耳朵。哲文壓根兒就未打算聽。

他爲什麼要把林則徐的形象從自己的心中趕走呢？他和一般人一樣——不，比一般人更加懷有崇拜英雄的心情。可是，他爲什麼要把這個顯然具有傑出的才能，甚至被一些人看作是時代的救星的林則徐從心裡趕走呢？

有卓見的觀察家會這樣告訴連哲文說：那是因爲你是藝術家。如果有什麼使你擔心會束縛自己，不管是人是物，你都會把他（它）排除開的。這也可以說是你命中註定的自我防禦的本能吧。尤其像林則徐這樣的人物，他是很可能把你的心緊緊束縛住的。

麗雲給哲文的杯中斟滿了酒。「你在想什麼呀？」她說：「你們兄弟幾個性格完全不一樣。統文大哥從來沒有擺過像你這麼奇怪的面孔，他隨時都能像放鞭炮似的爆發出一陣大笑。承文二哥嘛，嗯，他如果有考慮問題的閒工夫，恐怕早就找女人談情說愛去了。」

麗雲今年二十七歲。在這個行業裡，這樣的年歲已經被人們認爲太老了。

「請原諒我在這裡談起你的哥哥。我派人給你找個朋友來吧！」

他的腦子裡浮現出朋友們的面孔。每一張都使他感到有點不滿意……焦急不安的面孔、灰心絕望的面孔、頑固地閉著眼睛、什麼也不願看的面孔……各種各樣的面孔充塞了他的腦子，就連那最溫和安詳的面孔也使他感到悲傷。

對，這是時代。這是什麼樣的時代啊！簡直像一潭發臭的死水！只要還有一點志氣的人，都會情不自禁地伸進手去，把這潭死水攪動。生活在這樣時代的青年是多麼悲哀啊！

哲文拿起酒杯狂飲起來，他自己也不明白爲什麼要這樣做。不過，他感到十分羞愧。他不願讓飽經世故的麗雲看出自己的這種心情，慌忙朝她瞅了瞅。

麗雲的臉不知什麼時候已經扭歪了，露出極度慌亂的表情。她的眼皮在抽動，那強作笑顏的面頰也好像突然僵硬了似的。她的臉色蒼白，額頭上滲出汗珠。

「你怎麼啦？」哲文問道。

她痛苦地扭了扭身子。她那僵化了的面孔和眼睛極力要流露出一點表情。過了好一會兒，好不容易才表露出一點好像要說什麼的表情。

哲文把手放在她的肩上說道：「好啦，我明白了。是鴉片煙完了吧？我帶你到抽鴉片的地方去。是我的哥哥教會你抽鴉片，我應當負責任。」

連家兄弟

連維材閉上了眼睛。

他的背後有著奪目的榮光，可是先驅者的道路是孤獨寂寞的。

蘇州的周嚴來信，說他擔心三兒子哲文沉湎於繪畫。維材想到這裡，低聲地自言自語說：「也許老三是幸福的！」

1

連家的二兒子承文已經二十歲了。他從蘇州遊學回來，又被關進廈門的飛鯨書院，有時還讓他到店裡去實習具體事務。對他來說，這種生活簡直像在地獄裡受煎熬。

鴉片無法抽了，可以溜出去鑽鴉片館。可是廈門到處是熟人，很快就會被父親知道。夜裡必須睡在有嚴格舍監的飛鯨書院裡，那裡當然不能玩女人。

有一天，他正在碼頭上查點船上的貨物，工作實在無聊，恰好金豐茂的連同松從這裡經過。同松是承文的伯父。

「承文，有空上我那兒玩玩去。」同松跟他搭話說。

同松雖是伯父，但和承文的父親不是出自一個娘肚子，而且誰都知道彼此的關係不睦。這樣的伯父竟然親切地跟他搭話，連承文也感到詫異。

「伯父那兒我還沒有去過哩！」

「不必有什麼顧慮。誰都知道我跟你老子不睦，這跟孩子沒有關係。不管怎麼說，你是我喜歡的侄兒。」同松笑嘻嘻地說。

「是呀……」承文在猶豫。

「我說，你有什麼困難，就來找我。你還年輕，會有一些不能跟父母說的事。你老子也太嚴厲了，我很同情你，有事可以跟我商量商量。」同松說後就走了。

承文望著伯父的背影，歪著腦袋想了想。要說困難，有的是，而且都是不能跟父親說的。現在他收買了飛鯨書院看院子的，利用他的小屋子偷偷地抽鴉片。可是近來這個看院子的臉色愈來愈不好看，他說：「少爺，要是叫你父親知道了，我的飯碗可就砸了，你就戒了吧！」不僅收買的錢拿不出來了，連買鴉片的錢也發生了困難。弄得他走投無路，竟偷偷地花了店裡的錢。事情雖然還沒有敗露，但最近就要結帳，敗露只是時間的問題。

困難的事情實在太多了。這些事既不能跟父親說，也不能對店裡的人說；鴉片斷絕的恐怖一刻一刻地在逼近，發鴉片癮時的痛苦，想一想都覺得可怕。

「伯父說有事跟他商量，何不到他那兒去一趟呢？」

人一旦沾染上抽鴉片的惡習，廉恥可以不要，連普通的常識也不懂了。

伯父長期抬不起頭，最近突然抖起來，看來他也發跡了，人們傳說他發了鴉片財。「他說我是他喜歡的侄兒，去求求他，說不定能給我一點鴉片哩！」

承文第二天去了伯父家。他連面子都不顧了，厚著臉皮跟伯父說：「伯父，給我一點鴉片吧！」

「要鴉片，可以買嘛！」同松苦笑了笑說。

「沒有錢。」

「去弄點錢嘛！」

「弄了不少啦！這話只能跟伯父說，連店裡的錢我也花了。這事兒最近可能要敗露……」

同松的眼睛一動不動地盯著承文，但很快變成一種憐憫的眼神，說道：「你這麼下去怎麼辦呀？」

怎麼辦？承文自己從來沒有考慮過。「唉！」他只能用嘆氣來回答。

「你認識過去在飛鯨書院待過的一個混血兒嗎？」同松轉了話題。

「混血兒？啊，是簡誼譚吧？」

「對，叫誼譚。他跟你的年紀差不多大吧？」

「是。」

承文以前和誼譚很要好。他們都是調皮鬼，彼此很投機。四年前，不知什麼原因，誼譚突然在飛鯨書院停了學，進了金順記的廣州分店。承文只知道誼譚很快就跳出了廣州分店。以後情況如何，他沒有聽說過。

「聽說誼譚現在廣州獨立做買賣，混得很不錯。」同松說。

「哦，他？……是呀，他會這樣的。」

「我可不是隨便說別人的事情。」同松這麼一說，承文感到莫名其妙。他還不能完全理解這話的意思。同松繼續說：「這裡有我的一個很好的榜樣。大概你也知道，你父親是姨太太生的，培養的方式從小就跟我不一樣，他是經歷過辛苦的。可是，現在怎麼樣？我是無憂無慮、逍遙自在地長大的……說起來也眞慚愧，叫你父親給拉下一大截啦！剛才說的那個混血兒誼譚，他是金順記收養的。可是你長這麼大還沒有吃過苦，將來說不定他還在你之上哩！總而言之，你跟誼譚，將來會像現在的我跟你父親那樣，有這麼一段差距。你明白了嗎？」

「嗯，是。」承文點了點頭，其實他並沒有完全明白。

「年輕的時候一定要吃點苦。這我是深有體會的。你父親比你還年輕的時候就已經獨立了。誼譚也是這樣。我勸你要吃點苦，要獨立！」

「啊！獨立？」

「對，你應當獨立！」

「可是，獨立要有資本呀。這……」

「你父親沒有資本就獨立了，誼譚不也是一樣嗎？」

「可是，……」

「已經有了榜樣嘛！比如誼譚就是你的榜樣。你跟他談談怎麼樣？你們關係不是很好嗎？」

承文又點了點頭，定神地看著伯父的臉。

獨立！——這意味著要擺脫父親的干涉。如果能獨立，那該是多麼好啊！承文一面聽著伯父的教訓，一面在腦子裡描繪著擺脫父親的愉快圖景。對他來說，再沒有比這更有吸引力的想像了。可以自由地飛翔！想一想都會叫他高興得渾身發抖。

他從伯父那兒拿了半斤鴉片，回到了飛鯨書院。他只是不喜歡搞學問，其實並不傻，毋寧說是一個十分機靈的青年。

他面帶笑容，鑽進了被窩筒，認眞地考慮起來：幹他一傢伙吧！就要結帳了，只有幹，沒有別的出路。大丈夫，一不做，二不休！

三天以後，飛鯨書院和金順記因承文的失蹤而大大地鬧騰了一番。認眞地一查，發現店裡的現銀少了五百多兩。

2

「你恐怕早就知道承文抽鴉片吧？」連維材把小兒子理文叫到望潮山房問道。他幾乎不看兒子的臉。他把一隻白鴿抱在膝頭上，不時地用食指撫摸著鴿子的腦袋。

「是的。」理文畢恭畢敬地回答說。

「這樣的事爲什麼不跟爸爸說呢？」維材的聲調很溫和，並不是責問的語氣。

「爸爸很忙，我覺得不應該讓爸爸爲不必要的事操心。」

「小小年紀，還裝著很懂道理的樣子哩！」

「是嗎？」

「你有個毛病，有點自以爲是。不愛說話倒不要緊，可不能遇事都自作主張。你應該想想你的年紀還輕。」

「嗯，快十六歲了。不過……」理文的眼睛一動不動地看著父親，爽快地回答說，一點兒不發怵。

「行啦行啦。關於承文的事，應該怎麼辦，你考慮過了嗎？」

「是的。」

「那你說說看。」

「我想首先要沒收鴉片。已經知道是在看院子的郭爺爺那兒抽的，所以我已經跟郭爺爺說了，今後不要再提供抽鴉片的地方，哥哥就沒有其他地方可抽了。」

「嘿，你是想一步步來追逼自己的哥哥吧？」

「是的。」

「有點殘忍吧！」

「那也沒有辦法。」

「聽說他經常偷店裡的錢，你知道嗎？」

「知道。不過，很快就要結帳了，反正哥哥已經走投無路了。」

「嗯，原來你是這麼想的。……」

「我看爸爸出面也成，不出面也可以。」

連維材仍然用食指撫摸白鴿的腦袋，沒頭沒腦地冒出這麼一句話：「看來你最像我啦！」

維材也早已知道承文抽鴉片，而且他也和理文一樣，想對承文步步追逼，讓他自己去衝開一條血路。至於今後下場如何，儘管有點殘忍，也只好讓他自己去選擇。如果他自甘毀滅，那就讓他去毀滅，他對孩子的教育就是堅持這樣的方針。他心裡想：「理文可能已經了解我的想法。」

「承文的事就談到這兒吧！」維材盯著小兒子的臉說。

「好。」理文點了點頭。

他的個子已經長得和父親差不多高了。身軀當時還是個少年，溜圓的肩膀，聰明的額頭，高高隆起的鼻樑，他的相貌看起來比他父親還要英俊。

「不知不覺就長成大人啦！」連維材很難得地感嘆起來。回想武夷山中，理文拚命背誦詩的樣子，宛如昨天一樣。

父子相對，好一會兒都默不作聲。但理文很快就露出忸怩不安的樣子。在這些地方還留下一點孩子氣。

連維材看出理文可能有話要說，但他不想主動問。他心裡想：「讓他自己說！」他瞇著眼睛望著兒子，過了好一會兒，理文好像下了決心，喊道：「爸爸！」

「有事嗎？」維材故意裝著漫不經心的樣子說。

「再過兩年，也讓我去蘇州嗎？」

「是這麼打算的。」

「我不想去蘇州，想到別的地方去。」

「什麼地方？」

「北京。」

「哦！」維材睜大著眼睛問道：「爲什麼想去北京？」

「北京是國家的政治中心，而且我想拜北京的定庵先生爲老師。」

「你那麼了解定庵先生嗎？」

「我讀過先生的著作……」

「讀過什麼著作？」

「書院裡有的，我全部都讀了；反覆讀了好多遍。」

「不過，定庵先生不會收你這個弟子吧！」

「不當弟子也沒有關係，當僕人、當清掃夫也可以……」

「當僕人？」維材放聲大笑起來，「看來你是迷戀上定庵先生了。可是，一旦見了面，也許你會感到失望啊！世上的事情都是這樣的。再說，你只是透過書本來了解定庵先生。」

「不，先生的情況我很了解，連他和女性的關係也……」理文說到這裡，不覺臉紅起來。

維材深深地吸了一口氣。定庵與女性的關係是不會傳到廈門這樣的地方來的；尤其是和默琴女士的關係，因為涉及軍機大臣，就是在朋友之間也是保密的。維材向屋子裡掃視了一眼。白鴿已離開維材的手，滿屋子走來走去。

「我不在的時候，你來過這山房吧。」

「是。」理文低著頭說：「請爸爸原諒！」

這座山房裡保存著吳鐘世送來的報告，報告上經常寫著龔定庵的情況。定庵的愛情祕密，如果不是從維材的嘴裡說出去的，那就只有從這間屋子裡得知的。

「這事就算了。」維材平靜地說：「讓你去北京！」

「真的嗎？」

理文面露喜色，孩子氣十足。而維材卻板起面孔說道：「不過，不必等到兩年以後。」

「啊？」

「要去北京，馬上就去。什麼時候想走就走。」

理文聽了父親的話，心裡一驚。不過，他很快就平靜下來，深深地點點頭說：「好，馬上走。」

他自以為很了解父親的心情，他認為父親是要他走自己的路。今天，他自己也覺得有點狂妄自大。他認為父親的意思是：「小子，要走就快點滾！」因此他說：「好，馬上走！」

那種孩子般的稚氣，從他的臉上一下子消失了。維材帶著信賴和傷感的心情凝視著兒子的臉，龔定庵具有一種奇異的力量。

二十世紀初葉，古文派巨頭章炳麟在《說林》中貶低定庵說：

……多淫麗之辭，中其所嗜，故少年靡然風向。自自珍（定庵）之文貴，則文學塗地垂盡。將漢種滅亡之妖邪也！

本世紀的啓蒙學者梁啓超，也在評清末學術思想的文章中說：

……一時期一般人皆崇拜龔氏。初讀《定庵文集》，如遭電擊。但稍有進步，則了解其淺薄。

近代的學者對定庵抱有反感，但也不能不承認他抓住了年輕人的心靈。

不少人因沾時代的光而顯赫一時。相反，能把光明帶給時代的人卻罕見。定庵就是這種罕見的人。

他本人就是一個發光體。龔定庵作為一個經學家，對他有種種評價；他的品行也很難說多麼好，尤其是跟女性的關係上存在著弱點。他既不是學者，也不是聖人。他的眞正精髓是他那耀眼的詩人氣質。不，也許應當稱他為預言家。

定庵在一篇題名《尊隱》的文章中寫道：

日之將夕、悲風驟至……燈燭無光，不聞餘言，但聞鼾聲。夜之漫漫，鶡旦（黎明時啼叫的山鳥）不鳴。則山中之民，有大音聲起，天地爲之鐘鼓，神人爲之波濤矣。……

有人認爲這篇慷慨激昂的文章，預言了鴉片戰爭、太平天國動亂以後的農民革命。這種說法也許有點牽強。不過，他的思想放出的光芒，儘管他本人並不知道，但確實是照耀了時代。

人在年輕的時候才容易遭到「電擊」。如果長於世故，恐怕就難以用純樸的心靈來承受定庵發出的電光。連維材之所以要十六歲的理文立即去北京，就是出於這種想法。

「那麼，你準備吧！」連維材這麼說著，站起身來。

3

暫且給它起個名稱叫「衰世感」吧，當時中國的知識分子恐怕或多或少都懷有這種「衰世感」。

到處飄溢著鴉片煙的氣味，亡魂般的鴉片鬼，被排擠出農村、充溢著街頭的貧民和乞丐——看到這樣的情景，怎不叫人有衰世之感呢！

乾隆的盛世剛剛過去，道光的衰世當然顯得更加突出。

奄奄一息的人群、喧囂的市井，像雜草一樣一有空隙就要生長，和刺鼻的體臭——這些都是在中國人口由二億一下子膨脹到四億之後形成的。

不要說「太古之民」，就是在乾隆以前的中國人也不是這種樣子。

痛感到這種衰世的人們，他們的生活道路也各不相同。有的人勇敢地站起來，企圖拯救這個衰世，如公羊學實踐派的那些人。也有許多人在這個衰世中尋找心靈的支柱，如正在蘇州遊學的連哲文就是其中一個。

有一天，他透過一個朋友的介紹，去見了一個名叫昆山道人的老畫家。昆山道人提起筆尖蓬亂的畫筆，畫山、畫水、畫牛。哲文凝視著這支畫筆的移動。那裡出現了一個世界——一個與現實毫不相干的世界。哲文感到這裡有著什麼。從第二天起，他經常上昆山道人那裡去。他對林則徐有牴觸的情緒，對昆山道人的畫筆卻毫無反感，因爲他認爲這裡有著心靈的自由。

每天有老師到哲文那裡去講課，曾在飛鯨書院待過的周嚴教他實用的尺牘和英文，此外周還負有監督哲文的責任。他捋著白鬍子，看了看哲文的書架，傷心地搖了搖頭。書架上盡是《重編圖繪寶鑒》、《畫塵》、《東莊論畫》、《海虞畫苑略》、《苦瓜和尚畫語錄》之類的書。

「這樣還算不錯哩！」周嚴轉念想。在送到蘇州來的連家的兒子中，哲文是第三個。最大的統文雖善於交際，但不太用功，最喜歡呼朋邀友，擺出一副老大哥的架勢。第二個是承文，他是一個豁出命來吃喝玩樂的浪蕩公子。跟這兩個相比，周嚴一向認為，哲文是個學習優秀的少年，可他不知什麼時候竟迷上了繪畫。

「連家的兒子都有點不正常。不過，喜歡繪畫總比沉溺於女人、鴉片要好些吧！」周嚴心裡想著，咳嗽了一聲，打開了尺牘的教科書，問道：「上次教到哪兒啦？」

哲文也翻著自己的教科書，可是他那翻書的手沒有一點勁。

周嚴在講課，哲文卻在想著別的事情。

在靠運河的青樓的窗戶下，結實的舢板船、破草蓆的船篷、撐著竹竿的少女，她那挑釁般的大眼睛裡投射出一種熱烈的眼光——這一切能不能成爲繪畫的素材呢？哲文心不在焉地聽著周嚴講課，心裡卻在描繪那個少女船老大的形象。

「明白了嗎？書翰文是有對象的，要看對象來寫文章，這也是經商的一條經驗體會。」

老師的這些話斷斷續續地進入哲文的耳朵裡。「喲呵！」少女向對面的小船打招呼——這種清脆的少女聲的幻聽可比現實的講課聲更加清晰。

……那少女的船沒有畫舫那樣絢麗的色彩，是一艘沒有任何修飾的破舊的小船。裝載的貨物也不是蘇州的絲綢之類的高級品，能裝點蔬菜、魚蝦等還算好的，一般都是裝運豬飼料。

有一次，青樓的鴇母斥責這少女說：「臭死了！划到那邊去！」而少女卻挺起胸膛，回敬鴇母說：「這兒的河是你們家的嗎？你們家脂粉臭、酒肉臭，我還忍著哩！我還要你搬搬家哩！」

這裡面有著什麼！哲文感到好似有某些與生活直接聯繫的東西在等待著他去表現。他幻想的畫筆在少女的眼前徬徨徘徊——他一直在拼命地尋求著什麼。

「你明白了嗎？」周嚴發現哲文在發呆想事情，他的聲音不覺嚴厲起來。

哲文清醒過來，視線回到老師的臉上，他看到的是悲傷的衰老的皺紋。他突然這麼想：「這也是一幅畫啊！」

4

這時候，連家的大兒子統文正在武夷山中的茶城崇安飲酒喧鬧，一大群幫閒圍著他，他興高采烈地給大家勸酒說：「喂，喝吧！」

他只有二十二歲，卻蓄著鬍子，裝著一副英雄豪傑的樣子。

「好，好，喝。」

那些幫閒都是爲喝酒而來的，津津有味地暢飲著不要錢的酒。

父親是爲了懲罰學習不好的統文，把他打發到這個城牆上長著薺菜的山城裡來的。

可是，統文卻毫不在乎。他這個人對任何地方、任何人都能很快地適應。即使把他流放到當時重罪犯人的流放地——新疆的伊犁，他也會馬上把當地的人眾邀集在一起，乾杯痛飲。這是他的長處，也是他的短處。總之，他很缺乏嚴肅緊張的勁頭。

「喂，咱們今天晚上喝它個通宵吧！」統文用當地的土話說道。

他能很快地學會方言土語，這也可以說是他的特殊本領。到蘇州去的時候，學問是一點沒有學到，而蘇州話卻很快地學會了。

「少爺，不能這麼喝呀，明天還有事情吧！」拐角裡有人這麼說。話聲裡帶有很遠的什麼地方的鄉音，崇安是各地茶商會集的地方，外地的方言在這裡並不使人感到奇怪。

「嗨，事情很簡單。」統文舉起酒杯，神氣十足地說：「明天不過到隆昌號去一趟，把倉庫裡的茶葉統統都買下來。」

「哦，買隆昌的茶葉……那可是很大的數量啊！」

「不管它有多少，我們全部買下。今天我老頭子來信了，信上就是這麼說的。我們不露出一點想買的神色，而是裝作無所謂的樣子，殺它的價錢。我們一定要把它買下來。」

統文這傢伙沒有一點警惕性。在座的就有好幾個不明來歷的人，甚至還有在隆昌號茶葉店裡幹鑑別茶葉工作的人。這個人第二天一清早就會向他的老闆建議說：「提高價錢，金順記也會全部買走咱們的茶葉。」

隆昌號的店員還算不了什麼，還有更危險的人，這人就是剛才說話帶外鄉口音的那個，他說的是廣東口音。

他的名字叫郭青，他是公行的領導人之一——廣利行盧繼光的親信，正在暗中進行活動。他一面冷靜地側目看著洋洋得意地大口喝酒的統文，一面在考慮對策。他心裡想：看來連維材是要囤積茶葉。一旦擁有大量的存貨，就可以用它作爲武器，操縱市場，搞垮公行——連維材的做法可能就是這樣。

爲了同金順記的連維材對抗，首先要不引人注目地購進茶葉；然後給廣州去信，要公行暫緩同外商訂立契約。

連維材的腦子裡，早已把二兒子承文失蹤的事丟在一邊。他靜靜地坐在可以俯瞰廈門港的望潮山房裡。桌子上攤開幾張信紙，其中有崇安方面負責人的來信。信中報告統文已受到盧繼光派出的人包圍，盧繼光的一幫人似乎已悄悄地四處搶購茶葉。

其實金順記的收購工作早已結束，目前已處於往外運出的階段。往福州運出八百擔，上海方面也即將有大批茶葉到達。連維材提筆在紙上補寫了幾句：「伺機在各地一齊拋出。價格猛跌，公行的人四處搶購，將會大吃苦頭。」

連維材絕不是對公行的商人有什麼個人的怨仇，一定要打倒舊的權威！——這種本能的戰鬥意志促使他這樣做。

他是一個以全部身心來接受時代要求的人；他的行動是把時代的浪潮作爲動力。而這個時代恰好又是一個疾風怒濤的時代，它蘊藏著無窮的巨大的力量。而他本人又準確地意識到了這一點，因而產生了一種可怕的信心。

他是光榮的先驅者！這也可以說是使命感吧！在這樣一個偉大的使命面前，兒子們的事情只不過是細微末節的小問題。

「統文嘛，他不過是一個拋出去的誘餌！」跟統文同樣的人物，維材還可數出幾個，比如余太玄就是其中的一個。這傢伙只不過是工具，他本身並沒有動力，只有裝上像連維材這樣的發條才能行動。

連維材閉上了眼睛。

他的背後有著奪目的榮光，可是先驅者的道路是孤獨寂寞的。

蘇州的周嚴來信，說他擔心三兒子哲文沉湎於繪畫。維材想到這裡，低聲地自言自語說：「也許老三是幸福的！」

買辦

連承文並沒有什麼才能，卻有著這麼驚人的力量。誼譚第一次對承文羨慕起來。不過，仔細一想，他覺得沒有必要嫉妒。承文自己並不能使用這種力量。他心裡想：「我能夠利用這種力量，還是我了不起。」

1

「怎麼？你不是獨立開了一間商店嗎？」

連承文從廈門溜走之後，在廣州找到了簡誼譚。但他感到有點失望，他聽伯父說誼譚已獨立經商，混得很不錯，而實際上誼譚卻一直在夷館裡當買辦。

「混得不好。不過，買辦也是一種獨立的買賣呀！」誼譚冷笑著回答說。

按道理也確實是這樣，買辦要有通事的保證才能進夷館工作，既然是爲外商工作，當然要從外商那兒領取報酬。不過，中國的天朝意識認爲：骯髒的夷人雇用神州上國清淨的居民是不合情理的事。

外國人一向認爲買辦就是雇員，但清朝在形式上是不承認這一點的，它認爲是爲了垂惠於遠來的客人而特意派去的接待人，但實質上是雇員。

「我是想學你獨立的呀。」承文說。

「那你帶資本來了嗎？」

「只偷來了五百兩。」

「怎麼樣？能把這筆錢借給我嗎？我除了當買辦外，還搞點小買賣。」

「這五百兩可是我的命根子啊！」

「那咱們一塊兒幹吧。我這個買賣只要有資本就能賺錢。」

「我不放心。」

「你不信任我，我也不勉強你一塊兒幹。」

這兩人曾是飛鯨書院裡的一對調皮鬼，他們在坦率地交談著。

誼譚自「獨立」以來，已經四年了。他還沒有成爲向姐姐西玲誇過海口的那樣的大人物。不過，就一個二十來歲的青年來說，那已經算混得很不錯了。當時一個普通老百姓一年的生活費約爲二十兩銀子，而他已經攢了三千兩。

「只要有資本就有辦法。」誼譚經常這麼想。他幹的確實是賺錢的買賣，缺的只是資本，他經常爲資金短缺而發牢騷。

「我想知道我應當幹什麼好。」承文說。

「你不出資本，誰告訴你呀。」

「那好吧，我考慮考慮。」承文說後就走了。不知道他在哪兒安家，大概是打算只要手中有錢，就在妓院裡鬼混吧。

誼譚這一天爲籌措資金而東奔西跑。

資金張羅不到，他跑到他的老大哥——英商顚地商會的買辦鮑鵬那兒發牢騷說：「這麼賺大錢的買賣，怎麼就借不到錢呀！」

鮑鵬滿面油光，保養得肥肥胖胖。他親切地笑著說：「我說誼譚老弟，你還有點天眞呀！財主們願不願借錢，不是看買賣賺不賺錢，首先是考慮保不保險。」

「難道我不保險嗎？」

「嗯，現在還可以。不過，萬一發生了什麼事情，貸款無法收回，到那時候，根據你的情況，向誰去訴苦呀？有誰來爲你償還呀？這就是所謂的信用問題。」

「是呀。」

這些道理誼譚當然是懂得的，他是沒有任何後臺背景的。

他想出的賺錢辦法是極其簡單的。他收買了在墨慈商會幹查點貨物工作的約翰·克羅斯，讓他在英國僞造了東印度公司的鴉片商標。同樣品質的鴉片，如果貼有東印度公司的商標，就可以提高百分之五到百分之十的賣價，原因就是鮑鵬所說的「信用問題」。

誼譚從美國商人那兒購買波斯或土耳其的廉價鴉片，適當地摻和進印度鴉片，然後再貼上東印度公司的「VEIC」商標。通過略微加工——即摻和，獲利可提高四成到五成。如果放手提高廉價鴉片的摻和率，利潤還會提高。但是搞過了頭，就會暴露出來是「假貨」，將會影響今後的生意。應當讓主顧產生這樣的心理：品質比往常好像降低了一點，可能是製造的時候出了什麼差錯。

另外還有一個困難。這種買賣所做的手腳極其簡單，只不過是「摻和、僞造」，所以一旦出現擁有大批資本的競爭者，就無法招架了。

跟別人談時，只能說是「賺錢的買賣」，不能詳細地加以說明。如果詳細說明，別人也會產生幹這種買賣的念頭。可是不詳細說明，誰也不願借錢。

目前誼譚只能從鮑鵬那兒借一點錢，幹點小宗買賣。可是鮑鵬並不是大財主。誼譚終於不滿地說：「不要說那些大道理了，看來是沒有人會痛痛快快地借錢給我了！」

「世上的事情就是這樣嘛！」鮑鵬開導年輕的誼譚說：「如果你有信用，不用詳細說明，也會有人出錢。」

「你所謂的信用，究竟是什麼？」誼譚反問：「我對自己幹的事情還滿有信心哩。」

「所謂信用，不是光憑信心或才能就能建立起來的。假定說有這麼一個人，他是大財主的兒子，或者是大官兒的兒子，即使他的才能不如你誼譚老弟，他也會受到信任。」

「的確如此。」

這個世界上的矛盾，誼譚體會得太深了。在這個廣闊的世界上，親人只有他和姐姐兩人，而且被打上了誰都可以看得到的「混血兒」的烙印。他沒有任何靠山和背景，更加感到「靠山和背景」的力量。

鮑鵬所說的信用，追根究柢就是金錢的力量，這一點誼譚也是知道的。他確實不具有這種力量。現在他正在創造這種力量，但是要產生這種力量，也還是需要金錢的實力。

「他媽的！」他心中暗暗地詛咒這個世道。但他是個精力充沛的人，馬上就暗下決心：「等著瞧吧！」

這時他想起了這天來訪的連承文。就才能來說，誼譚要比承文高得多。他們在飛鯨書院同窗了好幾年，這一點他是很清楚的。承文是玩樂的好對手，但作為買賣上的夥伴是指靠不住的。他看中承文從廈門偷來的五百兩銀子，才勉強邀承文入夥。可是承文不幹，也就這麼分手了。

五百兩的金額，誼譚也覺得沒有多大意思。不過，承文有的並不只是這五百兩，他的背後還有著父親連維材這個「信用」，他意識到這一點了。

「不管是怎樣的浪蕩公子，只要他老子是財主就可以借錢嗎？」誼譚這麼問道。他把尖鼻子沖著鮑鵬，好似在窺伺著什麼。

「當然借。」鮑鵬回答說。他用微笑來掩蓋了臉上的表情。

「他老子跟他斷絕了關係也行嗎？」

「不管怎麼斷了關係，因為本來是父子，做父親的就應當來處理善後。尤其父親如果是重名譽的人，他的信用就會大大地有利於他的兒子。」

「比如說，連維材的兒子怎麼樣？」

「那絕對沒問題。」

「老鮑，如果連維材的兒子想借錢，你能從中撮合嗎？」

「當然可以。只要是金順記的兒子，恐怕誰也不會問借款的用途。我也樂意從中撮合。」

誼譚一聽這話，眼睛裡閃現出光輝。

對！需要連承文！要的不是他的那五百兩，而是他的背景。浪蕩哥除了在這種場合當作工具使用外，別無其他的用途。

2

鮑鵬帶著他那張像圓月一般的和善面孔，出入於各種場所。他的本職雖是英商顛地商會的買辦，但實際他是廣州的大官兒們發財的參謀，在他們中間頗受信任。

「這事不會對你不利，你就委託我吧！」只要他這麼一說，準使你招財進寶。

他跟廣州的富商們也有交情，經常充當官府與商人之間的拉線人。他是顛地的買辦，在外國人中間當然也有很多朋友。總之，他的交遊很廣。

鮑鵬與簡誼譚是在西玲家認識的，西玲在投資等問題上都與他商量。凡是有用的人，都要大力交往，這就是他的主義。交遊廣給他帶來了巨大的信心。他心裡想：一旦有什麼事情，許多有實力的人會當我鮑鵬後盾的。各個方面確實有不少有實力的人跟他很有交情。他平常拒絕一切人的謝禮，他說：「今後少不了麻煩你，這個情義就存放在你那兒吧。」他就是這樣積攢了許多無形的儲蓄。

鮑鵬與公行的商人盧繼光關係密切，更是理所當然的。盧繼光經營的廣利行在廣州城外西郊的十三行街附近，他的家在城內。他的府宅宏偉壯麗，花園裡有池塘，池上蕩著小舟。

這一天，小舟中除了主人盧繼光外，還坐著總商伍紹榮和鮑鵬。操槳划船的是客人鮑鵬。他這個人很富有服務效勞的精神。

鮑鵬把槳放在小船上說道：「要不了幾天，一定會來的，肯定是這樣。」他說話很謹愼，但注意一聽，委婉之中有一種斷言的語氣。這是他自以爲是的性格的一種變相表現。

「浩官，你看怎麼樣？」盧繼光帶著商量的語氣問伍紹榮說。

「這究竟能給連維材多大的打擊呀？」伍紹榮面帶懷疑的神情問道。

「這很難說。不過，應當盡力試一試。」

「這倒也是……」伍紹榮並不反對，但看來他的態度並不太積極。

前些天盧繼光來訪問他，說廈門的連同松來了一封很有趣的信。連同松是名門金豐茂的繼承人，可是長期倒楣運，最近才抖起來。一個原因是他代銷簡誼譚的冒牌鴉片，獲得了巨利；另外他以在廈門代銷廣東物產的方式，得到了廣州富商廣利行賒購的貨源供應。

爲什麼廣利行的盧繼光給連同松這樣近似於救濟的援助呢？這是因爲連同松仇恨公行的仇敵連維材，而且他的地位便於搜集有關連維材的情報。

同松的信大誇了一番自己的功勞，他唆使維材的兒子承文從廈門逃往廣州。他的信中寫道：「承文可能去找墨慈商會一個名叫簡誼譚的買辦。」

因此，盧繼光找了買辦鮑鵬。恰好鮑鵬很了解簡誼譚，這事托他去做很方便，對各方面都有利。

盧繼光和鮑鵬商量，訂了計畫。這個計畫的大體內容是這樣：簡誼譚正在搞非法買賣，把連維材的兒子連承文拉進去，借錢給他，然後向官府揭發他們的非法行爲。這樣，他們肯定會完蛋。

結果肯定是承文身背大批債務，關進監獄。父親連維材不得不出來營救承文，這樣就會放鬆對公行的進攻；而且要善後處理兒子的借債等問題，在公行的面前就不能趾高氣揚了。

伍紹榮本來並不喜歡搞這種陰謀詭計，但目前的狀況使他不能反對。由於連維材的威力，公行的成員中已有幾家店鋪瀕臨破產的邊緣。就拿最近的收購茶葉來說，也叫連維材巧妙地鑽了空子，公行集團吃了大虧。一定要挫一挫連維材進攻的銳氣。

「一切都拜託老鮑吧。」伍紹榮說。

「行，好。」盧繼光當然贊成。他說：「這件事不用花錢。咱們慷慨地借錢給承文，反正以後他老子連維材會代爲償還的，我們不會吃虧。」

鮑鵬搓了搓手，低頭說：「那就交給我來辦吧。」

鮑鵬走出盧繼光的宅院時，門外的大樹後面躲著一個漢子，目不轉睛地盯著他的背影。這漢子黑黑的臉上長著一雙細長的眼睛。

幾天之後，這個眼睛細長的漢子在花街柳巷轉來轉去。當連承文從一家妓院裡走出來時，這漢子跟在他的身後。

承文走進一間小房子。盯梢的漢子抬頭看了看這戶人家，小聲地說：「果然是誼譚的家！」

3

十三行街的夷館區自成一個小天地，說是夷館，其實都是中國人的私產，是夷人租來的。房東主要是公行的商人，尤其是怡和行伍家擁有的房產最多。夷人不論掙多少錢，都不能在中國的領域內獲得不動產。

夷館根據建築物的不同，內部的構造略有差異。標準的構造靠十三行街和面臨河岸兩邊都開有門，在內部用弧形的長廊把大門和後門連接起來。

一樓有辦事處、倉庫、售貨處、買辦室、僕役和苦力的休息室；二樓有餐廳和會客室；三樓是夷人的住房，當然都是洋式的。

最重要的地方是一樓巨大的鐵制的「錢庫」。當時是銀本位的時代，恐怕不能稱它爲金庫，應當稱之爲銀庫，不過一般都稱爲「錢庫」。

錢庫的管理，規定由買辦負責。登帳放進錢庫的金額，以後如發現短少，或摻進了假銀和分量不足的銀子，買辦應當負責賠償。

買辦因對進出銀錢的金額和眞假負責，作爲報酬，銀錢進出時，每千元扣取二十分手續費。雖然一萬元只能得到二元，但忙的時候一天有幾十萬元的銀錢進出，所以也不能小看。

按規定，夷館購買日用品和食品等，一切都要通過買辦的手。這是爲了不讓夷人同一般的市民接觸。而買辦在購買這些物品時，一般都要從中揩點油。另外，兼營貸款的買辦，還可從借債人那裡撈到一筆經手費。

由於有這麼多的外快，買辦這個行業人們還是很願意幹的。薪金雖然不多，但實際收入是薪金的好幾倍。

雖然籠統地稱爲買辦，但簡誼譚不過是「助理」——見習買辦。薪金一年爲二百西班牙元。一個西班牙元規定爲銀一兩的千分之七百一十七，所以年薪不過一百四十三兩。錢庫銀錢進出的手續費和其他的外快都被正式買辦裝進腰包，見習買辦並不富裕。

不過，簡誼譚另有賺錢的門路。尤其是最近，他的情緒特別好。他抓住從辦事處出來的哈利・維多說：「我要十五箱公班土，你給我開票單吧。」

「十五箱？」哈利吃驚地瞪大了眼睛。

所謂票單就是提貨單，拿著它就可到伶仃洋的鴉片母船上去換取鴉片。摻和用的鴉片從美國人手中購買，上等的鴉片可以低價從墨慈商會購買。不過，往常只買兩三箱，而這次一下子卻要十五箱。

「要十五箱，打折扣也得要一萬多元啊！」哈利說。

公班土是最上等的鴉片，一箱售價八百元，十五箱爲一萬二千元，優待職員打折扣也得要一萬多元。這可是一筆鉅款。

「馬上用西班牙元奉上。」誼譚盡量裝著毫不在乎的樣子說。他心裡想：「哼！傻瓜，讓你嚇一跳！」

不過，他現在更加認識到「信用」的偉大力量了，把那個浪蕩哥兒連承文的名字一抬出來，貸款就滾滾而來，這大出誼譚的意料。

除了這十五箱公班土外，還要從美國商人那兒購買土耳其鴉片三十箱。這種鴉片雖然便宜，但數量大，也得要一萬多元。居然有人能慷慨地借出這麼一筆鉅款，連誼譚也感到吃驚。不僅如此，據介紹人鮑鵬說，貸款人說：「如果需要，要借多少都可以。」

粗略算一下，這一次買賣就可以賺到八千元到一萬元。

四年來，辛辛苦苦地只積攢了三千兩。而這次一下子就可以撈到近一萬元。誼譚太高興了，高興得簡直有點發傻了。

連承文並沒有什麼才能，卻有著這麼驚人的力量。誼譚第一次對承文羨慕起來。不過，仔細一想，他覺得沒有必要嫉妒。承文自己並不能使用這種力量。他心裡想：「我能夠利用這種力量，還是我了不起。」

誼譚正要離開夷館去美國商館訂購土耳其鴉片時，約翰．克羅斯面色陰沉，歪著嘴巴，小聲跟他說道：「這次買賣可眞不小啊！」

誼譚一瞬間臉色很難看，但他馬上就笑嘻嘻地說：「你的那一份兒我不會少給。不過，那紙片兒可能不夠了。這事拜託你啦。」紙片兒是指僞造的商標。

在美國商館的交涉也很順利。以後就是代銷的問題了，重要的是不能太冒險。「一切都由我來安排！」他暗中這麼決定，更加覺得自己了不起，賺的錢當然絕大部分都落進他的腰包。

4

墨慈商會幹勁十足地集中了曼徹斯特商人的資本，開始了對清國的貿易。但最初並未取得墨慈所預想的成績。由於急功近利的北航，遭到海盜的搶劫，一開始就蒙受了巨大的損失。

「不能心急！」儘管墨慈這麼提醒自己，但還是多次遭到失敗。不過，墨慈並不是一個一遭到失敗就氣餒的人。

到了第三個年頭上，好不容易上了軌道，才有可能拿出使股東們滿意的利潤。到了這時候，墨慈說話的聲音也響亮了。

「我說哈利，你趕快給我去澳門一趟，鴉片必須要補充了。另外，你到了澳門之後，可不能泡在保爾那兒。」墨慈說著，在哈利．維多的背上輕輕地拍了一下。

「是，我坐下午的船去。」

「你首先要到金順記向溫先生問好。」

「我知道了。」

金順記不是公行的會員，按照規定，不能和它直接交易。不過，墨慈商會在第三個年頭生意上有了起色，是得力於金順記的建議。

比如像這樣輕描淡寫的建議：「現在該是收購茶葉的時候了，要儘快收購。」「稍微等一等看吧！」令人吃驚的是全都說的很準。

這些建議主要是澳門的溫章通過哈利提出的。溫章一再地叮囑哈利：「不過，這可不能對任何人說。如果我知道透露給了別人，我就再也不給你說什麼了。」

墨慈從來也未打算把這樣寶貴的情報透露給別的公司。墨慈經常這麼想：「金順記眞了不起，能和這樣的商號直接交易該多好啊！」

單憑和金順記做交易這一點，他也想捅開清國的門戶。有一次連維材來到廣州，墨慈跟他說了這樣的話，連維材若無其事地回答說：「嗯，這樣的時代總有一天會到來的吧。」

說起來墨慈商會和查頓、馬地臣、顛地相比，在英商中還算是一家新興的商社，不屬於主流。在清國方面，金順記沒有加入公行，作爲貿易商人也不屬於主流。這種非主流派之間的結合，看來也是有某種原因的。

哈利一到澳門，首先拜訪了金順記分店。那兒有他的好友溫章。

溫章這個人最大的優點是心地純潔，跟他見見面、談談話，就會感到溫暖。他絕不會使人感到有什麼壓力，是一個性格溫和的人。這些優點可以使遠離祖國、心靈容易荒廢的人得到精神上的安慰。

在金順記的澳門分店裡，還有一個十五歲的彩蘭。這個爽朗、美麗的少女並不像她父親那樣拘謹，她帶著質問的語氣對哈利說：「據說顛地、查頓、馬地臣商會的人們回到倫敦，大肆向政府活動，要求對清國採取強硬態度，出售更多的鴉片。這些都是眞的嗎？」

「我這樣的小職員，不大清楚。」

「戰爭遲早會發生吧？」

「啊呀，這種事……」

「一旦發生戰爭，哈利先生也會當兵跟我們打仗嗎？」

「不會。我不是軍人……怎麼說好呢，因爲我是商人。」哈利拿出手絹，擦著額頭上的汗。

「行啦行啦，不用說了！」溫章責備女兒說。

哈利出了金順記，去找保爾．休茲。保爾在一年前辭了墨慈商會的工作，在澳門找到了更適合於他的買賣——經營對外國人的酒吧間和介紹妓女。

鴉片基地澳門是罪惡橫生的城市。這裡有低級下流的酒吧間、賭場、妓院、鴉片館——凡是罪惡的東西，可以說無所不有。

保爾的酒吧間——從以彩蘭爲象徵的清淨的溫章那兒來到這裡，簡直叫人感到是另一個世界。

「哈利，好久不見了。」保爾打過招呼後，馬上就談起女人：「最近從印度買來了三個女人，長得實在漂亮。」談的都是這一類的話。最後保爾握住哈利的手，一連聲地說：「謝謝你啦！」

「哈利，謝謝你啦。我對這兒十分滿意。我離開了墨慈商會，但這裡可眞是個好地方。你把我從曼徹斯特那樣一個到處飛舞著棉花的城市帶到這樣一個好地方，我要大大地感謝你啊！」保爾吐出的氣息中帶著酒氣。

酒吧間的老闆保爾，看來好像十分滿意。他額頭上那塊傷疤，顯得和這種地方很相稱。

「在著手幹事之前，應當讓心裡清靜清靜。」哈利想著，離開酒吧間朝教會走去。

歐茲拉夫外出了，但歐茲拉夫的夫人瑪麗．溫斯特爾在教會的附屬學校裡。

哈利去學校的時候，學校剛放學，中國的孩子們圍著歐茲拉夫的夫人，齊聲用英語喊道：「再見！」

一個孩子急著要回家，撞在哈利的身上。

「啊呀，好危險！」哈利抓住這孩子的胳膊，看了看他的臉，孩子害臊地笑了。

「你幾歲了？」哈利用英語問他。

「八歲。」孩子也用英語回答。是一個聰明活潑的孩子。

「叫什麼名字？」

「容閎。」孩子說後一溜煙跑掉了。

「是個可愛的孩子。」哈利跟歐茲拉夫的夫人說道。

「容閎這孩子學習成績最好。」

這是容閎幼小時的面貌。他七歲入歐茲拉夫夫人的學校，後來進入耶魯大學，回國後曾對曾國藩、李鴻章、康有爲等政界要人產生很大的影響，成爲洋務運動和戊戌政變的重要人物。

弛禁

許乃濟的這篇奏文，一開始也列舉了鴉片的弊害，認爲「誠不可不嚴加厲禁，以杜惡習也」，但認爲從現狀來考慮，嚴禁鴉片說起來容易，實際上不可能實行。

弛禁論是一種現實論、妥協論；其根源是來自維持現狀或漸進改良的思想。

1

龔定庵帶著連維材託付給他的理文，在琉璃廠一帶漫步。

北京正陽門外所謂前門大街的西邊一帶，人們稱爲琉璃廠。不定庵和昌安藥房在前門大街的東面，離這兒不遠。

顧名思義，琉璃廠是過去燒製琉璃瓦作坊的遺址，據說從十三世紀的元代開始，這裡主要燒製蓋宮殿用的彩色瓦。明末的吳梅村有過這樣兩句詩：

琉璃舊廠虎坊西，月斧修成五色泥。

過去這裡有通往西山的河道，把作爲原料的陶土由水路運到這裡。現在這裡已無水路的遺跡，但附近的很多地名帶有「橋」字。

這裡原來只有官營和民營的磚瓦窯，不知從什麼時候起，逐漸有了市集。市集是擺在窯的旁邊，所以出售的都是古董。古書也作爲古董的一部分在這裡出售。大概是在明朝萬曆年間（一五七三年至一六一五年），這裡不僅有露天市場，還開始出現了店鋪。

不久這裡便成了書店街。除了書店之外，出售字畫、碑帖拓本、銅器、紙墨筆硯等店鋪也集中到這裡，成了文化區，這大概是由於它的位置靠近讀書人集中的官衙地區的緣故。

很多文人墨客把在這條街上漫步當作無上的樂趣。林則徐的日記裡就寫著他在京期間經常上這兒來購買物品；到了現代，魯迅的日記中也經常出現琉璃廠的名字。

定庵走進了一家名叫「二酉堂」的書店，理文吃驚地在堆滿了書籍的店堂裡東張西望。

「書眞多啊！一輩子也讀不完！」理文好像有點掃興的樣子。

「嗨，必須要讀的書也不那麼多。再說，重要的是思考，不是讀。」定庵說道，他的眼睛並未離開書架。

他的這種感慨是眞實的，最近他很多時間用在思考上。默琴要見他愈來愈困難了，過去給他們從中撮合的清琴，說是要養病，到暖和的江南去了。來了新的傭人，遇事都不方便。只有在藉口學習寫字，帶著心腹侍女外出的時候，才能跟他有短暫的幽會。

幽會愈是困難，愈發引起他的思念。想念情人的心與慨嘆衰世的憂憤，在定庵的身上化成一團烈火，愈來愈分辨不清。

理文被萬卷書籍驚呆了。

定庵和二酉堂的主人攀談起來。

在清朝末年，由各個書店刻印的古書流行，稱之爲坊刻本。二酉堂以刊行《四書章法》和《說岳全傳》而著名。理文雖生長在商業家庭，但他對這種買賣還是很感新奇。

定庵跟主人談完話，往店外走的時候，理文跟他搭話說：「同樣是做買賣，這樣的買賣才叫棒！我要是當商人的話，我就願意經營書籍，不搞什麼茶葉、絲綢。」

定庵走出店外，回頭看了看二酉堂說：「不過，理文，你當不了書店老闆。」

「爲什麼？」

「因爲你是福建人。」

「爲什麼福建人就不成？」

「只有江西人才能在琉璃廠開書店。」

「有這樣的規定嗎？」

「不是規定，是習慣。」

「習慣就不能破嗎？」

「這個問題，你聽我慢慢地說吧。」

當時鄉黨意識的強烈，現代人是根本無法理解的，它大概帶有生活權自衛的意義。

總之，琉璃廠的各家書店，從老闆到小夥計，一向都是由江西人來當。這是一條毫無例外的、嚴格的慣例。其他省的人進入書店業，是在鴉片戰爭發生二十多年後，由河北省的南宮和冀州的人開創的。這些新起的河北派書店絕不錄用江西人，另外組織了同業公會，和江西派激烈競爭，甚至發生了訴訟。

開書店這樣一種帶文化性質的買賣，對理文這樣的少年很有吸引力。其實它的內幕也是排外、醜惡的。

定庵邊走邊這麼解釋，啓發這個聰明的少年。他接著說：「不過，如果慣例是打不破的，那就糟了。你剛才問這樣的習慣能不能打破。這種精神是十分寶貴的。你明白這個道理嗎？」

「明白。」

「我說的話也許對你的未來有點不利，因爲要當商人，遇事不妥協是幹不成事業的。」

「這也不一定……」

「不，你說的是少數例外。對於未知的世界，還是少說爲妙。」定庵瞇著眼睛看著理文。看到這樣尚未成熟的、有著各種發展可能的少年，確實是一種樂趣。定庵曾經在詩中說人生的黃金時代——少年時期「心肝淳」、「憂患伏」，歌頌他們「萬恨未萌芽，千詩正珠玉」。他喜歡人的未成熟時期。

少年的性格是不屈服於人世間一般的常規的。理文說「習慣就不能破嗎」，他對這樣的提問感到很滿意。他心裡想：「這個小傢伙也許能成器！」

理文叫定庵一看，羞怯地低下頭來，但定庵仍然定神地凝視著他。

2

定庵回到斜街的家裡，吳鐘世早就在等著他。

理文跑進比他大三歲的定庵的長子龔橙的房間裡去了，這位龔橙是一個以扭曲的形式繼承了父親性格的青年。定庵曲曲折折的憂患性格，以直截了當的虛無主義的形式傳給了兒子；詩人的自由奔放的性格，兒子卻以主觀獨斷的形式繼承了下來。

「理文君，你接著昨天教我吧！」龔橙拿著英語課本，催促著剛剛回來的理文。

要說經學，年長的龔橙確實要高明得多，可是叫龔橙嫉妒的是理文懂一點英語。理文就學的家塾是飛鯨書院，它的特點是教授任何書院都不教授的「洋文」。

最近好強的龔橙抓住理文，開始學起了英語。

在另一個房間裡，客人吳鐘世把今天的「禮品」遞給定庵說：「許乃濟奏摺的抄本弄到手啦！」

「哦，那我可要拜讀拜讀。」定庵接過一本草草裝訂的小冊子說道：「這可比王玥的要詳細多了。」

當年（道光十六年，即一八三六年）五月，湖廣道監察禦史王玥曾就弛禁鴉片上過奏摺。王玥的奏摺這樣說：一旦沾染上鴉片，惡習就不容易洗除。其間官吏受賄，外夷大賺其錢。看來士農工商等有正當職業的人不會沉溺於鴉片，吸食者都是「閒蕩之徒」。他們自己縮短自己的生命，乃是自作自受，不足爲論。……但是，軍隊內鴉片流行，令人不勝憂慮。一兵必有一兵之用，嚴禁吸食鴉片可否在軍隊內實行。

王玥的這個奏摺，定庵早已看過。到了六月，太常寺少卿許乃濟又向皇帝上奏了弛禁論，博得了好評，但定庵還沒有看到它的全文。

吳鐘世帶來的「禮品」就是這篇奏文。

「據說皇上動了心。……」定庵一邊這麼低聲說著，一邊開始默讀許乃濟的奏文。所謂弛禁論，也並不是肯定鴉片，就連王玥也主張首先把禁煙的重點放在軍隊。

許乃濟的這篇奏文，一開始也列舉了鴉片的弊害，認爲「誠不可不嚴加厲禁，以杜惡習也」，但認爲從現狀來考慮，嚴禁鴉片說起來容易，實際上不可能實行。

弛禁論是一種現實論、妥協論；其根源是來自維持現狀或漸進改良的思想。

許乃濟的奏文與王玥的奏文有所不同，其特點是極力渲染現實的經濟問題。許乃濟這樣來展開他的論點：

……乾隆以前，（鴉片）列入藥材項下，每百斤稅銀三兩，又分頭銀二兩四錢五分。……嘉慶年間，每年約來數百箱，近年竟至二萬餘箱。……（鴉片）歲售銀一千數百萬元（西班牙元），每元以庫平七錢計算，歲耗銀總在一千萬兩以上。夷商向來攜洋銀至中國購貨，……近則夷商有私售鴉片價值，無庸挾貲洋銀，遂有出而無入矣。……向來紋銀每兩易製錢千文上下，比歲每兩易製錢至千三四百文，銀價有增無減，非銀（因購入鴉片）有偷漏而何？鹺（鹽）務易鹽以錢，而交課以銀，鹽商賠累甚重，遂致各省鹺務，俱形疲敝。州縣徵收錢糧，其賠累亦復相同。以中原易盡之藏，塡海外無窮之壑，日增月益，貽害將不忍言。

或欲絕夷人之互市，爲拔本塞源之說。在天朝原不惜捐此百餘萬兩之稅餉，然西洋諸國，通市舶者千有餘年。販鴉片者，止英吉利耳。不能因絕英吉利，並諸國而概絕之。瀕海數十萬眾，恃通商爲生計者，又將何以置之？且夷船在大洋外，隨地可以擇島爲廛，內洋商船，皆得而至，又烏從而絕之？比歲夷船周曆閩、浙、江南、山東、天津、奉天各海口，其意即在銷售鴉片，雖經各地方官，當時驅逐，然聞私售之數，亦已不少，雖絕粵海之互市，而不能止私貨之不來。

……

3

許乃濟的奏文以《許太常奏議》而聞名，稱他爲太常，是因爲他擔當的職務是太常寺的少卿。「寺」並不是一般所理解的寺院，而是官衙的名稱。不過，它不是行政機構，而是像宗人府或內務府那樣，主要是掌管有關帝室的事務。

太常寺是司掌祭祀的機關，另外還有管理食膳和金錢出納的光祿寺，司掌朝廷儀典的鴻臚寺，司掌馬政的太僕寺等。只有掌管刑獄的大理寺性質略有不同，但總體上可以說是皇帝的私人機構。各寺的長官稱爲卿，副長官稱爲少卿。許乃濟是太常寺的少卿，正四品官。

後來黃爵滋著名的《黃鴻臚奏議》，駁斥了這種弛禁論，使搖擺不定的道光皇帝傾向於嚴禁論，終於導致了鴉片戰爭。這位黃爵滋就是鴻臚寺卿，和林則徐同屬於改革派中少壯有爲的人物。

現在再回過頭來談許乃濟的奏文。太常寺少卿許乃濟接著述說了禁止鴉片所產生的弊害。他說：

禁愈嚴，私售的方法愈巧妙，瀆職官吏所受賄賂愈多。現在躉船（鴉片母船）停泊在水路四通八達的伶仃洋上，私買者到夷館交納銀款，領取「票單」，然後用快蟹船或扒龍船到躉船去領貨。這些護艇均備有槍炮，快速如飛，所過關卡，均有重賄。兵役巡船如欲拿捕，輒敢抗拒。另外還有內河的匪徒，冒充官吏，藉搜查鴉片之名，肆意搶劫，良民受累者，不可勝數，這些流弊都是發生在嚴禁以後。……

接著他說出了兩句「名言」：「海內生齒日眾，斷無減耗戶口之虞。」理由是「究之食鴉片者，率皆遊惰無志，不足重輕之輩」。他建議：「准令夷商將鴉片照藥材納稅，入關交行後，只准以貨易貨，不得用銀購買。夷人納稅之費，輕於行賄，在彼亦必樂從。洋銀應照紋銀，一體禁其出洋。」

他接著說：

……至文武員弁士子兵丁等，或效職從公，或儲材備用，不得任令沾染惡習，致蹈廢時失業之愆。惟用法過嚴，轉致互相容隱。如有官員士子兵丁私食者，應請立予斥革，免其罪名。……或疑弛禁於政體有關，不知觴酒衽席，皆可戕生，附子、烏頭非無毒性，從古未有一一禁之者。且弛禁僅屬愚賤無職之流，若官員士子兵丁，仍不在此數，似無傷於政體，而以貨易貨，每年可省中原千余萬金之偷漏，孰得孰失，其事了然。……

接著他又表白說：

臣以一介菲材，由給事中仰沐聖恩拔擢，曆官中外，前任嶺表監司，幾十年報稱毫無，深自愧恨。而於地方大利大害，未嘗不隨時訪問。因見此日查禁鴉片流弊，日甚一日，未有據實直陳者。臣既知之甚確，曷敢壅于上聞，伏乞皇上敕下粵省督撫及海關監督，密查以上各情節，如果屬實，速議變通辦理章程，奏請宸斷施行，庶足以杜漏卮而裕國計。

許太常奏議的末尾還涉及罌粟問題。由於禁止栽培罌粟，國內沒有人敢種，日益為夷人所壟斷，他慨嘆「利藪全歸外洋矣」。

據許乃濟說，中國的土性溫和，種罌粟制鴉片，不僅價值便宜，而且藥力微弱，對人體傷害不大。他說：

……前明淡巴菰，來自呂宋，即今之旱煙，性本酷烈，食者欲眩，先亦有禁，後乃聽民間吸食，內地得隨處種植，呂宋之煙，遂不復至，食之亦無損於人。今若寬內地民人栽種罌粟之禁，則煙性平淡，既無大害，且內地之種日多，夷人之利日減，迨至無利可牟，外洋之來者自不禁而絕。……廣東省情形言之，九月晚稻，刈獲既畢，始種罌粟，南方氣暖，二三月便已開花結實，收漿後乃種早稻，初無礙於地方，而大有益於農夫。……

定庵看完了奏摺，把它放在桌子上，說道：「哼！外面都傳說這篇奏文理路清晰。表面看來是這樣。……可是，在議論的過程中卻偷湯換藥了。」

「對！在最關鍵的地方，把鴉片同酒色、附子放在同等的地位來展開他的論點。」

「太不像話了！他說我國土性溫和，所產的鴉片對人體的危害不大，這一點我感到懷疑。」

「我也覺得奇怪。」吳鐘世歪著腦袋說道：「咱們請教請教哪個專家吧！」

附子和烏頭是把附子的籽和根晾乾做成的藥材，含有毒性。阿依努人[1]的毒箭上塗的就是這種毒藥。但也可作爲治病的藥來用。許乃濟的意思是說，從未禁止過這樣的毒藥，唯獨要禁止鴉片，爲免有點不公平。豈不知鴉片和附子的性質是根本不同的。

從現代人的眼光來看，許乃濟的論點實在太野蠻了。他認爲唯有統治階級的士大夫階層，和爲他們效勞的軍隊不能沾染吸食鴉片的惡習，愚蠢貧賤的老百姓則可聽任他們自生自滅。但這種殘暴的觀點在當時並不被人認爲多麼違背人道。

不過，定庵早就漠然地預感到「山中之民」的力量。他從這種觀點裡清楚地看到了統治階級的專橫和卑劣。

「他舉出了具體的數字，這可煞費了苦心啊！」吳鐘世發表評論說。

「要說一千萬兩，這可抵得上國家全年收入的四分之一以上。」

「聽說皇上也動了心，這篇騙人的文章看來也還有力量。」

「恐怕應當批駁它，把它駁倒。」

「據說皇上已經根據許乃濟的奏請，命令廣東，進行調查。」

「這樣下去不成。我們應當趕快邀集一些人，就這個問題交換意見，商量對策。」

「我已經作了這樣的安排。」吳鐘世說：「今天我到你這裡來，就是來邀請你的。」

「是嗎？什麼時候碰面？」

「後天晚上，在不定庵。」

4

道光皇帝勵精圖治的時間，僅僅從道光十三年起持續了兩年。

他每兩年就要失去一個親人，這種不幸連續發生了四次。到第五次的道光十三年，死了皇后。但這一次使他振奮了一下，折斷了大煙槍。

不過，道光皇帝的勤奮，總的來說是不能持久的。到了道光十五年，緊張的情緒終於又鬆弛了，唯有鴉片沒有重吸，但又開始倦於政務了。

這年正月，曹振鏞去世，這位老軍機大臣向來把向皇帝進諫當作自己的使命。前面已經說過，這位樞臣所關注的只是字要寫得端正。皇帝賜了他「文正」的諡號，文正這個諡號絕不是諷刺他，恐怕再沒有別的諡號更符合他的爲人了。

曹振鏞，字儷笙，安徽省歙縣人。嘉慶十六年（一八一一年）他擔任會試的正考官，林則徐就是這一年進士及第的。當時的慣例，進士要把自己考中那年的主考官，當作自己的恩師。所以儘管沒有直接受過他的教誨，林則徐仍稱他爲「曹師」。

曹振鏞對道光皇帝簡直就像一團煙霧，他的死也可能是道光皇帝倦怠於政務的一個原因。死去了大臣，當然是令人惋惜的。但皇帝卻覺得頭上的一團煙霧消散了。首先每天晚上可以不必幹那種用朱筆改正文字的蠢事了。「啊呀呀！好啦！」道光皇帝嘗到一種解放的感覺。

同年七月，滿族的軍機大臣文孚辭職。他跟一般的老年人一樣，耳朵背了，已經不能勝任他的工作。兩位老臣就這樣幾乎同時離開了軍機處。

曹振鏞與文孚的後任是七月以後決定的，分別是趙盛奎和賽尚阿。

軍機處是當時清國的政治中心。龔定庵曾經談論政治體系說：「軍機處乃內閣之分支，內閣非軍機處之附庸。」確實是這樣。定庵之所以這麼說，是因爲軍機處本應是內閣的分支，但實際上它已凌駕於內閣之上。軍機大臣和大學士不一樣，他主要是憑實力，而不是靠資歷。軍機大臣多從各部的侍郎中任命；有實力的侍郎就可能進入軍機處。

道光十五年任命的兩位新的軍機大臣都是現職的侍郎。趙盛奎是刑部侍郎，賽尚阿是工部侍郎。他們是新上任的年輕的軍機大臣，當然沒有勇氣像老臣曹振鏞或文孚那樣批評皇帝。道光皇帝感到鬆了一口氣。

馳禁鴉片論就這樣鑽進道光皇帝這種情緒鬆弛的空檔而放出來了。

紫禁城裡的綠樹開始染上了金黃色，北京的秋天，秋高氣爽，氣候宜人。

穆彰阿從乾清宮裡出來，在休息室飲茶。把他看成宿敵的王鼎，背過身去不搭理他。其他的軍機大臣都是新到任的。

穆彰阿用得意的眼光看了看那些在查閱檔或書寫公文的章京們。絕大多數的章京都仰承他的鼻息，對他唯命是從。唯有一個最近剛當上軍機章京，名叫丁守存的傢伙，抱著胳膊，擺出一副不把軍機大臣放在眼裡的面孔。

「世上也眞有怪人！」穆彰阿心裡這麼想。

不爲利所動的人是不好對付的，這個精通天文曆算的丁守存根本不買穆彰阿的帳。

「早晚要把丁守存革掉！」穆彰阿臉上笑瞇瞇的，心裡卻在考慮著各種整人的花招。他在喝茶的時候，腦子還在轉個不停。

就連穆彰阿也深知鴉片弊害的可怕。但他擔心嚴禁的體制如果繼續維持下去，一定會出現過激的事情。政治應當適應現實，現實是這樣一個舒適快活的世界。柔軟溫暖的被褥，擺滿紫檀木桌子的山珍海味，侍候得無微不至的僕人，前呼後擁冰肌玉膚的美女，富貴的生活，一片名聲與地位的喝采聲——現實的這種狀態，要千方百計地保住。

以公羊學派爲急先鋒的改革派們，卻想用政治來改變現實。現實是不能改變的，應當堅決鬥爭。——在穆彰阿和善的表情背後，燃燒著強烈的鬥志。

一些稱作「蘇拉」的打雜的少年，提著茶壺在休息室裡轉來轉去。這些蘇拉是從十五歲以下不識字的少年當中挑選出來的。軍機處的檔都是國家的機密，在這兒幹活的勤雜工最好是文盲。

一個蘇拉把一篇密封的奏文遞給了章京海英。海英拿著它走到穆彰阿的身邊說：「廣東的奏文到了。」

「哦……」穆彰阿面帶笑容。他不用看奏文，內容早已知道了。廣東奏文的抄本早在兩天前就到了他的手裡。

5

吳鐘世不愧是那一行的能手，他早就把廣東復奏弄到手了。

許乃濟主張弛禁，並要求命令廣東調查實際情況。他上奏的這些內容已獲得批准，聖旨已發往廣東。其實許乃濟事前已與廣東當局取得了聯繫，穆彰阿的密使也同時奔赴廣東。所以廣東當局在所謂實際調查基礎上所復奏的意見，一開始就決定了贊成弛禁。

不定庵裡，在京的同人們聚在一起，正在討論這個廣東復奏。

「廣東顯然與穆黨通了氣。」

「前段列舉的所謂嚴禁鴉片的流弊，完全是許太常奏議的翻版。」

「看來是公行一手包辦的。」

「從章程的第四條來看，這是很明顯的。」

「那麼，咱們該怎麼辦？」

「仍按以前商定的方針辦。不過，看來似有進一步加緊的必要。」

在上一次的聚會上已經決定了上奏對弛禁的駁議，甚至已作好了部署，決定先由內閣學士朱嶟放第一炮——上奏嚴禁論。

廣東復奏認為鬆弛對鴉片的嚴禁，設立新規是妥當的，並提出以下九條新章程方案：

1.採取以貨易貨辦法，不用銀交易。即使鴉片進口過多，其不足部分也不付款，超過部分暫存公行，在下一個貿易季節來航時，歸還夷商。

2.水師的巡船不得藉口查禁，出洋肇事。

3.夷商可攜銀來充當運費及其他費用，但只准帶回攜帶金額的三成。

4.鴉片已公認作爲藥材進口，因此應和其他商品同等對待，委交公行，沒有必要設立專局。否則將會產生壟斷所帶來的流弊。

5.稅率仍按舊制，無必要增額。稅輕則冒險走私者將會減少。

6.如實行弛禁，價格必然下降，不應事先規定鴉片的價格。

7.用船將鴉片運往全國各省時，應交付廣東海關的「印照」。無印照者將被認爲是走私。走私是漏銀產生之根源，應嚴加取締。

8.對民間栽培罌粟，略微弛禁。只准在山頭角地和丘段等地栽培，良田不得栽培罌粟。

9.嚴禁官員士子兵丁吸食鴉片。

「看來對方是在有計畫地幹啊！」

「應當及早準備在朱嶟先生之後放第二炮。」

「許君，你來怎麼樣？上奏弛禁的許乃濟跟你同宗，你來奉陪一下吧！」

「好吧，我來試試。」說話的是一個皮膚白皙的三角臉。此人名叫許球，是兵科給事中，有上奏的資格。

接著就是反覆琢磨批駁弛禁奏文的草稿。在修辭用字上，龔定庵提出了不少意見。

正事一完，就轉入閒談：「不管怎麼說，吳鐘世先生的情報可快得驚人。」「看來搞偵探大有長進了。」

閒談了一會就散會了。定庵走出門外，旁邊就是靜悄悄的默琴的住宅。跟她已經十多天沒有見面了，他回想起上一次幽會時的情景，那溫暖的肌膚！那發出像白瓷一般光澤的膚色！

「一到晚上，眞是秋寒刺骨啊！」定庵縮著身子。秋夜的涼風吹著他火熱的身子。

默琴家的燈火都熄了。

同人們回去不一會兒，吳鐘世聽到敲門的聲音。

「這時候還有誰來呀？是誰忘掉東西了吧？」他這麼想著，開門一看，軍機章京丁守存站在他的面前。

「你怎麼啦？」

「突然想來見見你。」丁守存摸著他的大下巴說。

「好吧，你先進來吧！」

丁守存跟在吳鐘世的身後，飄然走進會客室。

「讓你上我家裡來，有點不合適。」吳鐘世皺著眉頭說。

「那爲什麼？」

「讓人知道我跟你往來，我就不能從你那裡弄到情報了。」

「那有什麼要緊呀？」

「你不要緊，我可要緊。」

「哈哈哈！誰也不知道我來，不知道什麼原因，對你家平時監視很嚴。不過，剛才許多人從你家一走，監視的人也一下子都不見了。現在任何人出入你家都不要緊。」

「那你有什麼事嗎？」

「什麼事也沒有。」

「什麼事也沒有？」吳鐘世把丁守存的話重複了一遍，臉上露出驚詫的神情。

「不。說實在的，」丁守存伸出他的大下巴說：「我想鑽進遭到嚴密監視的人家而不被任何人發現。我早就想這麼幹它一傢伙。今天晚上是個大好機會。」

吳鐘世望著丁守存，小聲說：「你那兒有點不正常吧！」

剛才不定庵的同人都佩服吳鐘世最近的情報既準確又迅速，其中是有原因的，因爲軍機章京丁守存把一切情況都透露給他了。

丁守存，字心齋，山東日照人。他是道光十五年的進士，任戶部主事後，擔任軍機章京。他當章京時，吳鐘世才去接近他。幾乎所有的章京都日益仰承穆彰阿的鼻息，獲取情報極其困難。吳鐘世認爲丁守存遲早也會被穆黨所籠絡，但覺得在未受籠絡之前也許可以利用，因此並未抱很大期望，只是接近試試。而這一來，丁守存卻突然說道：「你是想從我這兒搞到軍機處的情報吧？」

吳鐘世不知道怎麼回答他好，丁守存馬上接著說：「我一看你的臉就明白，我想我大概是猜中了。好吧，那我就協助你吧！」

「啊？協助？……」丁守存說得太爽快，吳鐘世一下子愣住了。

「我需要錢。」丁守存說：「但要的不多。我有要幹的事情，遺憾的是錢不夠。」

丁守存提出的金額確實不多。吳鐘世半信半疑地和他聯絡，情報之準確，令人吃驚。

章京跟軍機大臣不一樣，不可能仔細閱讀保密奏文。但他的腦子構造特殊，不管多麼長的文章，只要一過目，就能記住不忘。就拿這次的廣東復奏來說，他並未作筆記，卻能在吳鐘世的面前一口氣把全文說出來，吳鐘世拼命地把它筆錄下來。

「眞的沒有什麼事嗎？」吳鐘世又問了一句。

「是的，眞的沒有事。不過，很有趣。勉強說的話，嗯，那恐怕就是我想幹點有趣的事。」

「有趣的事？……」

「對。我把軍機處的各種機密透露給你，這也是有趣的事。我這個人就是喜歡有趣的事。」

丁守存喝了一杯茶，高高興興地回去了。

「眞是個捉摸不透的傢伙！」吳鐘世一邊關門，一邊搖著腦袋。

這個喜歡有趣事情的丁守存，對士大夫階級必修的學問根本不屑一顧，卻沉浸於天文曆算，喜歡製造各種器具。在鴉片戰爭期間，就是他製造了地雷火。另外他還製造了石雷、石炮、竹筒泵等等新奇的東西。在他的發明中，最「有趣的」是一種名叫「手捧雷」的、外形像書信的炸彈，把信匣一打開，它就會爆炸。

這位奇人著有《造化究原》、《新火器說》等書。另外還有《丙丁祕龠》十分有名，但因獻給了皇帝，未曾流傳到外界。

「有趣的事！……這也是生活在這個世上的一種方式嗎？」吳鐘世歪著脖子沉思起來。

舞弊

王舉志聽著這些咒罵聲，眼瞪著對面宅院裡的燈光。「這些舞弊的河吏！」他鄙棄地說。

在道光年代，政府每年要支出五百萬兩到六百萬兩的銀子作爲運河的修浚費。據說實際用於施工的費用還不到其中的十分之一。

1

「哼！」穆彰阿哼著鼻子。他長著一張大臉，鼻子特別大，所以鼻子裡哼出來的聲音特別響。他厭煩地打開一封信，還沒有看完，就生氣地把它揉成一團。他的心腹藩耕時畢恭畢敬地站在他的面前，藩耕時是正陽門外昌安藥房的老闆。

穆彰阿的背後立著一張大屏風，屏風上鑲著五色彩蝶嬉戲圖。從窗子裡可以看到穿山遊廊，窗子之所以開著是怕別人偷聽他們的談話。

「給他們答覆，不准他們胡言亂語。這樣行嗎？」藥房老闆問道。

「不用，不必答覆。太胡作妄爲！」穆彰阿用他藏青長褂的窄袖子擦了擦臉。

「是，遵命。」藩耕時恭恭敬敬地回答。

穆彰阿把藩耕時丟在那裡，走出了房間。他站在穿山遊廊上，朝院子裡望瞭望。院子裡開著可憐的秋花，他從來就不喜歡這些寂寞的秋花，立即轉過臉去，邁開了腳步。

廣東警備方面負責人給昌安藥房來了一封請求信，竟然要求北京督促更加嚴厲地禁止鴉片。

「蠢豬！」穆彰阿低聲地罵道。

這座邸宅多麼宏偉壯麗！對穆彰阿來說，這也是必須保住的財產之一，所以現狀是不能改變的。拿鴉片的弛禁和嚴禁的爭論來說，實質上是借「鴉片」問題，要維持還是改革現狀的鬥爭。如果推行嚴禁論，一定會和現狀相牴觸，其後果是十分可怕的。現在必須大力朝弛禁的方向扭轉。可是，屬於自己陣營的廣州警備方面負責人，卻遞來了要求嚴禁鴉片的信。這簡直是兒子忤逆老子。

「笨蛋！」穆彰阿心中的怒火還沒有消除。

主張嚴禁論的也有各種派別，以穆彰阿看，公羊學派的嚴禁論是公然與現實背道而馳，企圖抓住一個改革的藉口，而廣州的要求嚴禁卻有著另外的原因。

自從阿美士德號北航以來，鴉片船比以前更加頻繁地北上了。以前最多到達南澳、廈門的海面，最近卻悠然地開進舟山群島，甚至在江南、山東、天津的海面上出現了。鴉片的價錢愈往北愈貴。

廣州警備方面負責人一向預設在廣州地區的鴉片走私，從外商和私買者雙方索取賄賂，每一萬箱鴉片無條件地索取二百箱。他們把二百箱的一半作爲「沒收品」上繳政府，剩下的一半裝進自己的腰包。

鴉片船如往北去，廣州的走私數量當然就會相應地減少，這就意味著受賄的減少。他們要求的嚴禁，只是要求在廣州以外的地方嚴禁，完全是出於一種自私的想法。

受賄的官員們爲了保住他們這種大撈油水的肥缺，一直定期地向北京的大官兒獻款，通過的管道就是昌安藥房。他們的請求書中寫道：如不嚴禁其他地方的走私，今後給北京的獻款也許不得不減少。

「這些骯髒的捕吏，簡直是狂妄！你們以爲獻款的只有你們嗎？」穆彰阿滿臉不高興，自言自語地說。

弛禁是保守派的基本方針，而且從要求弛禁的公行方面獲得大量的獻款。其金額之大，是廣州警備方面的獻款根本無法相比的。

公行由於它「公」的性質，不能從事鴉片交易。如果正式弛禁，不僅可以公開地進行鴉片買賣，而且還可同其他商品一樣，公行商人可以對鴉片進行壟斷。弛禁關係到他們的利益，公行投入到弛禁的活動費金額有多大，那是不難想像的。

「這些利欲薰心的廣州官吏！夷船想北航做買賣，我看是很自然的事。」穆彰阿心裡仍在咒罵廣州那些不識大體、利欲薰心的傢伙。

鴉片船寧肯冒遭到海盜搶劫的危險，仍要力爭北航，其原因就是獲利甚大。到了北方，不僅鴉片的價格高，而且可以節省給廣州官吏的賄賂。到北方去當然也要向當地的官吏行賄，跟他們談判。不過，北方警備方面的官吏對於鴉片走私還不像廣州方面那樣熟悉。對他們來說，從鴉片船上獲得的賄賂並不是定期的收入，而帶有「臨時收入」的性質。如果談不妥，夷商說一聲「我們到別處去賣」就完事了。他們認爲失掉賄賂是個巨大的損失，往往很快就妥協了。

穆彰阿府宅闊寬的院子裡長著許多樹木，他望著那些大半已變成黃色的樹梢。在樹木的後面有一道高牆，牆外遠方「山中之民」的呼聲，當然不可能傳到他耳中。他突然喘了一口氣，心想道：「皇上看來已經很傾向於弛禁，再努力一把力。」

2

道光皇帝一直搖擺不定，嘮嘮叨叨的曹振鏞死去，使他從苦行中解放出來，精神鬆弛了下來。再加上女兒的死，多少產生了一些聽之任之的想法。

每隔一年死去一位親人，繼道光五年、七年、九年、十一年、十三年之後，在道光十五年，現皇后在當貴妃時生的第三個女兒終於又成了這個凶年的犧牲者。這個可愛的姑娘剛滿十歲，追封她爲

「端順固倫公主」。

從這時起，他對政務失去了熱情。「馬馬虎虎算啦！」他遇事都這麼想了。

弛禁與嚴禁鴉片的論爭就發生在皇帝這種精神上鬆弛的時期。

穆彰阿看到皇帝那種懶洋洋的神情，心中暗暗地高興：「這一次可能很順利。」

前面已經說過，許乃濟的弛禁論是事前與廣東當局取得聯繫後提出來的。他從朋友何太青處聽到弛禁可以斷絕鴉片弊害的議論，透過何的介紹而求教於廣州的碩學吳蘭修。

吳蘭修供職於廣州的官立書院學海堂，著有《南漢紀》、《南漢地理志》、《南漢金石志》等著作，爲南漢學的泰斗。此外還著有《荔村吟草》、《桐華閣詞》等詩集。爲廣州的知名人士，教育界的權威。

同是學海堂的教官，還有《吉羊溪館詩鈔》的作者熊景星和《劍光樓詩文詞集》的作者儀克中。他們都傾向於弛禁論。特別是因爲儀克中與廣東巡撫祁爲同鄉關係，擔任過巡撫的祕書，所以影響很大。

廣東復奏可以說是學海堂的教授與公行的商人合作的結果。總督鄧廷楨和巡撫祁對弛禁論本來並不那麼積極，大概是由於對鴉片實在束手無策，終於爲他們的說教所迷惑。

廣東復奏送到北京是十月初。

但是，正當穆彰阿慶幸形勢好轉的時候，改革派進攻弛禁論的第一炮——朱嶟的上奏和第二炮——許球的上奏，相繼送到皇帝的手邊。

穆彰阿早就預料到會從改革派和慷慨派，兩個方面發出反弛禁論。對於慷慨派，他事先施展了各種手腕，巧妙地把他們拉攏過來。因爲這些人頭腦簡單，只要用慷慨激昂的言詞一勸說，他們就軲轆軲轆地滾過來了。甚至有的人還感動地說：「啊呀，我明白了，弛禁論也是爲了國家。我誤解了，實在對不起。」但是，對改革派卻無法插手。他們並不像慷慨派那樣從情緒上反對弛禁論，而是有著堅定的主張，所以穆彰阿也只好等著他們出擊。

反駁比預料的還要猛烈，論點的展開也沉著堅定，奏文是在不定庵愼重地反覆修改而成的。朱嶟與許球的反弛禁論奏文的原文已經散佚不傳。許球的奏文只有一段爲《中西紀事》所引用。其中論述說：

……若只禁官與兵，而官與兵皆從士民中出，又何以預爲之地？況明知爲毒人之物，而聽其流行，復征其稅課，堂堂天朝，無此政體。……

他還建議寫信給英國國王，通知他嚴禁鴉片。道光皇帝在對此批示的上諭中說：

……鴉片煙來自外洋，流毒內地，例禁綦嚴。近日言者不一，或請量爲變通，或請仍嚴例禁，必須體察情形，通盤籌畫，行之久遠無弊，方爲妥善。……

他的裁判不傾向任何一方，態度曖昧。看起來好像是傾向於弛禁論，但他在鴉片問題上有一種自尊心。他有著用自己的力量征服可怕的鴉片的經驗。「鴉片是可以征服的，朕就曾經征服了它。」——這種奇特的自信心，終於使得搖擺不定的道光皇帝沒有下決心弛禁鴉片。

「希望陛下作爲實際問題，現實地加以考慮。」穆彰阿多次這麼建議。

道光皇帝厭煩地轉變話題說：「禁止水手設教還在嚴厲實行嗎？」他認爲這個問題比鴉片問題要容易對付。

「運河上平靜無事。沒聽說發生騷擾的事情。」穆彰阿跪在地上回答說。

3

運河靜靜地流著，商船、官糧運輸船成群結隊地在大運河上來來往往。

從杭州至太湖之畔的古城蘇州的浙江運河，在蘇州與丹陽運河聯結，經無錫、常州和長江相交。從長江經鹽都揚州、寶應等城市至淮安的高寶運河，北上與洳河相聯，橫切黃河，匯入會通河。從臨清入衛河，經德州、滄州，延伸至天津，再由通州到達皇城北京。

這些運河是當時中國的大動脈，商船和運載稅銀、官糧、官鹽的船隻，從中國最富饒的地區，通過這些運河北上；北方的物產也通過這條水路運往南方。

但這些來來往往的寶船也成了匪徒的目標，到處受到襲擊和搶劫。由於人口大量增加，從農村被排擠出來的青年們結成幫夥，盯著這些目標，在河岸上遊蕩。

這樣，船上也自然地開始武裝起來。當時如果有人懷著某種目的而想把人們團結起來，一定要採取宗教的儀式。這稱之爲「設教」，即設立教團，進行控制。

自從發生白蓮教大亂以來，清朝政府對這種「設教」極其神經過敏。水手設教當然也在禁止之列。不過，運河上的水手設教，目的是爲了自衛，這是靠一紙法律禁止不住的。

正如穆彰阿回答道光皇帝的那樣，最近河道上搶劫商船的事件日益減少。不過，這並不說明匪徒沒有了，而是搶劫者被吸收到水手的「教團」裡去了。有的上船當了保鏢，有的眞正當了水手，而留在陸上的人則讓商船或官糧船平安通過，以此領取報酬。這等於是一種通行稅，透過這種相互勾結，逐漸形成了一個龐大的互助組織。

但是，不搶劫寶船上的財寶，怎麼能養活這麼多人呢？付通行稅的錢又從哪裡來呢？水手和搶劫者的聯合教團，用從附近居民徵收來的錢物，來維持他們的財源。

匪徒和水手一般都是貧苦農家出身，而他們卻要把農民當作食物才能活下去。人吃人——多年後魯迅所描寫的近代中國的情景，在道光時代就已出現了。

「那麼，應當吃什麼呢？」這裡是靠高寶運河的一個名叫邵伯的小鎮。王舉志同安清幫的頭頭們飲酒，心裡這麼思考著。

他曾看破紅塵，悠閒自在地在江南一帶漫遊。但是，自從會見林則徐以來，他開始想建立某種勢力。

要調動千百萬人！這樣，就必須給他們食物。目前他用林則徐交給他的錢養活著幾百人。而將來他所要調動的許多人，正從他們所拋棄的農村，用不高明的方法在獲「食」。安清幫的頭頭們，對這一點卻從來沒有感到過矛盾。

安清幫──它是由水手的教團發展起來的祕密結社。傳說這個結社是在十八世紀初，由企圖反清復明的「哥老會」的殘黨建立的。最初很可能是要建成反政府的組織。為了收攏人，他們給了人們「食」。

安清幫三字的涵義，表明它是一個要使清朝平安的團體。但起這個名字可能是為了轉移當局懷疑的視線。後來清朝的威信一下降，這個結社就去掉了「安」字和「清」字的三點水，稱作「青幫」。

這個鐵一般的祕密組織的外殼雖很堅硬，但為了收攏人，待在裡面卻很舒服。只要成為其組織的一員，哪怕是最底層的一員，最低的生活也可得到保證。

青幫的組織因此而大大地擴大起來，生活互助的一面日益擴大，而民族主義的色彩和反政府的傾向卻淡薄了。青幫的這種性質後來變得十分複雜，它一會兒受孫文革命派所操縱，一會兒又為北洋軍閥和反動政客所利用。

安清幫的頭頭現在吃的豬肉是從附近的農村徵收來的，喝的酒也是這麼來的。

王舉志藉口「肚子不好」，沒有動筷子。「那麼，應當吃什麼呢？」他再一次考慮這個問題。有很好的食物——那就是鴉片船。不過，這條大魚很難釣上來。對方是武裝起來的，經常保持高度的警惕。王舉志曾經多次試過，只有兩次成功。襲擊墨慈鴉片船那次，實際上是借助了聖誕節的好機會。

可是，搶劫沿岸農家的辦法，王舉志不能幹。如果這樣做，那就失去了他走上這條道路的意義。

「他媽的！對面還在喝酒鬧騰！」安清幫的一個頭頭這麼罵道。

從他們的屋子的窗戶，可以看到對面的大宅院。那裡燈火輝煌，樂聲不絕。

「鬧了三天三夜了！」

「那全部是咱們的捐稅錢！」

「當官的強盜！」

王舉志聽著這些咒罵聲，眼瞪著對面宅院裡的燈光。「這些舞弊的河吏！」他鄙棄地說。

在道光年代，政府每年要支出五百萬兩到六百萬兩的銀子作爲運河的修浚費。據說實際用於施工的費用還不到其中的十分之一。

修浚河道的官吏，把大部分經費浪費在「飲食衣服、車馬玩好」上。某個河道總督爲了吃一盤豬肉而宰了五十頭豬；他只要豬背上的肉，而把其他部位的肉都扔掉；他爲了吃駝峰而殺死好幾頭駱駝。當時的情況是：「一席之宴，常曆三晝夜而不畢。」「元旦至除夕，非大忌之日，無日不演戲。」

在對面的宅院裡，河吏們今天晚上又在大吃大喝了。

「那裡有比鴉片船更肥的食物。應當吃它！……」王舉志咬緊嘴唇小聲說道。

4

王舉志回到住處，給招綱忠寫了一封密書。他要求會見林巡撫。

第二天早晨，他離開邵伯，向南而去。

在邵伯與高郵之間有「歸海四壩」。壩是向海裡溢洪的水道，從南向北數，有昭關、車邏、五裡、南關各壩。

可是，花了大量的修河費，由於河吏的舞弊，溢洪道沒有很好地修浚，日益變淺，一旦漲水，即成大災。厲同勳的《湖河異漲行》中說：

湖水怒下江怒上，兩水相爭波決漭。
河臣倉皇四壩開，下游百姓其魚哉！

廣大的地區浸在水裡，無數的生命財產付諸東流。

在阿美士德號北航的前一年——道光十一年（一八三一年）六月，發生特大洪水，四條溢洪道都打開了，當時出現了一片淒慘的地獄般的景象，林則徐急忙前去救災。道光皇帝的上諭中也說：「各處一片汪洋，僅存屋脊。……」《湖河異漲行》中哀憐村民「不死於水，而死於火」。官吏要放水溢洪，數千農民爬到壩上，躺在那兒，阻止放水，河卒就朝他們開槍。農民們爲了保護家人的生命財產免遭洪水淹沒，他們未被水淹死，反而被槍火擊斃了。

王舉志看著河中靜靜的流水，肩頭哆嗦了一下。他在常州收到林則徐的回信。信上說：「爲避人耳目，勞駕虎丘一榭園。」

蘇州西郊的虎丘是吳王闔閭的陵址，其金棺奉安的遺址稱作劍池。巨岩上刻著書聖顏眞卿的「虎丘劍池」四個大字，顏眞卿雄渾的字體與此地十分相稱。

林則徐和王舉志在一榭園的小亭中會見。他們倆自從在常熟的燕園分別以來，已有四年沒有見過面了。

「我早就想見您。」林則徐說。

「我覺得您從來沒有委託過我任何一件具體的任務。」王舉志仍和四年前一樣，十分爽朗，只是眉間有一點陰影。他說：「我白拿那筆錢，您說由我隨便花，但我總覺得是應該歸還的。」

「那爲什麼呢？」

「我要調動人。要調動人就要養活人。照目前這樣是養活不了的。除了從民眾中徵收外，還要……」

「以前外面都傳說，兩年前在舟山襲擊英國船的是王舉志的手下人。這……」

「鴉片船不那麼容易上鉤。不過，已經發現了不次於鴉片船的肥食。」

「那很好。請問這肥食是……？」

「能夠養活幾千萬人。」林則徐沒有反問，王舉志繼續說：「皇城的官庫裡有多得快要腐爛的肥食。讓它爛掉不是太可惜了嗎？河吏們正在大肆揮霍哩！」

「您注意到的肥食是可怕的。」

「如果不從農民那兒奪取，那就一定要著眼於別的地方。您期待於我的事……我總覺得有點不合情理。」

衰世感！必須要想點什麼解決的辦法。凡是有識之士，誰都會這麼想的。必須要爲這個可悲的封閉的時代，打開一個突破口。龔定庵根據其詩人的直覺，寄希望於「山中之民」。林則徐以正直的政治家的眼力，看破了統治階層的讀書人對這種衰世負有責任，認爲這種階層沒有資格來打開突破口，這一工作必須由根本不同的階層來做。他期待於王舉志的就是要他團結這種力量。可是，這必然會成爲反政府的運動——王舉志是這麼認定的。

「您是得出了結論而來見我的嗎？」林則徐問道。

「是這樣的。從您那裡拿的錢，我想最近就歸還您。您是政府的大官，用您的錢來幹我要幹的事，於良心有愧。」

「不需要您還。」林則徐平靜地說：「我早就預料到會是這樣。這絕不是我判斷錯誤。」

王舉志盯著林則徐的臉，深深地吸了一口氣，暫時憋住不吐出來，面頰脹得微微地發紅。他慢慢地吐出憋住的氣，說道：「說實在的，我想也會是這樣的。」

兩人不覺相互微微地一笑。

「能見到您就很高興。」林則徐說：「我最近要調動工作，看來要離開此地了。」

「哦，上哪兒去？」

「還未最後決定，可能是武昌吧！」

「那是湖廣總督囉？……我向您恭賀啦！」

從巡撫變爲總督，當然是晉升，名義上的職稱也將由侍郎升爲尙書。

「您不應該說恭賀吧！」

「不，這……」王舉志苦笑了笑。

「我也想上什麼地方去啊！」王舉志說。

「是嗎？上別的地方去看看，將是很好的學習。尤其是您，跟我們當官的還不一樣，您可以自由地行動。」

「是呀，老是在一個地方，會變成井底之蛙。不過，我上什麼地方去好呢？」

「我要是您的話，我就去廣東。」

「廣東……」王舉志點了點頭。

「我的朋友龔定庵說現在的社會是衰世，確實是衰世。之所以變成這樣，有著種種的原因。當然，當政者不能解決好這個問題，他們的罪過更大。不過，您也考慮過產生衰世的原因嗎？」

「最大的原因是，」王舉志回答說：「占國民大多數的漢族處於滿族的統治之下。我經常說『羞愧』，就是指這一點。實際上不是很羞愧嗎？」

林則徐是異族政權的高官。他不能回答這個問題。

「其次的原因呢？」林則徐問道。

「其次是人口增長太快。人太多了，農村愈來愈養不活這麼多的人，溢出來的人變爲遊民。這也是自然的趨勢吧！」

「嗯，這是個原因。不過，我總覺得外國的影響今後將愈來愈大。遺憾的是，外國的技術看來要比我們前進一步，人民的生活今後可能會發生很大的變化。淺近的例子就是船，他們的船已經多次叫我們吃了苦頭。現在政府已經決定，準備把官糧的運輸由過去的河運改爲海運。這些船在不久的將來恐怕都要改爲洋式的。這麼一來，目前靠運河吃飯的數十萬人的生活將會怎樣呢？洋船的效率高，一部分人員雖可吸收進海運，但不可能是全部。民生恐怕必然會發生動搖。今後如不注意外國的動向，就不可能了解社會。」

「您勸我去廣東就是這個原因嗎？」

「是的，就是這個原因。」

兩人互相點了點頭。

5

數千農民躺臥在壩上，阻止溢洪放水，卻遭到槍擊而傷亡——這類事情在正史上並無記載，只有透過前面引用的厲同勳的《湖河異漲行》（收入《棲塵集》）才能了解。

夏實晉的《冬生草堂詩錄》中有一首《避水詞》：

一夜符（命令書）飛五壩開，朝來屋上已牽船；

田舍漂沉已可哀，中流往往見殘骸。

還說：

禦黃不閉惜工材，驟值狂飆降此災；
省卻金錢四百萬，慘使民命換取來。

徐兆英的《梧竹軒詩鈔》中也有這樣淒慘的詩句：

溝渠何忍視，白骨亂如麻。

還說：

骷髏亂犬齧，見之肺腸酸。

這些情況或者是不向中央報告，或者是報告了也不載於正史。

道光十六年底，在邵伯發生了襲擊河吏倉庫的事件。這件事也不見於官方記載。在該地漂泊的文人陳孝平的詩中，偶然談到這次事件不能向中央報告的原因：

盜掠絹綢八十匹，工具完存不敢報。

盜賊侵入收藏修河工具器材的倉庫，搶走了絹綢八十匹，而修河工具器材卻一件也沒拿。修河工程的倉庫裡裝進了絹綢。這件事本身就不妥當，當然不能向中央報告。這些東西顯然是河吏們貪汙了修河費後購買的，準備送回家。

倉庫的前面有一個哨所，晝夜有六名官兵輪流在那裡站崗放哨。那些裝土的舊麻袋、沾著泥巴的鍬鎬和木夯，當然誰也不會去搶劫。他們這樣嚴密警戒，無疑是爲了保護河吏的絹綢。

那是一個沒有月色的黑夜。兩個漢子拉著車，來到倉庫的前面。

「幹什麼的？」官兵舉起燈籠，進行盤問。

「這是鄭老爺給治河大人送來的東西。」一個漢子彎著腰回答說。

「送來了什麼？」官兵狠聲狠氣地問道。

「說是酒。」

「嗯，可是，怎麼弄得這麼晚呀？」

「半路上車輪出了問題，因此弄晚了。我們先送到治河大人那兒，大人吩咐送到倉庫這裡來。嘻嘻！」

「是麼。宿舍裡有的是酒，喝不完。不過，沒有跟我們這邊聯繫呀！」一個官兵一邊這麼說，一邊拿出鑰匙，喀嚓一下打開了倉庫門上的鎖。儘管沒有人來聯繫，可是要把白送來的東西推回去，說不定以後還會遭到上級的斥責！

官兵們都只注意著倉庫的門，當門打開時，只聽官兵「啊喲」、「啊喲」地接連發出叫聲。六條漢子——恰好和官兵的人數相等——從暗處躡手躡腳地走到官兵的背後，以開門爲信號，飛快地一個人勒住一個官兵的脖子。接著又出來十來條漢子，給官兵們的嘴裡堵上東西，緊緊地捆綁起來。官兵們手中的燈籠被打落在地，燃燒起來。車子上的酒缸都是空的，他們把空酒缸卸到地上，裝上絹綢。

看來早就作了周密的計畫，一會兒工夫把一切都辦停當了，大家跟著車子一起走了。只留下一個人——他是王舉志。他拿出準備好的筆，在倉庫的牆壁上寫著四個大字：還我民財。意思說這些東西本來是我們老百姓的財富，所以我們要把它收回來。

他微笑著正要走開的時候，只聽有人小聲地喊道：「大人！……大人！……」

「怎麼？」王舉志蹲下身子，瞅著躺在地上的官兵們的臉。燈籠還沒有燃盡。「哈哈！動作再快，疏忽大意還是不行呀！看來還是訓練不夠。」他笑著這麼說。

一個官兵口中塞的東西鬆開了。看來口中的東西沒有塞緊。「我求求您！」那個官兵小聲地說道，「帶我一塊兒走吧！……一旦發現倉庫裡的東西沒有了，當官的會用鞭子把我們抽個半死的。」

「噢……不過，你們看守的是工具，那可一件也沒有少啊！」

「要是工具少了，那還不要緊。求求您，請您……」

王舉志借著燈籠愈來愈小的火光，看了看這個官兵的臉。——那是一張農民的臉。「好吧，跟我走吧！其他的人怎麼樣？……哈哈！你們嘴裡塞了東西，當然不能說話嘍。這樣吧，想逃走的人點點頭，願意留下來挨揍的搖搖頭。」

其他五個官兵趕忙把頭搖得像個撥浪鼓。

「這麼一來，這個哨所看來是不需要了！」

王舉志拾起還在燃燒的幾隻燈籠，一個接一個地扔進哨所裡。哨所裡鋪著的乾草立即燃燒起來。

「啊！燒得好！」

王舉志在揚州的住處，面前擺滿了勝利品，他放聲大笑說道：「足夠去廣東的路費啦！」

以後仍然不斷發生搶劫河吏的住所和倉庫的事件，消息不脛而走，人們都認爲這些事件和當年襲擊鴉片船很相似，而且到處都傳開了王舉志的名字，但是誰也不知道王舉志在什麼地方。

有一天，林則徐好似有什麼事情，幾次要找招綱忠，但招綱忠不在。林則徐已接到去北京的命令，爲了作準備，幕客們也在東奔西走忙得不亦樂乎。

「看到招綱忠了嗎？」林則徐問官署休息室裡的石田時之助說。

「從早晨就沒有看到。」石田回答說。

林則徐猶豫了一會兒，終於說道：「那麼，石君你能爲我跑一趟嗎？把這封信送給閶門瑞和行的老闆。你親自去一趟，一定要老闆寫張收條帶回來。」

石田接過書信，把它拿到房間裡，愼重地揭開信封。他幹這種勾當已經成了老手了。這是給連維材的一封介紹信，內容大致說：有一個名叫王舉志的人將去廣東，希貴店的廣州分店能予以照顧。……

「王舉志！……這個名字最近經常聽到呀！」石田小聲地說。這個人物就是外面傳說的襲擊修河倉庫的首犯！「這事關係到金順記，不能告訴清琴！」石田愼重地把信封恢復到原來的樣子。

斷章之二

英國的強硬派在本國的活動逐漸奏效。不久，英國政府決定派遣東印度艦隊司令馬他崙去清國視察。

北京不斷地督促廣東驅逐鴉片母船。廣東當局通過公行通知義律，鴉片母船如不撤走，將「封艙」，全面停止貿易。但是，鴉片母船仍然屹立不動。

1

有人論斷，一八三四年發生律勞卑事件時，清英兩國關係一觸即發，當時事態如果發展下去，鴉片戰爭可能早就發生了。

英國的擴張主義者，當時確實恨得咬牙切齒，對本國政府的優柔寡斷十分憤慨，但鴉片戰爭在律勞卑事件五年之後才發生。

原因是時機還不成熟。

從英國的皇帝和外交大臣巴麥尊給商務監督的訓令可以看出，他們是想極力避免和清國的摩擦，首先還是爭取和平進入中國。另外對於主要出口商品「鴉片」的性質，也還是感到有些理虧。

即使當時政府要採取強硬政策，但仍需獲得國會的同意，肯定也是困難的。有實力的鴉片商人查頓、馬地臣、顛地等人派人回國宣傳「應當打擊清國」，也是在律勞卑事件之後才開始的。

儘管強硬派到處向政府高官和國會議員遊說，在五年後的鴉片戰爭中，國會裡也只是以二七一票對二六二票——九票之差——勉強通過了批准軍費的決議。

當時英國的精神、思想存在著一種奇妙的矛盾。新興資產階級功利主義的進取精神，貪得無厭地向外謀求大英帝國的利益，特別要求擴大貿易市場。

另一方面，人們通過產業革命，親眼看到了機器的偉大，但他們也感到一種不安，擔心人會淪爲機器的奴隸。

當時的哲學家卡萊爾這麼寫道：

如果非要用一個形容詞來表現現代的性質的話，那麼，我們不想稱它爲英雄的、信仰的、哲學的或道德的時代，而首先想稱它爲機器的時代。從詞的外在和內在的一切意義來說，現代完全是機器的時代。……不僅是人的雙手，就連頭腦和心也變成機器的了。……

這裡產生了追求「人的尊嚴」的思想，它培育了人道主義和博愛主義的精神。

當時不單純是對清國的強硬派橫行一時，也還有一群人道主義者譴責鴉片的無人性。

從清朝方面來說，也不願意和英國發生事端。律勞卑事件的解決，道光皇帝嘉獎當時的兩廣總督，就是因爲他的處理沒有導致戰爭。

說清朝政府不知道自己的實力，那是言過其實。當政者也深知軍隊的軟弱，連道光皇帝在他的上諭中也慨嘆「武備廢弛」。在征討連州瑤族叛亂時，士兵因吸鴉片根本不起作用，這是眾所周知的事實。

所以清朝方面也盡量避免衝突，弛禁論就這樣冒了出來。這種弛禁論使廣州和澳門的外國鴉片商人大爲高興，以爲清國正在屈服。

律勞卑死後，德庇時提升爲英國商務總監督，他曾是東印度公司的高級職員，比海軍軍人律勞卑穩健，一味採取靜觀的態度。英國的鴉片商人們不滿意他的這種態度，公開表示反對，而且派出全權代表團，建議本國政府率領軍艦去北京。這個時期因律勞卑的氣死而產生的激動尚未平息。因而德庇時任職不到四個月就下臺了。

羅賓臣被任命爲德庇時的後任，他大體上也繼承了德庇時的方針。

弛禁論就是在羅賓臣擔任總監督官時期抬頭的，羅賓臣對許太常奏議和廣東復奏抱著很大的期待，居留在廣州的外國商人，一時也充滿了樂觀的情緒。

弛禁論出現的一八三六年，鴉片的進口量大幅度增加，突破了三萬箱。

在廣州的清國官員中，也同樣洋溢著弛禁的氣氛。因爲廣東復奏是從這裡發出的，可以說這裡是弛禁論的發源地。

伍紹榮、盧繼光等公行的人，邀請學海堂的學者們，大開宴會。

學海堂是道光四年由當時的兩廣總督阮元在廣州創建的一所學堂，歷史比較短。阮元曾著有《疇人傳》，介紹過代數學，並在《天象賦》的著述中注意到西洋的學術，是一位進步的人物；後來擔任大學士，歷任刑部、兵部的尙書。他在中央時，人們都知道他跟軍機大臣曹振鏞不睦。他是「實學派」，而曹振鏞卻認爲寫端正的楷書就是政治。他們的意見對立，看來也是理所當然的。

這樣一個由阮元所創建的學海堂，卻成了弛禁論者的大本營，這大概是由於他的「實學」遭到了極大的歪曲。

最覺得掃興的是韓肇慶，他當初由於取締鴉片的功勞而被升爲副將，他把一部分作默許費的鴉片交給了政府而立了功。可是，一出現了弛禁的浪潮，不在廣州停留而直接向北航行的船隻日益增多，商人們就逐漸把默許費壓低了。

禁嚴才付默許費，禁弛，當然就沒有必要付出高昂的代價了，收入減少當然不愉快，因此他變成了「嚴禁論者」。

於是他通過有關方面，懇求軍機大臣穆彰阿嚴禁鴉片，但是沒有答覆。不僅如此，有一天，海關監督把他叫去，跟他說：「暫時停止取締鴉片！這是北京某個有實力的大臣下的特別指示。違背這個指示，對你將會是不利的。」他深知北京某個有實力的大臣是多麼的可怕，韓肇慶的情緒更加消沉了。

盧繼光的希望也同樣落了空。他派他的手下人郭青到韓肇慶那兒去告密，說有兩個名叫簡誼譚和連承文的小夥子，不僅私賣鴉片，甚至還在鴉片裡摻假，要求予以逮捕。

郭青去武夷收購茶葉時，曾對連承文溜鬚拍馬，爲公行大肆活動。可是卻中了連維材的計謀，弄得面子掃地。他滿以爲這次是挽回面子的好機會，跑去唆使韓肇慶。可韓肇慶卻皺巴著臉說：「你來報告是好事。不過，我也無能爲力。」

「爲什麼呀？」郭青吃了一驚，這麼問道。

「現在要想逮捕這些傢伙，我可能就會完蛋。」

盧繼光聽了郭青的報告，咂了咂舌頭說道：「弛禁也不盡是好事呀！叫那小子發財啦！」

穆彰阿派在朝廷作出弛禁的決定之前，認爲弛禁對自己有利，所以早就命令廣東進行這方面工作。

簡誼譚和連承文乘著這股弛禁的浪潮，大賺了一筆錢，整夜在廣州的妓院裡拍著手兒，大聲地唱著淫穢的小調，沉湎在酒色之中。

廣州的國內外商人，就這樣提前製造一種弛禁的繁榮景象。其實中央的形勢正朝著與他們的期望相反的方向發展。

穆彰阿大出意料，道光皇帝的態度並沒有像他所想像的那樣倒向弛禁。連穆彰阿也不了解皇帝的「個人經驗」，他只認爲皇帝的猶豫是受反弛禁論的影響。

關於朱嶟與許球的反駁，前面已經說過。除了這些京官（中央政府的官吏）之外，在地方官中也有人上奏反弛禁論。像江南道禦史袁玉麟就極其猛烈地抨擊了弛禁論。在他十一月十二日的奏文中有以下的論點：

即使按舊例，鴉片每百斤課稅銀三兩和分頭銀二兩四錢五分，二萬箱只不過十二三萬兩；加倍課稅爲二十餘萬兩，再加一倍也只是五十餘萬兩。弛禁課稅論乃是僅見小利而傷大體的妄說。

外夷售鴉片，爲欲獲銀，不會同意「以貨易貨」，一定暗中攫取內地之銀。總之，漏銀問題的解決，關係到是否認眞監視銀的流出。認眞查辦，鴉片之禁可行，銀出洋之禁亦可行。如不認眞，即使弛禁鴉片，禁銀出洋肯定也會忽視。

如允許栽培罌粟，鴉片之利數倍於農，無知小民將會棄農奔利。人口日增，穀產日耗。這樣，即使連年豐收，亦不能充分養活户口。如遇災害，則將束手無策。

至於所謂愚民自縮生命，不足深惜，此乃「痛心疾首之言」。皇恩應沐一切人民。

所謂禁亦無效，等於不禁。此非法律之罪，乃是施行法律者之罪。如今海内和平，盜奸事件仍有發生。雖禁盜奸，事件仍然不絕，但從未因此而聽到要求弛禁盜奸之議論。何況鴉片之流毒更深，弛禁實無道理。

淡巴菰（煙草）過去一向禁止，解禁後亦無害。因此有人主張鴉片亦應按此道理。淡巴菰確實無益，但不至因之「廢事耗神」，怎能將它與鴉片相比。

所謂禁嚴則賄賂多，禁弛則賄賂少。但此乃綱紀問題。奉法如得人，雖禁鴉片，亦不會有賄賂；奉法如不得其人，雖弛禁鴉片，賄賂仍將以某種形式横行。

袁玉麟所說的「得人」，確實是說到了點上。地方官跟京官不一樣，他們的奏文雖然詞句不夠文雅，但確實將弛禁論批駁得體無完膚。從此以後，弛禁鴉片的議論再也沒有公開露面過，它在輿論上失敗了。

另外，廣東復奏的主持人兩廣總督鄧廷楨等人，並不是積極的弛禁論者，這也是弛禁論的弱點。他們沒有熱情持續對反弛禁論再一次進行反駁。

就鄧廷楨來說，據說他的朋友中有反弛禁論者，對他進行了勸說。

廣州的司後街有一所官立學校，名叫越華書院。它是乾隆二十年（一七五五年）由當時的鹽運司范時紀創建的，是比學海堂要早七十年的名牌學校。這所學校的主講教官陳鴻墀著有《全唐文紀事》等著作。在廣州掀起弛禁論的高潮時，他是嚴禁論的急先鋒。他是總督鄧廷楨的門生，據說他跟一些志同道合的朋友約好，要在總督生日的那天，在酒間的閒談中批判弛禁論。

朋友中有一個叫李可瓊的老人說道：「鴉片要不嚴禁可了不得啊！我眞擔心，將來說不定自己的子孫也會吸上鴉片，傾家蕩產，落個悲慘的下場。」

李可瓊這麼一說，陳鴻墀大聲說道：「事關天下的風化！擔心一家之私事，與擔心吾師（指總督）百年之後，在青史上被寫上宣導弛禁的魁首，損傷其名聲相比，那算什麼呀！」

不知道這是否是事先導演好的一幕戲。不過，據說鄧廷楨就因爲這幾句話而大大地覺悟了。他以後再沒有提到弛禁，而且在鴉片戰爭中同林則徐齊心協力，共赴難局。

如果加以推測的話，廣州的兩所名牌學校越華書院和學海堂的對立，也許就糾纏在這個問題上。後來林則徐作爲欽差大臣到達廣州時，越華書院是他的行轅。這所歷史悠久、正統的學校，當時已受到新興的學海堂相當嚴重的欺壓。學海堂的規模大，正處於興盛發展時期。當學海堂的學者傾向於弛禁時，越華書院的人很可能會乘這個機會來反對他們。

太常寺少卿許乃濟可以說是弛禁論的點火人。他和龔定庵是同鄉，都是浙江仁和人。嘉慶二十二、二十三年他曾在廣州的粵秀書院擔任過兩年教官。

這些情況不能不令人感到，廣州的教育界已深深陷到關於鴉片的嚴禁和弛禁的論爭裡去了。附帶說一下，學海堂就是現在廣州市立一中的前身，越華書院在光緒二十九年停辦。許乃濟曾經執教的粵秀書院變爲後來省立大學的附屬中學。

2

道光十六年（一八三六年），連維材除了到武夷山去了兩個來月外，其餘的時間幾乎都待在廈門的望潮山房裡。

他既未去廣州，也沒有去北方。他俯視著大海，深深地感到「時間」的逼近。

時間與他播下的種子並無關係，照常邁動它的步伐。他只想在各個方面接上導火線，看著時間的破壞力。他感到有點可怕，但他提醒自己要有正視它的勇氣。破壞力愈大，突破口也愈大。

這一年的年底，英國商務總監督羅賓臣辭職，由查理斯．義律繼任。義律曾作爲律勞卑的隨員來過清國，在清國待過兩年多時間。

義律一就任，就透過公行向兩廣總督提出要求，希望去廣州管理商務。

自從律勞卑退出廣州後，英國的商務監督一直住在澳門，未曾進入廣州。以前的大班——即東印度公司的特派委員，獲得清朝政府的允許，平時都住在廣州。清朝方面採取的方針是，准許民間人士住在廣州，「夷官」則不准。

總督向北京奏報說：

英夷義律者，奉本國之命，前來監督本國之商人和船員。現在夷船雲集於黃埔，商人與船員之中，不識天朝法律不在少數，爲恐徒增事端，希望親自常住廣州，以便管理云云。雖非大班，但「名異實同」。則是否可比照大班之往例，准之入境？但若其有擅自非爲或者勾結漢奸圖謀私利之情事，當即驅令其歸國，以絕弊源。……

第二年——道光十七年正月十八日（陽曆二月二十二日），批准了這個奏報。

林則徐於道光十七年正月四日到達北京，受到跟他同年中進士的舊友和同鄉們的歡迎，住宿於城外的三官廟。以前在江蘇協助過他的徵稅能手予厚庵也來到北京。林則徐的日記上記載著他們久別重逢、歡談舊誼的情景。

朝廷向廣東發出准許義律進入廣州的指示時，林則徐正在北京。他一有空就悄悄地會見吳鐘世，聽取各種情報。

「老大人的情況如何？」他這麼一問，吳鐘世搖了搖頭說：「鴉片把人變成鬼啦！不定庵裡住著一個鬼。」

林則徐中進士待在北京時，吳鐘世的父親還正當壯年，是一位慷慨之士。他具有豐富的實際經驗，懷有各種抱負，林則徐曾多次向他請教。而現在他已瘦得皮包骨頭，整天把蠟黃的臉衝著天棚，躺倒在床上。枕邊擺著吸食鴉片的器具，他的眼睛已變成鴉片鬼的那種帶淚的眼，林則徐的模樣恐怕已經映不進他的眼簾；不，即使能映進去，肯定也喪失了識別人的機能。

林則徐了解他過去的情況。他的變化，使林則徐感到一陣淒涼。

王尚辰寫過一首《相思曲》：

炎荒瘴毒金蠶蠱，皀鴉嘬人肌骨腐；
磨脂滴血搗春華，摶就相思一塊土。
相思土碎青煙飛，拌使內地輸金錢；
閭閻元氣日澆薄，縕化作相思天。

相思兮相思，朝暮無已時。

但願不識相思味，待到相思悔已遲。

籲嗟乎！

世間多少奇男子，一生甘爲相思死。

傳說印度在栽培罌粟時，把相親相愛的年輕男女捆綁起來，當兩人的情欲達到最高潮時，用利刃刺穿他們的心臟，用流出的縷縷鮮血來澆灌——這個傳說當時在中國相當流行。大概是人們一旦吸上了鴉片就很難斷絕，這和相思的男女難分難捨很相似，因此編造了這樣的故事。在詩中也稱鴉片爲「相思草」。

吳鐘世的父親確實如他的兒子所說的那樣，已經不是人，而是一個鴉片鬼。

吳鐘世從林則徐那兒拿的津貼並不少，但光靠這筆錢還不能支付父親的鴉片費。他現在協助金順記的工作，才勉強能應付。有了這樣的工作他才得了救，否則他恐怕怎麼也弄不到鴉片。

當時犯罪的動機，大半都是與鴉片有關。

「燃眉之急的問題是鴉片。」林則徐痛切地這麼認爲。

鴉片問題不僅是同保守派針鋒相對地鬥爭而產生的一種爭論，其本身是關係到國民是否滅亡的最緊迫的問題。

二月五日，林則徐從北京出發，奔赴新的任地。他已被任命爲湖廣總督。

這個官名因有一個「廣」字，往往被誤解可能與廣東方面有關。其實湖廣總督是管轄湖北、湖南兩省的總督。有時稱作湖北湖南總督，在兼管四川省的時期，曾叫川湖總督。

三月四日，林則徐到達漢口；第二天進入總督駐地武昌城。

武昌於一九一一年十月十日陷入革命軍手中；這個城市在推翻清朝方面起了決定性的作用。中華民國於第二年成立，民國元年恰好是日本的大正元年。十月十日的「武昌起義」遂定爲紀念節日「雙十節」。

在親眼看到武昌的街頭高呼革命成功萬歲的老人們當中，恐怕還有人隱約記得林則徐當總督的時代，武昌革命距林則徐到任七十三年。

3

道光十七年三月，林則徐到達武昌任湖廣總督時，龔定庵任禮部主事，四月補主客司主事，兼任祠祭司，爲正六品官。

清朝行政機構的「六部」，來源於周代的天、地、春、夏、秋、冬的六官制，概略地說，其所管轄的事項如下：

吏部——一般行政
户部——財政
禮部——典禮
兵部——軍事
刑部——司法
工部——技術、建設

沒有專管外交的部。這是因爲清朝認爲沒有一個國家可以與中華對等，因而不能有對等的外交。這種天朝的思想意識，承認民間的東印度公司的職員，但不准英國的官吏——商務監督入境。律勞卑不僅擅自進入廣州，而且要求對等地交換信件，因此，「天朝」的政府認爲這是荒謬絕倫的行爲。

接待進貢國或外藩，同它們交涉，由禮部承擔。所以勉強地說，外交屬「禮部」管轄。但就對外貿易來說，因有海關的關係，而海關屬戶部所管，所以戶部也承擔了一部分外交任務。

由此可見，中國的「部」相當於日本的「省」。現在中國仍使用「部」字，如內閣的各機構就有民政部、外交部、國防部等，這是繼承了「六部」以來的傳統。

部的長官爲「尙書」。滿族、漢族各一人擔任，所以各部有兩名長官，如道光十七年吏部漢族尙書爲湯金釗，滿族尙書是奕經。副長官爲「侍郎」，侍郎分左侍郎與右侍郎，而且與尙書同樣，分別由滿漢各一人擔任，合計有四名副長官。按順序排列，侍郎以下有郎中、員外郎、主事。郎中相當於日本的局長，員外郎相當於部長，主事則大體相當於課長。

定庵也於這一年被選任爲湖北的同知，但他沒有赴任。同知爲正五品官，是知府的輔佐官。

中國的地方行政組織的順序是省、道、府、州、縣。中國的縣比日本的縣小，可以大體比作日本的「郡」，中國的知縣相當於日本的縣知事。他不過是個七品的官兒。中國的府大體相當於日本的府、縣。府的長官叫知府，同知相當於副知府。

湖北有林則徐，定庵雖然也想去那裡從事地方行政工作，但去了就再也見不到默琴了，因此他還是以六品官在北京，而沒有到地方上去當五品官。

這一年定庵有不少有關佛教的著述，校訂了七卷《龍藏考證》和七卷《三普銷文記》等。

弛禁論到這一年已經銷聲匿跡了。許乃濟上奏弛禁，反而導致了嚴禁氣氛的增強。

義律雖獲准進入廣州，但在那兒無事可做，又返回了澳門。原因是英國政府要採取和清國對等的立場，不准義律以「稟」（請求書）的形式透過公行與清國官方接觸。而清國方面的態度雖准許義律入境，但仍按以前大班的舊例，堅持「如有要求，應通過公行呈稟」的原則。清英兩國的關係再次出現緊張的氣氛。

英國的強硬派在本國的活動逐漸奏效。不久，英國政府決定派遣東印度艦隊司令馬他崙去清國視察。

北京不斷地督促廣東驅逐鴉片母船。廣東當局透過公行通知義律，鴉片母船如不撤走，將「封艙」，全面停止貿易。但是，鴉片母船仍然屹立不動。

在許球主張嚴禁鴉片的奏文中，曾列舉了夷商中九名最惡劣的鴉片販子。兩廣總督鄧廷楨透過公行的伍紹榮，命令這九人撤回澳門，但這九人仍賴在廣州不走。

這一年，英國的維多利亞女皇即位。

道光十七年，對道光皇帝來說，又值第七個不祥的「凶年」。但這一年骨肉親人中誰也沒有死。皇帝的情緒略有好轉，看來已脫離倦怠期而進入勤勉的季節，寢宮養心殿裡燈火徹夜通明。他在燈光下執著朱筆，批閱奏文。

潛逃的女人們

「她終究是會走的，現在這樣的時刻到來了。」連維材在那座已經沒有西玲的、瀟灑的小宅院裡，小聲地說道。

西玲離去了，連維材再一次體會到他是多麼愛西玲。

現在他是否要透過對失去喜愛的女人的悲哀的忍耐，來考驗自己的力量呢？

1

連哲文遊學蘇州即將結束，他不久就要回廈門了。但他還不想回去。

這兩年來，哲文整天畫畫，弄得老師周嚴只能搖頭嘆氣。但對他來說，繪畫卻是人生的啓蒙。如果回到廈門，恐怕很難遇上像昆山道人這樣傑出的畫師。「看來你已經開闢了新的道路，從我這兒已經學不到什麼東西了。」昆山道人雖然這麼說，但哲文感到還可從他那兒吸收很多東西。

哲文不願離開蘇州還有另外的原因，那就是女人。

哲文經常到哥哥們託付的妓女麗雲那兒去，但他跟麗雲並沒有很深的關係。他們的年歲相差太大，而且她曾是哥哥相好的女人，所以一開始就產生不了情感。

她的房子緊靠著運河，窗子下面經常停靠著一隻邋邋遢遢的舢板船，船上有一個粗野的少女。哲文之所以經常上麗雲這兒來，就是想看一看這位女船老大。這不是出自對異性的興趣，而是作爲一種繪畫的素材在挑逗著哲文的心。

夏季的某一天，哲文來到麗雲那兒。麗雲吸了鴉片睡著了。日頭還很高，窗上掛著竹簾子。哲文朝窗外看了看，女船老大的舢板船沒有繫在那兒。他已經三次沒有看到這艘舢板船了。上一次來的時候，麗雲半開玩笑地跟他說：「那個大腳美人最近不見啦？大概是上什麼地方去了吧！看你怪可憐的。」

這天，看到麗雲衣衫不整的睡姿，年輕的哲文產生了一種奇妙的心情。他快二十歲了，還沒有親近過女人哩！

因爲是夏天，麗雲沒穿內衣，只罩著一件長衫。長衫的料子是極薄的粉紅綢子，上面印著竹葉的花紋，給人一種清爽的感覺。長衫的大襟是解開的，裸露的胸脯上只覆著一把泥金的扇子，不知什麼時候連這把扇子也滑落了。

因爲出汗，長衫幾乎溼透了，粉紅的綢子緊貼在身上，顏色顯得更濃。乳房的四周也濕透了，乳頭清楚地顯露出來。

因爲是哲文，所以她並不注意自己的睡相；加上又吸了鴉片，睡得十分香，連長衫的也撩了起來。下身連褲子也沒穿，而且蹺起一隻腿，連腿肚子也露了出來。竹簾的影子變成細線條的花紋，投射在她的腿肚上。

如果沒有竹簾投下的影子，哲文也許會轉過臉去。但印在腿肚子上的條紋卻不由得吸引住了他。他很年輕。他的胸口撲通撲通直跳，心兒簡直要穿透後背跳出來，他不由得搖搖晃晃地邁開步子。

他走到麗雲的身邊，彎下身子，手兒哆哆嗦嗦地伸向麗雲的腿肚子。當觸及大腿的內側的時候，哲文的手指頭激烈地顫抖起來。不過，麗雲並沒有任何反應。她吸了鴉片，睡得又香又甜。哲文馬上縮回了手，他的腦子裡閃現了另外的事物——畫。

「這個女人並不美，她的肌膚甚至可以說是醜的。那麼，究竟是什麼使我的心兒這麼怦怦地跳動呢？這個三十歲的女人的肉體已受到鴉片的腐蝕，決不會具有蠱惑的魅力。是什麼給它帶來了美感呢？」哲文看到了窗子，他心裡想：「啊，是竹簾的影子！」

他走到窗邊，捲起竹簾。耀眼的陽光，一下子照滿了屋子。哲文揉了揉眼睛，看了看睡在床上的麗雲。刺眼的陽光也不能驚醒這個吸了鴉片而熟睡的女人，她只轉了轉臉，身子一動也未動。陽光是無情的。完全暴露在陽光中的肌膚，鬆弛而無光澤，那是一片枯肉。

「對，那是影子。不是普通的影子，是帶著許多細直線的影子。我從未見過使用這種方法畫的畫兒。」

正當哲文這麼想的時候，窗外有人喊道：「這位少爺眞糟糕！把女人弄成那個樣子，還要打開簾子！」

窗外不知什麼時候停靠了一艘畫舫，畫舫裡一個年輕的女人踮起腳，正朝屋子裡看著。說話的就是這個女人，她那張圓下巴的臉蛋兒，叫夕陽一照，顯得光彩奪目，十分漂亮，兩隻眼睛滴溜溜地轉動。女人見哲文紅脹著臉，沒有答話，於是跟他打招呼說：「你的相好的在睡覺，怪寂寞的吧！到我這兒來喝一杯吧！」女人的話帶有北方口音。

畫舫是一種塗著彩色的帶篷的船，這是一種遊玩的船，不是運載貨物的。在江南的水鄉，流行用這種畫舫載著歌妓遊玩。不過，現在向哲文打招呼的女人並不是妓女。後來據她說，她是租了一艘畫舫在獨自遊玩。

哲文叫這個女人奪去了魂魄。這大概是由於窗外射進的陽光，把麗雲的醜陋、枯萎的肌膚無情地映在哲文的眼中，因而緊接著所看到的美更加打動了他的心。而且哲文具有藝術家的氣質，他對第一印象尤其敏感、強烈。

以後，他跟畫舫裡的女人見過多次面，每次見面都是在船上。約會的方式大體是這樣：「明天在桃花橋見面。」

女人自己說她的名字叫李清琴。但她從未說過她住在什麼地方，堅持問她，她就笑著回答說：「我住在船上呀。」

畫舫上還有船家夫婦倆，他們的嘴都很緊，有關清琴的事情，除了她簡單的經歷外，什麼也打聽不出來。

在分手的時候，一般都是先讓哲文在什麼地方下船，然後她繼續坐在船上向什麼地方開去。

不過，清琴並不叫人感到她是個神祕的女人。相反，她性格開朗，心直口快，愛打聽一些瑣瑣碎碎的事情。她這種毫不羞怯的性子，對性格內向的哲文來說反而有一種吸引力。

事實上清琴也確實很少登岸，她在躲避石田時之助。

由於林則徐調任，她的使命暫時告一段落。在武昌將有另外的人來刺探林則徐身邊的情況。她已接到新的命令，要她留在蘇州，接近連維材的兒子。

看來北京已開始注意金順記了。

石田時之助向清琴提出，他想趁林則徐榮升的機會，辭去幕客，跟清琴一起生活。清琴一聽這話，說了一句：「啊呀！我太高興了！」然後就逃到船上去了。

蘇州當時是一個擁有一百多萬人口的大城市。石田紅著眼睛，每天在拼命地尋找清琴。

清琴跟哲文說：「有人在尋找我，所以我到處躲藏。」

這一半是事實，一半是謊言。

她編造了一段經歷，說她是一個不滿家裡訂的親事而逃出家門的姑娘。

2

連維材也叫西玲從自己的手中逃走了。不過，這是他早就預料到的事。他已經一年多未去廣州，而且他早就知道簡誼譚跟承文勾結在一起，發了大財。

西玲和誼譚除了一般的姐弟的感情外，還有一種不同尋常的同志式的感情，把他們聯繫在一起。這一點連維材也是很清楚的。現在誼譚既然發了財，西玲當然不願再受連維材的束縛了。

西玲有一顆奔放的心。爲追求自由從波斯流浪到印度的帕斯人的血液，現在以另一種形式流在她的血管裡。「無聊死了！」她經常這麼說。這句話表明了她無法忍受束縛的性格。西玲最大的魅力就是她那奔放不羈的性格。連維材爲自己有力量把她束縛住而感到高興。

「她終究是會走的。現在這樣的時刻到來了。」連維材在那座已經沒有西玲的、瀟灑的小宅院裡，小聲地說道。

西玲離去了，連維材再一次體會到他是多麼愛西玲。現在他是否要通過對失去喜愛的女人的悲哀的忍耐，來考驗自己的力量呢？

連維材跟石田時之助不一樣，他只要想找，馬上就可以把西玲找到。他很了解她弟弟的近況，只要循著誼譚的線索去找，很快就會了解西玲在什麼地方。

道光十八年，連維材來到廣州時，由於日益高漲的嚴禁鴉片的浪潮，弛禁論已經銷聲匿跡了。

在這樣的情況下，危險當然會向承文和誼譚的身邊逼近。而這兩個青年人卻什麼也不知道，還在得意忘形地大搞冒牌鴉片的買賣。由於資本充足，甚至在西關租了倉庫，規模搞得比以前還大。

連維材叫來一個瞇著眼睛的偵探。

「我想找誼譚姐姐的住址。」

「這個我已經知道。」

「在什麼地方？」

「在石井橋附近。」

「石井橋不是鄉下嗎？難得她能夠窩在這種地方……我不在這裡的一年多時間，她幹過一些事情？」

「邀朋呼友，幾乎每天晚上都舉行宴會。」這是一位很有本領的偵探，他什麼都知道，但只回答所問的問題。

「都是一些什麼樣的人？」

「讀書人。」

「現在石井橋的情況怎樣？」

「還是跟那一帶的讀書人交往。他們都叫她西玲女士，看樣子她很得意。」

連維材歪著腦袋想了想。

以前西玲和鮑鵬那些外國商館的人，以及街上的流氓頭子交往，這些人和讀書人可大不一樣。不過，她不願意受束縛，爲了排除寂寞，她什麼事都能幹的。她跟那些閒散的知識分子交往也不值得大驚小怪。

連維材要偵探給他畫了一張路線圖，然後低聲地說道：「我得去一趟看看。」

林則徐介紹的王舉志已經極其祕密地來到金順記的廣州分店。他的相貌、言談、思想等一切都顯得爽朗、正派，連維材暗暗地爲他的人品稱讚。

「我要到鄉下去一趟。」連維材這麼一說，王舉志央求他說：「請您也把我帶去吧！我不會給您添麻煩，我喜歡在鄉下走動走動。以前我一個人走過很多地方。」

「我是到一個叫石井橋的地方去。」

「啊，那一帶最近我去過，我還在那兒交了一個朋友，我想去看看他。您在辦您的事情的時候，我到我的朋友那兒去。」

於是兩人一塊兒朝石井橋走去。

出廣州城向西，沿河北上，接連有泥城、繒步等小鎮。東邊有「四方炮臺」，再往北去，即到後來鴉片戰爭時平英團包圍英軍的三元里。石井橋是位於三元里西北方向的一個鄉間小鎮。

剛過舊曆正月，風和日暖，珠江沿岸一片新綠，到處可見渾身泥土的農夫在地裡幹活。

「他們這麼拼命地幹活，勞動的成果幾乎全被當作捐稅、佃租拿走了。」王舉志一路上說的都是這種話。

一到石井橋，王舉志說他要到前面不遠的地方去拜訪一個名叫李芳的朋友，便跟連維材分了手。

西玲的家很快就找到了。這座房子好像是在城裡發了財的商人，爲了享受田園生活而建造的別墅。連維材並未向出來的女傭人報自己的名字，只是說：「我要見西玲女士。告訴她，關於她弟弟的事，我有話要跟她說。」

3

房子並不怎麼寬敞。客廳裡傳出熱烈議論的聲音，其中有江南口音。那是一種「處士橫議」——未能踏上仕途的讀書人，他們的議論方式帶有一種特殊的情調，一下子就能聽出來，他們喜歡用悲憤慷慨的調子痛罵官府。

他們之中魚龍混雜，並不一定都是品質惡劣的。因爲當時的世道不能寫端正的楷書就不能當官，所以有不少在野的遺賢，而且擁有超眾的才能往往是會受到排擠的。

連維材被領進另外一個房間，在那裡等了不一會兒，西玲就走了進來。

「是你呀！」也許是她故作鎮靜，她看到了連維材，言語態度上也未露出動搖的神色。

連維材也沒說多餘的話。「我到這裡來，是關於誼譚的事，有些話要跟你說。」

「什麼事呀？」

連維材回去之後，西玲打內心裡感到精疲力竭。對於她的不辭而別，連維材隻字未提，只告訴她誼譚有被捕入獄的危險。

「當然，也關係到承文。」連維材說道：「像承文這樣的人，我覺得坐坐牢對他也許有好處。我正考慮我的處理辦法。不過，誼譚不是我的孩子，他的事，你作爲他的姐姐應該加以考慮。」

西玲極力忍著一陣陣頭暈目眩，說道：「我明白了，我也要採取措施。」

連維材點了點頭，說：「這一次不如說誼譚是受了牽累。他們一開始就策劃好了要陷害承文。就是說，他們要透過陷害承文而把我逼入困境。……」

「他們是……？」

連維材簡短地說明了事情的經過，最後補充說：「當然，幕後操縱的是公行，但實際動手幹的是顛地商會的鮑鵬——那個忠實於你的傢伙。」

交談的時間很短，事情一談完，連維材絲毫未露出依戀不舍的樣子，提腿就走了。儘管這樣，西玲還是切切實實地感覺到連維材對她的愛，被人愛就意味著受束縛，她希望擺脫這種束縛。再說，連維材雖然愛她，但她始終捉摸不透連維材這個人。

他是個可怕的人，跟他比起來，現在她所交往的這些男人，她是很了解的。這些人太容易了解了。他們絕不會束縛她的自由，可以使她放心。

她一度交往過商人和街上的流氓地痞。他們有著明確的金錢欲望，很容易被了解。現在在她家客廳裡的那些男人，大多嚮往著當官。總的來說，後者比前者更富有男人的味道。他們說話慷慨激昂，可以排遣寂寞。有時還說一些很傻的話。

連維材的身上有什麼呢？她至今還不了解。好像既無金錢欲也無權勢欲，肯定有什麼東西是她所理解不了的。她所了解的只是他的愛，但西玲並不是唯有愛就可滿足的女人。

大概是她臉上失去了血色，她用雙手使勁地搓了搓面頰，然後才回到客廳。

客廳裡有五位客人正在大發議論。一個浙江口音的人，正用極其粗魯的語言痛罵官吏的貪汙：

「副將韓肇慶這小子，聽說他撈了一百萬兩。他媽的！他嚴禁個屁！大鴉片犯他放過，盡欺侮小傢伙。小傢伙出不起賄賂嘛。」

這人的名字叫錢江，他到處罵人出自己胸中的怨氣，據說正經的紳士都不理睬他。不過，他確實很有文才。

在太平之世被認爲是多餘的人，往往到戰亂的時代才能分辨出眞假。錢江這個人當然有很多缺點，他平時雖然盛氣凌人，胡吹胡擂，但他和那些一上戰場就捲著尾巴逃跑的無賴還是有所不同。在鴉片戰爭中，他主動要求站到鬥爭的第一線上，因此後來被流放到新疆。他雖然粗暴，但確是直腸子的好漢。

「就是嘛，盡欺侮弱者。」西玲幫腔說。

「謔，西玲女士這次說的話很有感情。」旁邊另一個客人說。

「啊呀，這……」西玲跟往常不太一樣，有點慌亂起來。

「說起來有點不好聽，以前西玲女士的幫腔有點像起哄。不過，這一次很眞摯。太好了。」

以前她確實是爲了解悶而來聽這些熱烈的議論，即使插幾句話，當然缺乏認眞的勁頭。不過，這次幫腔跟往常不一樣。原因只有她自己明白，但也有人從旁看得很清楚——她害怕起來。

「何先生眞叫人害怕。」她瞅了瞅說話的對方。

這人叫何大庚。一向爲大官兒當幕客。後來林則徐來廣州時，他成了林則徐的幕客，主要負責草擬書函。

「我有點事，要失陪了。我不在這兒，仍請大家慢慢地談。我叫人馬上拿酒來。」西玲說後，走出了客廳。

對於誼譚的事，她必須採取她自己的措施。

「怎麼辦？……」她在走廊上緊皺著眉頭，沉思起來。

4

白天的廣州城內。

地點是在貢院的旁邊。

貢院就是科舉的考場。在這裡正舉行廣東省的「鄉試」。各省鄉試及格的人，即為舉人，能取得去北京參加「會試」的資格。

考試要進行數天，為了防止作弊，在考試期間要與外界完全隔絕。每個考生關在一間很小的房間裡。這房間很像監獄裡的單人牢房，有一張簡易的木床，兼作書桌用，當然帶有便桶。

廣州的貢院可以容納八千名考生。就是說，有八千個單人房間。那簡直像無數棟連簷屋[1]聯接在一起。

貢院的附近，白天幾乎沒有行人。

連承文正從那裡經過。他走得並不急，可能是在想著什麼事情，對周圍根本沒有注意。

這時他遭到了一群暴徒的襲擊。事情是在一瞬間發生的。他記不清究竟有幾個暴徒，但不止一個是確定無疑的。

他首先被包圍了。「不好！」他剛這麼想，一個漢子就彎著腰向他衝過來。

他感到心口窩上一陣劇痛，馬上就失去了知覺。撞他的漢子低著腦袋，但承文隱隱約約地看到了這漢子的臉。他腦子裡閃過一個念頭：好像在哪兒見過。

當他恢復知覺的時候，他已經躺在一間小房間裡的木床上。承文沒有應過科舉的考試，但他覺得這兒很像經常聽說過的貢院的單人房間。

這是一個四方形的房間，木板牆上沒有任何裝飾。靠牆擺著一張小書桌，他躺著的那張簡陋的木床緊貼書桌對面的木板牆。房角上放著一個帶蓋的圓桶，不用說也可知道那是便桶。

沒有一個窗子。承文試著推了推門，那扇厚實的木門一動也不動。

他顯然是被監禁了。

「是誰把我抓來了呀？」

是作爲鴉片犯被官府抓來的嗎？不，如果那些人是當官的，不會一句話不說就撲上來；應當耀武揚威地自報姓名，大喝一聲：「不准動！」然後才走過來。再說，這房間雖然簡陋，但比官府的監獄，那恐怕還要高級得多。

仔細一看，在小桌前面的木板牆上，與桌子差不多高的地方，有一個二十公分見方的木框框。這框框的顏色比四周的木板牆的顏色要深一些。

看來好像是安在牆上的窗子。推了一下推不動，一定是從外面開的。這框框的作用後來才弄明白，到了一定的時間，那兒就打開，向桌子上扔進一頓粗糙的飯食。

跟貢院的單人房間不同的地方，是桌子的旁邊有個書架，書架上擺滿了書。把書籍帶進貢院，那就是作弊。

「他媽的！究竟是誰叫我吃這種苦頭！」

承文心裡恨極了，兩隻腳把地板跺得響亮，但這只能告訴他地板是多麼堅固牢實。

「不過，那傢伙是誰呢？」

那張面孔他總覺得面熟，究竟是什麼時候在什麼地方見過這個襲擊者呢？他想了又想，怎麼也想不起來。

接著他爲鴉片而擔心起來。他擔心的不是西關倉庫裡的那些冒牌鴉片，而是他不能不吸的鴉片。既然被監禁了，當然不會給他鴉片抽。一想到發煙癮的痛苦，承文簡直要發狂。「只要給我鴉片抽，幹什麼都行，忍饑挨餓也可以，用鞭子抽、用棍子打也甘願忍受。」他不知道抓自己的是什麼人。但不管是什麼人，他都願意向這個人跪下哀求。

從石井橋到廣州約有三十公里路程。

西玲首先央求村裡的一個小夥子給他送一封急信，然後自己坐轎子向廣州出發。

墨慈商會的辦事處設在西關十三行街最西邊的丹麥館裡。這裡名義上說是丹麥館，其實當時一家丹麥籍的商館也沒有，只有幾家英人商館和一家帕斯人商館雜居在這裡。

西玲走進附近一家茶樓的單間，然後派人把誼譚叫來。誼譚已從信上知道了大概的情況，但他還露出一副不太相信的神情。

「姐姐，會是眞的嗎？」他問道。

「當然是眞的。」西玲肯定地說。她深知連維材在這種事上絕不會說謊。他既然說了，絕不會有假。

「那麼，該怎麼辦呀？」

「一定要把貨物全部轉移到當官的注意不到的地方去！」

「什麼地方好呢？」

「澳門怎麼樣？」

「鴉片都是從澳門運到廣州的。怎麼能運往澳門呢？」

「現在不談這些了。」

「那就這樣辦吧。」

「就這麼辦，馬上就辦！」

「眞夠嗆！這麼忙的時候，承文這小子不知跑到什麼地方，連面也見不著。」

「一定是躲起來了。」

「好吧，我相信姐姐的話，先處理貨物……我趕快準備船。」

「給我留下一箱。」

「幹什麼？」

「我買。三百兩行嗎？」

「便宜一點給你吧！」

辦起事情，誼譚一向爽快。倉庫裡的存貨一下子就搬空了。這事一辦完，他就裝著一副若無其事的樣子，出去採購食品了。

西玲把一箱冒牌鴉片送到顚地商會的買辦鮑鵬的家中，同時寫了一封告密信。

她要報仇！

嚴禁論

閏四月十一日，鴻臚寺卿黃爵滋遞上了關於嚴禁鴉片的奏文。這一天正是林則徐在武昌歡迎怡良和予厚庵，敘舊暢談的日子。

這篇奏文似乎要使「發情期」的皇帝更爲興奮，上面寫著對吸食鴉片者要「罪以死論」。

1

道光十八年閏四月。

第一個四月——這個時期如果陽光不足，會影響農事。而這年湖北、湖南地方雨水過多。看一看湖廣總督林則徐當時的日記，就可以了解他是多麼關心天氣。

四月六日早晨陰，東北風。午雨，至夜不息。

四月七日黎明詣城隍廟行香祈晴。早晨尚有微雨。午後雨息仍陰。東北風。

四月八日黎明仍至城隍廟行香祈晴。早晨天氣頗見開朗，仍是東北風。午後風轉西南，陽光大照。但申刻(下午四時)忽又微雨,數點即止。夜陰。

四月九日黎明仍至城隍廟祈晴。巳刻(上午十時)忽雨一陣。東北風。終日皆陰。晚又有雨數點。

林則徐就是這樣每天到廟裡去「祈晴」。它表現了在以農爲本的國度裡,眞誠的爲政者的面貌。十一日,好不容易「暢晴,東南風」。但這爲時極短,接著又是連日陰雨。

四月十八日,初夏的太陽難得地在碧藍的高空照耀著武漢的街市。恰好這天從北京送來了題名錄——會試及格者的名簿。林則徐在上面發現了長子汝舟的名字。

「只中進士,還不是一個人應走的道路。」——儘管林則徐這麼想,但在現實中如不踏入仕途,就沒有辦法發揮經世之才。

林則徐突然想到了王舉志。即使像林則徐這樣擔任要職的大官,也不是不能聽到「山中之民」的呼聲。正因爲他能聽到,所以才託付王舉志來集結這種力量。

自己的兒子將來要做大官,參與國政,他與「山中之民」的力量將是什麼關係呢?他對這個問題的推測過於正統了。

他希望是合作的關係。但是,王舉志似乎認爲這不可能。「要養活人,就只有掠奪官府。」——如果按這個結論發展,那就不是合作關係,而是對立關係。

這些姑且不說,這一時期的林則徐,可以說是他一生中的黃金時代。

四月十八日以後，連日晴天，林則徐沒有必要一清早就去「祈晴」了，而且舊友接連來訪武昌——盡是令他高興的事情。

在接到汝舟中進士的喜報那天，林則徐又收到女兒普晴的來信。她嫁給了表哥沈葆楨。從信上看，婚後生活似乎很幸福。

閏四月十一日，予厚庵和怡良來到了武昌。予厚庵曾作爲稅吏，在江蘇輔佐過林則徐；怡良歷任江蘇按察使、布政使，也在林則徐擔任江蘇巡撫期間協助過他。怡良現任廣東巡撫，予厚庵任廣東海關監督，他們是在去廣州赴任的途中，路過武昌。

林則徐款待兩位舊友，暢談江蘇時代的回憶。

「關天培先去了廣州。當年江蘇的朋友統統都跑到那兒去了。說不定不久我也會去。」林則徐說道。這在當時當然是閒談，可誰知就在這年的年底，竟決定派他擔任欽差大臣去廣州。

予厚庵和怡良離開武昌後，連維材又來了。

在招待連維材時，林則徐的房間裡掛著朱絹泥金的對聯：

桃花先逐三層浪

月桂高攀第一枝

這是朋友爲祝賀林則徐的兒子及第而贈送的。連維材面對著這位幸福的父親，聯想起監禁在廣州的承文：「抽不上鴉片，在受罪吧！」

他曾經聽說過，抽鴉片的人在發煙癮時近似於神經錯亂。他想像著這種場面，承文痛苦地在那狹窄的小房間裡遍地打滾，急促的氣息就好似觸及維材的面頰。那是像熱風一般的氣息。「這樣對他有好處！」他暗暗地提醒自己。

連維材是沿長江而下，到上海去見溫翰，路過這裡。連維材走後不久，又來了幕客石時助。石田時之助形容憔悴。他曾留在蘇州尋找清琴的去向，最終沒有找到。他最後死了心，決定再回到林則徐的門下。

本來就是雨量大的季節，而今年的雨水尤其多，長江漲得滿滿的。據說水勢比冬季要大數倍，不過，幾乎感覺不到流速有多快。

連維材乘坐一艘名叫「五板船」的快船。這種船是「川船」的一種，一般裝載四川省的鹽順長江而下，返航時載回下游地區的大米。船是柏木造的，船身塗著桐油。儘管如此，仍令人感到船是悠然地漂浮在茫茫的大江上。

逆航的船，一般靠近水勢和緩的江岸航行，往下游去的船，爲了乘上快速的江流，一般都在江中心航行。過黃州不久，水色澄清起來。因爲巴河的清流在這裡匯合。不過，很快又變成渾濁的米黃色。這條大江就好似是中國歷史長河的象徵。

單調的景色在九江附近突然被打破了，原來是廬山聳立在眼前。廬山頂上罩籠著紫煙，山麓好似描著的眉黛。從江上的船中望去，山容在緩緩地變化。

河是母親，山是父親。

「我們的山河啊！」連維材深深地吸進一口氣，心裡這麼想著。

連維材到達上海後，在金順記分店和溫翰商量了今後的方針。他們談到擴大上海分店的計畫以及在臺灣建立茶場。

「把統文打發到臺灣去吧！」連維材說。不管到什麼地方去，馬上就能和周圍打成一片，這是統文唯一的長處。

連維材一邊在上海的江岸上漫步，一邊跟溫翰搭話說：「把這一帶的土地統統買下來，您看怎麼樣？」

「沒有多大油水吧。」老人回答說。

「爲什麼？」

「要花十年的時間才能見效。」

「等它十年不成嗎？」

「恐怕不到十年就會被政府收買去了。」

「政府？我們的政府有這樣的眼光嗎？」

「不，外國人會強制政府這麼幹的。將來肯定會是這樣。他們要在上海建立居留地，就在這江岸，政府必定要給他們提供地皮。」

「那就算了吧！」連維材這麼說後，爽朗地笑了起來。

商船從北方的天津，南方的臺灣、廈門、廣州——從各地齊集上海。當時正是官糧由河運改爲海運的時期，其中也夾雜著這樣的船隻。不過，世界各國的商船在不遠的將來也將齊集到這個港口。連維材一閉上眼睛，腦子裡就描繪出未來的這幅情景。

當地的人們現在都驕傲地說：「上海最近也熱鬧起來啦！」不過，他們難以想像的大發展，正在等待著未來的上海。

2

這時在北京，軍機大臣穆彰阿掛著一副悶悶不樂的面孔，他是一個奇怪的大臣。當皇帝倦於政務的時候，他卻像得水的魚似的，精神振奮；當皇帝勤奮起來，他卻無精打采了。

道光十七年，也許是親人中沒有死人的緣故，道光皇帝每天都勤奮努力。

這是變化無常的道光皇帝週期性的勤奮期，而穆彰阿在底下卻把它稱作「發情」，心裡感到很不痛快。道光皇帝的發奮期，在穆彰阿的眼裡等於是貓狗的發情期。他心裡想：「得啦，馬上就會平息下來的。」

要是在一般的時候還不要緊，而這次發情的時間很不利。在這個即將煽起鴉片弛禁論的重要時期，皇帝卻「發情」起來了，眞叫他無計可施。

穆彰阿是個擅長權術的人物，但他的這種本領，過去主要在皇帝的暫時消沉期才能得到發揮。他以爲馬上就會平息下去，可是鴉片嚴禁論的勢頭卻不能等到那時候。

閏四月十一日，鴻臚寺卿黃爵滋遞上了關於嚴禁鴉片的奏文。這一天正是林則徐在武昌歡迎怡良和予厚庵，敘舊暢談的日子。

這篇奏文似乎要使「發情期」的皇帝更爲興奮，上面寫著對吸食鴉片者要「罪以死論」。

「這可糟啦！」穆彰阿心裡想著，頓時感到束手無策。他企圖維持現狀，認爲政治應與現實妥協。根據他的這種想法，那就應當弛禁鴉片。他認爲現在如果要實行對鴉片的嚴禁政策，就會引起大亂，就好似在平靜的海上扔進一塊大岩石，現狀就不得不改變，而且其波動一定會涉及很遠的地方。

他不由得對黃爵滋痛恨起來：「多管閒事！這傢伙平時盡說一些嚇破膽的話……」

黃爵滋，字樹齋，江西人，道光三年進士，四十五歲。

據說他喜交遊，夜閉閣草奏，晝出走，與諸友人、名士飲酒賦詩，意氣頗豪，可見是個快男子。他與林則徐、龔定庵、魏源等人有親交，有志於穆彰阿最厭煩的「經世之學」。在不定庵的常客中，也是屈指可數的論客。他不僅思路清晰，聲音之大也超群拔眾。他是直諫之士，敢於大膽上奏，是一個特別引人注目的人物。他歷任科舉的考官、福建監察禦史，道光十五年提升爲鴻臚寺卿。

黃爵滋的奏文確實具有歷史意義，透過它決定了嚴禁鴉片的大政方針；派林則徐赴廣東，可以說是它的副產品。華長卿的《禁煙行》說：「鴻臚一唱人鬼驚。」可見是一篇紀念碑式的奏文。

黃爵滋首先談到漏銀問題說：邊境的防衛費所需多少呢？巡幸的費用多少呢？修造的費用又多少呢？與過去相比，爲什麼有這麼大的差別呢？……過去製錢九百文至一千文換銀一兩，現在銀一兩值錢一千六百文。這並非是銀用於內地了，而是漏於外夷了。

接著敘述了鴉片流行的現狀，然後說明過去對策失敗的原因：

第一，嚴查海口，但無效果——原因是沿海萬餘里，到處都可進入。

第二，禁止通商，仍不能防止銀流出海外——因爲鴉片本來就是禁品，「煙船」停泊於外洋，自有奸人搬運。

第三，懲罰鴉片販賣人也不行——因爲各地的貪官汙吏與富豪大族的不肖子弟勾結，庇護同好者。

第四，放鬆栽培罌粟之禁，對防止漏銀也不起作用——假定如弛禁論者所說的那樣，國產的鴉片溫和，吸之不致上癮，這樣，吸食者將會千方百計地獲取強烈的外國鴉片。

眞是文如其人，他的論點去掉了一切冗詞贅句，極其明快。

那麼，鴉片之害是不是就不能禁止了呢？黃爵滋說：「臣謂非不能禁，實未知其所以禁也。」他認爲銀流出海外，是由於販賣鴉片盛行；而販賣鴉片之所以盛行，是因爲有著吸食鴉片的大眾；如果不吸食，就不會有販賣，這樣，外夷的鴉片自然就不會來了。總之，國民如能不吸食鴉片，一切問題就解決了。因此就得出了黃爵滋奏文關鍵性的結論——「吸食鴉片死罪論」。他建議：

自今年某月日起，至明年某月日止，准給一年期限戒煙，雖至大癮，未有不能斷絕。若一年之後，仍然吸食，是不奉法之亂民，置之重刑，……查舊例，吸食鴉片者，罪僅枷杖。……皆系活罪，斷癮之苦，甚於枷杖……故甘犯明刑，不肯斷絕。若罪以死論，是臨刑之慘急，更苦於斷癮之苟延。臣知其情願絕癮而死於家，必不願受刑而死於市。……誠恐立法稍嚴，……必至波及無辜。然吸食鴉片者，有癮無癮，……立刻可辨。……故雖用重刑，並無流弊。……

黃爵滋還引用余文儀的《臺灣志》說：爪哇人原爲輕捷善鬥之種族。紅毛人製造鴉片，誘使吸食，因而元氣大衰，終被征服。紅毛人在本國如有吸食鴉片者，則在眾人環視下，將該人縛於杆上，用大炮擊入海中，因而誰也不敢吸食鴉片，所以各國只有製造鴉片之人，而無吸食之人。……以外夷之力，尚能令行禁止，況我皇上雷電之威，赫然震怒，雖愚頑之人，也會斷絕鴉片。……這樣，既可防止銀外流，銀價也不會再漲。然後講求理財之方，誠天下萬世臣民之福也。

奏文的結尾說：「臣愚昧之見，是否有當，伏乞聖鑒。謹奏。」

清代的地方自治組織，稱作「保甲制度」，規定十戶爲一牌，十牌爲一甲，十甲爲一保；其代表人分別稱作牌頭、甲長、保正。黃爵滋建議利用這次禁煙的機會，清查保甲，讓他們互相負連帶責任。

同牌或同甲中如有吸食鴉片的人，同組織的人應當揭發；如隱匿不報，事後發覺，罪及負連帶責任的人。至於來往客商等無定居的人，則令旅館、商店負責。如有容留吸食鴉片的人，則按窩藏匪賊治罪。

文武大小官吏如有吸食鴉片者，本人死罪自不待言，其子孫不准參加考試。在兵營內也建立與保甲同樣的聯保制度。

這個建議確實十分厲害。不過，如果不採取果斷的措施，鴉片的病根是不可能斷除的。

這篇奏文果然打動了道光皇帝的心。他命令內閣，把黃爵滋這篇奏文的抄本分送盛京（奉天）、吉林、黑龍江的各將軍（東三省即滿洲地方，一向實行軍政）以及各地的總督、巡撫，要他們陳述自己的意見。

根據皇帝的命令，各地長官的意見在當年的秋季大體都徵集齊了。有二十幾名高官復奏，其中全面贊成黃爵滋意見的僅有四人：

湖廣總督　林則徐
兩江總督　陶澍
四川總督　蘇廷玉
河南巡撫　桂良

在當時的地方長官中，後來與鴉片戰爭有關的有兩廣總督鄧廷楨、直隸總督琦善、雲貴總督伊里布和浙江巡撫烏爾恭等人。他們認爲吸食鴉片者處以死刑不妥當。不過，他們並不主張弛禁。他們說鴉片必須禁止，但處以死罪太過了。

另外，從當時的疆臣表來看，這些地方長官中，半數以上是滿洲旗人；而贊成派的四人中，滿洲人僅有正紅旗人桂良一人。

3

不定庵裡公羊學派集團的話題，暫時自然集中到黃爵滋的奏文上。黃爵滋本人也氣宇軒昂地經常在不定庵裡露面，照例用他那響亮的聲音，談笑風生。

吳鐘世到處奔忙，調查對黃爵滋奏文的反應。

「我說這話也許有點輕率，老大人死在好時候了。」龔定庵來訪不定庵的時候，跟吳鐘世這麼說。

林則徐來北京看望之後不久，吳鐘世的父親就死了。所以老子可以不判死罪，兒子也不用擔心受牽累了。

「我不覺得是輕率，我也正這麼想。現在想到父親時，盡量只想他未吸鴉片以前的事情。吸鴉片以後簡直是一場噩夢。」

「現在正在作噩夢的人，在我們的國家有幾十萬、幾百萬吧！」

「要救我們的國家，只有堅決消滅鴉片。」吳鐘世的話中包含著實際感受。

「對奏文的反應如何？」龔定庵問道。

「博得極大的喝彩，出乎意料。」

「是呀，琉璃廠的書店裡，刊印黃爵滋奏文的小冊子賣得飛快。」

刊印奏文，有洩漏國政機密的可能，所以是不准許的。不過，在沒有報紙雜誌的時代，要了解時事問題，最切實的辦法就是看奏文。因此往往把奏文刊印出來。只要不是特別機密的奏文，一向默許私自刊印。

「不過，我今天去一看，所有的書店一冊都沒有了。」吳鐘世說。

「哦，賣得這麼快呀！」

「賣是賣了，是穆黨的人把書店裡的存書全部都買去了。」

「他們害怕嚴禁論的擴大。」

「當然是這樣。不過……」

「小動作！這樣就能牽制輿論嗎？」龔定庵這麼說著，不高興地抱著胳膊。

「不過，對方也在拼命地活動。皇上徵求各省總督、巡撫對黃爵滋奏文的意見，聽說穆彰阿也在悄悄地作周密的部署。」

「是想用金錢收買人出來反對嗎？」

「不，那些人畢竟是總督、巡撫，恐怕不那麼容易叫他摸到底細。再說，這種事也關係到他們自己的頂子呀！」

「大概是叫他們手下留情吧。穆彰阿現在所進行的活動，是希望這些人這麼復奏：不能急，要一步一步地走。」

「我想大概是這樣的。」

向皇上呈遞奏文是要負責任的，即使被收買也不能隨便亂說。黃爵滋的強硬主張被採納後，以前上奏過弛禁論的許乃濟就被革職了。在這點上是很嚴厲的。

龔定庵腦子裡想著黃爵滋的奏文，想著這個衰世，辭別了不定庵。可是一走到默琴家的門前，他的心思馬上就變了。

不能隨意地見面，這反而更加引起他對默琴的思念。不能隨意見面還可忍受，無法忍受的是穆彰阿卻可自由地上默琴那兒去。

「我要把默琴從他的手裡奪過來！」他盯視著默琴家的大門，心裡這麼想著。

默琴這時已在家裡躺下了。穆彰阿架著腿兒，坐在床邊的椅子上。

軍機大臣的那雙灰面上繡著蔓草花紋的緞靴，戳在默琴的眼前。靴子還不停地抖動著。穆彰阿在抖著二郎腿。

「我是聽說你病了才來的，沒想到你還很精神。這我就放心了。」軍機大臣說。

默琴感到心裡發涼，她本來是裝病，這一下說不定是真病了。她覺得就這麼離開人世該多麼好啊。

「謝謝您！」她小聲地說，閉上了眼睛。

「鴻臚寺卿胡說八道的奏文，弄得我頭昏腦脹。照他說的那樣做，就會天下大亂。」

默琴雖然不知道這是怎麼一回事，但她希望軍機大臣就這麼忙下去，再也不到她這裡來。

「這傢伙是想把大清朝搞垮。」穆彰阿繼續說道：「對，肯定是這樣。清朝垮了，他們還會活著，可以建立漢族的王朝來代替。可是我們滿洲人必須跟清朝同命運、共存亡。所以要慎重。皇上對這一點並不太清楚。所以我要做許多工作。眞忙啊！……」穆彰阿接著解釋了他不能經常來看她的原因。

「哦，原來是講黃爵滋先生的那篇奏文，這我從定庵先生那兒聽說過。」她終於明白了穆彰阿說的問題，心裡這麼想。

據穆彰阿說，這是叫王朝毀滅的異端邪說。可是據定庵說，如果不實行這些政策，這個國家就無法挽救。她總覺得自己是被兩個完全不同類型的男人摟抱著，她對自己這種身分感到十分悲痛。

「漢人竟然這麼不負責任地胡說八道。豈有此理！」

默琴一聽這話，心裡難受極了。她就是漢人，而穆彰阿竟然肆無忌憚地在她的面前咒罵漢人。在穆彰阿的眼裡，默琴根本就不算是什麼漢人，只不過是他養的一個女人，這是她難以忍受的，因爲定庵已經給她灌輸了一些人道思想。「如果不結識定庵先生就好啦！」這樣，她起碼可以感到庸人的幸福，繼續生活下去。

4

穆彰阿並不是什麼都不幹，只等待著道光皇帝的「發情」平息下來。表面上他好像是個笑嘻嘻的老好人，實際上一刻也沒放鬆地做背後的工作。在皇帝倦怠的時候，這種工作做起來很順手。但在皇帝的勤奮期，就有點兒費勁了——需要花很多時間。可是，這次嚴禁鴉片的鬧騰，把他置於比以前更困難的處境。

如果等待，嚴禁論所點起的火種，就會熊熊地燃燒開來。要撲滅這場火是異常困難的。他透過各種管道和關係，向各地受命復奏的總督和巡撫傳達了這樣的意思：鴉片確是禍害，肯定要予以禁絕。不過，突然提出要處以死罪，未免有點過激。他認爲這樣的問題，要給予充分的時間，稍爲緩慢一點解決。在這一點上，希望能予以理解。

給這些大官兒做工作，採取現金戰術是不大容易奏效的。要採取「向閣下的至誠忠心呼籲」的方式進行。同時要悄悄地示意，在下次的人事變動上，要力爭對他們有利，以作爲報償。

這種宮廷外交式的活動，是穆彰阿的拿手好戲。

另一方面，又不能露出弛禁論的馬腳。他編寫了宣傳檔，指責嚴禁論的片面性，說什麼禁煙應極力和緩地進行，以嚴刑峻法來對待。

搞宣傳戰術，穆彰阿不太擅長，這方面的工作主要由他的同黨中最有實力的直隸總督琦善來擔任。

但是，在舉世滔滔的禁煙輿論中，這種免費散發調和論的檔是沒有市場的。當時可以說沒有一個人的身邊沒有抽鴉片的大煙鬼。目睹他們遭到侵蝕的精神和肉體，只要是還有一點良心的人，都會傾向於嚴禁論。

與穆彰阿的期待相反，道光皇帝一個勁兒地「發情」不止。

「連朕都戒了鴉片，其他的人不會戒不掉的。」道光皇帝變得十分嚴肅起來。他首先從自己身邊的人「開刀」，把帝室中抽鴉片的人拿來當靶子。

最大的人物是莊親王，對他進行了處罰。接著剝奪了溥喜「輔國公」的稱號。

名字帶「溥」字的，從乾隆皇帝算起是第六代，輩分相當低。從輩分來說，和同樣帶「溥」字的清朝末代皇帝溥儀屬於同輩。溥喜家是以乾隆長子永璜爲始祖的公爵門第。繼承乾隆皇帝帝位的嘉慶皇帝是乾隆的第十五個兒子，他出生時，長兄永璜已在十年前死去。永璜的長子綿德繼承了門第。以後四代都由長子繼承，所以世代交替進行很快，早在道光年間就由「溥」字輩的一代來繼承家業了。這兩人都是皇族，另外還處罰了三等伯爵貴明，剝奪了他的爵位。在男爵級當中，處罰了特古慎。

在皇帝身邊侍候的奴隸——宦官，也有大批的人受到處罰。這些人失去了性的歡樂，大概鴉片是他們唯一快活的源泉。

道光皇帝就是這樣首先從身邊的人開始清理。

各省的長官也把逮捕和處罰鴉片犯的報告，陸續送到中央。

穆彰阿臉色陰沉。他說：「沒有道理嘛！在這個太平盛世，嗜好點什麼，也是想幹點什麼事業嘛。本來可以放置不管嘛！……」

他想委婉地規勸皇帝，可是怎麼也說不通。在有關鴉片的問題上，道光皇帝有著充分的自信。剩下的問題只是實行嚴禁的方法。皇帝認眞地研究了各地長官的復奏。

有一天早晨，皇帝在乾清宮召見了軍機大臣，跟他們說：「看來還是湖廣總督的復奏最爲妥當。」

「啊，他是林則徐。臣認爲他是當代罕有的人才。」王鼎答話說。

穆彰阿心裡很不高興。他一聽林則徐的名字，就感到渾身哆嗦。他心裡想：「早一點把這傢伙搞掉就好了……」

他早已放出了密探，刺探林則徐周圍的情況，可是抓不到足以陷害林則徐的證據。而且林則徐的周圍已有了一道保護牆，很多人都擁護他，軍機大臣王鼎恐怕也是這道保護牆上的一塊堅石。

「穆彰阿，你怎麼看？」

皇帝一叫他，穆彰阿馬上跪伏在地上說道：「嗻！臣也認爲湖廣總督的意見是妥當的。」

同意黃爵滋的鴉片犯處死意見的，只有林則徐等四人。復奏的將軍、總督、巡撫有二十多人。

當皇帝問穆彰阿的意見時，他本來是想同意最溫和的意見。但他早已看出現場的氣氛不能這麼回答，穆彰阿在這些方面是十分機靈的。

因爲皇帝已經傾向於最激烈的林則徐的看法。在這樣的情況下，不提出相反的意見是明智的。除了上述四名贊成者外，其他人的意見也各不相同。如兩廣總督的復奏雖不同意死罪，但也相當嚴厲。

穆彰阿不得已回答林則徐的意見最爲妥當，但這絕不是出自他的本意；兩廣總督鄧廷楨的意見，認爲死罪太殘酷，建議在抽鴉片的人的臉上墨黥。

中國人重面子，而且孝道觀念深入人心，認爲身體髮膚受之父母。臉上墨黥之後流放遠方，等於是徹底爲社會所拋棄。這種刑罰雖不如死罪重，但比枷、杖要重得多。

「哈哈，鄧廷楨還提出了墨刑哩！……」皇帝早已把各地長官的復奏都記在腦子裡。他說：「想得很好。不過，欠徹底。不忍殺死罪犯的心情是可以理解的。但是，正如林則徐的復奏中所寫的那樣，規定死刑之法，目的是希望處死的人逐漸斷絕。周書中就有『群飮拘殺』一條，連古代的聖人也不得不嚴於于立法。從現在的鴉片流毒來看，墨刑太溫和了。」

皇帝看起來是在向大臣諮詢意見，其實他的主意早就拿定了，現在連他說的話也引用了林則徐的復奏。

「眞糟糕！……」穆彰阿內心暗想。

林則徐的復奏雖然全面支持黃爵滋的奏文，但他還提出了一些具體的措施。例如：把一年的限期分爲四期，令抽鴉片的人自首，分期遞加罪名。第一期自首者，寬恕無罪；在第二、三期自首者，雖免罪，但要酌情處理；過了第四期而不自首者，或自首後重犯者，則「置之死地，誠不足惜。」過了一年的限期，開鴉片館者、販賣鴉片者、製造煙具者，與吸食者同樣處以死刑。

他認爲嚴刑峻法容易使無辜之人負罪，但對吸食鴉片的人不必有這種擔心，甚至無須審訊嫌疑犯，讓他靜坐在那兒就可以了。眞正的大煙鬼，一到時間就會發癮，「情態百出」，這是最容易判明眞僞的審訊。即使有人想進行陷害，揭發無辜的人，眞相也立即可以大白。這種「揭發」人應當受到懲罰。

林則徐還說：「若猶泄泄視之，是使數十年後，中原幾無可以禦敵之兵，且無可以充餉之銀。興思及此，能不股栗！」

「林則徐的這些話，絕不是誇張。應當好好地想一想。」在召見軍機大臣的席上，一談到鴉片問題，幾乎是皇帝一個人在表演。

「陛下說的是。」穆彰阿不得不這麼回答。

「快把林則徐叫到北京來，關於鴉片問題，朕想讓他全權處理。」

「是。臣立刻命令吏部派特使去武昌請林總督。」王鼎回道，他感到皇帝的話很合自己的心意。他跪在地上，抬起頭來，狠狠地瞪了穆彰阿一眼。王鼎早就知道穆彰阿反對林則徐。這位爽直的軍機大臣並不想隱藏他對穆彰阿的幸災樂禍的心情。

穆彰阿的臉色更加陰沉了。

這一天，直隸總督琦善來訪穆彰阿。琦善是一等侯爵，正黃旗人。

直隸即現在的河北省。但直隸總督除管河北省外，還兼管河南、山東兩省。直隸總督負責皇城附近一帶的統治，所以在所有的總督中名列第一，往往由最有實力的人來擔任。後來的曾國藩、李鴻章都擔任過直隸總督。

穆彰阿和琦善關係密切。琦善因服喪停職三個月時，他的職務曾由穆彰阿代理。他們是同憂之士。

「糟啦！」穆彰阿跟琦善說：「關於鴉片問題，皇上打算全權委託林則徐。」

「那不行！」琦善的眉頭也籠罩著烏雲。

「你不是曾經推舉過林則徐嗎？」穆彰阿撇了撇嘴唇說。

「是呀。」琦善說：「這個人確實有才能。不過，我的意思最多把他放到按察使、布政使的地位上，因此我才推舉了他。」

琦善在道光初年，前後擔任過三年兩江總督。當時林則徐在江蘇擔任按察使和布政使，很得琦善的讚賞。

「你的意思是說，不能當總督嗎？」

「就是這個意思。當上總督就會變成危險人物。他的政績確實很顯著。他具有果斷的實行能力，因而有點獨斷專行的味道。如果當按察使或布政使，掌管工作的範圍有限，獨斷專行、麻利爽快地處理工作，利多於害。不，恐怕應該說，如果不讓這種級別的官員獨斷專行，那就幹不了事情。……可是，一當上總督，尤其是委以全權，那就叫人感到可怕了。誰知道他會幹出什麼事呀！」

「是呀，我也擔心這一點。看來他是個有信念的人。這可不行呀。他要是蠻幹起來，誰知道他會惹出什麼簍子呀！……這次他到北京來，你能不能提醒他注意一下呀？」

「你剛才說了，他是個有信念的人，我說的話，他恐怕也不會聽吧！」

「你畢竟曾是他的上司，總會有點效果吧。一切都是爲了大清朝嘛！」

「我知道了，到時候盡量牽制吧。有沒有效果，姑作別論。……」琦善點了點頭。

5

這時，公行成員正在廣州怡和行聚會。每個人的臉上都露出悲痛的神情。去年就發現了兩家商行負了巨額的「夷債」。所謂夷債，就是負外國商人的債。

興泰行負夷債二百二十六萬西班牙元。天寶行約一百萬西班牙元。

興泰行的嚴啓昌，在律勞卑事件中遭到意想不到的牽連而被關進監獄。爲了彌補釋放活動費，做了一些很不合算的買賣。這成了他破產的致命原因。

道光十七年，外國債權人向兩廣總督鄧廷楨呈稟申訴。總督命令進行調查，公行方面要求以十五年爲期，分年無息償還。但債權人方面不承認這個條件。後來公行雖把十五年的期限縮短爲十二年，而對方堅持不得長於六年。公行向外國債權集團揚言，如過於威逼，將否認一切債務。

債權人方面於道光十八年三月再次稟呈總督申訴。同時致函外交大臣巴麥尊申訴。於是導致了正式的糾紛。

公行的理由是，給營業不振的商行充裕的時間，使其能夠恢復元氣，乃是商業上的人情之常；而且公行過去就把這種人情給了外國破產的商行。不過，這種人情過去主要是給了美國商人。英國擁有東印度公司這樣龐大的組織，而美國商行並沒有這樣的後盾，大多是弱小商行，其中有的是由公行爲它們出資，瀕臨破產的還曾經讓伍紹榮的父親救濟過。

但是，這次兩家公行的債權人幾乎都是英國商行。其名單如下：

英商查頓—馬地臣商行　二一五八三四九元

英商顛地商行　九二二元
其他九家英國商行　四三八四元
二家帕斯人商行　二四九七元
二家美國商行　七八六四八元
一家瑞士商行　三四一四元

美國商行的債權還不到總額的百分之三，所以搬出過去對美國商人的情義是解決不了問題的。
經過一段迂迴曲折，這次負債問題好不容易才達成了以下的協定：

興泰行的負債　期限八年半　無利息
天寶行的負債　分年償還，十年還清　利息六分

現在公行的成員在集會，就是爲了聽取這次達成協議的報告。
「公行的基金全部都叫強制性的獻款和給官吏送禮掏光了。今後請諸位不要再考慮依賴公行了。」伍紹榮作報告的聲音不時地停頓。最後，他以這句話結束了報告，坐了下來。
「唉！如果能實現鴉片的弛禁……」有人嘆了一口氣說。
如果能實行弛禁，公行就能壟斷鴉片，獲得大量的利潤。

「弛禁已經不可指望了！」伍紹榮的語氣不覺粗魯起來。

弛禁的氣氛確實一度彌漫了廣州。但在嚴禁論無情的進攻下，現在已淒慘地潰敗了。提出廣東復奏的總督鄧廷楨和巡撫祁，曾在宣導弛禁論中發揮過一定的作用。但以後他們再也沒有提弛禁。在反對鴉片的嚴厲的輿論面前，他們不得不閉上嘴巴。

弛禁法既可防止目前最緊急的白銀外流，公行又可透過鴉片壟斷獲得巨利，這對公行確實是大好事。可是，這樣的一個好辦法，卻一下子被埋葬了。這對大多數公行的會員來說，是不可想像的。歸根結底，是由於他們根本不了解他們以外的世界。在公行成員的世界裡，認爲弛禁是無可指責的、前景無限美好的、理想的政策。他們禁閉在自己的小屋子裡，根本體會不到屋子外面強烈的風暴。

了解外面世界的，恐怕只有伍紹榮。連他的助手盧繼光也說：「北京方面說，現在形勢不妙，要暫時等待。我們要稍微忍耐一點。」盧繼光堅信自己的世界，堅信大力支持這個世界的樞臣穆彰阿。只要壟斷鴉片成功，區區兩三百萬元債款馬上就可以還清——在同外國債權人的談判中，盧繼光曾多次透露出這個意思。他說：「請稍微等一等，形勢一定會好轉。」

可是，外商對外部的世界比公行的人要了解得多。裨治文和威利阿姆茲等人，千方百計地蒐集奏文和上諭等，翻譯成英文，在外商中散發。所以他們十分了解，形勢並不像盧繼光所說的那樣樂觀。

會上發言的人很少，會議在陰沉的氣氛中結束。

「希望大家努力堅持！」最後伍紹榮大聲地鼓勵大家，這也是對他自己的鞭策。

他的腦子裡閃現出連維材的面孔，那是一張凜然的男子漢的面孔。接著又出現了一張紙片。那是前幾天收到的金順記發出的一張五萬元的匯票——連維材已經發覺承文的借款是來自公行，因此照數奉還，以示威風。

大家回去之後，伍紹榮獨自坐在空曠的客廳裡。

「要戰勝連維材！」他覺得只有這樣，自己的生活才有意義。他心裡想：「只要能戰勝他，那就完成了我的夙願。除此之外，我再也不祈求什麼。不過，這個對手，用普通的手段是擊不敗的。」

伍紹榮感到自己的身上突然產生一股生命的力量。這股力量要求他採取某種狂暴的、邪惡的、陰險的，而且是切實的措施。

前奏的炮聲

1

道光十八年夏，澳門的溫章帶著女兒彩蘭和如同家人的辰吉，前往廣州。六月七日——陽曆七月二十七日，船抵達虎門水道。這是一年中最熱的時候，待著不動也會大汗淋漓。

「眞熱！我眞想跳進水裡游泳。」在海邊長大的辰吉，認眞地說。

「那就不用客氣，請吧！游……」彩蘭帶著調皮的語氣說道。但她的話說了一半就中斷了。突然發出一聲轟隆巨響，彩蘭雙手捂臉。溫章臉色煞白，忙把女兒摟到身邊。

「是大炮！」辰吉用手搭著涼棚，朝四周張望了一下，報告說。他一登上船，比平時活躍多了。

「大炮？」溫章反問說。

「炮彈落到水裡了。離得很遠，不要緊。」辰吉的話音未落，又響起了第二聲炮響。

「嚇死人啦！……」彩蘭說。

「彩蘭說出嚇死人的話，我這還是第一次聽到哩。」

「可是……」

「看來好像是炮臺在瞄準那艘洋船。咱們這邊是安全的。」

辰吉指的方向，有一隻中型的帆船，溫章對這艘船很眼熟。他說：「啊，那艘船不是英國的孟買號嗎？這究竟是怎麼一回事？」

不一會兒，只見幾隻兵船向孟買號靠近。

「彩蘭，不會再開炮了。」辰吉笑道：「不過你說嚇死人的樣子，可愛極了。」

「看你！這……」

「不過，那聲音也確實大得嚇人。」

自從關天培擔任廣東水師提督以來，炮臺正在大力整頓。

「聽說那個炮臺有好幾門八千斤的大炮哩！」彩蘭好像賣弄似的說。

溫章等人乘的船，繼續逆虎門水道開去。

「到底發生了什麼事呀？」溫章比別人加倍操勞。他考慮到種種的情況，不免擔心起來：「要是發生了戰爭，該怎麼辦？」

這種可能性是存在的，英國的態度愈來愈強硬，清國又加緊禁止鴉片，態度強硬地要求驅逐許球奏文中提到的九名鴉片商人，這些都刺激了英方。東印度艦隊司令馬他侖，不久前率領兩艘軍艦，剛剛到達澳門。

「但願平安無事就好了……」溫章小聲地說。

年輕的彩蘭和辰吉，好似把開炮的事統統都忘光了。他們正在談論著即將到達的廣州城裡的種種事情，溫章不覺羨慕起來。

溫章到達廣州之後，聽說這次開炮的情況是這樣的。

馬他侖率領兩隻軍艦「威裡斯立號」和「亞爾吉林號」到達澳門，那是一八三八年的七月十二日。澳門同知胡承光立即把這一情況稟報了廣州。

兩廣總督鄧廷楨接到這一報告時，腦子裡首先想到的是四年前的律勞卑事件。他心想：「說不定又要發生麻煩事了！……」

義律很快就把要求接見艦隊司令馬他侖的信件送到總督的手邊。但是，清朝禁止直接交涉，總督不予受理，把信打了回去。

因爲馬他侖如果像律勞卑那樣進入廣州，後果將極其糟糕。一定要讓他在虎門水道「向後轉」。因此，各炮臺接到命令，阻止英艦前進。

中型帆船孟買號恰好此時從這裡通過。虎門炮臺放了兩炮，其意圖並不是要把英國船擊沉，而是一種代替停船命令的信號。

孟買號是開往黃埔的，當然持有海關監督正式頒發的入境許可證。炮臺只是對他們提出了警告，訊問：「有沒有馬他侖和他的隨員？」如有，則不准入境。

八天之後，馬他侖爲質問炮擊孟買號一事，率領艦隊來到虎門水道附近的川鼻。

馬他侖等人也知道炮擊孟買號不過是一種命令停船的信號。他眞正的目的不在質問，而是要以英國官吏的身分與清國官吏對等地談判。具體的措施是，把一度被打回的信，又拿去與水師提督糾纏。

水師提督關天培當然拒絕接受。夷國的「官」，妄想與天朝的疆吏平等，簡直是狂悖之極。

馬他侖明明知會遭到拒絕。但他又提出要求說：「希望不是口頭，而是用書面形式來答覆。」關天培派副將李賢和守備羅大鉞遞交了「拒絕通知書」。應當說這是巨大的讓步。通知書雖然未蓋公印，不是正式公文，但也是準公文。

爲何要作這樣的讓步呢？關天培了解英國海軍的實力，擔心律勞卑事件重演。他到任以來，廣東水師已經加強，但要和英國戰艦交鋒，他還沒有這個信心。

既然一紙公文就可以使對方乖乖地撤走，那就暫時後退一步。只是擔心會受到北京的斥責，因此，在給北京的奏文中插進了這樣的話：「恐傳語錯誤」，故派出了官員。這樣就留下了伏線，今後若出問題可以進行辯解。

對英國方面來說，儘管這只是備忘錄式的公文，但畢竟撇開了公行，和清國的高級官員進行了「對話」，因此也是一大收穫。

2

罌粟花包米囊子，割漿熬煙誇奇美。
其黑如漆膩如紙，其毒中人浹肌髓。
雙枕對眠一燈紫，似生非生死非死。
瘦骨山聳鼻流水，見者皆呼鴉片鬼。

富者但欲格外甘，貧者貪利不知恥。
倫常敗壞室家毀，一念之差遂如此。
呼吸苟延日餘幾，嗚呼生已無人理！
——吳蘭雪《洋煙行》

承文抽鴉片的歷史不過兩年多，最初抽的並不怎麼勤。最近一斷鴉片才露出發癮的症狀。所以外表上還沒有露出聳著瘦削的肩膀、不停地流鼻水之類嚴重中毒的症狀。

他關在單人房間裡，經常發狂，用頭撞牆壁和桌角，鮮血直流，有時還大聲叫喊，但是誰也不理他。這個單人房間是誰家的，在什麼地方，他都不知道。不過他終於明白了是誰把他抓起來的。他覺得撞他的那個人眼熟，他想起了這個人。

一般抽鴉片上癮的人，空間與時間的概念與常人會愈來愈有差異。德．昆西在他的《吸食鴉片者的自白》中說：「兒童時代極其細微的小事，或後來早已忘記的各種場面，經常在腦子裡復甦起來。」

也許不應該說是回想起來的，而是自然地浮現出來。那張臉是余太玄的臉。

他們兄弟小時候，經常鬧著玩，吊在拳術師粗壯的胳膊上，要拳術師把他們懸掛起來。這玩意兒很有趣。他們經常央求拳術師說：「再來一次那個玩意兒！」

如果是這位拳術大師余太玄，當然可以輕而易舉地撞中承文的要害。「肯定就是那個傢伙！」可是，他很小的時候就和余太玄分開了，不可能跟余太玄結下什麼冤仇。他想：「一定是受了老頭子的委託。」簡單地說，余太玄是金順記的食客。

又過了幾個月，出乎他的意料，斷鴉片的痛苦並沒有想像的那麼嚴重。不如說在想像這種痛苦的時候，反而叫他受了極大的痛苦。他用腦袋撞牆和桌子就發生在這個時期。不斷地感到心慌、奇妙的亢奮、焦躁不安，似睡似醒的恍惚狀態。這一切過去之後，就好似做了一場夢。

在斷鴉片的時候，一般都下巴發腫，口中潰爛，但承文的這種情況卻輕易地過去了，一定是他的鴉片毒中得還不那麼深。

之後不久，他逐漸感到食物從來沒有這麼好吃過。從小視窗送進來的食物，並不是山珍海味，但是好吃得要命。他的味覺已經恢復正常了。

最初他什麼也不幹，唯一的樂趣就是吃東西。只要送食物的小窗口一響，他趕快就跑到窗口邊等著。

一個男人，一天一次走進房間裡來換便桶。這時，另一個長相很凶的漢子站在門口看著。這兩個人承文都不認識。

看守後來換了一個人，這個人很和氣。他很年輕，和承文的年紀差不多。問他叫什麼名字，他回答說：「我叫辰吉。」問他是受誰委託來的。他笑著說：「這個我不能回答。」

「什麼時候放我出去？」

「這個我沒有問過。」

「跟你的老爺說，快點放我！」

「我不知道誰是老爺。」

「是連維材！」

「他是誰呀？」

「呸！別裝蒜了！」

辰吉雖然挨了罵，仍然溫和地笑著。

只有吃飯的樂趣，單人房間的生活仍然是寂寞的。承文確實不喜歡學習，但爲了排遣寂寞，也從滿是書籍的書架上取下幾冊，隨便地翻閱起來。

在這以後不久，他從早到晚打開有趣的、帶插圖的《三國演義》、《水滸傳》，貪婪地閱讀起來。除了吃飯和閱讀通俗小說來安慰他的生活外，想像著各種各樣的事情也是一種樂趣。還可以唱歌。簡直像要把這單人房間的牆壁震裂似的，他大聲地高唱淫猥的歌曲，這也叫他感到無比的痛快。有一天，他正在發狂似的唱著極其下流的歌曲。沒有到吃飯的時間，送食物的小窗卻打開了。

「誰？」躺在床上唱歌的承文跳了起來，跑到窗口前。

視窗露出一張白皙的臉。「是我呀。」

一聽這聲音就知道是彩蘭，彩蘭曾經在連家寄養過。連家沒有女孩子，承文過去把彩蘭當作親妹妹看待。彩蘭十一歲時離開廈門，至今已整整六年。

她已變成了十七歲的漂亮姑娘。承文盯著她的臉說道：「你不是彩蘭嗎！」
「是呀，承文哥。不過，你很好啊！」
「好久不見了，你長大啦！……」
「哥，你知道你是怎麼關進這裡的嗎？」
「知道。」
「知道誰把你關進來的嗎？」
「現在知道了。是我老頭子。」
「你的鴉片戒了，你該感謝你爸爸。」
「不，並不……最初我生他的氣，事到如今，也想開了。不過，我不想感謝他。」
「如果能從這兒出去，還抽鴉片嗎？」
「不知道。我現在關心的是什麼時候能放我出去。」
「我到這裡來，就是跟你說這個。」
「是嗎？什麼時候？」
「你爸爸最初說十年。」
「十年！……」承文倒抽了一口冷氣。
「今後只要是抽鴉片就要判死刑。和死刑相比，十年不是強得多嗎？而且你爸爸還特別給你減去了兩年。」

「那麼……這麼說，是八年？」

「是，是八年。你挺住吧！」白皙的面孔突然從視窗外消失了。接著送飯的窗戶喀嚓一聲關上了——那是上鎖的聲音。

「八年！……」承文陷進虛脫的狀態，精疲力竭地癱倒在床上。

八年——漫長的歲月啊！承文今年二十二歲，他要在這裡一直關到三十歲。他一直以爲，最多不過一年就可以獲得自由。他第一次懂得了父親的厲害。

無聊的、漫長的、可怕的八年的歲月啊！——這和斷鴉片的情況一樣，想像這八年的痛苦，比實際的痛苦還要可怕。

從此以後，再也聽不到他那震動牆壁的淫猥的歌曲了。

3

清國與英國雖然缺少疏通，但畢竟通過公行這條狹窄的管道，在進行悄悄的對話。只是沒有賦予官方的形式，不能與高級官員廣泛地對話。

連維材與溫翰之間幾乎沒有對話的必要。就連旁人聽來像啞巴禪似的談話，他們也嫌話太多了。

「公行的命運已是風前之燭啦！」連維材這麼說，而溫翰的答話卻這麼說：「儘快把上海的分店充實充實吧！」

在這種對話的中間，省略了一般人要費千言萬語才能說清楚的內容。

連維材從上海來到蘇州，見了兒子哲文。哲文希望在蘇州再多待一些時候，學習繪畫。連維材同意了兒子的要求。他說：「你既然這麼想學繪畫，那就朝這條路子走下去。只是不能半途而廢，不要單純從興趣出發。我希望你勤奮學習。如果你有這樣的決心，我可以同意你。」

清琴與哲文之間沒有什麼突破。她的新任務是透過哲文，蒐集連維材身邊的情報。可是，哲文甚至沒有介紹她去見來到蘇州的父親。

哲文的藉口是：「我現在還在學習期間。」如果哲文回到廈門，清琴當然會跟他同行，這樣就可以接近連維材。可是哲文要留在蘇州學畫。他得到了父親的同意，感到很高興，而清琴卻大失所望。

在廣州，公行總商伍紹榮一直在和金順記的溫章進行極其認真的對話。這兩個人本來是屬於互相對立的營壘，但奇怪的是他們彼此之間卻很投機。

「恐怕再沒有別人像您這樣精通外國的情況了。我想請教一下時局，您覺得當前最重要的問題是什麼？」伍紹榮說。

「糟糕的是清國和外國都不了解對方。」溫章回答說：「互相不了解，當然就會發生一些麻煩的問題。我們應當更多地了解外國的情況。老是說什麼夷人是『犬羊之性』是不能解決問題的。另外，把外國人關在十三行街裡也是錯誤的，我說這話也許很失禮，現在包圍外國人的，是你們這些分厘必爭的買賣人，精明圓滑的買辦、通事，和從他們那兒索取賄賂的貪官汙吏。我們國家的老百姓，百分之九十以上是純樸的。而能夠接觸外國人的，只限於極少數特殊的人。連我國的文化遺產，外國人也看不到。這樣，他們當然不會了解中國人是值得尊重的國民。我的話說得太遠了。我認爲撤掉彼此之間的牆壁，這是最爲重要的。」

「我同意您的看法。」伍紹榮頻頻點頭說：「外國人也必須停止向中國輸入鴉片，這樣才能得到中國人的尊敬。」

道光皇帝向兩廣總督、廣東巡撫、廣東海關監督發出驅逐鴉片母船的命令，上諭到廣州是八月三日。第二天——八月四日，廣東首腦通過公行要求義律撤走鴉片母船。八月十七日、九月十八日和十九日又接連轉達了同樣的要求。可是，鴉片母船仍然悠然自在地停泊在伶仃洋上，毫無退走的樣子。

要求第五次送到義律的手邊是九月二十九日。這次要求不是經過公行，而是透過廣州知府和副將。義律微微一笑。以前馬他侖撇開公行，收到了「拒絕的公文」這次雖然未能與總督直接公文往來，但知府、副將這些相當高級的官員竟成了命令的傳送者。這種情況繼續積累下去，墊腳石就會愈來愈高。

「這是我力不能及的事。」義律厚著臉皮回答說。

清朝不承認外夷的「官」。義律也是被當作一般的民間人士看待。既然是民間人士，哪有權利對鴉片商人發號施令呢？義律面帶奸笑地說道：「如果正式承認我是外國官員，可以跟總督對等地直接交涉，我也許還可以想點辦法。」

「狗日的！」清國方面的負責人恨得咬牙切齒。

「罵吧！這些豬仔官！」因爲可以進行一點小小的報復，義律也暗暗高興。

在弛禁的浪潮之後，馬上就來了個大反覆，從中央跳出一個「嚴禁論」。外商們很輕蔑清朝總是這麼朝令夕改。他們說：「不管下什麼命令，反正是實行不了。目前只是粉飾粉飾門面，照顧一下輿論。」

外商依然把鴉片母船停在海上，大做鴉片買賣。

4

「伶仃洋兩岸沒有炮臺。即使建造炮臺，東邊是銅鼓洋，西邊的磨刀洋，兩邊的洋面都很廣闊，炮彈恐怕打不到。根據目前的狀況，水師的兵船沒有力量驅逐他們。」聽了水師提督關天培這樣的說明，兩廣總督鄧廷楨感到束手無策。

既然義律說這是他職權範圍以外的事，那就透過公行，要求居留廣州的外商協助撤走鴉片母船。但對方也不予理睬，說什麼「鴉片母船與我等無關」。

細讀當時廣東當局的奏文，可以看出他們確實是煞費了苦心。他們上奏說：「因爲有私買者，所以鴉片母船不撤走，因此現在正在嚴禁私買。」接著枚舉嚴禁所取得的成績。令人啼笑皆非的是，竟舉出大貪汙犯——中軍的副將韓肇慶的名字，說他破獲了七件違反鴉片法的案件，洋洋得意地給他報了功。

副將韓肇慶是個大胖子，滿身肥肉，根本不像一個軍人。在弛禁論高漲的時候，他一度垂頭喪氣，多虧又盛行嚴禁論，最近他才開心起來。

「穆樞相雖然沒有給我回信，但看來是接受了我的要求，爲我掀起了嚴禁論的高潮。」韓肇慶心裡這麼想，趕忙給北京送去了禮品。

穆彰阿收到這些禮品時，哭笑不得，罵了一聲「蠢材」！

韓肇慶在家中的一間房間裡，只穿著短褲，躺在涼爽的竹蓆上。他的一個妾在旁邊給他用大扇子搧風。他除了大老婆之外，還有六個妾，都住在這個家裡。

他把手伸進妾的裙子裡面，撫摸著女人汗漬漬的大腿。

這時，女傭人在門簾子外面喊道：「鮑鵬先生來了。」

韓肇慶仍在摸妾的大腿，沒有答話。

事情發生在好久以前，他收到一封匿名信，說鮑鵬的家裡藏有鴉片。他派人把顛地商會的鮑鵬叫來訊問。

「絕對不會有這種事！」鮑鵬矢口否認。

「不管有沒有，先到你家去看看。」

兩人到鮑家一看，果然發現一隻木箱。這木箱僅從外表看不知裡面裝著什麼。打開一看，裡面果然裝的是鴉片。

「你看這！」韓肇慶說。

「我決不會插手鴉片買賣，這一點您也會了解的。這一定是誰為了陷害我而幹的。」鮑鵬臉色煞白，這麼辯解說。

韓肇慶想了想——這話也有道理。鮑鵬這種人不會幹這樣的蠢事。他知道鮑鵬在幹什麼，是用更高明的辦法在賺錢。

一問鮑家的傭人，說這是當天一位姓陳的先生讓一個苦力送來的禮物。

「看來還是嫁禍於他。」韓肇慶心裡雖然這麼想，還是嚴厲地說道：「可是現在有人告了密，你家裡又發現了鴉片。從我的立場來說，總不能置之不管吧？」

「這事還請您……」鮑鵬拱手哀求道。

「這個問題，難辦呀！」

「請你設法妥善地……」

「你我的關係，當然要盡量地妥善解決。不過……」韓肇慶微微一笑。

這樣交談之後，事情就妥善地解決了。鮑鵬給韓肇慶送了一大筆錢，這是自不待言的。

鮑鵬無法忍受這飛來的禍事，他想弄清楚究竟是誰要了這個陰謀。誼譚和承文都不見了，最初他以爲可能是他們當中的一個幹的。過後不久，他了解到誼譚在澳門。他趁到澳門出差的機會，找到誼譚，對他進行了質問。

被鮑鵬一質問，對方反而反撲過來說：「是你受公行什麼人的委託，想讓我和承文上大當。過後我想了想，愈想愈覺得是這麼一回事。」

事實確實是這樣。可是，這是誰覺察出來的呢？不可能是誼譚或承文這些乳臭未乾的小子。誼譚閉口不談是誰說的。

解開謎團的關鍵是告密信。從信的筆跡追尋下去，說不定能發現蛛絲馬跡。因此鮑鵬央求韓肇慶說：「請你把告密信讓我看看。」

「這個不能讓你看。」

「那麼，請你賣給我。」

這話打動了韓肇慶。反正是沒有用的一張廢紙，既然能換錢，出售也可以。

「你出多少？」韓肇慶裝著開玩笑的樣子說。

「五兩。」鮑鵬說。

「扯淡！絕對不行。」

「那麼，十兩。」

「不行。二十兩。少一個子兒也不行。」

「反正那不等於是一張廢紙嗎！」

「給二十兩就賣給你。不幹就算了。」

「……」

他們的交易沒有談妥。

現在鮑鵬又來了，大概是改變了主意，用二十兩銀子來買那封告密信。

女傭人在門簾子外面又一次喊道：「老爺，可以把鮑先生請進來嗎？」

「好吧。叫他進來！」韓肇慶這麼回答說，就勢在妾的大腿上狠勁地擰了一把。

「哎喲！」年輕的妾跳起來，大聲呼痛。韓肇慶看也不看她一下，爬起來去取告密信。

果然不出所料，鮑鵬帶來了二十兩銀子。

「你看，就是這個！」韓肇慶把告密信遞給鮑鵬。

鮑鵬打開一看，喉嚨裡發出了一種奇怪的哼哼聲。不必費勁去進行筆跡鑒定，一眼就看出了是誰的字跡。「原來是西玲這娘們！……」

5

「能帶我去一趟廣州嗎？」保爾．休茲揉了揉他的蒜頭鼻子說道。他辭了墨慈商會的工作，在澳門開了一家專做水手生意的低級酒吧間。

「去吧。約翰．克羅斯正想見見你哩！」一個水手這麼說。

「是呀！」保爾喝了一口啤酒，說：「聽說他病了，我很不放心。從在曼徹斯特的時候起，我就一直照料那個孩子。」

「你走了，這店誰管呀？」

「交給誼譚。他來了，我可以離開店了。」

簡誼譚從廣州跑到澳門來避難。他把轉移到這兒的鴉片慢慢地處理掉，手頭積攢了一大筆錢。但他畢竟年輕，一閒著沒事就悶得發慌，於是經常到保爾的酒吧間來廝混。過了不久，他竟拿出錢來，當上了酒吧間的合股經營人了。

保爾也是一個沒有常性的人，在一個地方待不住。聽說約翰在廣州病倒了，他就想去看看他，同時也可以散散心。

「好吧，你就坐我們的麻六甲號去吧！」一個高大的漢子說。他長著滿臉的大鬍子。鬍子上沾著的啤酒沫還沒有消失。這漢子身軀高大，不注意的話，還不知道他懷裡摟著一個矮小的歐亞混血女人。

「那咱們就換個地方痛飲一下吧！」

「好！走吧！」

保爾回頭對著櫃檯裡的誼譚說：「店裡的事就拜託你啦！」

一大幫子人亂哄哄地朝店門口走去，那個滿臉鬍子的大漢懷裡仍抱著女人。走到門邊，女人機靈地溜下來了。

「看來你不喜歡我。哈哈哈……」

「那當然囉。看你鬍子八叉的！」

門外一片醉鬼的嚷嚷聲。從大鬍子懷中溜下來的女人回到店堂，向誼譚調情。

「呸！」誼譚吐了一口唾沫。

「你怎麼啦？」女人問道。

「我對這個買賣厭煩透了。」

「還有更賺錢的買賣呀！」

「賺錢的買賣我幹膩了，我想幹有趣的買賣。」

「這買賣有趣呀！」

「什麼買賣？」

「妓院。只要有本錢，再沒有比這種買賣更賺錢的。我眞想試試。」

在廣州商館的一間屋子裡，查頓、顛地、墨慈等英國鴉片商人正在打橋牌。

「聽說一個姓林的大臣要來禁止鴉片。」墨慈一邊洗牌，一邊說道。

「那是聽伍紹榮說的。沒有什麼了不起，不過稍微嚴一陣子，過去之後依然照舊。」顛地這麼說。

「我說，我可要加大賭籌了。」查頓不顧他們倆的談話說道。

這個世界上最大的鴉片販子，以前曾在東方航線的商船上當過醫生，後來他和他的蘇格蘭同鄉、愛丁堡大學出身的馬地臣合夥組織了查頓馬地臣公司，在對清貿易中大肆活動。這個公司至今仍然存在，在日本也擁有幾家分店。

「不過，我有點擔心。」墨慈說。

「你擔心什麼呀？是擔心查頓的牌，還是那位姓林的大臣？」顛地問道。

「聽說這個林總督是一個十分頑固的傢伙。」

「清國的官吏嘛，咱們領教得太多了。別看他擺出一副嚇人的面孔，往他袖筒裡多塞點銀子，他臉上的肌肉就會自然地鬆弛下來。」顛地說後笑了起來。

「是呀……不過，我想偶爾也會有例外，說不定這個姓林的就是例外。」

「墨慈先生，你怎麼這麼洩氣呀！」

過了一會兒，查頓冷靜地說：「看來是我贏了。」

打完橋牌，他們一邊喝茶一邊閒聊。顛地說他有事先走了，只剩下墨慈和查頓兩個人。「墨慈先生，」查頓認眞地說：「您對那個姓林的大臣好像十分擔心。關於他的事情，您是從誰那兒聽到的呀？」

墨慈一看對方罕見的銳利的目光，不覺端坐起來。

6

東印度公司退出歷史舞臺，進入私人資本的自由貿易時代，英國的對淸貿易迅速增長起來。

鴉片是走私商品，沒有發表過準確的統計數字。據估計，一八三四年約爲二萬一千餘箱，第二年超過三萬箱，一八三八年達四萬箱，整整增加了一倍。

不僅是鴉片，其他商品的交易量也同樣迅速增長。

淸國方面主要的出口商品是茶葉。一八三二年的平均價格爲三一點六〇元，出口量爲三三五六九七擔（一擔爲六十公斤）；一八三七年分別爲四九點一元和四四二六九擔。單價大幅度地上漲了，數量也顯著地增多了。

清國方面僅次於鴉片的進口商品是棉花。一八三二年的平均價格為一一點七元，進口量為四四三二三八擔。一八三七年分別為一二點一四元和六七七三五一擔。而且前面的統計數字是由英美兩國商船輸入的棉花，後者僅為英國商船的輸入量。

就利潤率來說，其中以墨慈商會提高最大。他之所以取得成功，是因為從溫章那兒打聽到了神祕的情報。不過，墨慈作為回謝，也把外國公司的動向告訴了溫章。另外他還提供了本國的報紙和書籍，墨慈當然不會把這些情況告訴他的同行。但查頓好似已經開始嗅出墨慈的情報來源。他說：「墨慈先生，您的買賣做得很漂亮。您對未來的商情發展，簡直看得一清二楚。」

「哪裡哪裡，一切都是僥倖。」

「不會只是僥倖。您太謙虛了。」

「商情的發展當然也考慮考慮。不過連我自己也感到奇怪，往往叫我猜著……」

查頓的臉上露出不相信的神情。他說：「我說，墨慈先生，您那兒最近大概不會進鴉片吧？」

「不，最近嘛，還想進一點。不過……」

「那麼，能進一點我們的鴉片嗎？」

「可、可以。……不過，這……」墨慈不知該怎麼回答好。

「哈哈哈！……」鴉片大王威廉·查頓大笑起來，「我不過跟您開點玩笑。看來目前您沒有進鴉片的意思。您放心，我不會硬向您推銷鴉片的。」

墨慈取出手絹，擦著額頭上的汗珠。

這時林則徐正在從武昌赴北京的途中。他雖然還沒有被正式任命為欽差大臣，但政界的小道消息早已傳到了廣州城。

這些消息通過各種管道傳遞。墨慈所聽到的消息，是吳鐘世通過金順記帶給溫章的情報。公行也在北京設置了代理人，同中央政界聯繫。商人們蒐集的情報，路上用信鴿傳遞，所以很快。

另外，透過由戶部非正式傳到廣東海關的消息，以及北京到廣東來旅行的人們的談話，一般人都已經知道皇帝將向廣東派遣欽差大臣，處理鴉片問題；而且也知道人選已大體決定爲林則徐。不過，廣東還不大了解林則徐的爲人。

墨慈從溫章那兒聽說，林則徐決不會把嚴禁鴉片的奏文當作一紙空文。溫章淡淡地說道：「在目前這樣的時刻，手頭如有鴉片的存貨，恐怕還是推銷出去爲好。」過去按照溫章的話去做，還從來沒有出過差錯，所以墨慈現在停止購進鴉片。

「墨慈先生，恐怕您已經知道，一個叫許球的傢伙向皇帝提出了『九個狡猾的鴉片商人』。我已經被列入這九人之列。這個國家的政府要驅逐我，我一直挺到現在。說實在的，我自己也沒有把握今後能否繼續挺下去。您是善於判斷命運的幸運兒，我想請您給我算個命。」查頓說。

「這件事嘛，我……很難說什麼。」

「看來一切都決定於這個姓林的大臣，您對這個姓林的有所了解嗎？」

「不太了解。只是聽說他的名聲很好，是個少有的硬漢子。」

墨慈又不停用手絹擦額上的汗。這時，好像要幫他解圍似的，屋外突然喧鬧起來。

「哎呀！出了什麼事呀？」查頓站起來，朝窗邊走去。墨慈也跟著他走去。

「哎呀！這！」平時不太動聲色的查頓，這時也變了臉色。

他看到窗子下面黑壓壓的一大片人群包圍著商館。

這時是一八三八年（道光十八年）十二月十二日中午。

花園

1

澳門的酒吧間老闆保爾．休茲，來到廣州看望老朋友約翰．克羅斯。約翰一向體弱多病，病倒之後，心情很灰暗。「唉，保爾，」他沮喪地說：「我是不行了。」

「瞎說什麼！約翰，快點好起來，到澳門去。澳門有酒，有女人。」保爾煽動著蒜頭鼻子，鼓勵約翰說。

約翰的身旁還有他的好友哈利．維多。哈利有點生氣地說道：「約翰，你什麼也不用擔心。要像保爾說的那樣，快快地把病治好。」

約翰好像安心了似的，閉上了眼睛。

保爾一走出病房，就深深地吐了一口氣。「啊呀呀，看望病人這種憋人的勁兒，我眞受不了。」他向哈利聳了聳肩膀，說：「咱們上哪兒去呀？廣州什麼也沒有！」

「是呀，只能散散步。」哈利說。

廣州十三行街的商館和日本長崎的出島一樣，禁止婦女入內居住，夷人的行動也受到限制。在夷館的南面，至珠江岸邊，有一塊三百步遠近的空地。夷人只能在這裡走動。這塊空地的西半部叫作美國花園，東半部稱作英國花園。

保爾和哈利從商館出來一看，只見這個散步場拐角的石階上，有五、六個水手或坐或躺，隨意自在地喝著酒。

「哎呀！那是幹什麼？」保爾朝美國公園那邊一看，不覺歪著腦袋驚詫起來。

那裡圍攏著許多人。

根據中央的命令，廣東當局不得不嚴厲懲罰煙犯。

總督和巡撫了解了一下過去禁煙的情況，對禁煙的名人韓肇慶寄予了很大的期待，而韓肇慶也沒有辜負上司的希望。

韓肇慶常說：「對不老實的煙犯要毫不留情。」同樣是煙犯，那些未向他行賄的人，在韓肇慶的眼中則認爲是「不老實」。他把這些不老實的走私者一個接一個地抓起來關進監牢，那些按時如數向他行賄的煙犯則逍遙法外，大規模搞走私的恰恰是這些人。在行賄上小氣的，一般都是生意蕭條的小走私犯和投機商人。

一個名叫何老近的傢伙就是這種生意上不太景氣的鴉片走私商。他雖然叫這樣一個帶老頭味道的名字，其實不過三十來歲，尖尖的腦袋，長著一雙狡猾的眼睛。自以爲很機靈，但過去已被抓過三次，每次都挨了「杖」刑，屁股被打得皮開肉綻。

對鴉片犯的刑罰，以前規定最高爲「杖」一百。可是，現在正趕上嚴禁論高漲，對惡劣的煙犯處以重刑。尤其是因爲中央督促很緊，爲了向上面報告，往往也用重刑來懲罰煙犯。

何老近是個微不足道的小煙犯，不了解天下的形勢。他心裡想，這次是第四次，說不定杖一百過不了關，但最壞也不過是兩三年徒刑。

可是這次卻判了「絞首刑」。這樣做是爲了殺一儆百，同時又可以作爲嚴懲的事例向北京報告。這個何老近，這一下可大大地丟人現眼了。

兩廣總督命令南海縣當局，對這個「重要煙犯」的處刑要發揮最大的作用。意思說，不聲不響地處刑達不到殺一儆百的目的，要盡量大張旗鼓地進行。

南海縣的知縣向縣丞傳達這道命令時，又發表了自己的看法：「鴉片是洋人推銷的，元兇是洋人。我們要殺一儆百，讓老百姓看固然很重要，但眞正說起來，還必須讓洋人看。」

縣丞是輔佐知縣的正八品官。他把行刑的典史叫來說道：「要盡量在夷館附近處刑。」縣裡捕捉犯人的巡檢是從九品官。而作爲獄吏的典史，不入正從九品之列，俗稱「未入流」，不過是一個屬僚，大體相當於軍隊中的下士官，這位典史把「夷館附近」定在夷館的門前。

十二月十二日（陽曆）南海縣典史坐上椅子，帶著十二名戴著紅纓帽的營兵，來到了臨時刑場。絞首台搭在美國公園的中央，正好沖著瑞典館的門前。

典史轎子的後面跟著一輛囚車，囚車裡載著死刑犯何老近。他的脖子上纏著七尺長的鐵鍊；腳上帶著鐵鐐。何老近嚇癱在囚車裡，當營兵把他從囚車裡拖出來時，被花園裡的外國人看到了。他們趕忙跑進夷館裡去報告。

從夷館裡跑出約七十名外國人，向典史抗議。典史已經悠然地坐在廣場上的一張桌子前。這是官座，一個營兵站在他的身後，爲他打著一把帶長柄的遮陽傘。

外國人中有一個在美國帕金斯商會（旗昌洋行）工作、名叫威廉·漢特的青年。他質問典史說：

「把散步場當作刑場，這太不像話了。有正式的刑場，應當在那裡執行。」漢特是麻六甲的那個有名的英華書院的畢業生，中國話講得相當好。

典史威武堂堂地回答說：「處刑在任何地方都可以執行。」

「這裡的土地是作爲散步場租給我們的。」

「但這裡是大清帝國的領土。」典史瞪了漢特一眼。

漢特在他的回憶錄《條約締結前在廣州的洋人》中這樣寫到當時的情況：

……這次的抗議是需要勇氣的。……旁邊就是絞首臺，眼前是脖子上套著鎖鏈、由兩名獄卒支撐著的死刑犯。這三個人都用吃驚的眼睛凝視著我們。典史的僕人在給主人裝煙。營兵和轎夫們帶著一種新奇的表情。

這時如果沒有一批水手來到這裡，眞不知會是怎樣一個結果。……

保爾發現的正是這個正在進行抗議的場面，「去看看！」

正在喝酒的水手們拔腿跑起來。

「這是幹什麼呀？」保爾跑到旁邊問道。

「那個當官的要在這兒處死人。」一個公司職員解釋說。

「同咱們商館有什麼關係嗎？」

「據說是鴉片犯。」

「什麼？要在咱們的面前絞死鴉片犯嗎？」一個水手說。

「太殘忍了！」

「這是殺雞給猴子看。」

「最近也要殺咱們洋人嗎？」

這時，一個喝得大醉的水手突然大聲喊道：「那不是何老近嗎？」

套著鎖鏈的何老近一聽有人叫自己的名字，抬起他蒼白的臉。

「果然是何老！」經常走私鴉片的人和船上的水手，往往是老相識。「好！何老近，我來救你的命！這是什麼玩意兒！」

那個喝醉了的水手，緊抱著絞首台搖動起來。他的夥伴們也幫著搖晃，鬧著玩。臨時搭起的絞首臺很快就被拖倒了。

典史狼狽地站起來，喊道：「幹、幹什麼！」水手們踢開典史坐的椅子，推翻桌子，把茶壺扔在地上，砸得粉碎。有的人亂扔茶碗，有的人揮舞著從絞首臺拆下的木板，衝進了看熱鬧的人群。營兵拔出了刀。

這眞是千鈞一髮。水手們性子暴，加上又喝了酒，但商館的外國職員確實已感到情況的嚴重性，開始拼命地阻攔水手們。

哈利也緊抱著那個最難對付的醉漢的腰，不讓他動。「我說，你們能不能先從這兒撤走呀？」哈利衝著典史說。

典史戰戰兢兢，看來有點不知怎麼辦好了。他嘟囔著說：「好、好吧……」

2

在夷館的廣場上行刑，完全是典史想出來的主意。縣丞的命令只是說「在夷館附近」，並未堅持非在廣場不可。所以典史根本就沒有打算排除這種抗議和暴行，一定要在這兒行刑。反覆考慮的結果，是典史在離夷館不遠的西關重新搭了絞首臺，把何老近處死了。事情就這麼湊合過去了，清國的官吏本來就不想把事情鬧大，典史對醉酒水手的粗野行爲也就置之不問了。

不過，在看熱鬧的人當中，卻有人不同意就這麼了事。

在帆船聚集的珠江岸邊，沿著夷館散步場的南面，有著海關的分署和監視所，督視一般的老百姓，盡量不讓他們和夷人接觸。所以在發生這次事件時，圍攏來看熱鬧的中國人主要是在夷館的倉庫裡幹活的苦力，另外就是與對外貿易有關的人，人數很少。在看熱鬧的中國人中，有一個名叫阿才的十六歲少年。他在夷館的倉庫裡幹活。有一次他無緣無故地被洋人踢了一腳，一瘸一拐地跛了好幾天。這一次他又倒楣，被醉酒水手扔出的茶碗打中了左頰，流了好多血。

「兔崽子！決不能就這麼善罷甘休！」他在西關的鬧市區，把夷館散步場事件告訴了人們。「這些番鬼太豈有此理。你倒了楣啦！」單憑這些同情的話兒，阿才是不能滿足的。他心裡想：「有人能爲我把番鬼揍一通就好了。」

阿才接著走進一家大茶廳——用現在的話來說，相當於咖啡館。他在那兒又大聲地控訴起番鬼的暴行。

滿臉不高興的老闆走出來說道：「喂！小傢伙，這兒可不是法庭，你不要妨礙我做生意嘛！」這時，裡面一間雅座的門簾撩了起來，一個濃眉大眼的漢子走出來開口說道：「喂，小傢伙，你剛才的話我聽到了。那是眞的嗎？」

「是眞的。您看這兒！」阿才指著他的左面頰說。

「哦。那些當官的溜了嗎？」

「是呀。他們嘴裡說算啦算啦，夾著尾巴溜掉了。」

「這些軟骨頭！那麼，那些看熱鬧的人呢？」

「人數很少。」

「好！這種事決不能忍氣吞聲。小傢伙，」那漢子拍著厚實的胸脯，用浙江口音說道：「我給你報仇！」

這家茶廳的拐角上有一單間雅座。剛才進來了三個客人，其中一個是西玲。她最近同一些慷慨激昂的人士交上了朋友。今天她從石井橋來到廣州，約了兩個「同志」到這兒來喝茶。其中一個是何大庚，另一個是錢江。

雅座雖說是單間，其實只不過掛了一張布簾，所以阿才的話聽得清清楚楚。首先走出來的是錢江。這位浙江口音的錢江，字東平，是一位慷慨俠義之士。

司馬遷在《史記》中專辟了「遊俠列傳」一項，給我們留下了遊俠之士的傳記。遺憾的是編寫清史的清朝遺老們是頑固腦瓜，在《清史稿》上沒有設遊俠傳。就連龔定庵的傳也僅寫了八行就草草了事。他們這樣的編史思想當然不會讓錢江登場。

錢江的事蹟只能通過一些閒書來了解。

有的書上說錢江「爲人負奇氣，以豪俠自命」，「被酒談兵，慨然有澄清天下之志」。另外的書上說他「口若懸河」，但「恃功而驕」；或者說「自恃其能，氣焰日盛」，「往往以言語相侵侮」。看來他這個人有奇才，性格豪放，但很傲慢，不好相處。

可以稱之爲鴉片嚴禁論發起人的黃爵滋，曾經贈詩給錢江。其中有這樣兩句：

渥涯天馬愼飛騰，終見雲霄最上層。

這詩大概的意思說，天馬如能愼於飛騰，最後一定會看到最高的雲層。錢江本來是可以成爲這樣傑出的人物，但遺憾的是他未能做到。

在英軍發動侵略的時候，向廣東義民發出的檄文就是錢江和何大庚執筆的。作爲檄文，這是第一流的。後來他還寫過《錢江上太平天國洪秀全書》，這也是一篇痛快淋漓的文章。

他那口若懸河的口才也不次於他的文才。這位天才煽動家親自出馬，對廣州的民眾進行宣傳鼓動，其結果是可想而知的。立即有上萬憤慨的群眾，手裡拿著扁擔、石子朝著十三行街奔去。夷館被重重包圍起來。據外商方面記載，包圍夷館的人數有八千至一萬。

3

民眾的激憤是因爲洋人侮辱了中國官吏，其實背後還有更深的原因。如果沒有更深的原因，即使有錢江的三寸不爛之舌，也不可能在短時間裡把上萬的群眾動員起來。

一般的民眾一提到「洋人」，馬上就會聯想到「鴉片」。當時幾乎每個人的家人或親戚朋友中都有抽鴉片的。據說只要一家中有一人抽上鴉片，這個家就完了，情景十分悲慘。絕大多數的不幸都是起因於鴉片。可以想像有多少人在詛咒鴉片。

包圍夷館的群眾中，許多人高呼：「打倒鴉片鬼！」「砍掉鴉片大王的腦袋！」

黃霽青的《潮州樂府》說：

鶯粟之獐難醫治，黃茅青草眾避之。
中此毒者甘如飴，床頭熒熒一燈小，
竹筒呼吸連昏曉，渴可代飲饑可飽。
塊土價值數萬錢，終歲惟供一口煙。
久之黧黑兩肩聳，眼垂淚，鼻出涕，一息奄奄死相繼。
嗚呼！田中鶯粟尚可拔，番舶來時那可遏？

國內不論怎麼禁止，即使拔掉田中的罌粟，番船（洋船）運來了鴉片還是毫無辦法——詛咒鴉片的情緒已經變成了對洋人的怨恨。

躲在監視所裡的十幾個官吏，早已對這一大群充滿怨恨的群眾束手無策。

查頓和墨慈從視窗向下看到的就是這情景。夷館的洋人們嚇得面如土色。讓一萬名群眾衝進來，洋人會一個不剩地統統被踩死。十三行街的夷館裡只有三百多名商館人員。另外還有船員水手，但人數也有限。在他們看來，這些蜂擁而來的群眾都是「暴徒」。爲了對付這些暴徒，商館選出具有戰鬥經驗的、亞歷山大號船長拉斯克當指揮，進行防禦。

館內的手槍、步槍等武器都集中在一起，大門裡面堆積著煤箱和家具，防止人群衝進來。更有效的防禦武器是玻璃，他們把所有的空瓶子打碎，撒在門上和路面上。包圍夷館的幾乎全是勞苦人，他們不像士大夫階層那樣都有鞋子穿。對付赤腳的敵人，最有效的武器就是碎玻璃片。

「咱們與其坐以待斃，還不如開門打出去！」

拉斯克船長提出了建議，但查頓表示反對：「這太輕率。等於白白送死。」

「不會的。咱們有武器，對方只有棍棒，完全是烏合之眾。」

「一開槍，問題就嚴重了，恐怕就沒有挽回的餘地了。」

「貿易肯定會停止。」墨慈說。

「更嚴重的是，」查頓冷靜地說：「我們都成了棍棒的目標，統統都會被打死。」

「怎麼會呢？不過是萬把個乞丐嘛！……」拉斯克摩拳擦掌地說道。

「不，這裡也許只有萬把人。可是，廣州有一百多萬人。我們一出擊，他們就全都變成了我們的敵人。」查頓用堅決果斷的語氣說。

「可是與其等死，還不如主動衝開一條活路。」拉斯克仍然堅持他的進攻策略。

「即使能衝開一條活路，到了黃埔，能有一下子裝上幾百人的船嗎？」查頓這麼一說，大家都不吭聲了。查頓好似要消除大家消沉的情緒，接著說：「只要能爭取到時間，伍紹榮他們馬上就會給我們設法解圍的。」

夷館裡籠罩著一片悲壯的氣氛。直接肇事的水手們，酒當然早已醒了，負疚地縮在牆角裡。

「幸虧這裡沒有婦女兒童！」顛地說。

這句話給大家帶來一種異乎尋常的反應。查頓皺了皺眉頭，大概是要沖淡一下顛地的話，他咳嗽了一聲，說：「有沒有辦法把這裡的情況告訴伍紹榮呀？」

現在已無法走出夷館。

「咱們能像地老鼠那樣，打地洞到怡和行去嗎？」墨慈這麼說後，搖了搖腦袋。

這時，約翰．克羅斯面色蒼白地從病床上爬起來，怯生生地說：「順著屋頂走，不是可以從瑞典館四號樓下到那家叫什麼商號的屋頂嗎？」

「對！地上被包圍了，還有屋頂哩，屋頂！從屋頂上可以到伍紹榮那裡去。」查頓拍了一下掌。

4

包圍十三行街夷館的群眾，最初是向夷館扔石頭。窗玻璃破裂的聲音，給人們帶來了激奮。「快快運石頭來！」

可是，夷館的窗戶在把空瓶子等碎玻璃片撒出之後，馬上就落下了百葉窗。

「哇——！」群眾用一種莫名其妙的聲音吼叫著。

「這樣鼓不起勁頭，還是需要更有節奏的聲音。」錢江心中暗想。他學過兵學，懂得領導群眾的方法。這麼沒有規律地亂吼，當然也能發出很大的聲音，但是沒有節奏，聲音很快就會嘶啞，鼓不起勁頭，提不高士氣。要使群眾激奮，就需要擊碎玻璃那樣的破裂聲。

「西玲女士，」錢江回過頭來對西玲說，「你能不能給我到哪家小戲院裡借些鐃鈸和銅鑼來。另外，你盡可能多買點爆竹來。」

「我明白了。」西玲大聲地回答說，她從人群中擠了出去。

哐——！這是石頭扔進百葉窗的聲音。看來扔的是很大的石頭。已經把木箱、桌椅等壘疊起來，加固了牆壁。但是夷館裡的外國人一聽這聲音，還是膽戰心驚，大氣都不敢出。

在英國館裡，幾個職員揭開天花板，想從那兒打開通往屋頂的路。「揭瓦片的時候，不能發出聲音，不能讓外面的人發覺。知道了嗎？」拉斯克船長在指揮著。

突然響起了一陣尖銳的爆裂聲。館內的人們臉色更加蒼白，彼此面面相覷。

「那是爆竹。不用害怕！」拉斯克船長趕忙大聲地喊道。

劈劈啪啪的爆竹聲，到處響個不停。同時還有亂敲著銅鑼的聲音。在銅鑼聲的間歇中，還可聽到尖厲的鐃鈸聲。群眾有點疲累的吼叫聲，借助這股氣勢又重新高漲起來。不僅如此，而且開始有節奏了。群眾的聲音剛才只不過是亂叫亂嚷，現在由於錢江一領頭，不知不覺地竟變成了口號聲。

「鴉片大王滾回英吉利！滾回去！滾回去！」

「鐵頭老鼠、鐵頭老鼠滾蛋！滾蛋！滾蛋！」

這兩句口號反覆地呼喊著。

「看來我是最招風了。」查頓板著面孔，歪著嘴巴說。「鐵頭老鼠」是中國人給查頓起的綽號。他本人也知道。

有病的約翰．克羅斯也在床上躺不住了。他癱軟地坐在椅子裡，雙手放在胸前，小聲地呼喚著：「上帝啊！……」

他緊閉著眼睛，腦子裡飄舞著無數白乎乎的東西。那是紙片。僞造的東印度公司的商標紙在黑暗中亂舞。這些飄舞的紙片即將落下時，群眾的喊叫聲又把它們衝到半空中。爆竹聲、銅鑼聲、鐃鈸聲——在約翰聽起來都是上帝的震怒聲。

「不用擔心，有我在你的身邊。」哈利抓住他的病友的胳膊，一遍又一遍地說。

認爲這是上帝的震怒，並不只是約翰一個人。美國商人歐立福特也是這麼感覺。人們稱他的商店爲「西恩角」——意思是「虔誠的基督教徒住的地方」。在十三行街的外商當中，只有歐立福特商會與鴉片毫無關係。

「我們算是認了。可是沒有想到把您也牽連進來了。」查頓跟他說。

「不，以前上帝一發怒，也曾把好人也毀滅掉。」歐立福特劃了一個十字。

「屋頂還沒弄好嗎？」拉斯克船長喊叫過多，聲音有些啞了。

已決定了兩名爬屋頂的敢死隊員，他們是漢特和另一個美國青年。兩人都穿著一身黑色的中國服，戴著很深的斗笠，正在準備行動，臉上也塗著黑煙子。

「已經打了一個窟窿，一個人勉強可以過去。」天花板上有人應聲說。

「不成，還要大一點。別讓揭下的瓦片掉下去，把它集中到一邊，路就通了。」拉斯克船長乾脆俐落的命令聲起了鎮定人心的作用。在危急的時候，看到充滿信心的人，往往會使人覺得有了依靠。

西玲從藥鋪裡買來了大量的創傷藥，塗在人們被碎玻璃片劃破了的腳上，然後再用布把傷口裹起來。來了幾個不相識的婦女，不聲不響地幫她的忙——她產生了一種生命的充實感。

四面是震耳欲聾的口號聲。銅鑼和鐃鈸是她從小戲院裡買來的——這些聲音中已經滲透進了她自己的力量。

「爬牆！」錢江大聲地喊著。

能往前衝的，只有那些穿著草鞋的人。他們踏著碎玻璃片，開始爬商館的圍牆了。不知什麼時候他們連工具也拿來了——那是劈柴的斧子。這斧子撲哧一聲砍進木板牆裡，手腕子使勁向下一擰，木板牆就劈裡啪啦地給劈開了。

「把它統統扒掉！」錢江使出最大的聲音喊著。

圍在這兒的上萬名群眾，無不汗流浹背，圓睜怒目，齊聲高呼：「滾蛋！滾蛋！」

「是我掘通了管道，把他們的力量彙集到一起！」錢江想到這裡，感到十分高興。

爬牆之前，他考慮到有擊中爬牆人的危險，禁止群眾扔石頭。當他一下命令，一個接一個傳達命令的聲音，立即響遍了整個十三行街。而且上萬名的群眾中確實沒有一個人扔石頭。聚集在這裡、伸著拳頭、張著大口、露出牙齒的上萬名群眾，已經不是烏合之眾了。是錢江給他們帶來了紀律和力量。

館內，富有戰鬥經驗的拉斯克船長把大家召集到一起，說道：「漢特君他們馬上就要從屋頂上爬出去，到怡和行去求援。我們要轉移暴徒們的注意力，不能讓他們被暴徒發現。我們前後各打開一扇窗子，大家把手邊的東西——什麼東西都行——統統都從窗口往外扔。在我未說停止之前，請大家要不停地扔。暴徒們的注意力一集中到這裡，就不會留意屋頂上了。」

做準備工作花了一點時間。主要是準備從窗往外投擲的東西，空瓶子早已打碎用光了，把所有的紙片揉成許多紙團子；搬來了煤塊；把捆貨物的繩子切成一段一段的；把舊衣服撕成碎片，浸上水以增加重量。……

「好，吹號！」拉斯克船長舉起了右手。

號聲一響，所有窗子一下子打開了。紙團、破布團、煤塊、斷繩子、拖鞋、傳教的小冊子……所有的東西都從窗往外扔。

「啊呀！」群眾一發現這種情況，一下子愣住了。對方的窗子打開了，想扔石頭又怕傷了爬牆的人，連石頭也不能扔了。如果是烏合之眾也許會這麼幹，但他們現在已經有紀律了。

這時，兩個美國人順著屋頂朝瑞典館爬去。拉斯克船長默默地在計算著時間。「該到從瑞典館跳到雜貨鋪屋頂上的時間了。」他想到這裡，立即下令說：「停止！」

百葉窗又關了起來。「會不會早了一點？」顚地擔心地問道。

「沒問題。」拉斯克拍著胸脯說：「暴徒們還會望一會兒窗子。他們以爲裡面還會扔出什麼東西。」

果然不出所料，館外沉寂了，過了好一會兒，群眾才又喊起口號，爬起牆來。

墨慈一聽到這劈裡啪啦的爬牆聲，就感到心慌意亂。他膽怯地說：「要是圍牆被扒開了……」

「比這更可怕的是放火。要是放起火來，那可就毫無辦法了……」查頓抱著胳膊說。

人們的臉上一片煞白。

「不必擔這個心。」拉斯克很有信心地斷言說，「你注意到了沒有？外面的那些傢伙好像已經不是簡單的暴徒了，似乎有了領導。」

「那不更糟了嗎？」墨慈嘴唇發抖，這麼問道。

「不，有了領導，我想就不會幹出放火之類的暴行。」拉斯克邊點頭邊回答。

「一切都交給上帝吧！」歐立福特這麼說後，又劃了一個十字。

館外，錢江歪著腦袋沉思：「他們要幹什麼呀？」他已經看破這是一種佯動作戰，但他不明白對方利用這個空隙幹了什麼。

5

錢江還在思考問題，他感到了一種不正常的氣氛。他的控制力已經被打亂了，他感到有一種另外的力量滲入到群眾中來了。

果然不出所料。群眾中傳開了奇怪的謠言——

「聽說一個大官兒要到夷館裡去逮捕今天阻撓行刑的洋人。」

「是呀。聽說要把那個破壞絞首臺的傢伙的脖子吊起來。」

這些謠言很快就傳到錢江的耳朵裡。他苦笑了笑說：「這些當官的軟骨頭，又要來搗亂了。」

當官的早就不願把事情弄大，再加上伍紹榮帶著大筆款子來懇求，所以一定要把騷動鎮壓下去。可是群眾正在狂怒。因此首先散布「當官的去懲罰洋人」的流言，把群眾的怒氣平息下去。

這時已是下午六點多鐘，該是吃晚飯的時間了。並沒有誰勸誘，許多人自發地說：「肚子餓了，該回去了。」然後陸續離開了現場。

錢江回頭一看，何大庚也笑了笑跟他說：「看來是要退潮了。」

就這樣在散了一些人之後，一隊士兵在廣州知府余保純的率領下，鳴鑼開道走了過來。有的人聽說官吏來捉洋人，趕忙向這一行人歡呼鼓掌。

「是余保純這個窩囊廢，他能逮捕誰！」錢江吐了一口唾沫。

走在前頭的官兵，揮舞著長鞭，趕散了群眾。「官大人來了，該結束了。」——人們都這麼想。挨上亂揮舞的鞭子，只是白吃虧。於是人們幾乎都走光了。

「洋鬼子已經嚇破膽了。今天就到此為止吧！我看回去吧！」何大庚提議說。

「好吧，走！在附近喝一杯。」錢江也同意了。

「我還要在這裡待一會兒。你們先走一步吧。」惟有西玲不想回去。

對鴉片和洋人的憤慨，她經常從「同志」們那兒聽說過，但並無眞正的實際感受。過去她只是玩弄「慷慨激昂」之類的詞句，現在她要親身來體會體會。像今天這樣的充實感，她是有生以來第一次嘗到。她對此十分珍惜，想再一次回味回味。她感到這上萬名群眾的吶喊聲好似還從什麼地方回蕩回來，就連他們汗水的氣味還殘留在這裡。西玲深深地吸了一口氣。

伍紹榮一直盯著這三個人。密探郭青悄悄地指著錢江，在他的耳邊小聲說：「今天煽動民眾的，就是那個傢伙。」

「還有女的？」伍紹榮說。

「那個女的是石井橋的西玲。她是連維材的姘頭……」

「哦！……」伍紹榮的眼睛一亮。

錢江舉起一隻手說道：「那麼，我們回去了。我們肚子餓了，還想喝點兒酒。」說後跟何大庚並肩走了。

兩個男的走了之後，伍紹榮走到西玲的背後，跟她打招呼說：「西玲小姐。」

「啊！」西玲回頭一看，眼睛睜得老大。

伍紹榮是廣州的名人，西玲曾經多次從遠處看見過他，只認識他的面孔。但她做夢也未想到對方會認識自己。

「騷動已經結束了。西玲小姐，怎麼樣?能到舍下去喝杯茶嗎？」

西玲咽了一口唾沫，回答說：「好吧。奉陪。」那些鳴鑼開道的官大人一行，當然不是去夷館捉人的。余保純對「暴徒」們的無禮，表示道歉。他說：「我們已經來到這裡，請不用擔心害怕了。」他在夷館的前面通宵掛了官燈，讓士兵擔任夷館的警衛。

群眾散去之後，有一個人站在十三行街上久久不離去。這個人是溫章。

到處是被撞倒的圍牆，打得粉碎的窗玻璃——他凝視著外國商館的慘相。

有人會像他這樣熱烈希望中國與外國相互理解嗎？要做到這一點，就必須拆除牆壁，雙方都應該冷靜地看到對方的優點。這是他的夙願。可是，壘起的牆壁又高又牢固，用溫和的辦法是拆不掉的。不使用這樣的暴力——不，比這更可怕的暴力，是不可能推倒牆壁的。而且推倒牆壁的一方，必然會像怒濤般地湧進對方的領域。在這樣的情況下，怎麼會有相互理解的餘地呢？

溫章通過這次事件，已經在一定程度上預見到了未來。

未來絕不可能是粉紅色的；未來將是在暗灰色上不斷滴下鮮紅的血。

這個世界不僅在等待著他，而且還在等待著他所鍾愛的女兒彩蘭的前途。

溫章感到自己的眼角發熱了。

註釋

第一部

阿美士德號

【1】舊譯郭士立。

【2】英文，即下文所說的「英華書院」。

江蘇巡撫

【1】將棋是日本的一種棋。飛車和角行是將棋棋子的名稱。

斷章之一

【1】武士失去爲之效忠的主人，即爲「浪人」。

【2】指江户幕府爲實行閉關自守而公布的一系列法令。

【3】日本人在古代稱中國人爲唐人。

【4】日本人在江户時代禁基督教，發現教徒要處以死刑。

【5】日本古代只有武士階級有姓，其他階級的人只有名，沒有姓。日本人的姓中也有「林」，但讀法與中國不同。

【6】「九四」與「九思」，在日語中讀音相同。

三昧火

【1】日本江户時代後期實行「鎖國」政策，除荷蘭與中國外，禁止與外國交往。對荷蘭人也只限定在長崎出島一處居住。

【2】原注：「老鴉翅」指鴉片。

廣州

【1】東印度公司的略稱。其英文全稱是United East India Company，但其正式名稱使用拉丁文，所以United的第一個字母不是U而是V。——原注。

暗殺

【1】英文，公司的意思，此爲東印度公司的略稱。

陷阱

【1】舊譯「安東羅滅古」，下文人名、船名除重要者出注標示舊譯，一般用新譯名。

地牢

【1】舊譯「依其禁」號。

第二部

弛禁

【1】日本的一種少數民族，主要居住在北海道。

潛逃的女人們

【1】日本的貧民窟因屋簷緊連屋簷，擠在一起，稱作「長屋」。這裡暫譯爲「連簷屋」。

鴉片戰爭(上)——新時代的來臨

作　　者　陳舜臣
譯　　者　卞立強
發 行 人　楊榮川
總 編 輯　王翠華
主　　編　陳姿穎
編　　輯　邱紫綾
封面設計　吳雅惠
出 版 者　五南圖書出版股份有限公司
地　　址　106台北市大安區和平東路二段339號4樓
電　　話　(02)2705-5066
傳　　真　(02)2706-6100
網　　址　http://www.wunan.com.tw
電子郵件　wunan@wunan.com.tw
劃撥帳號　01068953
法律顧問　林勝安律師事務所　林勝安律師
出版日期　2015年2月初版一刷
定　　價　新臺幣520元

國家圖書館出版品預行編目資料

鴉片戰爭(上)——新時代的來臨 / 陳舜臣著 ; 卞立強譯. -- 初版. -- 臺北市 : 五南, 2015.02-
冊 ; 公分　面; 公分
ISBN 978-957-11-7973-5(上冊 : 平裝)
1.晚清史
861.57　103027110